TOD AM LIMES

Ein Odenwald-Krimi

von

Libor Schaffer

SOCIETÄTSVERLAG

Schutzumschlaggestaltung: Katja Holst, Frankfurt
Satz: Nicole Proba, Societäts-Verlag
Druck und Verarbeitung: Bercker Graphischer Betrieb GmbH, Kevelaer
Printed in Germany 2009

ISBN 978-3-7973-1163-4

Für Sabine, Lisa und Muzel

Inhalt

Kapitel 1

Die erste Meldung

Der moderige Geruch in dem unterirdischen Raum erinnerte ihn an die vielen einsamen Stunden, die er bei klassischer Musik in der Venusgrotte in der weitläufigen Parkanlage verbracht hatte, welche sein Herrenhaus im Brombachtal umgab. Dies hier war aber keine künstliche Tropfsteinhöhle mit See und Wasserfall, die je nach Wunsch ihres Besitzers mit elektrischen Scheinwerfern entweder in blauem oder rotem Licht festlich erstrahlte.

Sofern ihn sein Tastsinn nicht trog, befand er sich in einem einfachen Kellerraum mit nacktem Betonfußboden, der unangenehm kühl war. Wie in einem mittelalterlichen Verlies waren seine Arme und Beine an schwere, an der Wand befestigte Eisenringe gekettet. Seine Augen waren mit einem groben Tuch verbunden, das bei jeder Bewegung des Kopfes an den Jochbeinen scheuerte. Sein Mund war mit einem festen Klebeband verbunden.

Das Unangenehmste aber war das eingeschaltete Radio, das sich seinem Eindruck nach einige Meter entfernt direkt vor ihm befinden musste. Dem Klang nach zu urteilen stand es nicht auf dem kahlen Boden, sondern etwa einen halben Meter hoch auf einem Stuhl oder Hocker. Es war auf einen Privatsender eingestellt, in einer Lautstärke, die es unmöglich machte, die Werbung, die Musik, die Moderation oder die Nachrichten zu überhören, die andererseits aber so leise war, dass es höchster Konzentration bedurfte, um alles Gesprochene genau zu verstehen. Rasch erfasste er, dass die Lautstärke innerhalb des Programms variierte. Die Werbung wurde deutlich lauter übertragen, die Nachrichten waren deutlich leiser.

Die Nachricht von seinem plötzlichen und völlig unerklärlichen Verschwinden hatte er bereits elfmal gehört. War es in den ersten vier Stunden jeweils die erste Meldung gewesen, so rangierte die Nachricht jetzt nur noch auf Platz drei. Zudem war sie im Laufe der Zeit immer kürzer geworden und bestand jetzt nur noch aus wenigen mageren Hauptsätzen. Nicht lange, und sie würde ganz verschwinden.

Es sei denn, es wäre etwas Spektakuläres passiert. Dann würde es womöglich sogar eine Liveschaltung zum Ort des Geschehens geben. Die würde er dann allerdings nicht mehr hören...

Er ließ den Kopf langsam auf die Brust sinken, wobei ihn das grobe Tuch am Nasenrücken kitzelte. Er versuchte es ebenso wie das Gedudel des Radios zu ignorieren. Beides gelang ihm nicht.

Kapitel 2

Doppelpack

„So läuft das nicht", sagte Tobias Bloch seelenruhig und schlug die Beine übereinander. Er saß in seinem bequemen dunkelbraunen Ledersessel im Wohnzimmer seines Hauses. Links neben ihm auf der breiten Armlehne des Sessels aus Büffelleder lag seine dreifarbige Katze Muzel und schnurrte wie eine Weltmeisterin.

Da seine Gesprächspartnerin am anderen Ende der Leitung hartnäckig schwieg, fuhr der Privatdetektiv aus Heubach ungerührt fort: „Uns gibt es nur im Doppelpack, Frau von Wartenberg. Das muss Ihnen doch klar gewesen sein, als Sie sich dazu entschlossen haben, Kontakt mit mir aufzunehmen."

„Es gibt Ausnahmen von der Regel, Herr Bloch. Und um eine solche ersuche ich Sie gerade. Ist das denn so schwer zu verstehen?"

„Keine Chance. Sie vergeuden nur Ihre und meine Zeit. Im Klartext: Wir – meine Assistentin Susanne Kramer und ich – nehmen Ihren Auftrag sehr gern an. Ich allein tue das aber nicht. Amen."

Sophia von Wartenberg seufzte. „Mir erschließt sich nicht, warum ausgerechnet eine freiberufliche Grafikerin bei den Ermittlungen in diesem Fall hilfreich sein sollte. Zugegeben, ich kenne Frau Kramer nicht persönlich..."

„Sehen Sie?", unterbrach Bloch seine Gesprächspartnerin. „Sie wissen also überhaupt nicht, wovon beziehungsweise von wem Sie eigentlich sprechen."

„Und Sie nehmen offensichtlich kein Blatt vor den Mund."

Der Privatdetektiv lächelte. „Akzeptieren Sie einen Vorschlag zur Güte?", fragte er.

„Na ja. Wenn Sie meinen."

„Susanne und ich übernehmen den Fall. Wenn Sie mit unserer Ermittlungsarbeit nicht zufrieden sind oder partout nicht mit meiner Assistentin klarkommen, beenden wir unsere Zusammenarbeit auf der Stelle. Aber ich bin mir ziemlich sicher, dass eine solche Situation nicht eintreten wird."

Sophia von Wartenberg zögerte.

Du darfst ruhig dein Gesicht wahren, dachte Bloch. Lass dir Zeit mit einer Antwort. Aber bitte nicht ewig.

Obwohl diese Frage völlig unsinnig war, stellte der Privatdetektiv aus Heubach sie trotzdem. „Sind Sie noch dran?"

Die Ehefrau des Verschwundenen schnaufte hörbar. „Also gut. Einverstanden. Schließlich muss ich etwas unternehmen, schon um mich selbst zu schützen. Und um mich zu entlasten. Denn ich werde von der Kriminalpolizei ja wie eine Verdächtige behandelt."

Kann ich mir lebhaft vorstellen, dachte Bloch.

„Über finanzielle Dinge brauchen wir, glaube ich, nicht lange zu sprechen. Ich akzeptiere Ihre Bedingungen. Ich verlange allerdings, dass Sie sich voll und ganz auf diese Angelegenheit konzentrieren. Ist das uneingeschränkt möglich?"

„Ja", antwortete der Privatdetektiv. „Wir sind momentan mit keiner anderen Ermittlung befasst." Er nannte ihren Tagessatz und forderte einen Vorschuss für eine Woche. Für eine Siebentagewoche. „Wenn wir den Fall früher lösen sollten oder wenn vorher etwas Unvorhergesehenes geschieht, bekommen Sie das zu viel gezahlte Geld selbstverständlich zurück."

„Nein", sagte Sophia von Wartenberg in einem Tonfall, der keinen Widerspruch duldete. „Sie behalten das komplette Honorar in jedem Fall. Und wenn Sie und Ihre Assistentin meinen Mann finden, zahle ich Ihnen noch einmal das Doppelte. Wäre das geklärt?"

„Ja."

„Kann ich Sie beide morgen Vormittag, sagen wir gegen zehn Uhr, erwarten?"

Der Privatdetektiv aus Heubach bejahte erneut.

„Sie wissen, wo unser Anwesen im Brombachtal liegt, Herr Bloch?"

„Selbstverständlich. Wenn Sie mir die Bemerkung erlauben: Ihr bescheidenes Heim mit dem ebenso bescheidenen Park ist ja wirklich nur schwer zu übersehen."

Zum ersten Mal während ihres Telefongesprächs lachte Sophia von Wartenberg kurz auf.

„Benutzen Sie bitte das östliche Seitentor zur Parkanlage, nicht das weiter vorn liegende Haupttor."

„Wir wollen ja schließlich kein Aufsehen erregen, richtig?", sagte der Privatdetektiv.

„So ist es. Unser Gärtner erwartet Sie dort."

Kapitel 3

Alt und gebrechlich

Die 54-jährige Hillary Bush aus dem südenglischen Dorf Quedlinbrough hatte eine ungewöhnliche Begegnung mit wild gewordenen Kühen. Als sie heute mit ihrem Kleinwagen zur Arbeit fuhr, stürmten aus einem Garten sieben Kühe und trampelten über ihr Auto hinweg. „Einige sprangen auf die Kühlerhaube meines Wagens, andere marschierten geradewegs über das Dach", berichtete die noch unter Schock stehende Frau. Sie konnte sich unverletzt aus dem Wrack ihres Autos befreien.

Jede Sekunde passierte irgendwo auf der Welt etwas sehr Eigenartiges. Und es konnte jeden treffen. Wer zum Beispiel hätte sich bis zu dem fraglichen Zeitpunkt vorstellen können, dass man ihn entführen würde? Ausgerechnet ihn. Keiner. Außer dem Entführer. Der, das wurde ihm immer klarer, verkleidet gewesen sein musste. Ein so alt und gebrechlich wirkender Mann hätte ihn niemals überwältigen können. Geschweige denn abtransportieren. Es sei denn, er hatte Helfer gehabt.

Er versuchte, den nun folgenden Wetterbericht des Privatsenders zu ignorieren, und rutschte auf dem kalten Betonfußboden wenige Zentimeter nach vorn. Als er seinen schmerzenden Rücken nach vorn beugte, um ihn zu entlasten, rasselten die an seinen Handgelenken und Fußknöcheln mit Eisenringen befestigten Ketten dumpf. Trotz der niedrigen Temperatur in dem unterirdischen Raum stand Schweiß auf seiner Stirn. Eindeutig eine Störung seines vegetativen Nervensystems. Das grobe Tuch, mit dem seine Augen verbunden waren, fing die langsam nach unten rinnenden Schweißperlen auf.

Wie lange war er schon hier unten angekettet? Er wusste es nicht. Er wusste dank des eingeschalteten Radios zwar, wie viel Uhr es jetzt war, aber zwischen seiner Entführung und dem Erwachen aus der Bewusstlosigkeit bestand eine zeitliche Lücke. Sie konnte ein, zwei Stunden oder einen halben Tag und mehr betragen haben. Er wusste es nicht. Und er wusste auch nicht, wann das Radio eingeschaltet worden war und wann genau er es zum ersten Mal bewusst gehört hatte.

Die letzte bewusste Erinnerung vor seinem Erwachen in diesem Kellerverlies bezog sich auf seine Fahrt von seinem Herrenhaus im Brombachtal zu Michael Stoll nach Ober-Kainsbach. Er war rechtzeitig losgefahren, sogar ein bisschen zu früh, hätte also mehr als pünktlich bei dem Antikensammler eintreffen müssen. Er kannte die über einsame Landstraßen führende Strecke genau, denn er hatte sich bereits mehrmals mit Stoll, diesem eitlen Gecken, in dessen umgebautem Bauernhaus in dem kleinen Ort getroffen. Was nicht immer die reine Freude gewesen war.

Dann war etwas Unvorhergesehenes dazwischengekommen. Jede Sekunde passierte irgendwo auf der Welt etwas Unvorhergesehenes. Und dieses Mal hatte es ihn getroffen. Keine wild gewordenen Kühe, die es auf seinen silbergrauen Jaguar abgesehen hatten. Nein, es war viel banaler gewesen, praktisch alltäglich.

Er hatte bereits mehr als die Hälfte der zu bewältigenden Strecke hinter sich gebracht, als ihn hinter einer lang gezogenen Kurve, die ihn zu einer niedrigeren Fahrgeschwindigkeit veranlasste, ein auf seiner Spur liegen gebliebener Wagen zum Abbremsen zwang.

Er hätte danach einfach weiterfahren können. Das stehende Auto überholen und weiterfahren. Schließlich gab es Pannendienste. Schließlich konnte schon bald ein hilfsbereiter Fahrer anhalten. Aber als er langsam an dem dunkelgrünen Wagen vorbeifuhr, sah er den alt und gebrechlich wirkenden Mann, der sich über die geöffnete Motorhaube beugte. Er wirkte verletzlich und schien mit dieser Situation völlig überfordert zu sein. Wirres Haar, blasses Gesicht, das er allerdings im Vorbeifahren nicht deutlich erkennen konnte. Jedenfalls war es ein ihm völlig unbekannter Mann. Mit einem Auto, das er ebenfalls noch nie hier in der Gegend gesehen hatte.

Also fuhr er an dem offensichtlich fahruntüchtigen Wagen vorbei, hielt wenige Meter vor ihm an, stellte den Motor seines Jaguars ab und schaltete die Warnblinkanlage ein. Was der alte Mann in seiner Verwirrung und Aufregung bei seinem liegen gebliebenen Auto vergessen hatte.

Er stieg aus, schlug die Fahrertür schwungvoll zu und rief, während er auf den anderen Wagen zuging: „Schalten Sie die Warnblinkanlage ein!" Sein nächster Gedanke war, dass er als Erstes ein Warndreieck vor der lang gezogenen Kurve aufstellen sollte. Wenn in dem defekten Auto keines war, würde er seines nehmen müssen. Das war zunächst das Wichtigste.

Merkwürdigerweise reagierte der alte Mann überhaupt nicht auf seinen Ruf. Er stand wie angewurzelt mit gebeugtem Rücken vor der geöffneten Motorhaube. Schien einfach tatenlos auf die vor ihm liegenden Autoteile zu starren. Als er ihn kurz darauf erreichte, trat der alte Mann wortlos zur Seite, als wollte er ihm bereitwillig den Vortritt lassen. Sah ihn nicht einmal an. Sagte kein Wort.

Dann ging alles ganz schnell. Entgegen seiner Absicht, die Warnblinkanlage einzuschalten und anschließend das Warndreieck aufzustellen, beugte er sich nun seinerseits erst einmal über die Motorhaube. Weil dort irgendetwas Ungewöhnliches zu sehen sein musste, das den alten Mann sprachlos gemacht hatte. Kaum hatte er dies getan, spürte er einen dumpfen Schlag an seiner rechten Schläfe und verlor augenblicklich das Bewusstsein. Was danach bis zu seinem Aufwachen hier in dem unterirdischen Raum geschehen war, wusste er nicht.

Eine Frage stellte sich ihm jetzt hier unten in dem Kellerverlies in aller Dringlichkeit.

Wer alles hatte von seiner beabsichtigten Fahrt zu Michael Stoll gewusst? Nicht nur von der schlichten Tatsache, dass er den überaus erfolgreichen Sammler von Antiken besuchen und mit ihm sprechen wollte – es wäre sicherlich kein angenehmes Gespräch geworden –, sondern auch von dem exakten Zeitpunkt des Treffens und von der Route, die er nehmen würde.

Daran schloss sich eine weitere interessante Frage an: Wem hatte eigentlich Stoll von ihrem geplanten Treffen und von dem Zeitpunkt, zu dem es in Ober-Kainsbach stattfinden sollte, erzählt?

Kapitel 4

Landadel

„Alexander von Wartenberg?“, fragte die Assistentin des Heubacher Privatdetektivs mäßig interessiert. „Muss man den Mann kennen?“

„Nein. Nicht unbedingt. Aber sein Anwesen sollte man schon mal gesehen haben. Imposantes Herrenhaus im klassizistischen Stil umgeben von einer weitläufigen Parkanlage.“

„Seit wann stehst du auf so etwas?“

Tobias Bloch betätigte den Blinker und bog von der B 45 auf eine ins Brombachtal führende Nebenstraße ab.

Ohne auf ihre wohl sowieso nur rhetorisch gemeinte Frage einzugehen, sagte der Privatdetektiv: „Kleine Vorwarnung. Sophia von Wartenberg scheint nicht besonders begeistert von deiner Mitwirkung zu sein.“

„Wie darf ich das denn verstehen?“

„Ich möchte dich nur darum bitten, höflich, zurückhaltend und diskret aufzutreten“, sagte Bloch. „Gib dir einfach ein bisschen Mühe.“

„Du hast meine Frage nicht beantwortet“, stellte Susanne Kramer nüchtern fest.

„Weil ich mir nicht sicher bin, ob du die ganze Wahrheit hören willst, und weil ich nicht weiß, wie du darauf reagieren wirst.“

„Tobias!“

„Schon gut. Frau von Wartenbergs ursprüngliche Absicht bestand darin, nur mich mit den Ermittlungen in diesem Fall zu beauftragen. Darauf hat sie zunächst ausdrücklich gepocht.“

Susanne schwieg.

Bringen wir es hinter uns, dachte Bloch. Besser jetzt als später.

„Diese Bedingung habe ich natürlich rundheraus abgelehnt. Ich habe ihr in aller Deutlichkeit klargemacht, dass wir nur zu zweit arbeiten. Davon wollte sie aber überhaupt nichts wissen. Kurz und gut: Es bedurfte meiner ganzen Überzeugungskraft, um unsere Position durchzusetzen. Allerdings habe ich eingeräumt, dass wir unsere Ermittlungsarbeit sofort einstellen, wenn ihr beide nicht miteinander klarkommt. Also halte dich einfach ein bisschen zurück. Wir agieren in ihrem Revier und tun zumindest so, als würden wir ihre herausgehobene Stellung anerkennen. Diplomatie ist das Stichwort, Susanne."

Seine Assistentin schüttelte den Kopf. „Nicht mit mir."

Bloch seufzte. „Das kann ja heiter werden."

Der Privatdetektiv aus Heubach sah rechtzeitig die schmale, asphaltierte Abzweigung, auf der er mit seinem schwarzen Renault nach mehreren hundert Metern zu einer leicht geschwungenen Holzbrücke gelangte. Das an ihren beiden Seiten angebrachte Metallgeländer wirkte nicht sehr stabil. Bloch bremste vor der Brücke ab und rumpelte im zweiten Gang über die breiten Holzplanken.

„Sehr repräsentativ", spottete Susanne Kramer.

„Das ist der östliche Zugang zu der Parkanlage. Das eigentliche Haupttor liegt weiter vorn. Sophia von Wartenberg legt offensichtlich Wert auf Diskretion."

Nach wenigen Metern hielt er vor einem hohen schmiedeeisernen Tor, dessen spitz zulaufende Gitterstäbe an ihren Enden in goldener Farbe gestrichen waren.

Aus dem Schatten des rechten Torpfostens tauchte die Gestalt eines großen, kräftigen Mannes in einer dunkelgrünen Latzhose auf. Auf dem Kopf trug er eine Baskenmütze. Der Gärtner öffnete mit kurzen, abgehackten Bewegungen beide Flügel des Tores und ließ sie zurückschwingen. Dann winkte er Bloch herein. Nachdem er das östliche Tor wieder geschlossen hatte, klopfte er an die Scheibe auf der Fahrerseite des im Leerlauf wartenden Wagens. Bloch nickte ihm aufmunternd zu. Daraufhin öffnete der Gärtner die Tür.

„Guten Tag. Sie müssen der Privatdetektiv sein."

„So ist es. Ich heiße Tobias Bloch. Und das ist meine Assistentin Susanne Kramer. Steigen Sie doch ruhig hinten ein."

„Franz Rilke", stellte sich der Gärtner vor, während er auf der Rückbank Platz nahm. Seine Kleidung roch nach frisch gemähtem Gras. Er deutete nach vorn. „Wir folgen dem Verlauf der Allee etwa dreihundert Meter. Dann biegen wir nach links ab und fahren direkt auf die Nordseite des Herrenhauses zu. Dort erwartet Sie Frau von Wartenberg."

Bloch nickte und fuhr auf dem mit hellen Kieselsteinen bestreuten Weg los. Links und rechts von ihnen bildeten hohe Pappeln scheinbar undurchdringliche Wände aus Stämmen, Ästen und hellgrünem Laub.

„Schlimme Sache", sagte Rilke, um die unangenehme Stille im Wagen zu unterbrechen.

„Haben Sie eine Vermutung, was passiert sein könnte?"

Der Gärtner hustete. „Ich habe ein ungutes Gefühl. Herr von Wartenberg hat sich nicht so mir nichts, dir nichts aus dem Staub gemacht."

„Könnte er vor etwas geflohen sein?", fragte Susanne Kramer.

Rilke schüttelte den Kopf. „Kann ich mir beim besten Willen nicht vorstellen. Ich glaube, er ist einem Verbrechen zum Opfer gefallen." Er machte eine Pause. „Vielleicht ist er schon tot."

Der Privatdetektiv aus Heubach bog vor einer Anhöhe nach links ab. „Haben Sie diese Vermutung auch gegenüber der Kriminalpolizei geäußert?", fragte er.

„Nein. Ich habe nur das gesagt, was ich weiß und was zweifelsfrei feststeht."

Sie steuerten auf die hellgraue Nordseite des Herrenhauses zu. Ein romantischer Anblick, der so gar nicht zu ihrer bevorstehenden Ermittlungsarbeit passte. Wenige Meter vor dem imposanten Gebäude deutete Rilke nach rechts. „Dort können Sie den Wagen abstellen. Den Rest gehen Sie dann zu Fuß."

Die Kieselsteine knirschten unter den Reifen, als Bloch neben mehreren großen Limousinen parkte. Im Vergleich zu ihnen wirkte sein Wagen geradezu mickrig. Sie stiegen fast gleichzeitig aus.

Nachdem der Gärtner sich von ihnen verabschiedet hatte, näherten sich der Privatdetektiv und seine Assistentin dem nördlichen Eingang des Herrenhauses. In der geöffneten Tür erkannten sie die Gestalt einer mittelgroßen Frau. Bloch stieg die dreizehn Stufen der breiten Marmortreppe hinauf. Dann ging er auf Sophia von Wartenberg zu und reichte ihr die Hand.

Ihr Händedruck war angenehm kühl und dauerte eine Spur zu lang.

„Herr Bloch, ich freue mich, Sie kennenzulernen."

Die Frau des Vermissten war etwa drei, vier Jahre älter als der Privatdetektiv, also Mitte vierzig. Ihr brünettes Haar reichte bis zu den Schultern. Sie trug ein eng anliegendes dunkelblaues Seidenkostüm, das ihre Figur betonte. Darunter strahlte eine makellos weiße Bluse hervor, deren obersten drei Knöpfe geöffnet waren.

„Freut mich ebenfalls", antwortete Bloch. „Darf ich Ihnen meine Assistentin vorstellen?"

Die Begrüßung der beiden Frauen fiel nicht ganz so herzlich aus.

„Wenn Sie nichts dagegen haben, können wir uns in der Bibliothek unterhalten", sagte Sophia von Wartenberg. „Sie wollen doch zuerst mit mir sprechen?"

Komische Frage, dachte Bloch.

„Ja", antwortete er.

„Darf ich vorausgehen?"

„Bitte."

Sie folgten ihr im Abstand von drei Stufen auf der rechten Seite der geschwungenen, mit einem dicken Orientläufer bedeckten Treppe, die in den ersten Stock des Herrenhauses führte.

Kein schlechter Hüftschwung, dachte Bloch. Was Susanne von diesem Auftritt hielt, wollte er lieber nicht wissen.

Die Bibliothek wurde von unzähligen Büchern in bis zur Stuckdecke reichenden Regalen aus Mahagoniholz dominiert. Sophia von Wartenberg deutete auf drei hohe schwarze Ledersessel, die im Halbkreis vor dem Kamin standen.

„Möchten Sie etwas trinken?", fragte die Gattin des Vermissten. „Tee, Kaffee, Orangensaft?"

„Wasser wäre nicht schlecht", antwortete der Privatdetektiv aus Heubach.

„Für mich bitte auch", sagte seine Assistentin.

„Selbstverständlich." Sophia von Wartenberg ging zu dem wuchtigen Schreibtisch an der Fensterseite des Raumes und drückte den Knopf einer schwarzen Sprechanlage. „Frau Lentz? Bringen Sie uns bitte drei Fläschchen Mineralwasser. Danke, das wäre vorläufig alles."

Nachdem ihre Gastgeberin in dem mittleren Ledersessel Platz genommen hatte, fragte der Privatdetektiv direkt: „Seit wann genau wird Ihr Mann vermisst, Frau von Wartenberg?"

„Seit vorgestern Abend. Er hatte am Montag eine Verabredung mit einem Antikensammler in dessen Haus. Dort ist er aber nie angekommen."

„Behauptet der Sammler", sagte Blochs Assistentin.

Sophia von Wartenberg nickte leicht indigniert. „Ich habe vollstes Vertrauen zu Michael Stoll. Und die Kriminalpolizei scheint seiner Aussage auch zu glauben. Nachdem mich Herr Stoll gegen halb neun am Abend angerufen hatte, um zu fragen, wo Alexander bliebe, spürte ich sofort, dass etwas nicht stimmte. Ich bat ihn eindringlich, mich sofort zu informieren, wenn mein Mann bei ihm eingetroffen wäre."

„Für welche Zeit hatten sich die beiden miteinander verabredet?", fragte Tobias Bloch.

„Alexander wollte Michael Stoll um halb acht besuchen."

Es klopfte an die Tür der Bibliothek.

„Kommen Sie nur herein, Frau Lentz", sagte Sophia von Wartenberg.

Die Tür wurde von einer zierlichen und schlanken Frau mit kurzen grauen Haaren geöffnet. Bloch schätzte sie auf Anfang sechzig. Aber sicher war er sich nicht. Sie trug einen schlichten schwarzen Rock und darüber eine hochgeschlossene weinrote Bluse, die gut zu ihrer Haarfarbe passte. Sie nickte den Gästen höflich zu.

„Darf ich vorstellen?", sagte die Hausherrin. „Irene Lentz, unsere Wirtschafterin. Und das ist Tobias Bloch, der Privatdetektiv, der wegen des Verschwindens meines Mannes Ermittlungen anstellt."

„Und mein Name ist Susanne Kramer", ergänzte Susanne. „Ich bin die Assistentin von Herrn Bloch."

Der Heubacher Privatdetektiv lächelte unschuldig.

Die Wirtschafterin des Herrenhauses stellte die Getränke auf dem Beistelltisch zwischen den Ledersesseln ab. Dann deutete sie eine leichte Verbeugung an und wandte sich zur Tür.

„Herr Bloch wird sicherlich später mit Ihnen sprechen wollen." Sophia von Wartenberg warf ihm einen Blick zu. „Noch heute Vormittag?", fragte sie.

Der Privatdetektiv zuckte die Achseln. „Das hängt von dem Verlauf unseres Gesprächs ab."

„Gut", sagte die Gastgeberin. „Danke, Frau Lentz. Das war es vorläufig."

Nachdem die Wirtschafterin die Bibliothek verlassen hatte, nahm Bloch den Faden wieder auf. „Ihr Mann wollte sich also vorgestern Abend um halb acht mit Michael Stoll in dessen Haus treffen. Wo wohnt Herr Stoll?"

„In Ober-Kainsbach, einem kleinen Dorf hier in der Nähe. Mit dem Auto hätte Alexander allerhöchstens eine Viertelstunde gebraucht."

„Wissen Sie, wann Ihr Mann von hier losgefahren ist?", fragte die Assistentin des Privatdetektivs.

Sophia von Wartenberg nickte. „Er hat sich um kurz nach sieben von mir verabschiedet. Denn er wollte, wie eigentlich immer, pünktlich sein. In dieser Hinsicht kann man sich auf ihn verlassen. Vom Fenster meines Arbeitszimmers aus habe ich ihn wegfahren sehen."

„Mit welchem Wagen?"

„Einem silbergrauen Jaguar."

„Saß Ihr Mann am Steuer?", fragte Bloch. „Haben Sie ihn erkannt?"

„Ja."

„Wurde der Jaguar inzwischen gefunden?"

„Nein. Er ist spurlos verschwunden. Wie mein Mann."

Susanne Kramer trank einen Schluck Wasser. „Haben Sie nach dem Anruf von Michael Stoll gegen halb neun später noch einmal Kontakt zu ihm aufgenommen?"

„Ja“, sagte Frau von Wartenberg. „Mehrere Male. Ich habe ihn bis ungefähr ein Uhr nachts bestimmt jede Stunde einmal angerufen.“

Bloch nickte. „Und die Polizei? Wann haben Sie die verständigt?“

„Gegen elf Uhr abends.“ Die Frau des Vermissten seufzte. „Dort hat man meine Besorgnis allerdings nicht sonderlich ernst genommen. Was aus Sicht der Polizei ja durchaus verständlich war. Ein erwachsener Mann wurde von seiner Frau nach wenigen Stunden vermisst! Das klang doch lächerlich.“

„Wollte Ihr Mann direkt vom Herrenhaus aus zu Herrn Stoll fahren? Oder hatte er vorher noch etwas anderes zu erledigen? Post einwerfen, tanken, etwas in der Art?“

Sophia von Wartenberg schüttelte den Kopf. „Nicht dass ich wüsste.“

„Ab wann hat sich die Polizei dann tatsächlich um das Verschwinden Ihres Mannes gekümmert?“, fragte Blochs Assistentin.

„Ich habe die ganze Nacht auf Alexander gewartet. Als er auch am nächsten Morgen noch nicht wieder aufgetaucht war, habe ich die Polizei erneut verständigt. Soweit ich verstanden habe, haben sie die üblichen Maßnahmen eingeleitet. Bei den umliegenden Krankenhäusern angerufen, im Computer nachgesehen, ob ein silbergrauer Jaguar in der fraglichen Nacht in einen Unfall verwickelt war. Alles ohne Ergebnis.“ Sie trank einen Schluck. Ihr Gesicht war blass, ihre graugrünen, mandelförmigen Augen blickten die beiden Besucher müde an.

Du willst unser Mitgefühl, dachte Bloch. Wir sollen sehen, wie du leidest.

„Nachdem Ihr Mann nicht bei Michael Stoll eingetroffen ist, haben Sie sicherlich bei Freunden und Bekannten angerufen, um zu erfahren, ob er es sich vielleicht anders überlegt hatte“, sagte der Privatdetektiv aus Heubach.

„Ich habe Hinz und Kunz angerufen. Manch einer wird mich sicherlich für hysterisch gehalten haben. Ich habe es trotzdem gemacht. Aber es war vergeblich."

„Wie alt ist Ihr Mann genau, Frau von Wartenberg?", fragte Susanne Kramer.

Die Hausherrin lächelte bitter. „Ich weiß, worauf Sie hinauswollen. Der große Altersunterschied. Das übliche Muster."

„Nein, das wissen Sie nicht", widersprach Blochs Assistentin.

Sophia von Wartenberg hob erstaunt die Augenbrauen. „Alexander ist im letzten Jahr einundsechzig geworden. Er ist siebzehn Jahre älter als ich."

Dann habe ich dein Alter ja ganz gut geschätzt, dachte Bloch.

„War Ihr Mann ernsthaft krank?", fragte er. „Physisch oder psychisch?"

„Worauf wollen Sie hinaus?" Sie verschränkte die Arme vor der Brust. Ging in Verteidigungsstellung.

„Auf gar nichts. Ich will es einfach nur wissen."

„Organisch war meines Wissens alles in Ordnung..."

„Aber Sie wissen es nicht genau", unterbrach Susanne sie.

„Nein, ich habe nicht mit seinem Arzt gesprochen", gestand Sophia von Wartenberg ein.

„Die Polizei aber sicher."

„Sie wollten alle möglichen Namen und Adressen von mir. Darunter auch den seines Anwalts und seines Arztes."

Der Privatdetektiv nickte. „Sie waren noch nicht fertig."

„Alexander war manchmal ein wenig niedergeschlagen, fast könnte man sagen depressiv. Das musste gar keinen bestimmten Grund haben. Es war einfach ein plötzlicher, für mich unerklärlicher Stimmungsumschwung."

„Wie war seine Gemütsverfassung an dem fraglichen Tag?"

„Normal, würde ich sagen."

„Könnte er Ihnen etwas vorgespielt haben?", fragte Susanne Kramer. „Konnten Sie seine jeweilige Stimmung gut einschätzen?"

Sophia von Wartenberg zögerte einen Moment mit der Antwort. „Ich glaube schon", sagte sie dann.

Der Heubacher Privatdetektiv leerte sein Glas. „Wir können Ihnen nur behilflich sein, wenn Sie ehrlich zu uns sind, Frau von Wartenberg."

Sie nickte.

„Schließen Sie Selbstmord definitiv aus?"

„Ja." Sie antwortete ohne zu zögern.

„Könnte Ihr Mann vor jemandem geflohen sein?"

Die Hausherrin kniff ihre graugrünen Augen zusammen, was ihr gut geschnittenes Gesicht nicht attraktiver machte. „Wie bitte? Alexander soll auf der Flucht sein?"

Bloch lehnte sich zurück. „Wir müssen alle Möglichkeiten in Betracht ziehen. Auch wenn sich der eine oder andere Aspekt zunächst völlig unwahrscheinlich anhört. Wenn wir bestimmte Gesichtspunkte von vornherein ausschließen, landen wir früher oder später in einer Sackgasse. Und das kann nun wirklich nicht in Ihrem Interesse liegen."

Zum ersten Mal war Sophia von Wartenberg nahe daran, die Fassung zu verlieren. Sie machte eine wegwerfende Handbewegung, die ihre Kostümjacke ein Stück weit öffnete. Der Privatdetektiv ließ sich davon nicht ablenken.

„Ich lasse mich ungern belehren, Herr Bloch. Ich habe mir von der Kriminalpolizei schon genug indiskrete und zum Teil beleidigende Fragen anhören müssen. Von den darin enthaltenen Unterstellungen ganz zu schweigen."

Sie beugte sich vor und sah ihn eindringlich an. Er hielt ihrem Blick stand und sah nicht in ihren Ausschnitt.

„Ich möchte, dass Sie auf meiner Seite sind." Nun klang sie wieder versöhnlicher. „Ich möchte, dass Sie mir helfen. Mit der Polizei habe ich bisher keine guten Erfahrungen gemacht. Im Gegenteil. Bei unserem Telefongespräch sagte ich Ihnen bereits, dass man mich zu den Verdächtigen zählt. Ich glaube, dass ich ziemlich weit oben auf der Liste stehe."

„Das ist nur natürlich", stellte Susanne Kramer ungerührt fest. „In den meisten Fällen sind die nächsten Angehörigen..."

Die Frau des Vermissten schüttelte den Kopf. Dann trank sie einen Schluck Wasser. „Ich will die Wahrheit erfahren", sagte sie. „Ich will wissen, was wirklich mit Alexander passiert ist. Wo er jetzt ist." Sie machte eine Kunstpause. „Und ob er noch lebt."

Kapitel 5

Dreckige Hure

„Haben Sie oder Ihr Mann Kinder?", fragte Tobias Bloch.

Inzwischen hatte ihnen die Wirtschafterin auf Anweisung ihrer Chefin neue Getränke gebracht. Die freundliche Frage von Irene Lentz, ob sie auch etwas zu essen wünschten, hatten alle drei verneint.

„Nein", sagte Sophia von Wartenberg.

„Sind Sie sicher?", hakte die Assistentin des Privatdetektivs nach.

Die Hausherrin runzelte die Stirn. „Ich verstehe Ihre Frage nicht."

„Dass Sie beide in Ihrer jetzigen Ehe keine Kinder haben – oder wenn es denn eines gegeben haben sollte, dieses inzwischen gestorben ist –, ist mir schon klar."

„Warum?"

„Sie hätten das Kind oder die Kinder garantiert erwähnt, als Sie von den vielen Anrufen gesprochen haben, die Sie an dem Abend und in der Nacht geführt haben, als Ihr Mann verschwunden war. Sie haben von allen möglichen Leuten gesprochen, von Freunden und Bekannten – aber nicht von einem oder mehreren Kindern. Von Schwestern oder Brüdern, die Sie oder Ihr Mann haben, übrigens auch nicht."

„Sie passen auf."

Susanne Kramer zuckte die Achseln.

„Alexander und ich sind Einzelkinder. Es gibt also auf beiden Seiten keine Geschwister."

„Das vereinfacht die Sache", stellte Bloch nüchtern fest.

„Wieso?“

„Sie wissen schon, die Geschichte mit den nächsten Angehörigen, die in solchen Fällen sehr, sehr oft als Täter in Frage kommen. Also, noch mal zu den Kindern. Meine Frage bezog sich darauf, ob es Nachkommen aus früheren Beziehungen gibt, von denen Sie sich inzwischen möglicherweise entfremdet haben. Oder ob Sie beispielsweise ein uneheliches Kind haben, von dem Ihr Mann gar nichts wusste. Das aber dennoch eine entscheidende Rolle spielen könnte.“ Der Heubacher Privatdetektiv trank einen Schluck Wasser. „Wir müssen so viel wie möglich über Ihre familiären Umstände erfahren, verstehen Sie?“

Sophia von Wartenberg nickte. „Ich habe keine Kinder. Ob mir Alexander in dieser Hinsicht etwas verschwiegen hat, weiß ich nicht. Aber ich kann es mir eigentlich nicht vorstellen.“

„Leben Ihre Eltern noch?“, fragte Susanne Kramer.

„Was sollen die denn damit zu tun haben?“, ereiferte sich die Ehefrau des Vermissten. „Ich habe seit Jahren keinen Kontakt mehr zu ihnen. Aber sie leben sicher noch, denn ich als einziges Kind wäre von ihrem Tod bestimmt informiert worden.“

„Warum haben Sie keinen Kontakt mehr zu Ihren Eltern?“

„Sie sind vor mehr als acht Jahren nach Australien ausgewandert.“

„Das muss für sich genommen noch kein triftiger Grund sein.“

„Doch, in unserem Fall schon“, sagte Sophia von Wartenberg. „Unsere Beziehung war vorher schon, vorsichtig ausgedrückt, nicht die beste. Und durch die große räumliche Entfernung haben wir uns noch stärker auseinandergelebt. Sie rufen nicht an – und ich tue es auch nicht. So einfach ist das.“ Mit einer anmutigen Handbewegung strich sie sich eine Haarsträhne aus dem Gesicht. „Meine Eltern haben mit Alexanders Verschwinden garantiert nichts zu tun. Das ist völlig ausgeschlossen.“

„Wir haben im Laufe unserer Ermittlungen inzwischen mehrfach erfahren müssen, dass man nie etwas völlig ausschließen sollte“, sagte Tobias Bloch. „Ein Beispiel: Sie wissen offenkundig doch gar nicht, wo sich Ihre Eltern in genau diesem Augenblick aufhalten. Leben sie noch in Australien? Sind sie vielleicht inzwischen nach Deutschland zurückgekehrt oder in ein anderes Land gezogen?“ Der Privatdetektiv kratzte sich kurz am Kinn. „Und außerdem: Man kann so etwas auch von Australien aus organisieren. Mühelos. Wenn man über die entsprechenden Mittel verfügt.“

„Sie kennen meine Eltern nicht.“

„Das stimmt.“

„Denen ist das, was ich und Alexander machen, völlig gleichgültig. Sie waren nicht einmal bei unserer Hochzeit.“

„Die wie lange zurückliegt?“, fragte Susanne Kramer.

„Fast dreizehn Jahre.“

„Waren Sie zuvor schon ein Paar?“

Sophia von Wartenberg schenkte sich Wasser nach. „Stört es Sie, wenn ich rauche?“, fragte sie dann.

Wieso ausgerechnet jetzt diese Unterbrechung?, dachte Bloch.

Ihre Gäste schüttelten den Kopf, verzichteten aber ihrerseits instinktiv darauf, ihre Zigaretten hervorzuholen.

Die Hausherrin erhob sich und ging quer durch den Raum zu einer Kommode aus Mahagoniholz. Der obersten Schublade entnahm sie ein Päckchen Zigarillos, ein silbernes Feuerzeug und einen gläsernen Aschenbecher.

Als sie sich wieder setzte, schlug sie die Beine übereinander, so dass der Rock ihres dunkelblauen Seidenkostüms ein Stückchen nach oben rutschte.

Tobias Bloch lächelte.

Seine Assistentin warf einen gelangweilten Blick auf die hohe Stuckdecke der Bibliothek.

Sophia von Wartenberg nahm ein Zigarillo aus der Packung, zündete es an, inhalierte tief und blies den Rauch dann nach oben. „Alexander und ich waren vor unserer Hochzeit schon sechs Jahre zusammen", knüpfte sie an Susannes Frage vor dieser inszeniert wirkenden Unterbrechung an. „Im ersten Jahr war es eher eine lockere Beziehung. Dann sind wir zusammengezogen."

„Hier ins Herrenhaus?", fragte der Privatdetektiv.

„Nein, damals lebten Alexanders Eltern ja noch. Sie hätten zwar nichts dagegen gehabt, aber wir wollten nicht." Sie streifte die Asche ihres Zigarillos an dem Aschenbecher ab. „Inzwischen hat sich das natürlich grundsätzlich geändert."

„Weil die Eltern Ihres Mannes tot sind und Sie beide jetzt hier das uneingeschränkte Sagen haben?"

„Alexanders Mutter ist bereits vor einigen Jahren gestorben", sagte Sophia von Wartenberg. „Sie kam bei einem schrecklichen Autounfall ums Leben. Aber der Vater meines Mannes lebt noch. August von Wartenberg ist 89 Jahre alt. Sie werden ihn bestimmt bald kennenlernen. Ich bin mir sicher, dass Sie ihn in bleibender Erinnerung behalten werden."

„In guter oder in schlechter?", fragte Susanne Kramer.

Die Hausherrin zog an ihrem Zigarillo. „Lassen Sie sich überraschen."

„Wie versteht sich Ihr Mann mit seinem Vater?"

Die Frau des Vermissten legte ihr Zigarillo im Aschenbecher ab, bevor sie antwortete. „Er begegnet den Launen des alten Herrn mit bewundernswerter Gelassenheit. Mir will das nicht immer gelingen. Nur in einem Punkt ist Alexander knallhart und duldet keinen Widerspruch. Wenn es um die Verwaltung des Anwesens geht. Da hat der liebe August überhaupt nichts mehr zu melden."

„Weil er es bereits seinem Sohn überschrieben hat?", fragte Bloch.

Die Hausherrin nickte. „Vor etwa zwei Jahren. Als es wirklich nicht mehr anders ging. Der alte Wartenberg hatte ein paar fatale Entscheidungen getroffen und verlor mehr und mehr den Überblick."

„Denken Sie, dass das Verschwinden Ihres Mannes in direktem Zusammenhang mit den jetzigen Besitzverhältnissen steht?"

„Alexander war auch vorher nicht gerade arm. Und als Eigentümer dieses Anwesens hat sich seine finanzielle Lage natürlich nicht verschlechtert. Für einen potenziellen Täter dürfte allein die Tatsache, dass mein Mann reich ist, ein ausreichendes Motiv sein."

„Wenn Geld wirklich der Grund für das Verschwinden Ihres Mannes ist, warum hat sich dann noch niemand mit einer entsprechenden Forderung an Sie gewandt?", fragte Susanne Kramer.

„Darüber habe ich lange nachgedacht. Es gibt da, wenn man es sich genauer überlegt, eine ganze Reihe von Möglichkeiten. Eine könnte zum Beispiel sein, dass man mich quälen will", sagte Sophia von Wartenberg. „Oder meinen Mann. Oder uns beide. Derjenige, der meinen Mann in Händen hat, könnte auch einfach nur ein bisschen länger warten, um sich dann mit einer sehr hohen Forderung an mich zu wenden. Auf die ich dann vielleicht eher eingehen würde als unmittelbar nach seinem Verschwinden. Denkbar ist vieles."

Der Privatdetektiv nickte. „Bei diesen Überlegungen gehen wir immer davon aus, dass der Täter ein elementares Interesse daran haben muss, dass Ihr Mann am Leben bleibt. Das muss aber keineswegs so sein. Rache kann ein sehr starkes Motiv sein. Oder die Situation ist eskaliert, es hat unvorhergesehene

Komplikationen gegeben. Vielleicht hat sich Ihr Mann energisch zur Wehr gesetzt. Zu energisch. Mit anderen Worten: Es könnte etwas schiefgegangen sein."

Sophia von Wartenberg seufzte. Sie war gerade im Begriff, sich nachzuschenken, als die Tür der Bibliothek mit einem lauten Schlag aufgestoßen wurde. Sie hörten den dumpfen, hohlen Klang von Metall auf Holz. In die zuvor ruhige Atmosphäre der Bibliothek brauste ein alter Mann mit seinem Rollstuhl. Sein dunkelrotes Gesicht bebte vor Zorn. Die wenigen verbliebenen Haare standen ihm zu Berge.

„Du dreckige Hure!", schrie er voller Wut mit sich überschlagender Stimme. „Was heckst du hier mit diesen Leuten aus? Verteilt ihr schon seinen Besitz?"

Jetzt lernen wir August von Wartenberg kennen, dachte Bloch.

Beim verzweifelten Aufschrei des alten Herrn war seine Schwiegertochter mitten in der Bewegung erstarrt. Wasser schwappte über ihr Glas und bildete auf dem Beistelltisch eine kleine Pfütze. Der Privatdetektiv nahm ihr die Flasche aus der Hand, um größeren Schaden zu vermeiden, und stellte sie auf dem Tisch ab.

Wie in Zeitlupe erwachte Sophia von Wartenberg wieder zum Leben. Sie drehte sich um und starrte ihren Schwiegervater an. Im Profil sah man ihre grimmige Entschlossenheit.

August von Wartenberg rollte in die Mitte des Raumes und schlug mit seinem Stock wütend auf den Boden.

„Elende Schlampe!", kreischte er. „Welches miese Spiel wird hier gespielt?"

„Herr von Wartenberg", versuchte Bloch zu intervenieren.

„Du hältst das Maul!", schrie der Alte und zeigte mit seinem Stock auf den Privatdetektiv. „Um dich kümmere ich mich später." Er warf einen lüsternen Blick auf Susanne. „Und du kommst auch noch dran!"

„Darauf freue ich mich jetzt schon, du alter Sack“, sagte die Assistentin des Heubacher Privatdetektivs kalt lächelnd. „Ich kann es kaum erwarten.“

Das Gesicht von Sophia von Wartenberg war kreidebleich geworden. Ihre volle Oberlippe zitterte leicht. Sie richtete sich drohend auf.

„Schwiegervater“, sagte sie mit eisiger Stimme.

„Nein!“, schrie er. „Ich bin nicht länger dein Schwiegervater. Das war einmal. Das ist jetzt aus und vorbei. Kaum ist mein Sohn verschwunden, da triffst du dich auch schon mit deinen dreckigen Komplizen. Packst die günstige Gelegenheit sofort beim Schopf. Dir kann es gar nicht schnell genug gehen!“

Bloch beobachtete aufmerksam, wie Sophia von Wartenberg mit sich rang.

Wie du jetzt auf die beleidigenden Bemerkungen des Alten reagierst, wird uns sehr viel über deinen Charakter sagen, dachte er.

Die Ehefrau des Vermissten ließ ihren Schwiegervater nicht aus den Augen. Sie ging zwei Schritte zur Seite und deutete demonstrativ auf ihre beiden Besucher.

„Das ist Tobias Bloch.“

„Mir doch scheißegal!“, kreischte August von Wartenberg.

„Er ist Privatdetektiv.“ Sie zeigte auf Susanne. „Und das ist seine Assistentin Susanne Kramer. Sie sollen herausfinden, was mit Alexander geschehen ist“, sagte Sophia von Wartenberg. „Sie sollen herausfinden, weshalb er vorgestern Abend spurlos verschwunden ist. Und ihn nach Möglichkeit finden. Das ist ihre Aufgabe. Und sonst gar nichts.“

Ihr Schwiegervater schüttelte den Kopf. „Ich habe euch bei euren miesen Machenschaften gestört. Das ist doch offensichtlich.“

Tobias Bloch erhob sich langsam und ging auf den Alten zu.

„Komm mir nicht zu nahe, du Dreckskerl!“

Der Privatdetektiv blieb stehen und ging in die Hocke, um auf gleicher Augenhöhe mit dem im Rollstuhl sitzenden Alten zu sein.

„Herr von Wartenberg, ich verstehe Ihre Aufregung."

„Du hast doch überhaupt keine Ahnung!"

„Doch", sagte Bloch. „Ich habe bereits in der Vergangenheit verzweifelte Angehörige erlebt, die mir am liebsten an den Kragen gegangen wären, als ich ihnen schlechte Nachrichten zu überbringen hatte. Sie kennen die Geschichte mit dem Boten, den man für das verantwortlich macht, was er zu berichten hat." Er machte eine Kunstpause. „Sie befinden sich in einer äußerst angespannten Situation. Deshalb verlieren Sie schnell die Nerven. Wofür ich Verständnis habe." Es schien, als habe er jetzt die volle Aufmerksamkeit des Alten.

„Herr von Wartenberg", fuhr der Privatdetektiv fort. „Sie haben die Situation hier in der Bibliothek völlig missverstanden. Weil Sie unter ungeheurem Druck stehen. Dafür haben Sie ein Ventil gebraucht. Und in uns ein, wie ich zugeben muss, sehr geeignetes Ziel gefunden. Auf den ersten Blick, wohlgemerkt. Aber die Dinge sind nicht so, wie Sie sie gedeutet haben. Überhaupt nicht. Glauben Sie mir das bitte." Bloch erhob sich langsam und ging zurück zu seinem Ledersessel. Er setzte sich und schlug die Beine übereinander.

„Noch etwas, Herr von Wartenberg", sagte er. „Frau Kramer und ich haben diesen Fall übernommen. Wir wollen mit allen uns zur Verfügung stehenden Mitteln versuchen, Ihren vermissten Sohn zu finden. Dafür brauchen wir Informationen. Von allen Beteiligten. Von den nächsten Angehörigen, von allen Angestellten des Anwesens. Und von dem einen oder anderen Außenstehenden wie beispielsweise Michael Stoll. Damit wir Anhaltspunkte für unsere Suche finden können. Über eines sollten Sie sich immer im Klaren sein, Herr von

Wartenberg. Wir lassen uns von nichts und niemandem von unserer Arbeit abhalten. Auch von Ihnen nicht."

Der Alte starrte ihn gebannt an.

Jetzt kommt die Pointe, August, dachte Bloch.

„Eines möchte ich zum Schluss noch betonen", sagte er. „Ich lasse mich von Ihnen nicht noch einmal unflätig beschimpfen, Sie alter Lustmolch!"

Der Alte lachte schallend. Er hustete rasselnd, würgte und lachte dann weiter. Aus seinem Mundwinkel rann ein feiner Speichelfaden langsam auf sein Kinn.

„Ich weiß, wo Männer gern hingucken, Herr von Wartenberg. Und ich habe Sie bei Ihrem, wie ich zugeben muss, furiosen Auftritt sehr genau beobachtet. Ich habe gesehen, wohin Sie geschaut haben. Sie sind zweifellos ein alter Lustmolch mit einer gehörigen Portion Fantasie. Bei einem 89-Jährigen nenne ich das ein sehr mutiges Verhalten."

Susanne Kramer und Sophia von Wartenberg sahen ihn erstaunt an.

Keine schlechte Rede, dachte Bloch. Jetzt wäre einiges geklärt.

Aber da täuschte er sich gewaltig.

August von Wartenberg hatte sich inzwischen wieder beruhigt. „Sie sprachen vorhin von Informationen, die Sie bei der Suche nach meinem Sohn brauchen. Ich hätte da einen Tipp für Sie, Herr...?"

„Bloch. Tobias Bloch."

Ohne seine Schwiegertochter anzusehen, sagte er ruhig: „Sie hat ein Verhältnis mit Michael Stoll. Schon länger. Darüber sollten Sie sich mal mit ihr in ungezwungener Atmosphäre unterhalten. Wen wollte Alexander denn an dem fraglichen Abend aufsuchen? An dem Abend, an dem er spurlos verschwunden ist." August von Wartenberg lächelte zufrieden. „Raten Sie mal, worüber mein Sohn mit diesem Schwein reden wollte."

Kapitel 6

Venusgrotte

„Raus!", schrie Sophia von Wartenberg. „Verschwinde auf der Stelle, du elender Dreckskerl!" Sie funkelte ihren Schwiegervater wütend an. „Wenn du doch endlich tot wärst!"

Der Alte hat ins Schwarze getroffen, dachte Bloch. Scheint ihren wunden Punkt erwischt zu haben. Zumindest einen von ihnen.

August von Wartenberg lächelte amüsiert. Er fuhr mit seinem Rollstuhl zum Beistelltisch, schnappte sich ihr Glas, hielt es hoch und warf einen Blick auf den Boden aus Marmor, der teilweise von einem dicken, sehr teuer aussehenden Orientteppich bedeckt war. Der Alte entdeckte eine geeignete Stelle, holte schwungvoll aus und knallte es auf den Marmorboden. Das schwere Glas zersplitterte mit einem hellen, harten Klirren in unzählige Teile.

Der Alte sah den Privatdetektiv eindringlich an. „Haben Sie gehört, was diese geile Schlampe eben gesagt hat?"

Bloch nickte. „War nicht zu überhören."

„Werden Sie sich das merken?", fragte August von Wartenberg.

Der Heubacher Privatdetektiv zuckte die Achseln. „Ich merke mir alles", sagte er gelassen. „Das hat noch nie geschadet."

Der Alte wendete seinen Rollstuhl und steuerte damit auf die offene Tür zu. Erst jetzt wurde Bloch bewusst, dass es heimliche Lauscher ihres lautstarken Gesprächs gegeben haben konnte. Was nicht unbedingt von Vorteil sein musste.

Lässt sich nicht mehr ändern, dachte der Privatdetektiv.

„Gute Unterhaltung, Herr Bloch", sagte August von Wartenberg. Sein Blick wanderte zu Susanne Kramer. Er zögerte einen Moment, schwieg dann aber.

„Wünschen wir Ihnen auch, Herr von Wartenberg", antwortete der Privatdetektiv. „Was immer Sie sich jetzt auch ansehen werden. Wir wünschen Ihnen dabei viel Vergnügen."

Der Alte kicherte. Dann fuhr er aus der Bibliothek. Als er um die Ecke bog, quietschten die Reifen seines Rollstuhles auf dem Marmorboden. Bloch stand auf, ging zur Tür, sah dem davonfahrenden Alten eine Weile nachdenklich nach, dann trat er wieder in die Bibliothek und schloss die Tür hinter sich.

Sophia von Wartenberg hatte sich erhoben und war zu dem wuchtigen Schreibtisch an der Fensterseite der Bibliothek gegangen. Sie drückte den Knopf der schwarzen Sprechanlage.

„Frau Lentz?", sagte sie. „Es ist hier ein kleines Malheur passiert. Wären Sie bitte so freundlich? Der Beistelltisch müsste abgewischt werden. Und auf dem Boden ist ein Glas zersplittert. Einen Moment noch, bitte." Sie sah ihre beiden Besucher an. „Möchten Sie noch etwas?"

„Ein kaltes Pils wäre jetzt nicht schlecht", sagte Susanne Kramer.

„Für mich bitte auch", sagte ihr Chef.

Die Hausherrin gab die Bestellung weiter. „Das wäre vorläufig alles, Frau Lentz. Danke."

Sophia von Wartenberg entfernte sich vom Schreibtisch, ging durch den Raum und setzte sich seufzend in den hohen schwarzen Ledersessel.

Hast dich auch schon mal eleganter bewegt, dachte Bloch. Aber bitte nicht als Kritik werten, unter den gegebenen Umständen.

Zerstreut versuchte die Ehefrau des Vermissten gerade, ihr ein wenig durcheinandergeratenes Haar notdürftig zu ordnen, als es an der Tür zur Bibliothek klopfte. „Kommen Sie nur herein, Frau Lentz“, sagte sie.

Die Wirtschafterin betrat den Raum, nickte ihnen höflich zu und stellte ein Tablett mit den Getränken zunächst auf den Schreibtisch. Nachdem sie den Beistelltisch abgewischt hatte, brachte sie das Bier und die Gläser zu ihnen.

Als sie Susanne einschenken wollte, schüttelte diese den Kopf. „Vielen Dank, aber das können wir schon selbst machen.“

„Wie Sie wünschen.“ Dann begann Irene Lentz zielstrebig, die vielen Splitter des Glases mit einem kleinen Besen zusammenzukehren und auf eine Schaufel zu schieben. „Soll ich wegen der Tür Herrn Rilke Bescheid sagen?“, fragte sie so beiläufig wie möglich.

Was hast du alles gehört?, fragte sich Bloch.

„Ja, bitte“, antwortete Sophia von Wartenberg. „Er soll sich später darum kümmern.“ Sie räusperte sich. „Ist es denn sehr schlimm?“, fragte sie, ebenfalls um Beiläufigkeit bemüht.

Irene Lentz zuckte die Achseln. „Man sieht es“, antwortete sie diskret. „Aber Herrn Rilke wird bestimmt etwas einfallen.“

„Danke, das wäre vorläufig alles“, sagte die Hausherrin.

Die Wirtschafterin verabschiedete sich wortlos mit einem angedeuteten Nicken und verließ die Bibliothek.

„Wollen Sie immer noch für mich arbeiten?“, fragte Sophia von Wartenberg. Ihrem Tonfall war nicht zu entnehmen, wie ernst sie diese Frage meinte. „Nach allem, was eben passiert ist. Sie müssen uns ja für verrückt halten. So wie wir uns hier aufführen.“

„Die leichten Fälle haben uns noch nie interessiert“, antwortete die Assistentin des Privatdetektivs.

Bloch nickte lächelnd. Er bot Susanne eine Zigarette an und bediente sich dann selbst. „Wünschen Sie dem alten Lustmolch wirklich den Tod? Oder ist Ihnen das nur so im

Eifer des Gefechts herausgerutscht?“

Ich zeige dir einen sehr gut ausgeschilderten und sehr gut beleuchteten Notausgang, dachte Bloch.

„Nein. Ganz bestimmt nicht. Ich sehne den Tag herbei, an dem das alte Schandmaul endlich tot umfällt. Für mich wird das ein Feiertag sein.“

„Umfällt?“, fragte Susanne Kramer. „Wie soll das denn gehen, wenn er im Rollstuhl sitzt?“

„Wenn er will oder wenn er muss, kann er auch noch selbst gehen. Allerdings nur sehr langsam und ziemlich unsicher“, antwortete die Hausherrin. „Sie haben seinen Stock gesehen? Den braucht er natürlich zum Gehen. Deshalb hat er ihn meistens dabei.“

„Warum ist er bei dieser netten kleinen Szene nicht aufgestanden? Das hätte seine Wut doch noch anschaulicher gemacht.“

„Ich schätze, dass er sich vor Ihnen keine Blöße geben wollte.“

Der Privatdetektiv und seine Assistentin rauchten schweigend ihre Zigaretten.

Bloch trank einen Schluck des herrlich kalten Biers, dann fragte er direkt: „Frau von Wartenberg, stimmt das, was Ihr Schwiegervater über Sie und Michael Stoll gesagt hat?“

Sie zögerte. Schien angestrengt nachzudenken. Oder wollte zumindest diesen Anschein erwecken.

Dann antwortete sie: „Darüber möchte ich nicht sprechen. Glauben Sie mir, es hat nichts mit Alexanders Verschwinden zu tun. Ganz bestimmt nicht.“

„Was Frau Kramer und ich glauben oder nicht glauben, ist völlig uninteressant“, sagte der Privatdetektiv ruhig. „Für uns ist allein von Bedeutung, was wir wissen. Oder – um es einzuschränken – was wir zu wissen meinen. Und wir wollen wissen, ob Sie ein Verhältnis mit Michael Stoll haben.“

„Und wenn ich mich weigere, Ihre Frage zu beantworten? Was geschieht dann?"

„Frau von Wartenberg, Sie wollen doch, dass wir Ihnen helfen? Sie meinen es doch ernst mit Ihrem Auftrag?" Er sah sie prüfend an. Sie hielt seinem durchdringenden Blick erstaunlich gut stand und zuckte nicht mit der Wimper.

„Ich verachte Michael Stoll", zischte sie.

„Das beantwortet meine Frage zwar nicht", sagte Bloch. „Aber ich kann Ihnen gern auf die Sprünge helfen. Bitte sehr. Sie hatten ein Verhältnis mit ihm. Aber er hat Schluss gemacht. Weil er Ihrer überdrüssig geworden ist? Weil er eine andere gefunden hat? Eine schönere, eine jüngere, eine reichere, eine berühmtere Frau als Sie? Weil Sie das nicht zugeben wollen, versuchen Sie, die Beantwortung dieser Frage hartnäckig zu vermeiden. Weil dieser Mann Sie gedemütigt hat. Das hat niemand gern. Aber ich vermute, dass das gerade für Sie eine sehr ungewöhnliche Erfahrung war. Ich schätze, Sie haben bisher so ziemlich alles bekommen, was Sie wollten. Aber ich kann mich natürlich täuschen und mit diesen Vermutungen völlig danebenliegen."

Der Heubacher Privatdetektiv warf seiner Assistentin einen kurzen Seitenblick zu und trank dann einen Schluck.

Susanne Kramer verstand das Signal. „Seit wann bestand Ihre Beziehung mit Herrn Stoll?", fragte sie.

„Wir sind uns beim Empfang zum 57. Geburtstag meines Mannes nähergekommen."

„Von wem ist die Initiative ausgegangen?"

„Von beiden, denke ich."

„Wer hat den ersten Schritt getan?"

„Ich. Ich wollte ihn."

Das habe ich mir gedacht, dachte Bloch.

„Wer wusste von Ihrer Beziehung?", fragte er.

„Mein lieber Schwiegervater hat uns vor etwas mehr als

einem Jahr bei einem Rendezvous in der Venusgrotte in flagranti erwischt."

„Venusgrotte?"

„Eine künstliche Tropfsteinhöhle mit See und Wasserfall oberhalb des Herrenhauses. Ziemlich romantischer Ort. Man kann die Grotte in blaues oder rotes Licht tauchen. Auch sehr romantisch. Wir Idioten haben natürlich das rote Licht eingeschaltet."

Der Privatdetektiv lächelte. „Das dürfte dem alten Lustmolch bestimmt gefallen haben. Ist er denn auf seine Kosten gekommen?"

Sophia von Wartenberg zuckte die Achseln. „Kommt darauf an, wie lange er uns schon beobachtet hatte, bevor er sich mit tierischem Gebrüll zu erkennen gab."

„Wie ich den alten August inzwischen kenne, wird er erst mal einen Teil der Vorstellung genossen haben. Herumtoben konnte er hinterher immer noch."

Sie überging diese Bemerkung. „Seit diesem Zwischenfall hat sich Michael Stoll nicht mehr auf dem Anwesen blicken lassen."

„Ich gehe davon aus, dass der Alte seinem Sohn die Geschichte brühwarm weitererzählt hat. Sonst noch jemandem?"

„Unsere Angestellten wissen es bestimmt", sagte die Ehefrau des Vermissten. „Der alte Dreckskerl kann doch sein Schandmaul nicht halten."

„Wie hat Ihr Mann auf diese Enthüllung reagiert?", fragte Susanne Kramer.

„Äußerlich gelassen. Aber in seinem Inneren muss es gebrodelt haben."

„Hat er Ihnen oder Herrn Stoll Konsequenzen angedroht? Hat er Sie ultimativ aufgefordert, das Ganze sofort zu beenden?"

Die Hausherrin schüttelte den Kopf. „Alexander kennt mich sehr gut. Deshalb hat er mich in Ruhe gelassen. Ich denke, er hat darauf gehofft oder gesetzt, dass die Geschichte eines Tages schlicht und einfach beendet werden würde."

„Was ja dann auch geschehen ist", stellte die Assistentin des Privatdetektivs fest. „Wann eigentlich genau?"

„Vor vier Wochen."

„Und das ist eine endgültige Tatsache? Da gibt es kein Zurück mehr?", fragte Bloch.

„Nie im Leben."

„Herr Stoll hat Schluss gemacht?"

Sie nickte verbittert. „Ja."

„Weshalb?"

„Weshalb machen Männer Schluss?"

„Weil er geglaubt hat, etwas Besseres gefunden zu haben", beantwortete er ihre Frage.

Da gibt es nur zwei Möglichkeiten, dachte Bloch. Entweder hat Michael Stoll wirklich die Entdeckung des Jahrzehnts gemacht. Oder der Kerl ist ein Vollidiot.

Sophia von Wartenberg schwieg.

„Wusste Ihr Mann von der Trennung?", fragte Susanne.

„Ich habe ihm nichts davon gesagt. Denn wir haben seit dem Vorfall in der Venusgrotte nie über dieses Thema gesprochen. Kein einziges Wort."

Das glaubst du doch selbst nicht, dachte Bloch.

„Das Verhalten Ihres Schwiegervaters lässt darauf schließen, dass zumindest er nichts vom Ende Ihres Verhältnisses mit Michael Stoll weiß", sagte der Privatdetektiv. „Oder war sein furioser Auftritt nur Theater?"

„Das weiß man bei dem alten Drecksack nie so genau", antwortete Sophia von Wartenberg. „Eines wollte er damit auf jeden Fall erreichen."

„Zwei Sachen wollte er bezwecken", korrigierte Bloch sie. „Sie sollten in ein ungünstiges Licht gerückt werden. Michael Stoll aber auch."

Kapitel 7

Die junge Frau

Ein zum Selbstmord entschlossener Mann hat im oberösterreichischen Puchl einen zu Hilfe eilenden Passanten angeschossen und schwer verletzt. Der offenbar psychisch gestörte Täter war mit seinem Auto mit hoher Geschwindigkeit gegen ein Haus gerast, das komplett einstürzte. Als ein Zeuge des Geschehens dem vermeintlichen Unfallopfer helfen wollte, schoss ihm der Autofahrer mit einem Bolzenschussgerät in den Bauch. Anschließend richtete der lebensmüde Mann die Waffe gegen sich selbst und schoss sich in den Kopf. Er war sofort tot.

Der moderige Geruch in dem Kellerverlies erinnerte ihn längst nicht mehr an die Venusgrotte in der weitläufigen Anlage des Herrenhauses im Brombachtal. Plötzlich durchzuckte ihn eine Erkenntnis. Woher wusste er eigentlich, dass er in einem unterirdischen Raum gefangen gehalten wurde? Als man ihn nach der Entführung hierher gebracht hatte – der alt und gebrechlich wirkende Mann oder wer auch immer –, war er bewusstlos gewesen. Er hatte also gar nicht mitbekommen können, ob er tatsächlich eine Treppe hinuntergetragen worden war.

Ihm war es bisher lediglich aufgrund der äußeren Umstände als Selbstverständlichkeit erschienen, dass er sich im Keller eines ihm unbekannten Gebäudes befinden musste. Dafür sprachen der kahle Betonfußboden, der moderige Geruch und die Ketten an den Wänden.

Wo befestigte man Ketten an den Wänden? In einem Verlies. Im Keller. In einem Kellerverlies.

Oder unterlag er hier einer fatalen Selbsttäuschung?

Er zuckte die Achseln, was zur Folge hatte, dass die Ketten auf dem Betonfußboden rasselten. Ohne fremde Hilfe würde er hier sowieso nicht lebend herauskommen. Gleichgültig, ob er sich in einem Raum über oder unter der Erde befand.

Inzwischen störte ihn das Gedudel des Privatsenders fast gar nicht mehr. Er kannte die Stimmen einiger Moderatoren. Die sanfte, einschmeichelnde Stimme eines Mannes. Die schrille, aufgekratzte Stimme einer jungen Frau. Beide zutiefst unehrlich. In den stündlichen Nachrichten war sein spurloses Verschwinden kein Thema mehr. Das gefiel ihm. Denn er wollte seinen Namen nicht mehr hören. Er war schließlich oft genug gefallen. Wen es interessierte, der wusste zweifellos, dass etwas Ungewöhnliches mit ihm geschehen war.

Wie würde seine Frau darauf reagieren?

Sicher hatte sie sofort die Polizei informiert. Er zögerte. Ein unbehagliches Gefühl beschlich ihn. Oder hatte sie überhaupt nicht reagiert? War ihr sein Verschwinden gleichgültig? Er schüttelte den Kopf. Nein. Sie hatte bestimmt die Polizei verständigt. Sonst wäre sein Fall ja wohl nicht zum Thema der Radionachrichten geworden.

Also suchte man nach ihm. Aber welche Anhaltspunkte hatte die Polizei? Hatte der alt und gebrechlich wirkende Mann, der vorgegeben hatte, mit seinem dunkelgrünen Auto wegen eines Defekts an dem Fahrzeug auf der einsamen Landstraße liegen geblieben zu sein, Spuren hinterlassen?

Wenn dieser Mann allein gehandelt hatte, gab es einen Schwachpunkt in der Geschichte. Er konnte nicht gleichzeitig seinen Wagen und den silbergrauen Jaguar vom Tatort entfernt haben. Wenn er einen Helfer gehabt hatte, war das allerdings kein Problem. Trotzdem stellte sich auch in diesem Fall eine Frage: Wo war sein Jaguar jetzt? War er nach der

Entführung von einem Zeugen irgendwo gesehen worden? Oder hatten ihn der oder die Täter auf der Landstraße nach Ober-Kainsbach stehen lassen?

Ein kratzendes Geräusch an der Tür des kahlen Raumes riss ihn aus seinen Überlegungen. Er hörte, wie eine schwere Tür aufgeschlossen und anschließend geöffnet wurde. Jemand kam herein. Er zwang sich zu höchster Konzentration. Er musste sich jede Einzelheit, die er wahrnehmen konnte, genau einprägen. Das war seine einzige Überlebenschance. Wenn er denn überhaupt eine hatte.

Eine Person betrat den Raum, in dem er angekettet gefangen gehalten wurde. War es der alte Mann? Die Person stellte etwas ab. Nicht direkt auf den Boden. Auf einen Stuhl, ein Regal oder ein anderes Möbelstück. Er hörte das leise Klappern von Geschirr. Das war ein gutes Zeichen. Die schwere Tür – es musste eine Eisen- oder Stahltür sein – wurde geschlossen. Der nicht auf dem Betonfußboden abgestellte Gegenstand wurde wieder angehoben. Erneutes Geklapper. Die Person kam auf ihn zu. Das hörte er weniger, weil die Schritte auf dem Boden fast kein Geräusch erzeugten, aber er spürte es deutlich. Er spürte, wie die Luft um ihn bei jedem Schritt in Bewegung geriet. Er versuchte, die näherkommende Person zu riechen. Vielleicht konnte das später von Bedeutung sein. Vielleicht.

Das war kein alt und gebrechlich wirkender Mann. Mit Sicherheit nicht. Das war eine Frau. Es musste eine Frau sein. Der zarte Duft, den er roch, als sie sich vor ihm niederkniete und das Tablett abstellte. Ein Tablett aus Holz. Das entnahm er dem schabenden Geräusch, das auf dem kahlen Betonfußboden entstand.

Sie beugte sich über ihn. Er roch den angenehmen Duft ihrer Haut. Dann schlug sie ihm ohne jede Vorwarnung ins Gesicht. Sein Kopf wurde zur Seite geschleudert. Er gab keinen Laut von sich. Der Schlag brannte auf seiner Haut. Er straffte sich, rechnete mit einem zweiten Schlag und spannte deshalb seine Nackenmuskeln an.

Sie riss ihm das Klebeband vom Mund. Das tat höllisch weh. Aber er stöhnte nur leise. Kein Jammern, kein Klagen. Sie schlug ihm ein zweites Mal ins Gesicht. Auf dieselbe Stelle. Dann öffnete sie seinen Mund. Sie trug Lederhandschuhe. Er stellte sie sich als glatt und schwarz vor. Rabenschwarz. Der Rand eines Glases schlug gegen seine Zähne. Er legte den Kopf leicht nach hinten, um die erhoffte Flüssigkeit besser aufnehmen zu können. Sie kippte ihm Wasser in den Mund. Seine ausgetrocknete Kehle brannte.

Als er den Inhalt des Glases hinuntergeschluckt hatte, flüsterte er: „Mehr. Bitte."

Nichts geschah.

Er wartete gespannt.

„Mehr", wiederholte er dann.

Er spürte, dass sie ihn aufmerksam beobachtete. Ihr zarter Duft hatte sich verflüchtigt. Jetzt roch er ihre Anspannung.

Er hörte kaum, wie sie nachschenkte. Denn es entstand kein gluckerndes Geräusch. Sie schenkte also nicht aus einer Flasche nach, sondern aus einem Krug, einer Kanne oder einer Karaffe mit einer größeren Öffnung. Der Rand des Glases schlug wieder gegen seine Zähne. Gierig trank er das Wasser. Diese Prozedur wiederholte sie noch zweimal. Das Wasser des letzten Glases rann ihm teilweise aus den Mundwinkeln. Er versuchte, einen Rülpser zu unterdrücken. Leider vergeblich. Aber zu seiner Überraschung erfolgte keine Bestrafung.

Er hörte, wie sie das Tablett neben seinen Körper schob. Dann erhob sie sich. Ihre Schritte entfernten sich leise. Die schwere Tür seines Verlieses wurde geöffnet und Sekunden später wieder abgeschlossen. Mit gespannter Aufmerksamkeit lauschte er. Aber durch die dicke Tür konnte er nicht hören, ob sie eine Treppe hinaufging.

Das war jetzt aber nicht mehr wichtig. Er wusste jetzt mit ziemlicher Sicherheit, dass er in einem unterirdischen Raum gefangen gehalten wurde. Denn sie hatte ihm kein neues Band auf den Mund geklebt. Das bedeutete, dass es völlig gleichgültig war, ob er um Hilfe schrie oder nicht.

Behutsam tastete er mit seiner rechten Hand nach dem Rand des Tabletts. Er durfte keinen Fehler machen. Nichts umstoßen. Nichts fallen lassen. Wenn auf dem Tablett etwas Essbares war, musste es in der Reichweite seines angeketteten Armes bleiben.

Er fühlte drei Scheiben trockenen Brotes, die auf einem runden Holzteller lagen. Ein Stück Käse auf einem Unterteller. Und daneben einen ovalen, fettigen Gegenstand. Ebenfalls auf einem kleinen Teller. Wahrscheinlich eine Frikadelle. Das würde er später herausfinden. Denn ihm war klar, dass er sich seine bescheidenen Vorräte sehr gut einteilen musste. Er wusste ja nicht, wann sie wieder auftauchen würde. Und mit dem ersten Mal hatte sie sich schließlich sehr, sehr lange Zeit gelassen.

Er griff nach einer Scheibe Brot, beugte seinen Kopf so weit wie möglich nach vorn und führte die Scheibe vorsichtig zum Mund. Langsam essen, ermahnte er sich. Und gründlich kauen.

Während er bedächtig aß, kreisten seine Gedanken um zwei Personen.

Einen alt und gebrechlich wirkenden Mann.

Und eine Frau. Eine junge Frau.

Alte Frauen rochen anders, das wusste er.

Kapitel 8

Ein dreister Kerl

„Jetzt erzählen Sie uns bitte genau, warum Ihr Mann den Antikensammler Michael Stoll an dem Abend seines Verschwindens aufsuchen wollte", sagte Tobias Bloch. „Es wird sich bei dem geplanten Treffen ja wohl kaum um einen reinen Höflichkeitsbesuch gehandelt haben."

„Die beiden hatten Streit."

Jetzt rückst du den lieben Herrn Stoll aber auch in ein sehr ungünstiges Licht, dachte Bloch.

„Einen ernsthaften Streit?"

Sophia von Wartenberg nickte.

„Bei dem es um Sie ging?", fragte die Assistentin des Heubacher Privatdetektivs.

„Nein."

„Sind Sie sich da sicher?"

„Ja. Es ging nicht um mich. Es ging um eine wichtige geschäftliche Angelegenheit."

„Das eine schließt das andere nicht aus", wandte Bloch ein. „Aber gut. Erzählen Sie uns von dieser geschäftlichen Angelegenheit."

„Die war nämlich für sich genommen schon ernst genug", erklärte Sophia von Wartenberg.

Du willst es Stoll heimzahlen, dachte Bloch. Du willst dich rächen. Erst hast du behauptet, vollstes Vertrauen zu ihm zu haben. Du hast gesagt, dass du ihm die Schilderung der Ereignisse am Abend des Verschwindens deines Mannes glaubst. Dass hundertprozentig stimmt, was Stoll gesagt hat.

Dass dein Mann nie bei ihm in Ober-Kainsbach aufgetaucht ist. Das war, als wir noch nicht wussten, dass du ein Verhältnis mit ihm hattest, das der Antikensammler vor vier Wochen beendet hat. Wegen einer anderen Frau. Seit wir das wissen, verachtest du ihn plötzlich zutiefst. Ja, ja, so schnell kann das manchmal gehen.

„Worum ging es genau bei der Auseinandersetzung zwischen Ihrem Mann und Herrn Stoll?“, fragte der Privatdetektiv.

„Um ein antikes Kunstwerk aus römischer Zeit.“

„Das Ihr Mann dem Sammler verkaufen wollte?“

„Falsch“, antwortete die Frau des Vermissten. „Es war genau umgekehrt. Alexander wollte diese Antike unbedingt von Michael Stoll erwerben.“

„Haben Sie sich wegen des Kaufpreises gestritten?“, fragte Susanne Kramer. „Verlangte Stoll zu viel?“

Sophia von Wartenberg schüttelte den Kopf. „Er weigerte sich kategorisch, an meinen Mann zu verkaufen. Zu welchem Preis auch immer.“

„Ihr Mann hat also die Verabredung mit Herrn Stoll in dessen Haus getroffen, um ihn doch noch zum Verkauf zu überreden. Was versprach er sich von einem solchen Treffen, wenn der Sammler das Ansinnen Ihres Mannes unmissverständlich ablehnte?“

„Alexander wollte ihn umstimmen, indem er das Angebot noch einmal erhöhte. Und zwar um einen beträchtlichen Betrag.“

„Von welcher Größenordnung reden wir hier?“, fragte der Heubacher Privatdetektiv. „Ging es um eine fünfstellige oder um eine sechsstellige Summe?“

„Mit Sicherheit um Letzteres. Aber Genaueres weiß ich nicht, Herr Bloch. In Alexanders finanzielle Angelegenheiten habe ich mich nicht eingemischt.“

„Aber Sie hatten nicht den Eindruck, dass Michael Stoll auf das erhöhte Angebot Ihres Mannes eingehen würde?"

„Nein. Ich kenne ihn. Schließlich hatte ich mehr als vier Jahre ein Verhältnis mit ihm. Dabei habe ich auch seine Schattenseiten kennengelernt." Sophia von Wartenberg trank einen Schluck Wasser. „Er genoss es, Alexander zappeln zu lassen. Er genoss es, dass mein Mann über seine ablehnende Haltung sehr wütend war. Sehr wütend, aber auch sehr hilflos."

Erst hat er sich seine Frau geschnappt, dachte Bloch. Die gibt er später dankend zurück. Und dann führt er Alexander von Wartenberg selbst vor. Ein dreister Kerl.

„Ihr Mann war in dieser Frage aber anderer Meinung als Sie", sagte Susanne. „Er glaubte trotz allem, Michael Stoll noch umstimmen zu können?"

„Alexander hatte sich in dieser Angelegenheit völlig verrannt. Er wollte diese Antike unbedingt haben."

„Hatte Ihr Mann angedeutet, was er machen würde, wenn Herr Stoll bei seiner ablehnenden Haltung bliebe?"

Die Ehefrau des Vermissten schüttelte den Kopf.

„Ihr Exgeliebter wusste um seine Macht", sagte Tobias Bloch. „Er hatte eine hervorragende Ausgangsposition, um Ihren Mann zu demütigen. Um ihn ein zweites Mal zu demütigen."

Sophia von Wartenberg nickte. „Mich hat er damit natürlich auch gedemütigt. Das dürfen Sie nicht vergessen."

„Und das hat ihm Spaß gemacht?"

„Er hat es genossen, glauben Sie mir."

„Der reizende Herr Stoll hätte natürlich auch pokern können", sagte die Assistentin des Privatdetektivs. „Um den Kaufpreis noch weiter in die Höhe zu treiben. Um Ihren Mann an die Grenzen seiner finanziellen Möglichkeiten zu treiben."

„Soweit ich es verstanden habe, war Alexander mit dem erhöhten Betrag schon an seine Grenzen gegangen. Es war offensichtlich sein letztes Angebot."

„War Ihr Mann von diesem antiken Kunstwerk besessen?", fragte Bloch.

Sophia von Wartenberg nickte. „Er wollte es um fast jeden Preis."

„Um welche Art von Kunstwerk ging es eigentlich? Um wertvollen alten Schmuck?"

„Nein. Wenn ich es richtig verstanden habe, handelt es sich bei dieser Antike um einen besonderen und sehr seltenen Stein, der wiederum Teil einer bestimmten, einem römischen Gott geweihten Säule war. Obwohl sich Alexander als Liebhaber solcher altertümlicher Gegenstände sehr gut auskennt, habe ich davon wenig Ahnung. Wenn ich ehrlich sein soll, interessiert es mich auch nicht sonderlich. Um Näheres über dieses antike Kunstwerk zu erfahren, müssen Sie sich schon an Michael Stoll wenden. Der weiß definitiv Bescheid."

„Hatte Ihr Mann vielleicht noch andere Mittel, um den widerspenstigen Sammler unter Druck zu setzen?", fragte Susanne Kramer.

„Kann ich mir beim besten Willen nicht vorstellen", sagte die Gattin des Vermissten.

„Viele, sehr viele Menschen haben eine Leiche im Keller, Frau von Wartenberg", sagte der Privatdetektiv. „Viel mehr, als Sie denken. Der ehrenwerte Herr Stoll könnte zu ihnen gehört haben."

„Müsste ich das nicht wissen? Nachdem ich eine beträchtliche Zeit mit ihm zusammen war?"

„Halten Sie ihn für einen ehrlichen und aufrichtigen Mann?"

Die Hausherrin zuckte die Achseln.

„Sagt er die Wahrheit über den betreffenden Abend? Hat er Ihren Mann wirklich nicht getroffen? Hat er überhaupt nichts mit seinem Verschwinden zu tun? Ist er vollkommen unschuldig?“ Bloch trank sein Bier aus. „Ihre Aussagen in dieser Frage passen nicht recht zusammen. Zu Anfang unseres Gespräches sagten Sie, dass Sie vollstes Vertrauen zu ihm haben. Dass Sie seinen Angaben vorbehaltlos Glauben schenken. Als wir dann durch die großartige Unterstützung Ihres Schwiegervaters von Ihrem inzwischen beendeten Verhältnis mit Michael Stoll erfahren haben, sind Sie plötzlich umgeschwenkt. Von diesem Zeitpunkt an behaupten Sie, ihn zutiefst zu verachten. Einem Menschen, den man zutiefst verachtet, traut man doch einiges zu, oder?“

„Was ihm zuzutrauen ist oder nicht, finden Sie besser selbst heraus. Meinem Urteil scheinen Sie ja nicht zu trauen.“ Sophia von Wartenberg erhob sich. „Bilden Sie sich selbst eine Meinung über diesen Menschen.“ Sie ging zu der Kommode, aus der sie zuvor die Zigarillos genommen hatte, und entnahm der obersten Schublade einen dicken Umschlag. Sie reichte ihn dem Heubacher Privatdetektiv. „Ihr Vorschuss“, sagte sie. „Ich wünsche von Herzen, dass Sie keine sieben Tage brauchen, um herauszufinden, was mit meinem Mann geschehen ist.“

Kapitel 9

Schmerzensgeld

Den – so erschien es Bloch – halbherzigen Vorschlag von Sophia von Wartenberg, im Herrenhaus zu Mittag zu essen, hatte der Privatdetektiv dankend abgelehnt, weil er ungestört mit Susanne über ihre jüngsten Erkenntnisse sprechen wollte. Der Privatdetektiv kannte im Brombachtal einen in der Nähe des Herrenhauses idyllisch gelegenen Landgasthof, der auf seiner zwar nicht sehr umfangreichen Speisekarte einige durchaus schmackhafte Gerichte anbot.

Susanne entschied sich nach einigem Überlegen für das Hirschgulasch mit Pilzen und hausgemachten Spätzle. Bloch hätte normalerweise ohne zu zögern die Schweinenieren bestellt, wählte dann aber zur Überraschung seiner Assistentin das Wiener Schnitzel mit Pommes und einem großen grünen Salat.

Sie enthielt sich wohlweislich eines Kommentars, da sie wusste, dass man sich mit Fragen nach einer gewissen Imbisswirtin aus Michelstadt, die laut Auskunft ihres Chefs die besten Nierenspieße im ganzen Odenwald zubereitete, sofort auf vermintes Gelände begab. Einschlägige Erfahrungen zeigten, dass man dieses Thema besser vermied, weil Blochs Verhältnis zur gehobenen Michelstädter Gastronomie im Moment ein wenig unterkühlt war.

Nach dem wirklich guten Essen gönnten sich beide eine Zigarette – sie saßen logischerweise in der separaten Raucherzone des Landgasthofs – und schwiegen zufrieden. Dann sagte Susanne Kramer mit einem spöttischen Grinsen: „Ich habe ja schon viele verrückte Männer im Laufe meines

Lebens kennenlernen dürfen, aber ein solches Kaliber wie der alte Wartenberg ist mir noch nicht begegnet."

„Alter Odenwälder Landadel", seufzte der Heubacher Privatdetektiv. „Der war noch nie zu verachten."

„Wie kann man nur mit einem solchen cholerischen Schwiegervater unter einem Dach leben? Ich an Sophias Stelle würde mir das jedenfalls nicht bieten lassen."

Tobias Bloch zuckte die Achseln. „Wenn die Höhe des Schmerzensgeldes stimmt und wenn das Dach des Herrenhauses groß genug ist, würdest du es dir vielleicht auch anders überlegen. Außerdem sind die Tage des lieben August ja wohl gezählt."

„Aber das geht offensichtlich doch schon seit Jahren so", wandte seine Assistentin ein. „Was nützt dir das ganze Geld und das prächtigste Anwesen, wenn du Tag für Tag mit einem solchen Mistkerl zusammenleben musst?"

„Ab und zu werden die jüngeren Herrschaften sicherlich auch mal Urlaub gemacht haben, um dem Alten zu entkommen", sagte Bloch. „Aber das kann uns eigentlich vollkommen egal sein. Wichtig ist doch nur, dass August von Wartenberg uns eine bedeutende Information geliefert hat. Über die Form seines Auftritts kann man ja streiten, aber letztendlich kommt es doch nur auf den Inhalt seiner Botschaft an. Und der ist nun wahrlich brisant genug."

Susanne nickte. „Von Sophia hätten wir das jedenfalls niemals erfahren." Sie stutzte. „Aber vielleicht von Michael Stoll?"

„Wenn man der Schilderung seiner Exgeliebten Glauben schenken darf, müsste es ihm sehr gefallen, uns von diesem Verhältnis zu erzählen. Und zwar in aller Ausführlichkeit."

„Weiß August von Wartenberg, dass die Beziehung inzwischen beendet worden ist?", fragte die Assistentin des Privatdetektivs.

„Schwer zu sagen. Auf mich hat er einen ziemlich überzeugenden Eindruck gemacht. Aber ich kenne den Alten noch nicht lange genug."

Susanne Kramer lächelte. „Für den Anfang habt ihr euch ja schon ganz gut verstanden. So von Mann zu Mann. Das mit dem alten Lustmolch hat ihn jedenfalls köstlich amüsiert."

„Man tut, was man kann", sagte Tobias Bloch. „Außerdem war es ja wohl nötig, für eine gewisse Entspannung der Atmosphäre zu sorgen."

„Eine Bemerkung des Alten hat mich stutzig gemacht..."

„Mich auch. Er sagte, wenn ich es richtig in Erinnerung habe: Raten Sie mal, worüber mein Sohn mit diesem Schwein reden wollte."

„Dass es bei dem Gespräch der beiden um diese geheimnisvolle Antike gehen sollte, war ja offensichtlich und allgemein bekannt", sagte Blochs Assistentin. „Er muss also etwas anderes gemeint haben."

„Wenn der gute alte August nach wie vor der Meinung ist, dass die Beziehung seiner geliebten Schwiegertochter zu Michael Stoll noch besteht, hat er womöglich eine andere Schlussfolgerung gezogen", mutmaßte der Heubacher Privatdetektiv. „Nach seiner Logik musste es dann bei dem Treffen in Ober-Kainsbach gar nicht in erster Linie um das römische Kunstwerk gehen, sondern darum, die privaten Verhältnisse zwischen den dreien zu klären. Der alte Wartenberg ist vielleicht davon ausgegangen, dass sein Sohn Stoll auffordern würde, seine Frau künftig in Ruhe zu lassen."

„Wenn man von dieser Annahme ausgeht – die laut Sophia falsch ist –, wird Michael Stoll in Augusts Augen zu einem möglichen Täter. Es könnte zu einer Auseinandersetzung zwischen ihnen gekommen sein, die eskaliert ist."

Bloch lehnte sich zurück. „Die entscheidende Frage ist folgende: Wusste Alexander von Wartenberg, dass sich seine Frau und Stoll getrennt hatten? Sophia behauptet, nach dem pikanten Vorfall in der Venusgrotte nie mehr mit ihrem Mann über das Verhältnis zu dem Antikensammler gesprochen zu haben. Sie sagte zu uns: Kein einziges Wort."

„Klingt nicht sehr glaubwürdig – vorsichtig ausgedrückt."

Der Heubacher Privatdetektiv nickte nachdenklich. „Wenn Alexander nichts von der vier Wochen zurückliegenden Trennung wusste, ist er auf jeden Fall noch wütender nach Ober-Kainsbach gefahren, als er es wegen des Streits um die seltene Antike ohnehin gewesen wäre."

„Jäger und Sammler", murmelte Susanne.

„Wie bitte?"

„Die ganze Geschichte mit dem römischen Stein ist doch – wenn Sophias Schilderung wahr und vollständig ist – absolut idiotisch."

Bloch lächelte. „Aber eben auch typisch männlich."

„Warum konnte sich Alexander von Wartenberg nicht mit der schlichten Tatsache abfinden, dass die Antike unverkäuflich war? Ihm musste doch klar sein, dass sein gesamtes Verhalten, sein ständiges Drängen, sein fast schon kriecherisches Bitten und Betteln vollkommen kontraproduktiv war. Dass er damit Stolls Hochmut nur noch steigerte, dass er ihn förmlich dazu einlud, bei seiner ablehnenden Haltung zu bleiben und den erbärmlichen Anblick des Verlierers in diesem ungleichen Spiel zu genießen. Warum tat Alexander sich das an? Warum ließ er sich von dem Antikensammler demütigen, ja geradezu verhöhnen? War das dieser blöde Stein wert?"

Ohne auf ihre größtenteils rhetorischen Fragen einzugehen, sagte der Heubacher Privatdetektiv: „Sophias Schilderung des Streits zwischen den beiden ist mir sowieso viel zu einseitig auf die Perspektive ihres Mannes zugeschnitten. Einen möglichen anderen Aspekt hat sie weder erwähnt noch ins Kalkül gezogen."

„Nämlich?"

„In aller Ausführlichkeit lässt sie sich darüber aus, wie besessen ihr Ehemann von dieser römischen Antike war, wie sehr er sich um das seltene Kunstwerk gerissen hat. Aber was ist denn eigentlich mit Michael Stoll?"

Susanne nickte. „Verstehe. Es ist bei diesen verrückten Römerfreunden doch durchaus vorstellbar, dass er nicht im Traum daran dachte, sich von seinem Objekt zu trennen, weil er eben selbst von ihm besessen war. Dass er es um keinen Preis der Welt verkaufen würde, weil er es unbedingt als Teil seiner Sammlung bewahren wollte."

Der Heubacher Privatdetektiv machte der Bedienung ein Zeichen. „Wir werden hoffentlich bald erfahren, wie sehr Michael Stoll an dem römischen Stein hing. Ob es ihm wirklich um den Gegenstand an sich ging – oder darum, Alexander von Wartenberg nach allen Regeln der Kunst fertigzumachen."

„Männer!", stöhnte Susanne.

Für diese Bemerkung erntete sie einen verständnisvollen Blick der jungen Kellnerin, die an ihren Tisch gekommen war, um die Rechnung zu bringen. Bloch lächelte sie unschuldig an und rundete die Summe großzügig auf. Dann verließen sie den Landgasthof, um die nächste Etappe ihrer Ermittlungen in Angriff zu nehmen.

Kapitel 10

Michi

Von einer Telefonzelle in Langenbrombach rief der Heubacher Privatdetektiv den Antikensammler an.

Es meldete sich die Stimme einer jungen Frau.

„Ja?"

„Mein Name ist Tobias Bloch. Ich möchte bitte mit Herrn Stoll sprechen."

„Einen Moment."

Als Michael Stoll sich am Apparat meldete, stellte sich Bloch erneut vor. „Ich bin Privatdetektiv und ermittle zusammen mit meiner Assistentin im Auftrag von Frau von Wartenberg wegen des spurlosen Verschwindens ihres Mannes. Wir möchten uns deshalb gern mit Ihnen unterhalten, Herr Stoll."

„Worüber?" Die Stimme des Sammlers klang argwöhnisch.

„Über vieles. Über Ihr Verhältnis zu Alexander von Wartenberg beispielsweise. Genauer gesagt über den Streit, den Sie mit ihm hatten."

„Wir hatten keinen Streit", widersprach Michael Stoll.

„Wie würden Sie dann die Tatsache bezeichnen, dass Alexander von Wartenberg unter allen Umständen von Ihnen eine seltene römische Antike kaufen wollte, Sie dies aber kategorisch ablehnten? Was ist das? Eine harmlose Meinungsverschiedenheit, ein Missverständnis oder ein echter Konflikt, der in einen Streit mündet oder zumindest münden kann? Sie haben sich standhaft geweigert, den antiken Stein zu veräußern, obwohl Herr von Wartenberg Ihnen einen sehr hohen Preis angeboten hat."

„Mir geht es nicht ums Geld."

Der Heubacher Privatdetektiv merkte, dass er so nicht weiterkam. „Herr Stoll, dürfen wir Sie heute Nachmittag besuchen? Dann können wir alles in Ruhe besprechen. Sie sehen ja selbst, am Telefon ist das ein bisschen schwierig. Wir könnten etwa in einer Viertelstunde bei Ihnen sein."

Der Sammler zögerte.

„Denken Sie dabei bitte auch an Frau von Wartenberg." Bloch warf die Angel mit dem Köder aus. „Sie können sich wahrscheinlich vorstellen, in welchem Zustand sie sich in dieser schrecklichen Situation befindet. Auch der kleinste Hinweis von Ihnen könnte von großer Bedeutung für unsere Ermittlungen sein. Bitte geben Sie uns die Gelegenheit, mit Ihnen zu sprechen. Denn wir, Frau Kramer und ich, wollen alles versuchen, um herauszufinden, was mit dem Mann unserer Auftraggeberin passiert ist. Bitte helfen Sie uns, Herr Stoll."

Wenn er jetzt nicht anbeißt, weiß ich es auch nicht, dachte Bloch.

„Also gut", antwortete der Sammler. Er beschrieb ihm den Weg zu seinem Haus in Ober-Kainsbach.

„Vielen Dank, Herr Stoll. Wir werden in einer Viertelstunde bei Ihnen sein."

Etwa in der Ortsmitte bog Tobias Bloch rechts ab und fuhr an einigen Fachwerkhäusern vorbei, bis er am Ende der schmalen Straße ein großes, aus rötlichem Buntsandstein erbautes Haus erreichte. Er parkte eng an der Hauswand, um anderen Fahrzeugen an dieser Stelle weiterhin eine Durchfahrt zu ermöglichen, obwohl er bezweifelte, dass hier viel Verkehr herrschte. Denn gleich hinter dem Garten des umgebauten Bauernhauses erstreckten sich Felder und Wiesen, auf denen niemand zu sehen war.

Der Privatdetektiv und seine Assistentin stiegen aus und blieben eine Weile vor dem Haus stehen. Bloch konnte an den acht großen Fenstern der zweistöckigen Fassade keine Bewegung erkennen, war sich aber sicher, dass man sie beobachtete.

Lasst euch ruhig Zeit, dachte Bloch. Wir haben es nicht eilig.

Dann ging er, gefolgt von Susanne, zu dem hölzernen Gartentor, das ebenso wie der Zaun dunkelbraun gestrichen war. Da er an den Pfosten des Tores keine Klingel entdecken konnte, öffnete er es und ging über einen gepflasterten Weg zur Haustür.

Der Heubacher Privatdetektiv wollte gerade die Klingel drücken, als eine strahlende junge Frau die Tür öffnete und sie freundlich begrüßte.

„Sie müssen Herr Bloch sein", sagte sie mit einem bezaubernden Lächeln. „Und das ist Ihre Assistentin? Frau Kramer, richtig? Mein Name ist Marie."

Er schätzte die Frau, die verwaschene Jeans und ein weißes T-Shirt trug, unter dem sie offensichtlich nichts weiter anhatte, auf Anfang bis Mitte zwanzig.

Deinetwegen hat Stoll also Sophia von Wartenberg abserviert, dachte Bloch. Je älter die Kerle werden, desto jünger sind die Bräute, die sie sich dann aussuchen. Scheint fast ein Naturgesetz geworden zu sein.

Er erwiderte ihr Lächeln.

„Schön, dass Sie und Ihr Mann Zeit für uns haben. Wir werden Sie auch bestimmt nicht lange aufhalten."

Ein kleiner Test und eine kleine Lüge.

Die Frau reagierte nicht auf das von ihm angedeutete Verhältnis, das angeblich zwischen ihr und Michael Stoll bestand, sondern drehte sich elegant vor ihm um, gewährte ihm einen Blick auf ihren herrlichen Po und ging voraus.

„Kommen Sie, Michi erwartet Sie bereits im Wintergarten."

Ach du Scheiße, dachte Bloch. Ich möchte gar nicht wissen, welchen Kosenamen er dir gegeben hat.

Zugegeben, der Privatdetektiv und seine Assistentin hatten schon einige sehr schöne Wintergärten gesehen. Aber dieser hier war wirklich eine Wucht. Er erstreckte sich über die volle Länge des Hauses und war mit unzähligen exotischen Pflanzen ausgestattet, die alle mindestens drei Meter hoch waren. Sie hätten mühelos Zitronen, Limonen, Orangen, Bananen und andere, ihnen unbekannte Früchte pflücken können.

Zwischen den hohen Pflanzen standen antike Statuen, mit kaum zu entziffernden Inschriften versehene Steine oder Denkmäler verschiedener Größe – alle vermutlich römischer Herkunft oder dem damaligen Stil nachempfunden – sowie Vasen und andere Relikte aus längst vergangener Zeit. Unmöglich zu sagen, was davon echt, was rekonstruiert oder was schlicht gefälscht war.

Bloch und Susanne blieben im Eingang zu dem Wintergarten stehen und sogen die köstlichen Düfte ein.

„Beeindruckend“, sagte er anerkennend.

„Wir sitzen am Teich“, antwortete eine weiche Stimme, deren Besitzer Bloch hinter einer der riesigen Grünpflanzen vermutete.

Marie, die Frau ohne Nachnamen, deutete nach rechts.

Sie folgten ihr unter einigen überhängenden Pflanzen hindurch, dann stießen sie hinter einer großen Bananenstaude unvermittelt auf einen runden, sich vor ihnen öffnenden Platz, dessen Boden mit einem feinen Mosaik aus Abertausenden von weißen und blauen Steinchen bedeckt war. Sie erkannten verschiedene Tiergestalten, darunter einen Pfau, einen Adler und einen Bären.

Ein großer, sonnengebräunter Mann, dessen dunkles Haar an den Schläfen ergraut war, nickte ihnen ausdruckslos zu. Der Heubacher Privatdetektiv schätzte ihn auf Anfang fünfzig.

Junge Dinger stehen auf so etwas, dachte Bloch.

Michael Stoll saß mit übergeschlagenen Beinen in einem kunstvoll geschwungenen Sessel aus Rattan. Mit einer kurzen Bewegung seiner rechten Hand deutete er auf zwei freie Sitzgelegenheiten, machte aber keinerlei Anstalten, sich zu erheben, um seine Besucher zu begrüßen.

Schon klar, dachte Bloch. Das hier ist dein Revier.

Der Privatdetektiv und seine Assistentin nahmen unweit des ovalen Teiches Platz, dessen Oberfläche von blühenden Seerosen bedeckt war.

„Ein schönes Plätzchen“, sagte Susanne Kramer.

Der Antikensammler nickte.

Seinem mäßig interessierten Blick entnahm Bloch, dass Susanne nicht beziehungsweise nicht mehr Stolls Beuteschema entsprach. Eine gut aussehende Frau Mitte dreißig – schon viel zu alt. Das beruhigte ihn.

„Möchten Sie etwas trinken?“, fragte Michael Stoll.

„Nein danke“, antwortete der Privatdetektiv. „Wir möchten Sie nicht lange stören.“

Auch Susanne verneinte.

Das war die indirekte Aufforderung an Marie, die zunächst stehen geblieben war, um die Besucher eventuell mit Getränken zu versorgen, sich ebenfalls zu setzen. Sie nahm neben Stoll Platz, so dass die beiden ihren Gästen direkt gegenübersaßen. Die junge Frau zündete sich eine Zigarette an.

„Herr Stoll, ich hätte eine Bitte“, begann Bloch. „Wäre es möglich, dass wir nacheinander mit Ihnen sprechen könnten?“

„Nein.“ Der Antikensammler warf seinen Kopf ein wenig zurück. „Uns bekommen Sie nur zu zweit. Entweder Sie akzeptieren das oder Sie können sich gleich wieder auf den

Heimweg machen. Sie wollen mit mir sprechen – nicht umgekehrt. Also bestimme ich die Regeln."

Der Heubacher Privatdetektiv beschloss, dennoch in die Offensive zu gehen.

„Warum haben Sie nach mehr als vier Jahren Ihr Verhältnis zu Sophia von Wartenberg abrupt beendet? Ohne jede Vorwarnung?"

Michael Stoll zuckte nicht mit der Wimper. Dann warf er einen Seitenblick auf Marie und lächelte.

„Sind Sie immer so begriffsstutzig, Herr Bloch?"

„Darf ich fragen, wie Ihre neue Freundin mit Nachnamen heißt?"

„Freundin halte ich für eine arge Untertreibung."

„Würden Sie es mir bitte sagen?"

Die junge Frau straffte ihren Oberkörper. „Ich heiße Marie Heller", sagte sie. „Und wenn Sie ernsthaft glauben, Sie könnten mich wegen dieser adeligen Tussi eifersüchtig machen, haben Sie sich geschnitten, Herr Bloch. Die geht mir nämlich vollkommen am Arsch vorbei. Vollkommen."

Danke, ich habe verstanden, dachte Bloch.

Michael Stoll lachte schallend.

„Können Sie meine Entscheidung jetzt besser verstehen?", fragte er dann rhetorisch. „Marie ist ein Traum."

Susanne hielt es für klüger, das Thema zu wechseln, deshalb fragte sie: „Alexander von Wartenberg ist also an dem fraglichen Abend, an dem er Sie hier in Ihrem Haus treffen wollte, nicht gekommen?"

Der Sammler nickte. „Sie scheinen auf dem neuesten Stand zu sein."

„Hat er vorher bei Ihnen angerufen, um diese Verabredung abzusagen beziehungsweise auf einen anderen Termin zu verlegen?"

„Nein."

„Können Sie sich vorstellen, dass er Selbstmord begangen hat?"

Die Frage erstaunte Michael Stoll sichtlich.

„Wie kommen Sie denn auf die Idee?"

„Beantworten Sie bitte einfach meine Frage."

„Nein. Das kann ich mir nicht vorstellen."

„Ist er vielleicht vor etwas geflohen?", fragte der Privatdetektiv.

„Da käme als Motiv höchstens Sophia in Betracht."

„Ich mag solche Scherze nicht."

„Das ist kein Scherz." Stoll lächelte. „Sieh an, sieh an, Frau von Wartenberg hat bei Ihnen Eindruck hinterlassen. Darf ich raten? Wie viele Knöpfe ihrer Bluse waren offen? Zwei oder drei?"

Marie Heller kicherte. „Diese alten Weiber versuchen es doch immer wieder auf die gleiche Tour", sagte sie. „Die sind und bleiben dumm wie Bohnenstroh."

„Irrtum", fügte der Sammler hinzu. „Das wird mit der Zeit immer schlimmer. Du kannst dir nicht vorstellen, mit welcher Reizwäsche sie mich zuletzt genervt hat. Grauenhaftes Zeug, kann ich dir sagen."

„Keine Sorge." Die junge Frau lächelte. „Das wird dir bei mir nie passieren. Nie."

Abwarten, dachte Bloch. Auch du wirst nicht jünger. Und die Konkurrenz ist groß.

„Sie können sich also durchaus vorstellen, dass Alexander von Wartenberg spurlos verschwunden ist, weil er sich von seiner Frau trennen wollte?", fragte der Privatdetektiv.

„Die Ehe war im Eimer, Herr Bloch. Aber ich kann mir nicht vorstellen, dass Alexander so dumm gewesen wäre, auf diese Art die Beziehung zu seiner Frau zu beenden. Er hätte ihr ja praktisch alles überlassen. Das Herrenhaus. Die gesamte Parkanlage."

„Inklusive Venusgrotte“, warf Susanne ein.

Michael Stoll bedachte sie mit einem amüsierten Blick.

„Sie sind wirklich gut informiert, meine Liebe. Waren Sie schon einmal in der künstlichen Tropfsteinhöhle? Welches Licht hatten Sie eingeschaltet?“

Blochs Assistentin schüttelte den Kopf.

„Schade. Sehr schade“, sagte Stoll. „Das dürfen Sie sich nicht entgehen lassen.“ Dann kam er auf das eigentliche Thema zurück. „Nein, so blöd wird Alexander nicht gewesen sein. Es sei denn, er hat vorher irgendwelche finanziellen Transaktionen getätigt.“ Er trank einen Schluck. „Das könnte übrigens das wahre Motiv für Sophias Auftrag sein. Sie hat Sie womöglich engagiert, weil sie um ihr Geld und ihren Besitz fürchtet. Deshalb muss sie unbedingt herausfinden, wo Alexander ist. Gut möglich, dass Sie als nützliches Werkzeug benutzt werden, in Wirklichkeit aber gar nicht wissen, was die wahren Motive Ihrer Auftraggeberin sind.“

Der Schlag saß. Und tat weh.

„Sie sollten sich mal mit ihr über dieses Thema unterhalten.“ Der Sammler lächelte. „Aber seien Sie sich immer der Tatsache bewusst, dass Sophia eine hervorragende Lügnerin ist. Glauben Sie mir, ich weiß, wovon ich spreche. Sie ist einsame Spitze auf diesem Gebiet.“

„Dann hat es doch gar keinen Sinn, wenn wir sie darauf ansprechen“, sagte Susanne Kramer.

„Sie müssen andere Wege finden, um das herauszubekommen. Hören Sie sich bei seinem Anwalt oder seinem Steuerberater um, bei den Angestellten des Herrenhauses. Die merken schon, wenn sich auf finanziellem Gebiet etwas grundlegend ändert.“

Du bist mir viel zu hilfsbereit, dachte Bloch.

Kapitel 11

Liebe Kollegen

„Warum haben Sie sich kategorisch geweigert, diesen seltenen antiken Stein an Alexander von Wartenberg zu verkaufen?“, fragte der Privatdetektiv aus Heubach. „Obwohl er Ihnen – wie wir gehört haben – ein vorzügliches Angebot gemacht hat.“

Michael Stoll winkte ab. „Dabei geht es doch nicht um Geld. Es geht um Prinzipien und Regeln. Darauf lege ich großen Wert. Aber Alexander hat sich nicht immer daran gehalten. Deshalb habe ich ihn abblitzen lassen. Irgendwann ist schließlich mal Schluss.“

„Ich verstehe nicht, warum Alexander von Wartenberg Sie an dem fraglichen Montagabend noch einmal aufsuchen wollte, obwohl doch – wie Sie sagen – glasklar war, dass Sie bei Ihrer ablehnenden Haltung bleiben würden.“

Der prinzipientreue Antikensammler zuckte die Achseln. „Vielleicht war er verzweifelt“, antwortete er dann knapp.

Susanne Kramer ignorierte diese Bemerkung und lenkte das Gespräch in eine andere Richtung.

„Sophia von Wartenberg kann sich durchaus vorstellen, dass jemand ihren Mann entführt hat, weil er einen hohen Geldbetrag erpressen möchte“, sagte sie.

„Und warum hat sich dann noch niemand gemeldet?“

„Woher wissen Sie das?“

„Für wie blöd halten Sie mich eigentlich, Gnädigste? Ihre Ratlosigkeit ist doch mit Händen zu greifen. Man sieht Ihnen deutlich an, dass Sie nicht den geringsten Anhaltspunkt haben. Ich bitte Sie!"

Bevor Susanne etwas Unbedachtes antworten konnte, sagte Tobias Bloch schnell: „Vielleicht ist bei der Entführung etwas schiefgegangen."

Stoll winkte ab. „Das ist doch nun wirklich kein Hinderungsgrund, um trotzdem Lösegeld zu erpressen. Wie viele Entführer haben von den Angehörigen noch Unsummen von Geld gefordert und in den meisten Fällen auch erhalten, obwohl sie ihre Opfer längst getötet hatten? Oder obwohl klar war, dass sie sie niemals lebend übergeben oder zurücklassen würden? Weil sich die Entführer nämlich selbst schützen mussten. Weil ihre Opfer ihr Gesicht gesehen hatten oder sie ganz einfach kannten. Das müssten Sie doch besser wissen als ich, Herr Bloch."

„Es ist natürlich auch denkbar, dass sich jemand an Alexander von Wartenberg grausam rächen will. Dass es der betreffenden Person überhaupt nicht um Geld geht, sondern um Schmerz, Qual und Demütigung. Vielleicht sogar um Tod und Vernichtung. Fallen Ihnen da spontan ein paar Namen ein?"

„Ich bin kein Denunziant. Aber ich kann Ihnen versichern, dass Alexander es sich bei einigen Leuten in der Sammlerszene verscherzt hatte. Aber Namen nenne ich keine. Da müssen Sie schon selbst suchen."

„Wem haben Sie von dem geplanten Treffen mit Alexander von Wartenberg erzählt?", fragte Susanne Kramer, die ihre Fassung inzwischen zurückgewonnen hatte.

Diese Frage schien Michael Stoll zu überraschen.

„Sie glauben doch nicht etwa, dass jemand, dem ich von der bevorstehenden Begegnung mit Alexander erzählt habe, diese Information genutzt hat, um ihn zu entführen?" Er runzelte die Stirn. „Oder um ihn zu töten?"

Du überlegst gerade, wem aus deinem Kollegen- oder Bekanntenkreis ein solches Verbrechen zuzutrauen wäre, dachte Bloch.

„Es konnte allerdings nur dann funktionieren, wenn Sie den betreffenden Personen die genaue Uhrzeit genannt haben, zu der Herr von Wartenberg bei Ihrem Haus eintreffen würde", fuhr die Assistentin des Privatdetektivs fort. „Ein potenzieller Entführer musste dann nur noch die benötigte Fahrzeit vom Herrenhaus im Brombachtal nach Ober-Kainsbach berechnen, um ihn in dem Zeitabschnitt zwischen Abfahrt und Ankunft irgendwo auf dem Weg über die nicht gerade viel befahrenen Landstraßen abzufangen. Und der Entführer musste wissen, welchen Weg Alexander von Wartenberg nehmen würde."

„Da gibt es, wenn man sich die Karte anschaut, eigentlich nur einen logischen und vernünftigen Weg vom Herrenhaus zu mir", sagte der Antikensammler. „Es sei denn, man fährt auf irgendwelchen Schleichwegen, die nur von landwirtschaftlichen Fahrzeugen oder von Forstbeamten benutzt werden dürfen."

„Aber das hätte Alexander von Wartenberg nicht getan?"

„Kann ich mir beim besten Willen nicht vorstellen."

Der Privatdetektiv beugte sich vor.

„Wem haben Sie von dem geplanten Treffen erzählt, Herr Stoll? Wem haben Sie die fragliche Uhrzeit genannt? Nicht irgendeine vage Angabe wie am Abend oder am frühen Abend. Nein, wem haben Sie gesagt, dass Sie Alexander von Wartenberg um halb acht an dem betreffenden Abend hier bei sich erwarten würden? Bitte, Herr Stoll. Wir brauchen Namen."

Der Sammler dachte angestrengt nach.

„Ich wusste es zum Beispiel“, sagte Marie Heller. „Aber ich habe es niemandem erzählt.“

„Waren Sie an dem fraglichen Abend hier im Haus?“

Sie nickte.

„Den ganzen Abend?“

„Ja.“

„Und Herr Stoll auch?“

„Was soll diese Frage?“, ereiferte sich der Sammler.

„Bitte antworten Sie mir, Frau Heller“, bat der Privatdetektiv.

„Ja.“

„Sind Sie Ihrer Sache absolut sicher?“, fragte Susanne Kramer. „Könnte er nicht für ein oder zwei Stunden das Haus verlassen haben?“

Bevor seine neue Partnerin antworten konnte, ging Michael Stoll dazwischen. „Worauf wollen Sie hinaus, Frau Kramer? Glauben Sie im Ernst, dass ich etwas mit Alexanders Verschwinden zu tun habe? Glauben Sie das wirklich?“ Er schüttelte den Kopf. „Welches Interesse sollte ich daran haben?“

„Sie haben vielleicht noch eine Rechnung mit Sophia von Wartenberg zu begleichen. Oder mit dem alten August. Oder mit Alexander selbst. Da gäbe es schon ein paar Möglichkeiten.“

„Hören Sie, drei Tatsachen stehen fest. Erstens: Alexander ist am Montagabend weder zu der verabredeten Zeit um halb acht noch irgendwann später hier erschienen. Zweitens: Ich war den ganzen Abend zu Hause. Drittens: Marie auch.“

„Warum haben Sie Frau von Wartenberg erst gegen halb neun angerufen, um zu fragen, wo ihr Mann bliebe?“, fragte der Heubacher Privatdetektiv. „Seine Frau sagte uns, dass Alexander von Wartenberg in der Regel sehr pünktlich sei.

Das müssten Sie eigentlich im Laufe der Zusammenarbeit mit ihm auch erfahren haben. Warum haben Sie etwa eine Stunde lang gewartet, bis Sie im Herrenhaus im Brombachtal angerufen haben?“

„Ich hatte kein Interesse an diesem Treffen, wirklich nicht. Ich habe nicht auf ein solches Gespräch gedrängt, erinnern Sie sich? Mir wäre es am liebsten gewesen, wenn es gar nicht stattgefunden hätte.“

„Das beantwortet meine Frage nicht“, sagte Bloch.

Michael Stoll zuckte die Achseln. „Es konnte ja etwas dazwischengekommen sein. Alexander ist ein viel beschäftigter Mann. Deshalb habe ich mir wegen der Verspätung keine großen Gedanken gemacht.“

„Wenn er wegen eines unvorhergesehenen Ereignisses im Herrenhaus aufgehalten worden wäre – und wir reden hier nicht von einer möglichen Verspätung von ein paar Minuten, sondern in Ihrem Fall von einer Stunde –, hätte dann nicht er Sie anrufen müssen? Anstatt Sie im Ungewissen zu lassen.“

„Sie nehmen das mit der Zeit zu wichtig, Herr Bloch.“

„Nein, das tue ich nicht. Wir reden hier von einem sehr entscheidenden Zeitabschnitt. Alexander von Wartenberg verließ nach den Angaben seiner Frau um kurz nach sieben das Herrenhaus in seinem silbergrauen Jaguar. Kennen Sie diesen Wagen?“

„Ja.“

„Gingen Sie davon aus, dass er ihn an dem fraglichen Abend benutzen würde?“, fragte Susanne Kramer.

„Nicht zwangsläufig. Die Wartenbergs haben, wie Sie sicher gesehen haben werden, einige Autos. Normalerweise fuhr Alexander gern mit dem Jaguar. Aber wenn seine Frau ihn gebraucht hätte, wäre er eben mit einem anderen Wagen gefahren. Was ist an diesem Umstand so bemerkenswert?“

„Für den oder die Täter war eine solche Information sehr wertvoll." Blochs Assistentin räusperte sich. „Aber lassen Sie mich zu dem Zeitabschnitt zwischen der Abfahrt vom Herrenhaus und Ihrem Anruf bei Ihrer früheren Geliebten um halb neun zurückkommen. Herr Stoll, ist Ihnen nicht klar, dass dies die entscheidenden anderthalb Stunden des Abends sind?"

Der Sammler von Antiken nickte.

„In dieser Zeit verschwand Herr von Wartenberg von der Bildfläche", sagte der Heubacher Privatdetektiv. „In dieser Zeit hat er sich entweder freiwillig abgesetzt oder wurde entführt oder ermordet. Verstehen Sie, worauf ich hinauswill? Sie oder die Personen, denen Sie von dem geplanten Treffen erzählt haben, hatten in diesen eineinhalb Stunden die Gelegenheit, sich um Alexander von Wartenberg zu kümmern. Weil in dieser Zeit – außer Ihnen und Sie haben es nachweislich nicht getan – niemand nach ihm fragen würde. Weil ihn niemand vermissen würde. Seine Frau nahm an, dass sich ihr Mann auf dem Weg nach Ober-Kainsbach befand und spätestens um halb acht bei Ihnen eintreffen würde. Als sie nach diesem Zeitpunkt nichts Gegenteiliges gehört hatte, konnte sie davon ausgehen, dass alles planmäßig verlaufen war. Ihr Mann war nach ihrer Einschätzung bei Ihnen zu dem verabredeten Gespräch angekommen. Erst als Sie um halb neun im Herrenhaus anriefen, schrillten bei ihr die Alarmglocken." Bloch lehnte sich zurück. „Etwa zwischen kurz nach sieben und halb neun ist das geschehen, was zum Verschwinden von Alexander von Wartenberg geführt hat."

„Auch wenn Sie mir misstrauen mögen. Marie oder ich haben mit der ganzen Sache nichts zu tun."

„Wem haben Sie von dem Treffen erzählt?", fragte Susanne.

„Außer Marie wussten drei Personen davon. Drei liebe Kollegen."

Liebe Kollegen, dachte Bloch. Die Formulierung muss ich mir unbedingt merken.

„Wer?“, fragte er.

„Christian Brönner. David Ritter. Felix Meißner.“

„Die wie Sie Sammler von römischen Antiken sind?“

„Ja.“

„Darf man erfahren, wo die Herrschaften wohnen?“

„Brönner lebt in Hummetroth, Ritter in Vielbrunn und Meißner in Kimbach“, antwortete der Hausherr.

„Trauen Sie einer der drei Personen zu, für das Verschwinden von Herrn von Wartenberg verantwortlich zu sein?“

„Wieso nur einer?“

Kapitel 12

Viergötterstein

Nachdem Michael Stoll sich standhaft geweigert hatte, ihnen nähere Auskünfte über die drei Antikensammler zu geben, die von dem am Montagabend in Ober-Kainsbach geplanten Treffen gewusst hatten – erneut sprach er treuherzig davon, kein Denunziant zu sein –, klatschte er in die Hände und rief: „Jetzt brauche ich erst mal etwas Richtiges zu trinken!"

Marie Heller erhob sich augenblicklich.

Sehr gut dressiert, dachte Bloch.

„Was möchtest du, Michi?"

Susanne verdrehte die Augen.

„Eine Runde kühles Pils?", schlug der Hausherr jovial vor.

Er erntete allgemeine Zustimmung.

Nachdem die reizende Marie alle mit Getränken versorgt hatte, lenkte der Heubacher Privatdetektiv die Unterhaltung auf kulturhistorisches Gebiet, indem er nach dem antiken Stein fragte, auf den Alexander von Wartenberg so scharf gewesen war.

Michael Stoll war sofort in seinem Element.

„Es handelt sich um einen wertvollen Viergötterstein", erklärte er. „Er ist deshalb besonders wertvoll, weil er sehr gut erhalten ist. Ein solcher Viergötterstein diente als Basis für eine sogenannte Jupitergigantensäule. Jupiter – genauer Jupiter Optimus Maximus – war bekanntlich der älteste und höchste römische Gott. Als Beherrscher des Himmels und des Lichts war er unter anderem der Gott des Blitzes, des

Regens und des Donners. Was uns aber im Zusammenhang mit der Gigantensäule mehr interessiert: Jupiter stand für den Sieg der Ordnung über das Chaos, was auf einer derartigen Säule durch die Überwindung des Giganten symbolisiert wurde. Vielleicht haben Sie schon einmal eine Jupitergigantensäule gesehen. Zumindest eine Abbildung davon."

Der Privatdetektiv und seine Assistentin schüttelten beide den Kopf.

„Also, die Basis der Säule bildete wie gesagt der Viergötterstein, der – Überraschung, Überraschung – viereckig war", fuhr Michael Stoll fort. „Darüber folgte ein vier- oder auch achteckiger Wochengötterstein. Darauf ruhte dann die eigentliche Steinsäule, die meist mit Schuppen dekoriert war. Dic klassische Bekrönung war der Blitze schleudernde Jupiter, der über einen am Boden liegenden, meist schlangenförmigen Giganten ritt. Eine solche Jupitergigantensäule konnte bis zu zehn Meter hoch sein."

„Welche Götter wurden auf dem Viergötterstein dargestellt?", fragte Susanne Kramer.

„In der Regel die von den Römern verehrten Götter Juno, Minerva, Herkules und Merkur", antwortete der Sammler. „Ihnen ist sicherlich bekannt, welche Bedeutung diese vier Götter für die Römer hatten?"

Blochs Assistentin schüttelte leicht den Kopf, ihr Chef hüllte sich in Schweigen.

„Nun gut." Stoll stärkte sich mit einem kräftigen Schluck, bevor er anhob: „Juno, die Gemahlin Jupiters, war die höchste römische Himmelsgöttin. Sie war die Schutzgöttin der Frauen, vor allem bei der Hochzeit und der Geburt. Minerva wiederum war die römische Göttin des Handwerks, der Weisheit und der Künste. Folgerichtig sah man in ihr die Schutzherrin der Handwerker, Künstler, Lehrer und Ärzte."

„Was du alles weißt, Michi!“, rief Marie verzückt.

Der Antikensammler schenkte ihr ein nachsichtiges Lächeln. „Herkules...“

„War verdammt stark, richtig?“

Sind wir hier im Kindergarten?, dachte Bloch, verzog aber keine Miene.

„Was dich wahrscheinlich mehr interessieren dürfte, Marie: Herkules, die lateinische Form von Herakles, soll sehr gut bestückt gewesen sein. Aber im Ernst: Der berühmte Halbgott und Held der griechisch-römischen Sage hat nicht nur die ihm auferlegten zwölf Arbeiten gemeistert – darunter das Töten der neunköpfigen Hydra und das Heraufholen des Höllenhundes Zerberus aus der Unterwelt –, er wurde im römischen Bereich auch zum Gott des Kriegsdienstes und des – Vorsicht, Marie! – Verkehrs.“

Susanne senkte den Kopf, Bloch beschäftigte sich mit dem Anzünden einer Zigarette.

„Zu guter Letzt der liebe Merkur“, schloss der auskunftsfreudige Antikensammler. „Er war – wie allgemein bekannt sein dürfte – für den Handel zuständig, überdies fungierte er als äußerst wendiger Götterbote. Ende der Nachhilfestunde.“ Michael Stoll lehnte sich zufrieden zurück.

Der Heubacher Privatdetektiv gönnte ihm eine kurze Ruhepause nach dem Ausflug in die römische Mythologie, dann fragte er unschuldig: „Dieser wertvolle Viergötterstein, den Alexander von Wartenberg unbedingt in seinen Besitz bringen wollte, befindet sich nicht zufällig in Ihrem wunderschönen Wintergarten? Sind meine Assistentin und ich auf dem Weg zum Teich vielleicht an ihm vorbeigekommen, ohne uns seiner herausragenden Bedeutung bewusst gewesen zu sein?“

„Ich bin doch nicht verrückt! Nein, der Stein ist nicht hier. Weder im Wintergarten noch sonst wo im Haus.“

„Wir würden ihn uns aber sehr gern einmal anschauen", sagte Susanne.

„Keine Chance."

„Nur um sicherzugehen, dass das gute Stück auch tatsächlich existiert und nicht ein Produkt Ihrer Einbildungskraft ist."

Das war vielleicht etwas vorschnell, dachte Bloch.

Michael Stoll reagierte auf die gezielte Provokation äußerlich gelassen. „Sie glauben doch nicht im Ernst...?"

„Wir haben schon die tollsten Dinge erlebt, nicht wahr, Tobias?"

Der Heubacher Privatdetektiv lächelte verhalten.

„Selbst ich weiß nicht, wo sich der Viergötterstein befindet", sagte Marie Heller. „Obwohl Michi doch sonst keine Geheimnisse vor mir hat."

Glaubst aber auch nur du, dachte Bloch.

„Folglich werden Sie uns auch nicht verraten, wie Sie an dieses seltene römische Relikt gekommen sind", sagte er.

„Sie hätten Hellseher werden können."

„Hat die Erbacher Kriminalpolizei danach gefragt?"

„Ich muss niemandem Auskunft über den Aufbewahrungsort des Viergöttersteins geben. Es sei denn, er wäre bei einem Mord als Tatwaffe benutzt worden." Der Antikensammler lächelte. „Entschuldigen Sie, kleiner Scherz am Rande."

„Das beantwortet meine Frage nicht", stellte der Privatdetektiv fest.

Michael Stoll schwieg.

„Durfte wenigstens Alexander von Wartenberg einen Blick auf den Stein werfen?", fragte Blochs Assistentin.

„Geschäftsgeheimnis", antwortete der Antikensammler.

„Wollen Sie uns etwa weismachen, dass er Ihnen ein antikes Kunstwerk abzukaufen gedachte, das er nicht einmal gesehen, geschweige denn ausführlich begutachtet hatte?"

Stoll fixierte Susanne. „Hören Sie mir jetzt bitte gut zu, schöne Frau. Sie glauben doch nicht im Ernst, dass ich behaupte, im Besitz eines seltenen Viergöttersteins zu sein, der gar nicht existiert? Dass ich den armen Alexander von Wartenberg fast in den Wahnsinn treibe mit einem erfundenen römischen Kunstwerk? Wenn Sie das wirklich für möglich halten, wenn Sie mir eine solche dreiste Unverschämtheit tatsächlich zutrauen, dann..."

Marie legte ihre rechte Hand besänftigend auf seinen Unterarm und sagte leise: „Nicht aufregen, Michi. So viel Aufmerksamkeit hat die Dame doch gar nicht verdient."

„Auch wieder wahr", murrte der Antikensammler.

„Die Herren Brönner, Ritter und Meißner wissen ebenfalls von dem Viergötterstein?", fragte der Heubacher Privatdetektiv. „Hat einer von ihnen vielleicht Interesse an ihm gezeigt?"

„So etwas spricht sich natürlich in der Sammlerszene herum. Aber keiner der genannten Herren wäre in der Lage, einen auch nur halbwegs angemessenen Preis dafür zu zahlen. Die spielen – was das Finanzielle angeht – in einer anderen Liga als Alexander von Wartenberg."

„Wo würden Sie sich denn bei diesem Vergleich einordnen?"

Michael Stoll zuckte die Achseln. „Dazwischen."

„Aber näher an Herrn von Wartenberg als an den anderen?"

„Weiß ich nicht. Sie haben sein weitläufiges Anwesen im Brombachtal gesehen. Und kennen jetzt meine bescheidene Hütte."

Den Gefallen tue ich dir gern, dachte Bloch.

„Sie untertreiben, Herr Stoll", sagte er.

„Finde ich auch, Michi", stimmte ihm Marie Heller zu. „Außerdem würde ich mich in einem pompösen Herrenhaus überhaupt nicht wohlfühlen. Wozu brauche ich denn drei Schlafzimmer, wenn mir ein einziges großes Bett mit dir vollkommen ausreicht?“

Der Antikensammler zündete sich eine Zigarette an und inhalierte tief. „Na ja, ein bisschen Abwechslung hat noch niemandem geschadet.“

„Stichwort Venusgrotte“, sagte Susanne Kramer.

Du kannst es aber auch nicht lassen, dachte Bloch.

Michael Stoll streifte die Asche seiner Zigarette bedächtig ab. Dann entschied er, nicht auf diese Bemerkung einzugehen.

„Hatte außer Alexander von Wartenberg noch ein anderer Sammler ernsthaftes Interesse an dem Viergötterstein?“, fragte der Privatdetektiv. „Lag Ihnen ein weiteres Angebot vor?“

„Kein Kommentar.“

„Wissen Sie, was wir uns die ganze Zeit über fragen?“

„Sie werden es mir sicher gleich sagen, Herr Bloch.“

„Wären Sie – zu welchem Preis auch immer – überhaupt dazu bereit gewesen, sich von dem antiken Kunstwerk zu trennen?“

„Ich weiß nicht, ob das mit Ihrem Beruf zusammenhängt. In diesem Bereich kenne ich mich nicht aus. Aber Sie sind viel zu sehr aufs Geld fixiert.“

Der Privatdetektiv trank einen Schluck. „Würden Sie jetzt bitte meine Frage beantworten?“

„Haben Sie schon einmal an die Möglichkeit eines Tauschgeschäftes gedacht, Herr Bloch? Können Sie sich vorstellen, dass ein anderer Sammler ein antikes Stück besitzt, das ich gerne hätte? Das mir so viel bedeutet, dass ich dafür beispielsweise den Viergötterstein anbieten würde? Immer vorausgesetzt, der potenzielle Geschäftspartner wäre an ihm interessiert.“

„Wäre ein solches Tauschgeschäft mit Alexander von Wartenberg denkbar gewesen?“, fragte Susanne.

Michael Stoll zögerte mit der Antwort. Um Zeit zu gewinnen, zog er an seiner Zigarette.

„Nein“, sagte er dann.

Kapitel 13

Die klassische Variante

Am späten Nachmittag verließen sie Stolls Haus in Ober-Kainsbach.

„Fahren wir nach Hause?“, fragte Susanne Kramer, als sie in den schwarzen Renault ihres Chefs einstieg.

„Ja, aber wir machen einen kleinen Umweg.“

„Du willst dir noch einmal die Strecke zum Herrenhaus im Brombachtal vornehmen?“

„Kluges Köpfchen“, sagte Tobias Bloch und startete den Wagen.

Auf dem Weg zum Anwesen der Wartenbergs fuhr der Heubacher Privatdetektiv ruhig, konzentriert und langsam.

Sie schwiegen. Auf der gesamten Strecke suchten sie nach Anhaltspunkten. Sie suchten nach außergewöhnlichen oder auffälligen Stellen, die einen Angriff auf Alexander von Wartenberg möglich gemacht haben konnten. Ihr Interesse galt einsamen Waldparkplätzen, Schutzhütten und gut befahrbaren Wegen, die von den Landstraßen abzweigten, auf denen sie unterwegs waren.

Wie konnte man einen Fahrer auf dieser Strecke dazu bewegen, anzuhalten?, fragte sich Bloch.

Indem man ihn mit zwei Wagen in die Zange nahm. Einer vor dem Opfer, einer hinter ihm. Das vordere Auto bremste ab und stellte sich quer. Das hintere Auto keilte den silbergrauen Jaguar dann ein.

Indem man einen Unfall inszenierte. Einfachste Möglichkeit: ein überraschender Auffahrunfall. Ein solcher Unfall minimierte die Verletzungsgefahr bei dem späteren Opfer. Und bei dem Fahrer des anderen Wagens.

Drei klassische Filmlösungen.

Eine Straßensperre.

Eine Baustelle.

Eine Umleitung, mit der man Alexander von Wartenberg zwang, von der Landstraße auf einen Nebenweg auszuweichen. Im Wald selbst gab es dann sehr viele Möglichkeiten, den silbergrauen Jaguar zum Anhalten zu zwingen. Größere Äste mitten auf dem Weg. Ein Baumstamm. Ein anderes Fahrzeug, das den Waldweg blockierte.

Diese drei Möglichkeiten erforderten ein gewisses Maß an Logistik. Und ziemlich viel Personal.

Wie viele Personen waren im angenommenen Fall einer Entführung von Alexander von Wartenberg beteiligt gewesen? Wie viele waren nötig gewesen?

„Einer allein schafft das kaum", murmelte Bloch. „Theoretisch ist es natürlich möglich."

„Wie bitte?", fragte Susanne. „Was hast du gesagt?"

„Nichts. Ich denke nur nach."

„Daran will ich dich auf keinen Fall hindern."

„Braves Mädchen."

„Dann darf ich aber den Radiosender auswählen?"

Der Heubacher Privatdetektiv hörte ihr schon gar nicht mehr zu. Er war in Gedanken längst wieder bei der Entführung.

Wenn einer allein das kaum schaffte, waren also mindestens zwei Personen erforderlich. Das hatte den Vorteil, dass man beide Wagen – das Auto der Entführer und den silbergrauen Jaguar – praktisch gleichzeitig vom Tatort entfernen konnte. Wer Wartenbergs Wagen für eine gewisse Zeit am Tatort zurückließ, ging möglicherweise ein hohes Risiko ein.

Für die drei Filmlösungen – Straßensperre, Baustelle, Umleitung – oder für eine Kombination aus diesen Elementen brauchte man noch mehr Leute. Außerdem musste das Timing nahezu perfekt sein. Das war eine Arbeit für Profis.

Waren hier Profis am Werk gewesen?

Waren alle Nachforschungen bei Michael Stoll und die später erfolgenden bei seinen lieben Kollegen sinnlos?

Nein, dachte Bloch.

Profis handelten aus zwei Motiven. Entweder wollten sie Lösegeld erpressen. Oder sie hatten einen gut bezahlten Auftrag erhalten. Und der Auftraggeber konnte ohne Weiteres einer der ins Auge gefassten Antikensammler, ein Angestellter des Herrenhauses oder ein naher Angehöriger des Entführungsopfers sein. Die betreffende Person musste allerdings eine ganze Menge Geld investieren.

Was kostet denn heute eine solche Entführung?, fragte sich Bloch.

Eine für Profis eigentlich sehr einfache Operation. Einsame Landstraßen, die teilweise durch Waldgebiete führen. Keine Touristenattraktionen, keine spektakulären Aussichtspunkte, keine Sehenswürdigkeiten. Und kein Personenschutz. Ein einzelner, aller Wahrscheinlichkeit nach unbewaffneter Mann.

Wenn man es recht bedachte, konnte sich praktisch jeder auf Blochs imaginärer Liste eine derartige Entführung leisten. Selbst eine Angestellte wie Irene Lentz. Voraussetzung war nur, dass die betreffende Person genug Geld beiseitegelegt hatte.

Der Privatdetektiv versuchte einen anderen Ansatz zu finden. Bisher war er von Situationen und Konstellationen ausgegangen, bei denen das spätere Opfer dazu gezwungen worden war, anzuhalten.

Was aber, wenn Alexander von Wartenberg seinen silbergrauen Jaguar freiwillig gestoppt hatte und ausgestiegen war?

Die klassische Variante.

Ein fingierter Unfall.

Ein hilfloses Opfer liegt auf der Straße oder gut sichtbar am Straßenrand. Ein angefahrener Fußgänger. Ein gestürzter Fahrrad- oder Motorradfahrer. Ein Autofahrer, dessen Unfallgegner geflüchtet war. Ein Autofahrer, der von der Landstraße abgekommen war und eine Böschung hinuntergestürzt war, in einen Graben oder gegen einen Baum gefahren war.

Alexander von Wartenberg will dem Unfallopfer helfen, hält an, steigt aus, geht zu dem vermeintlich Verunglückten und wird dann von seinem Komplizen mit einer Waffe bedroht oder auf rustikalere Weise außer Gefecht gesetzt und gefangen genommen.

Wieder waren zwei Personen nötig.

Nächste Frage, dachte Bloch.

Hatte Alexander von Wartenberg einen seiner Entführer oder gar beide erkannt? Oder hatte er von einem ihm unbekannten Täter das Gesicht oder wesentliche Teile davon gesehen?

Dann standen seine Chancen, die Entführung zu überleben, sehr, sehr schlecht.

„Und – schlauer geworden durch das Nachdenken?“, fragte Susanne.

„Nicht wirklich. Es gibt zu viele Möglichkeiten.“

„Für was?“

„Für eine Entführung. Man kann Alexander von Wartenberg durch einen Unfall gezwungen haben, anzuhalten. Man kann ihn durch eine fingierte Umleitung in eine Falle gelockt haben...“

„Er kann natürlich auch völlig freiwillig angehalten haben und ausgestiegen sein“, sagte Blochs Assistentin.

„Hmm“, murmelte der Heubacher Privatdetektiv.

„Stichwort Lockvogel.“

„Wie meinen?“

„Nehmen wir nur mal rein hypothetisch meine zarte Person. Ich ziehe mir etwas Kurzes und Enges an und knöpfe die Bluse nicht wirklich ganz zu. Dann stelle ich meine Karre auf einer der einsamen Landstraßen zwischen dem Herrenhaus der Wartenbergs und Ober-Kainsbach einfach auf meiner Spur ab. Die Motorhaube öffnen – das kann sogar ich –, den Hintern ansprechend präsentieren, indem ich mich elegant über den Motor beuge, und fertig ist die Laube. Alexander hält selbstverständlich an, weil er angesichts dieses entzückenden, aber auch so hilflosen Wesens den strahlenden Helden spielen will. Während ich ihm dann noch einen Blick in meinen Ausschnitt gönne, kommst du hinter einem Baum oder Busch oder was auch immer hervor und ziehst ihm fachmännisch eins über. Das war's. Gar nicht so übel, oder?“

Bloch warf seiner Assistentin einen kurzen Seitenblick zu. „An diese Möglichkeit habe ich gar nicht gedacht“, sagte er verblüfft.

„Weil du keine Fantasie hast, Tobias.“

„Andererseits ist dieses Szenario völlig unrealistisch.“

„Wieso denn das?“, fragte Susanne erstaunt.

„Wenn du dich so präsentiert hättest – allein bei der Vorstellung wird mir schon ganz anders –, wären Dutzende von Autofahrern stehen geblieben, um dir zu helfen. Es hätte sich ein regelrechter Stau gebildet. Folglich wäre es mir gar nicht möglich gewesen, Alexander unbemerkt aus dem Verkehr zu ziehen.“

Seine Assistentin lächelte zufrieden. „Schöner hätte ich es auch nicht sagen können."

Als das östliche Tor des Anwesens im Brombachtal in Sichtweite kam, wendete der Heubacher Privatdetektiv seinen Wagen, um endlich Richtung Heimat zu fahren.

Kapitel 14

Umzugspläne

Muzel erwartete sie bereits voller Ungeduld. Die weiße Katze mit den mittelbraunen und schwarzen Flecken hockte am Ortsrand von Heubach vor Blochs Haus, das sie über eine steile Auffahrt erreichten. Der Privatdetektiv stellte seinen Wagen vor Susannes älterem Fiat ab.

Seine Katze maunzte mitleiderregend, als sie ausstiegen, dann trippelte sie auf ihr Herrchen zu. Bloch beugte sich zu ihr herunter und streichelte sie mit seinem Handrücken seitlich am Kopf. Sie drückte sich gegen seine Hand und genoss das ausführliche Begrüßungsritual schnurrend. Dann ließ sich Muzel zu Boden sinken, drehte sich auf den Rücken und präsentierte ihm ihren weißen Bauch. Er kraulte ihr dichtes, flauschiges Fell ausgiebig.

„Sie hat abgenommen", stellte Susanne fest.

Bloch nickte. „Obwohl sie wirklich genug frisst."

„Vielleicht hat sie Würmer."

Als sich der Heubacher Privatdetektiv erhob, knackten seine Kniegelenke. „Den Tierarzt würde ich ihr gern ersparen."

Muzel rollte sich auf den Bauch und sah ihn aufmerksam an.

„Sie weiß, wovon du gesprochen hast", sagte Susanne.

„Logisch."

„Nein!", sagte er und schob die Katze energisch zur Mitte des Küchentisches. „Das ist doch noch viel zu heiß."

Der Duft der Lasagne machte Muzel schier verrückt.

Bloch hatte vor zwanzig Minuten bei Amalfi, der einzigen Heubacher Pizzeria, eine mittlere Pizza Speciale für Susanne und eine Lasagne mit einer extragroßen Portion Hackfleischsoße für sich und seine Katze bestellt.

Susanne nahm eine kleine Scheibe Peperoniwurst von ihrer Pizza, pustete ein paar Sekunden darauf und stupste Muzel, die immer noch gebannt auf die Lasagne ihres Herrchens starrte, leicht an der Seite.

„Hier, für dich. Bis der Maestro so weit ist.“

Muzel drehte sich blitzschnell auf dem Küchentisch um – was für neue Krallenspuren auf der Holzplatte sorgte –, sah die Wurstscheibe und schnappte sofort nach ihr. Gierig schlang sie sie hinunter.

„Das war ein Fehler“, sagte Bloch lächelnd.

Er zerschnitt die dampfende Lasagne sorgfältig in viereckige Stücke und löffelte dann etwas heiße Hackfleischsoße auf einen Unterteller.

Wie nicht anders zu erwarten, forderte die Katze von Susanne Nachschub. Sie gab ihr eine Scheibe Salami, die Muzel mit Mühe hinunterschluckte.

„Darf ich jetzt bitte auch etwas essen?“, fragte Susanne.

Die Katze sah sie verständnislos an. Sie machte sich auf dem Küchentisch lang und länger, um näher an die Pizza zu kommen.

„Ich würde es mit einer Pilzscheibe versuchen“, schlug Bloch vor. „Dann gibt sie Ruhe.“

Seine Assistentin befolgte den Ratschlag – und hatte prompt Erfolg. Nachdem Muzel an dem Pilzstück gerochen hatte, wendete sie sich angewidert ab. Dabei geriet der Unterteller mit der Hackfleischsoße in ihr Blickfeld. Sie beugte sich zu der leckeren Mahlzeit herunter, sog genießerisch den Duft der Soße ein, berührte mit ihrer rosa Nase leicht das noch immer heiße Hackfleisch und zuckte sofort zurück.

„Hab ich es dir nicht gesagt?“ Bloch führte vorsichtig ein kleines Stück Lasagne zum Mund.

Unterdessen hockte sich seine dreifarbige Katze vor den Unterteller und ließ ihre Beute nicht aus den Augen. Kurze Zeit später erfüllte ihr eifriges Schlabbern und Schmatzen die Küche. Nach einem großzügigen Nachschlag fütterte der Privatdetektiv seine Katze noch mit einigen Stückchen von dem schmackhaften Käse, der die Lasagne bedeckt hatte. Dann hatte Muzel endlich genug, sprang vom Küchentisch und trippelte ins Wohnzimmer.

„Wir kommen später nach“, rief Susanne ihr hinterher. Sie wandte sich an Bloch. „Spülst du? Dann kann ich inzwischen meine Klamotten auspacken.“

Er nickte und erhob sich träge.

Die freiberufliche Grafikerin und Kinderbuch-Illustratorin aus Wiebelsbach verließ die Küche und ging über die Holztreppe in den ersten Stock, um im Gästezimmer ihren am Morgen dort abgestellten Koffer auszupacken.

Wie immer bei einer Ermittlung schlugen Susanne und ihr Chef das Hauptquartier in seinem Haus in Heubach auf. Die Assistentin des Privatdetektivs konnte sich kaum noch daran erinnern, wann Bloch zuletzt in ihrer Dachgeschosswohnung in Wiebelsbach gewesen war.

„Du, Tobias, mal etwas ganz anderes.“

Oha, dachte Bloch. Wenn du mal etwas ganz anderes mit mir besprechen willst, wird es in der Regel brandgefährlich.

Also war der Heubacher Privatdetektiv sofort auf der Hut.

Nachdem er das Geschirr gespült und sie ihre Sachen ausgepackt hatte, saßen sie nun im Wohnzimmer, von dessen großem Fenster aus man tagsüber eine schöne Aussicht auf die unterhalb des Hauses gelegenen Wiesen und den von Pappeln, Birken und Weiden gesäumten Pferdsbach hatte. Bloch hatte wie immer in dem gemütlichen dunkelbraunen Ledersessel Platz genommen, auf dessen breiter linker Armlehne sich Muzel ebenfalls gewohnheitsmäßig niedergelassen hatte. Nach der üppigen Mahlzeit schlief sie tief und fest. Ein gelegentliches Zucken ihres ausgestreckten Körpers, dem manchmal ein leises Fiepen folgte, deutete darauf hin, dass die Katze träumte. Bloch hätte nur zu gern gewusst, wovon.

Als er seinen liebevollen Blick von Muzel abwandte, sagte er so ruhig wie möglich: „Sprich dich ruhig aus."

„Erinnerst du dich noch an dein Angebot, das du mir seinerzeit gemacht hast?", fragte Susanne Kramer, die ihm gegenüber in dem dunkelbraunen Büffelledersofa saß, das – wie auch Blochs Stammplatz – an einigen Stellen deutlich sichtbare Krallenspuren aufwies. Muzel schlief zwar nicht allzu oft auf dem Sofa, was aber noch lange nicht hieß, dass sie nicht von Zeit zu Zeit darauf herumtollte.

Dann versuchen wir es mal mit einem Scherz, dachte Bloch. Bevor es ernst wird.

„Seinerzeit?", fragte er unschuldig lächelnd. „Du meinst den Heiratsantrag, den ich dir vor einigen Jahren an deinem dreißigsten Geburtstag gemacht habe und den du leider schnöde abgewiesen hast?"

„Spinner!"

Der Heubacher Privatdetektiv zuckte die Achseln. „Dann weiß ich wirklich nicht, was du meinst. Wann soll das denn gewesen sein? Seinerzeit ist ein bisschen vage."

„Im Zuge unserer Ermittlungen wegen des Mordes im Felsenmeer..."

Er stöhnte. „Nicht so umständlich, Susanne!"

„Na ja, das Thema ist ziemlich heikel", sagte seine Assistentin.

Das war mir von Anfang an klar, dachte Bloch. Stichwort vermintes Gelände.

Er lehnte sich zurück. „Welches Angebot soll ich dir damals gemacht haben?"

„Du hattest dich mal wieder über Wiebelsbach lustig gemacht..."

„Was ist daran verwerflich? Du weißt genau, was ich von deinem Wohnort halte. Daraus habe ich noch nie einen Hehl gemacht."

„Weißt du, seit einiger Zeit trage ich mich mit dem Gedanken..."

Ach du Scheiße, dachte Bloch. Jetzt wird es wirklich ernst.

„Mir kannst du es doch sagen, Susanne", heuchelte er Verständnis. „Auch wenn du noch keine endgültige Entscheidung getroffen hast. Wozu hat man denn Freunde?"

„Ich fühle mich nicht mehr wohl in Wiebelsbach, Tobias."

„Das kann ich verstehen."

„Du hast damals bei der Felsenmeer-Geschichte gesagt, dass ich – falls ich es mir einmal anders überlegen sollte – jederzeit hierher ziehen könnte. War dieses Angebot ernst gemeint oder hast du das nur so dahergesagt?"

Jetzt hat sie die Katze aus dem Sack gelassen, dachte Bloch.

„Na ja, mit hierher habe ich wohl eher allgemein Heubach gemeint", antwortete er zaghaft.

Susanne Kramer klopfte mit der Hand auf das Sofa. „Ich habe hierher aber wörtlich verstanden. Für mich wäre ein Umzug zu dir damals völlig undenkbar gewesen. Aber in letzter Zeit..."

Der Heubacher Privatdetektiv erhob sich vorsichtig, um seine Katze nicht zu wecken. „Ich hole uns mal etwas zu trinken", sagte er und ging in Richtung Küche, in dem – und das wusste er ganz genau – völlig untauglichen Versuch, Zeit zu gewinnen.

Als er ins Wohnzimmer zurückkehrte und seiner Assistentin einen kurzen Seitenblick zuwarf, glaubte er wahrzunehmen, dass sie während seiner kurzen Abwesenheit etwas feuchte Augen bekommen hatte.

Jetzt ist die hohe Kunst der Diplomatie gefragt, dachte Bloch. Und auf diesem Gebiet war ich noch nie sehr gut.

„Wie lange läuft dein Mietvertrag für die Wiebelsbacher Wohnung noch?", fragte er.

„Der ist, glaube ich zumindest, unbefristet."

„Sehr gut." Tobias Bloch nickte, wohl mehr, um sich selbst Mut zu machen. „Dann stehst du nicht unter Zeitdruck. Die normale Kündigungsfrist dürfte drei Monate zum nächsten Quartalsende oder sogar ein halbes Jahr betragen."

„Keine Ahnung. Ich habe den Vertrag seinerzeit unterschrieben – und fertig."

„Ja, ja. Die berühmte Odenwälder Gutgläubigkeit. Susanne, ich will ganz offen zu dir sein."

Sie sah ihn erschrocken an.

„Während einer laufenden Ermittlung wie dieser, die all unsere Kraft und Konzentration erfordert, können wir eine solch schwerwiegende Entscheidung unmöglich treffen."

„Du spielst auf Zeit, Tobias."

„Nein, das tue ich nicht!", widersprach er etwas zu laut. „Wer weiß, was in diesem Fall noch alles auf uns zukommt? Deshalb müssen wir uns den Rücken frei halten, verstehst du?"

Susanne kniff ihre Lippen trotzig zusammen.

Bitte, bitte, fang jetzt nicht an zu weinen, dachte Bloch.

Um sie abzulenken, sagte er: „Außerdem kann ich das nicht allein entscheiden. Du darfst Muzel nicht vergessen. Sie hat schließlich ein Mitspracherecht."

Seine Assistentin winkte ab. Sie seufzte tief. „Könnten wir nicht wenigstens probeweise..."

Er versuchte zu lächeln. „Was tun wir deiner Meinung nach denn gerade?", fragte er.

Seine Assistentin griff nach dem Strohhalm. „Du wirst dir also Gedanken darüber machen? Du wirst es dir überlegen?"

Bleibt mir ja gar nichts anderes übrig, dachte Bloch.

„Versprochen." Und wie in einem schlechten Liebesfilm fügte er bedeutungsschwer hinzu: „Du musst mir aber auch ein bisschen Zeit lassen, Susanne. Das Ganze kommt für mich schließlich ziemlich überraschend."

„Klar." Sie stand auf. „Ich muss mal."

Nachdem sie das Wohnzimmer verlassen hatte, wischte sich Tobias Bloch mit einem Taschentuch die Schweißperlen von der Stirn. Dann trank er einen kräftigen Schluck.

Kapitel 15

Sechs Personen

Ein brennender Hase hat im Westen von Großbritannien einen Poloklub in Brand gesetzt und völlig zerstört. Nach Angaben der Feuerwehr zündete ein Platzwart des Klubs das Tier versehentlich an, als er ein Bündel Äste verbrennen wollte. Der Mann habe den Hasen mit brennendem Schwanz davonlaufen sehen. Eine Viertelstunde später stand das Klubhaus in Flammen. Acht Feuerwehrmännern gelang es nicht, den Brand zu löschen. Überreste des Tieres fanden sie nicht.

Wer war die junge Frau, die ihm das Wasser und das Essen gebracht hatte?

Er saß in der dunklen Nacht in seinem kühlen Gefängnis. Jetzt hörte sich die Musik, die aus dem Radio zu ihm drang, lauter an als am Tag. Nachdem er die Scheibe Brot gegessen hatte, war er eingeschlafen. Wie viele Stunden seither vergangen waren, würde er erst bei der nächsten Zeitansage des Privatsenders erfahren. Wirklich wichtig war das allerdings nicht.

In Gefangenschaft nahm man die Zeit anders wahr. Der Freiheit beraubt und zum Nichtstun verurteilt, dehnte sie sich ins Unermessliche aus. Da man kein Ziel vor Augen hatte, da man keinen festgelegten Zeitpunkt kannte, an dem eine Veränderung der herrschenden Situation erfolgen würde, wurde man träge, apathisch und verlor das Interesse an seiner Umgebung.

Er schüttelte den Kopf. Das grobe, raue Tuch über seinen Augen kratzte an der Stirn. Welcher Umgebung denn? Hier war doch fast nichts in dem kahlen Raum. Außer den Ketten, den Eisenringen an der Wand, ein oder zwei Stühlen, dem Radio und dem Tablett.

Er überlegte lange, ob er noch etwas essen sollte. Er steckte in einem Dilemma. Wenn er etwas aß, schrumpften seine Vorräte unweigerlich. Wenn er nichts aß, konnte das sehr unangenehme Folgen für ihn haben. Angenommen, die junge Frau käme morgen in sein Verlies und müsste feststellen, dass noch etwas von dem Essen übrig war. Welche Schlussfolgerungen würde sie daraus ziehen? Dass sie ihm zu viel gebracht hatte. Also würde sie seine Ration kürzen. Das durfte er nicht riskieren.

Vorsichtig tastete er nach dem ovalen, fettigen Gegenstand. Er beugte seinen Kopf so weit wie möglich nach vorn und roch daran. Der Geruch nach kaltem Bratenfett, gebratenem Hackfleisch und Zwiebeln stieg ihm in die Nase. Er hatte recht gehabt. Es war eine Frikadelle. Sie war fest, kalt und schmeckte gut. Er aß etwa die Hälfte davon.

Dann stellte sich ihm plötzlich eine peinliche Frage. Was sollte er eigentlich tun, wenn er auf die Toilette musste? Sollte er rufen? Würde man ihn hören? Würde man überhaupt auf seine Rufe reagieren?

Und wenn ja, was geschah dann? Würde man ihn losketten und zu einer Toilette führen? Gab es hier im Keller überhaupt eine oder musste man ihn zu diesem Zweck nach oben bringen? Das konnte ihm vielleicht etwas über das Gebäude verraten, in dem er gefangen gehalten wurde. Oder musste er seine Notdurft in diesem Raum verrichten? In einen Nachttopf? Einfach in einer Ecke? Oder in die Hose?

Würde die junge Frau überhaupt das Risiko eingehen, ihn loszuketten? Warum nicht? Er war blind und orientierungslos. Er war geschwächt, womöglich wurde ihm schwindelig, wenn er aufstehen musste. Und er hätte ein dringendes Bedürfnis zu befriedigen. Wenn er ihr nicht etwas vorspielte. Er beschloss, es morgen Vormittag auszuprobieren. Bevor es ihm gelang, den unangenehmen Gedanken zu verdrängen, tauchte eine weitere delikate Frage auf. Würde sie ihm dabei zusehen, wenn er sich entleerte?

Er saß in der kühlen Dunkelheit seines unterirdischen Gefängnisses und versuchte trotz der Trägheit, die ihn zu übermannen drohte, sein Denken auf etwas Sinnvolles zu konzentrieren.

Er erinnerte sich an die beiden wichtigen Fragen, die er sich bereits vor Stunden gestellt hatte.

Wer alles hatte von seinem geplanten Treffen mit Michael Stoll gewusst? Wer hatte gewusst, wann und wo sie sich treffen wollten? Wer hatte gewusst, welchen Weg er nehmen würde? Wer hatte gewusst, welchen Wagen er fahren würde?

Seine Frau.

Sein Vater.

Irene Lentz, die Wirtschafterin.

Er zögerte. War sie auch in die Details eingeweiht? Sehr wahrscheinlich hatte seine Frau mit ihr gesprochen. Und wenn auch nur der Ort Ober-Kainsbach erwähnt worden war – wovon er ausging –, konnte sich Irene Lentz mühelos einen Reim darauf machen. Denn die Gleichung Ober-Kainsbach = Michael Stoll war allgemein bekannt. Und wenn sie über die Einzelheiten Bescheid wusste, waren auch die beiden anderen Angestellten des Anwesens genau informiert. Im Herrenhaus verbreiteten sich Nachrichten – gute wie schlechte – nämlich sehr, sehr schnell.

Gundula Bach, die Köchin. Man hatte sie gebeten, ihm ein leichtes Abendessen früher als zur üblichen Zeit zuzubereiten.

Franz Rilke, der Gärtner. Er hatte ihm zugewinkt, als er mit seinem silbergrauen Jaguar in die Pappelallee eingebogen war, um den Park des Anwesens durch das östliche Seitentor zu verlassen.

Und natürlich der liebe Michael Stoll höchstpersönlich.

Sechs Personen. Eine ganze Menge.

Daran schloss sich zwangsläufig die Frage an, wem Stoll von dem heiklen Treffen erzählt hatte. Denn dass der eitle Geck die Tatsache, dass er – im übertragenen Sinn – auf Knien gebeten wurde, eine seltene Antike zu einem unverschämt hohen Preis zu verkaufen, für sich behalten würde, war schlicht undenkbar. Er hatte sich mit Sicherheit vor dem einen oder anderen Sammlerkollegen damit gebrüstet, dass er regelrecht angefleht wurde, den Viergötterstein zu veräußern. Und Stoll hatte mit Sicherheit zumindest angedeutet, dass man ihm dafür einen sagenhaft hohen Kaufpreis bot.

Bei diesen Gesprächen mit dem einen oder anderen Kollegen hatte sich Stoll die Pointe sicherlich bis zum Schluss aufgehoben. Dass er nämlich gar nicht daran dachte, dem Herzenswunsch des vermögenden Interessenten zu entsprechen.

Dieser Gedanke verbitterte den Gefangenen in seinem kühlen und dunklen Kellerverlies zutiefst.

Wer hatte ein Interesse daran gehabt, dass das Treffen zwischen ihm und Michael Stoll nicht stattfand? Oder hatte seine Entführung damit überhaupt nichts zu tun? Hatte seine Fahrt nach Ober-Kainsbach den Tätern lediglich eine günstige Gelegenheit geboten, die mit dem Anlass der Fahrt in keinem Zusammenhang stand?

Die vielen ungeklärten Fragen begannen ihn zu verwirren.

Dennoch stellte er sich die zentrale Frage.

Sie lautete: Warum hatte man ihn entführt?

Wollte man Geld oder ein antikes Kunstwerk aus seiner umfangreichen Sammlung erpressen?

Wollte man ihn demütigen?

Wollte man ihn quälen?

Wollte man ihn gefügig machen?

Oder wollte man ihn langsam auf grausame Art und Weise töten?

Kapitel 16

Der Jaguar

„Gut geschlafen?", fragte Tobias Bloch mit einem gezwungenen Lächeln, als er am Donnerstagvormittag die Küche betrat.

Susanne nickte ihm fröhlich zu. Da sie gerade von der Hälfte eines mit Butter bestrichenen Rosinenbrötchens abgebissen hatte, gab sie nur ein undeutliches „Hmm" von sich.

Was ich von mir nicht gerade behaupten kann, dachte Bloch.

„Du warst schon in der City?", fragte er erstaunt.

Sein Blick ruhte auf dem umfangreichen Sortiment an Backwaren, das seine Assistentin auf dem Küchentisch in einen großen Weidenkorb gefüllt hatte. Croissants, Kümmel-, Mohn- und Sesambrötchen, ein Baguette...

„Erwartest du noch jemanden?"

„Nein, wieso? Ich dachte, uns steht ein langer und arbeitsreicher Tag bevor, da kann ein vernünftiges Frühstück doch nicht schaden."

Du nimmst das mit der Probezeit aber sehr ernst, dachte Bloch.

Nachdem er ein Glas Wasser getrunken hatte, ging er zum Kühlschrank und entnahm diesem Kalbsleberwurst, Senf und Eiersalat.

„Ich habe sogar an Kümmelbrötchen gedacht", fügte Susanne hinzu. „Die magst du doch besonders?"

„Na ja." Er griff nach dem Baguette und schnitt sich ein ordentliches Stück ab. Während er es mit der Wurst und reichlich Senf bestrich, fragte er: „Wo steckt die Kleine?"

„Nachdem ich sie gefüttert habe…"
„Mit was?"
„Gelbwurst, Salami und Camembert." Sie deutete auf das vor ihm stehende Schälchen. „Keine Sorge, den Eiersalat haben wir natürlich nicht angerührt."
„Da bin ich ja beruhigt." Er biss in sein Baguette, dass die Brotkruste krachte.
„Nach der Fütterung ist Muzel über die Terrasse ins Tal gelaufen. Wenn ich es richtig gesehen habe in Richtung der Fischteiche." Sie trank einen letzten Schluck ihres Espressos. „Kann ich jetzt unter die Dusche, während du in aller Ruhe frühstückst?"
Der Heubacher Privatdetektiv zuckte die Achseln. „Wo ist die Zeitung?"
„Oh, die habe ich ganz vergessen!" Susanne erhob sich rasch. „Kommt sofort." Sie ging zur Haustür.
„Immer mit der Ruhe", murmelte Bloch, während er das Schälchen mit dem Eiersalat öffnete und seine Gabel in den hellgelben, mit Gurkenstückchen durchsetzten Brei tauchte.

„Das hatten wir sowieso vor", log der Heubacher Privatdetektiv am Telefon.
Susanne, die leicht bekleidet und mit nassem, stacheligem Haar aus der Badezimmertür im ersten Stock in den unter ihr liegenden Flur lugte, sah ihn fragend an.
Bloch schüttelte den Kopf und winkte ab.
„Gut. In etwa einer halben Stunde sind wir bei Ihnen."
„Wer hat denn angerufen?", fragte seine jetzt vorschriftsmäßig gekleidete Assistentin – über einer hautengen schwarzen Jeans trug sie einen dünnen terrakottafarbenen Pulli mit V-Ausschnitt – ein paar Minuten später in der Küche. Sie

räumte die Lebensmittel weg und stellte das benutzte Geschirr neben die Spüle.

„Unsere reizende Auftraggeberin. Sie sagte, sie müsse so schnell wie möglich mit uns sprechen."

„Worüber?"

„Darüber wollte sie am Telefon nicht reden."

„Tut gern ein bisschen geheimnisvoll, die Dame", sagte Susanne. „Bist du sauer?", fragte sie dann angesichts seiner verkniffenen Miene.

„Ich hatte eigentlich andere Pläne. Ich wollte, dass wir uns bei dem einen oder anderen Antikensammler ein wenig umhören." Er leerte sein Glas. „Und ein Bad hätte ich vorher auch noch gern genommen."

„Du Ärmster."

Der Privatdetektiv stand auf. „Ich mache mich oben fertig. Sei bitte so gut und stelle Muzel einen Futternapf auf die Terrasse."

„Keine Sorge, das hätte ich sowieso gemacht."

Das östliche Seitentor des weitläufigen Anwesens im Brombachtal war bereits geöffnet, als Tobias Bloch seinen schwarzen Renault über die leicht geschwungene Holzbrücke chauffierte. Er folgte dem Verlauf der Pappelallee, dann bog er nach links ab und steuerte seinen Wagen direkt auf die hellgraue Nordseite des imposanten Herrenhauses zu. Der Weg war ihm fast schon vertraut.

Nachdem er den Renault neben mehreren großen Limousinen abgestellt hatte, stiegen sie aus. Sie wollten gerade auf den Eingang des Herrenhauses zugehen, als sie ein Ruf zurückhielt.

„Herr Bloch!"

Der Privatdetektiv drehte sich um und erkannte den Gärtner, der aus einem Laubengang heraustrat.

„Einen Moment, bitte!“

Franz Rilke eilte mit ernster Miene auf sie zu.

Du hast eine schlechte Nachricht für uns, dachte Bloch.

„Die Polizei hat den Jaguar des Chefs gefunden. Frau von Wartenberg erwartet Sie in der Bibliothek.“

„Von wem haben Sie das mit dem Wagen erfahren?“, fragte Susanne.

„Auf dem Anwesen spricht sich alles sehr schnell herum.“

Ohne weitere Erklärung wandte sich der Gärtner um und ging zurück zu dem Laubengang.

Wieso wolltest du uns das unbedingt als Erster unter die Nase reiben?, fragte sich Bloch.

Sie stiegen die dreizehn Stufen der breiten Marmortreppe hinauf und betraten die Eingangshalle. Die zierliche Wirtschafterin durchquerte vor ihnen den großen Raum, um in den östlichen Flügel des Herrenhauses zu gelangen. Sie warf ihnen einen kurzen Seitenblick zu.

„Guten Tag“, sagte sie in neutralem Tonfall.

„Guten Tag, Frau Lentz“, antwortete der Heubacher Privatdetektiv.

Bloch und Susanne stiegen auf der rechten Seite der geschwungenen Treppe nach oben. Der dicke Orientläufer verschluckte jeden ihrer Schritte. Bevor er an die Tür zur Bibliothek klopfte, suchte der Privatdetektiv sie kurz nach Kratzern, Dellen oder anderen Beschädigungen ab, die der Rollstuhl des alten Lustmolchs gestern mit Sicherheit an der Tür hinterlassen hatte. Aber er konnte nichts entdecken.

Hier werden die Spuren sehr schnell beseitigt, dachte Bloch.

Er klopfte.

„Ja, bitte.“

Die Hausherrin stand an einem der Fenster neben dem wuchtigen Schreibtisch und drehte sich bei ihrem Eintreten zu ihnen um.

„Hat Frau Lentz Sie bereits informiert?"

Bevor er antwortete, schloss er zunächst die Tür.

Die Lektion habe ich gelernt, dachte Bloch.

„Nein", antwortete er dann. „Herr Rilke hat uns abgefangen, nachdem ich meinen Wagen im Hof abgestellt hatte."

„Es hat sich also schon überall herumgesprochen." Sophia von Wartenberg deutete auf die drei hohen schwarzen Ledersessel, die im Halbkreis vor dem Kamin standen. „Setzen wir uns doch."

Als sie ihrer Aufforderung nachgekommen waren, kam die Ehefrau des Vermissten gleich zur Sache: „Der silbergraue Jaguar – es ist zweifelsfrei das Auto meines Mannes, das hat man anhand der Fahrzeugnummer und anderer Details feststellen können – wird zurzeit von Spezialisten der Polizei gründlich untersucht. Auf den ersten Blick konnten nach ihren Angaben keine offensichtlichen Spuren eines Kampfes oder einer blutenden Verletzung gefunden werden. Ob der oder die Täter andere Spuren hinterlassen haben, etwa Fasern, Haare, Hautpartikel oder Fingerabdrücke, wird sich erst nach Abschluss der polizeilichen Untersuchung herausstellen."

„Ihr Mann kann den Jaguar auch freiwillig verlassen haben", sagte Susanne Kramer. „Wo hat man ihn denn gefunden?"

„Das ist ja das Merkwürdige. Mehr als zweihundert Kilometer nordwestlich von hier. Auf dem Parkplatz einer Autobahnraststätte."

Ich hatte eigentlich mehr auf das Parkhaus eines Flughafens getippt, dachte Bloch. Aber der Parkplatz einer Raststätte ist auch keine schlechte Lösung.

„War der Wagen abgeschlossen?", fragte er.

Sophia von Wartenberg sah ihn verständnislos an. „Das weiß ich nicht. Spielt das denn eine Rolle?"

„Wer hat den Wagen gefunden?"

„Die Polizei hat einen anonymen Hinweis erhalten."

Das sagst du uns erst jetzt!, dachte Bloch.

„Bei welcher Polizeidienststelle ging der Hinweis ein?", fragte seine Assistentin.

„Das haben sie mir nicht gesagt. Ich habe aber auch nicht danach gefragt."

„War es ein Anruf?"

„Das nehme ich doch an." Sie sah den Privatdetektiv Hilfe suchend an. „Was machen wir jetzt, Herr Bloch?"

„Da ich nicht davon ausgehe, dass die Polizei in dem Jaguar andere Spuren als die Ihres Mannes oder einer anderen bekannten Person aus seinem Umfeld – beispielsweise von Ihnen – finden wird, bleibt unsere Ausgangsposition im Grunde die gleiche."

„Wie meinen Sie das?"

„Das Auffinden des Wagens sagt uns nichts darüber, was tatsächlich geschehen ist. Wir wissen nicht, wer den Wagen dort abgestellt hat. Es könnte Ihr Mann gewesen sein, der sich anschließend aus dem Staub gemacht hat. Oder eine Person, die in seinem Auftrag gehandelt hat. Es könnte aber natürlich auch einer der Täter gewesen sein."

„Sie gehen von mehr als einer Person aus?"

„Ja, ich bin mir ziemlich sicher. Bei einer Entführung sind es mit hoher Wahrscheinlichkeit zwei Täter gewesen. Und die Tatsache, dass jemand die Zeit und die Gelegenheit hatte, mehr als zweihundert Kilometer durch die Gegend zu fahren, lässt im Falle einer Entführung darauf schließen, dass Ihr Mann in der Zwischenzeit von einer zweiten Person bewacht wurde."

„Wie ist der Fahrer denn wieder nach Hause gekommen?“, schaltete sich Susanne ein.

Bloch stutzte. „Gute Frage. Vielleicht sind es sogar drei Personen. Derjenige, der den Jaguar auf dem Parkplatz der Autobahnraststätte abgestellt hat, musste ja irgendwie wieder zurück zu seinem Ausgangspunkt kommen. Und dass er zu diesem Zweck die Bahn oder ein Taxi genommen hat, kann ich mir beim besten Willen nicht vorstellen. Das wäre nämlich sehr töricht gewesen.“

Die Hausherrin nickte entmutigt. „Und der anonyme Hinweis, der bei der Polizei eingegangen ist? Hilft uns der vielleicht weiter?“

„Dieses ungewöhnliche Vorgehen sagt uns in der Tat eine Menge. Da spielt jemand ein perfides Spielchen, Frau von Wartenberg. Ein sehr perfides Spielchen. Ich schätze, dass das noch nicht die letzte Überraschung war. Irgendjemand fühlt sich augenscheinlich ziemlich sicher. Sonst würde er so etwas nicht riskieren. Er will demonstrieren, dass er Macht hat. Dass er die Polizei an der Nase herumführen kann.“

„Wer?“

„Profis machen so etwas mit Sicherheit nicht“, sagte Susanne.

„Wer nimmt das Risiko auf sich, eine so lange Strecke mit einem von der Polizei gesuchten Auto durch die Gegend zu fahren?“, fragte Sophia von Wartenberg. „Noch dazu mit einem sehr auffälligen Wagen, der sich leicht aus der Masse der anderen Fahrzeuge heraushebt. Das verstehe ich, ehrlich gesagt, überhaupt nicht.“

„Weil Sie wahrscheinlich von einer falschen Prämisse ausgehen“, sagte der Heubacher Privatdetektiv.

Die Hausherrin sah ihn fragend an.

„Manchmal gibt es ganz einfache Erklärungen. Sie sind so einfach, dass man sie glatt übersieht. Weil man nach einer komplizierten Konstruktion sucht. Überlegen Sie doch mal genau. Ich gehe davon aus, dass der Wagen zu dem Parkplatz der Autobahnraststätte gefahren wurde, als er noch gar nicht von der Polizei gesucht wurde."

Bloch beugte sich zu der Ehefrau des Vermissten vor. „Also hatte der betreffende Täter – oder Ihr Mann – sehr viel Zeit, mit dem auffälligen silbergrauen Jaguar völlig unbehelligt einen ihm geeignet erscheinenden Abstellplatz zu suchen", fuhr er fort. „Am Abend und in der Nacht, in der Ihr Mann verschwand, hat sich doch überhaupt niemand um das Auto gekümmert. Die Polizei hat Ihre Befürchtungen doch erst am nächsten Tag ernst genommen. Mit dem Jaguar hätte man also sogar noch eine weit längere Strecke zurücklegen können."

Kapitel 17

Toilette

Auf dem Heimweg von einem Bierfest hat sich ein 37-jähriger Waldbrunner in der vergangenen Nacht eine schwere Verletzung zugezogen. Nach Angaben der Polizei stürzte der Mann aus bisher unbekannten Gründen in den Zaun eines Gemüsegartens. Dabei bohrte sich eine 18 Zentimeter lange Zaunspitze von unten durch seinen Unterkiefer und ragte dann aus dem geöffneten Mund des Mannes. Die herbeigerufene Feuerwehr schnitt einen Teil des Zaunes heraus, um den Abtransport des Verletzten zu ermöglichen. Dieser wurde samt dem Zaunstück in ein nahe gelegenes Krankenhaus gebracht. Fremdverschulden kann nach Polizeiangaben ausgeschlossen werden.

Als er am Morgen nach einer weiteren Nacht, die er mit dem Rücken an die Wand gelehnt wenigstens phasenweise schlafend verbracht hatte, mit steifen Gliedern erwachte, versuchte er, die Arme, die Beine und den Oberkörper im Rahmen seines durch die schweren Ketten eng begrenzten Spielraums zu bewegen. Er spürte in verschiedenen Bereichen seines Körpers ein Kribbeln, das an zahllose feine Nadelstiche erinnerte. Es war sehr unangenehm, aber es war unerlässlich, denn er musste seine Durchblutung verbessern.

Obwohl seine Augen noch immer verbunden waren, glaubte er, dass es in seinem unterirdischen Verlies etwas heller war als in der dunklen Nacht. Es war mehr ein Gefühl als eine Feststellung. Folglich musste der Raum, in dem er seit seiner Entführung gefangen gehalten wurde, ein wenn auch kleines Fenster haben.

Er aß die letzte Scheibe Brot und den Rest der fettigen Frikadelle. Bevor er seinen Plan in die Tat umsetzen wollte, mussten seine Vorräte aufgebraucht sein.

Gegen das Gedudel des Privatsenders war er inzwischen praktisch immun. Das hatte Vorteile, aber auch Nachteile. Vorteilhaft war, dass ihn das Radio nicht mehr nervte. Von Nachteil war, dass er durch seine Abgestumpftheit und seine Teilnahmslosigkeit nicht mehr mitbekam, was draußen in der Welt vor sich ging. Das musste sich ändern. Er nahm sich vor, wenigstens den stündlich ausgestrahlten Nachrichten die nötige Aufmerksamkeit zu widmen. Nicht dass diese besonders ausführlich gewesen wären. Aber wenn etwas wirklich Wichtiges passierte, würde er es auch über diesen Privatsender erfahren.

Er holte tief Luft. Dann begann er, sehr laut zu schreien.

Nichts geschah.

„Ich muss dringend auf die Toilette!", wiederholte er seinen durchdringenden Ruf. „Bitte!"

Er wartete einige Sekunden. Vergeblich.

Um Kraft und Luft zu sparen, reduzierte er seine Bitte auf ein einziges Wort.

„Toilette! Toilette! Toilette!"

Kalter Schweiß trat ihm auf die Stirn, als er spürte, dass er jetzt wirklich sehr dringend seine Notdurft verrichten musste. Er versuchte, an etwas anderes zu denken, aber das gelang ihm nicht.

„Toilette! Toilette! Toilette!"

Das erlösende Geräusch des im Schloss der schweren Tür gedrehten Schlüssels drang an seine Ohren. Er setzte sich kerzengerade hin und spannte seine Nackenmuskeln an. Dieses Mal wollte er besser vorbereitet sein. Aber es kam alles ganz anders.

Der Duft der jungen Frau war ihm vertraut. Er hörte, wie sie das Tablett zur Seite schob. Dann ging sie an ihm vorbei. Er stutzte. Wollte sie ihm die Ketten nicht abnehmen?

Nacheinander hörte er vier rasselnde Geräusche, als die Ketten auf den kahlen Betonfußboden fielen. Sie musste sie an der Wand von den schweren Eisenringen gelöst haben. Einen kräftigen Tritt in den Rücken interpretierte er als Aufforderung zum Aufstehen. Seine Kniegelenke knackten laut, als er sich schwerfällig erhob. In seinen Ohren nahm er klingende und sausende Geräusche wahr. Er konnte sich nicht gleich aufrecht hinstellen, sondern musste erst eine Weile gebückt dastehen, bevor er sich etwas weiter aufrichten konnte.

Der feste Griff ihres Lederhandschuhs packte ihn am linken Handgelenk oberhalb des kleinen Eisenringes, an dem eine der vier Ketten befestigt war. Sie dirigierte ihn zu der Tür, die sie hatte offen stehen lassen. Jeder einzelne Schritt war mit einer beträchtlichen Anstrengung verbunden, denn die langen Ketten, die er rasselnd hinter sich her schleifte, wogen schwer.

Entgegen seinen Erwartungen wurde er nicht zu einer Treppe geführt, sondern musste einen Gang entlanggehen. Jedenfalls nahm er an, dass es sich um einen Gang handelte, denn die Geräusche der rasselnden Ketten wurden viel schneller von den Wänden zurückgeworfen, als dies in seinem Verlies der Fall gewesen war. Ein kräftiger Ruck an seinem linken Handgelenk signalisierte ihm, stehen zu bleiben.

Rechts von ihm wurde eine Tür geöffnet. Seiner Wahrnehmung nach musste sie leichter sein als die des Raumes, in dem er gefangen gehalten wurde. Vielleicht eine Holztür. Er wurde in einen kleinen Raum gestoßen, in dem es stark nach Desinfektionsmitteln roch. Hinter ihm wurde die Tür geschlossen.

War er allein?

Jetzt hatte er keine Zeit mehr, sich darüber Gedanken zu machen.

Er ging vier, fünf Schritte nach vorn, bis er sich ein Schienbein an einem harten, abgerundeten Gegenstand stieß. Konnte eine Klosettschüssel sein, musste aber nicht. Seine rechte Hand tastete nach dem Klosettdeckel. Nachdem er ihn angehoben und an eine Kunststofffläche – vermutlich den Spülkasten – gelehnt hatte, öffnete er seine Hose und ließ sie über die Knie sinken. Dann zog er die Unterhose ein Stück nach unten.

Tränen der Erleichterung flossen über seine Wangen, als er sich auf die kalte Klosettbrille gesetzt hatte und seine Notdurft verrichtete.

Kapitel 18

Das Szenario

Sophia von Wartenberg strich sich mit einer anmutigen Handbewegung eine Strähne ihres brünetten Haares hinters Ohr.

Was hatte Michael Stoll gesagt?, dachte Bloch. Zwei oder drei Knöpfe?

Inzwischen hatten die drei in der Bibliothek des Herrenhauses Versammelten das Thema gewechselt. Der Heubacher Privatdetektiv und seine Assistentin waren auf ihren gestrigen Besuch bei dem Antikensammler in Ober-Kainsbach zu sprechen gekommen.

Als es an der Tür klopfte, sagte die Hausherrin: „Kommen Sie nur herein, Frau Lentz."

Die Wirtschafterin des Herrenhauses brachte die gewünschten Getränke. Für Sophia von Wartenberg Tee, für Susanne Apfelsaft – was bei der über die Sprechanlage erfolgten Bestellung einen irritierten Blick ihres Chefs zur Folge gehabt hatte – und für Bloch Wasser.

Als Irene Lentz nach einer angedeuteten Verbeugung den Raum verlassen hatte, knüpfte die Ehefrau des Vermissten an ihr kurz unterbrochenes Gespräch an.

„Sie wissen nicht, was er mir angetan hat. Sie wissen nicht, wie sehr er mich erniedrigt hat."

„Ging es dabei auch um die Auswahl Ihrer Reizwäsche?", fragte Susanne im Plauderton.

Sophia von Wartenberg sah die Assistentin des Heubacher Privatdetektivs fassungslos an und errötete augenblicklich. „Wie bitte?", sagte sie kaum hörbar.

Volltreffer, dachte Bloch.

Er schwieg, um Susanne weiter das Feld zu überlassen.

„Michael Stoll hat Sie übrigens eine hervorragende Lügnerin genannt. Er sagte, auf diesem Gebiet seien Sie einsame Spitze."

„Schenken Sie den Worten dieses Dreckskerls Glauben?"

„Ich habe nur wiedergegeben, was er gesagt hat. Vielleicht hat er ein wenig übertrieben. Aber grundlos sagt man so etwas doch wohl kaum?"

„Ich hasse dieses Schwein."

„Das nehmen wir Ihnen ohne Weiteres ab." Tobias Bloch trank einen Schluck. Nachdem er das Glas auf dem Beistelltisch abgesetzt hatte, sagte er: „Wissen Sie, welche Vermutung er geäußert hat, als wir ihn fragten, ob Ihr Mann vor etwas oder jemandem geflohen sein könnte?"

„Nein."

„Könnte es sein, dass Sie gerade eben gelogen haben?" Der Privatdetektiv machte eine Kunstpause. „Michael Stoll meinte, wenn Alexander von Wartenberg tatsächlich geflohen sei, dann nur vor Ihnen. Andererseits hat er mit Recht darauf hingewiesen, dass Ihr Mann nicht so dumm gewesen sein könne, Ihnen alles zu überlassen. Das Herrenhaus und die Parkanlage mit der Venusgrotte."

Bei der Erwähnung der künstlichen Tropfsteinhöhle verzog sie angewidert das Gesicht.

„Nach seiner Ansicht sollten wir uns deshalb nach eventuellen finanziellen Transaktionen erkundigen, die Ihr Mann getätigt haben könnte, bevor er spurlos verschwand", fuhr Bloch fort. „Was halten Sie von dieser These?"

Sophia von Wartenberg erhob sich schweigend, ging zu der Kommode und entnahm ihr wie gestern ein Päckchen Zigarillos, ein silbernes Feuerzeug und einen gläsernen Aschenbecher. Dann setzte sie sich wieder in den hohen Ledersessel, nahm ein Zigarillo heraus und zündete es an. Sie inhalierte und blies den Rauch in seine Richtung.

Der Privatdetektiv zuckte nicht mit der Wimper.

„Michael Stoll hat sich sogar zu der kühnen Vermutung hinreißen lassen, dass Sie uns benutzen", sagte Susanne Kramer. „Dass wir für Sie nützliche Werkzeuge seien, um Ihren Mann aufzuspüren. Damit der sich nicht mit dem ganzen Geld davonmachen könne."

„Das ist doch lächerlich!"

„Wir haben schon schlimmere Täuschungsmanöver erlebt, nicht wahr, Tobias?"

„Daran darf ich gar nicht denken." Bloch lehnte sich zurück. „Es kann natürlich auch sein, dass Ihr Exgeliebter ein hervorragender Lügner ist."

Sophia von Wartenberg musterte ihn aufmerksam.

„Wissen Sie, was uns stutzig gemacht hat?"

„Sie werden es mir gleich sagen."

„Nein." Der Heubacher Privatdetektiv schüttelte den Kopf. „Das war keine rhetorische Frage, sondern eine durchaus ernst gemeinte."

„Helfen Sie mir auf die Sprünge."

„Das Stichwort lautet Viergötterstein", sagte Susanne Kramer.

Sophia von Wartenberg runzelte die Stirn. „Davon habe ich noch nie etwas gehört."

Wer's glaubt, wird selig, dachte Bloch.

„Ein Viergötterstein diente als Basis einer sogenannten Jupitergigantensäule", erklärte seine Assistentin.

„Das wird ja immer schlimmer", sagte die Ehefrau des Vermissten.

„Keine Sorge, es dauert nicht mehr lange. Auf den vier Seiten des Steines wurden in der Regel die Götter Juno,

Minerva, Herkules und Merkur dargestellt. Und einen solchen angeblich sehr gut erhaltenen Viergötterstein wollte Ihr Mann von Michael Stoll kaufen."

Sophia von Wartenberg nickte. „Ach, jetzt verstehe ich. Das ist also der ominöse Stein, den Alexander unbedingt haben wollte." Sie lächelte unsicher. „Entschuldigen Sie, manchmal bin ich ein wenig begriffsstutzig."

Und manchmal bist du eine sehr schlechte Schauspielerin, dachte Bloch.

„Ist Ihnen bei Frau Kramers Beschreibung des Viergöttersteins etwas aufgefallen?", fragte er.

„Ich fürchte, mit römischen Gottheiten kenne ich mich nicht besonders gut aus."

„Darum geht es auch gar nicht. Ich beziehe mich auf die Bemerkung über den Erhaltungszustand des antiken Kunstwerks."

Sophia von Wartenberg dachte angestrengt nach. Zumindest tat sie so. Dann huschte ein Lächeln über ihr Gesicht. „Frau Kramer sprach von einem angeblich sehr gut erhaltenen Viergötterstein, meinen Sie das?"

Das hat aber lange gedauert, dachte Bloch.

Er nickte.

„Das heißt, Sie haben ihn gar nicht gesehen?"

Erneutes Nicken.

„Michael Stoll hat sich also geweigert, Ihnen den römischen Stein zu zeigen", sagte die Hausherrin. „Aber warum nur? Eigentlich müsste er doch sehr stolz auf ihn sein. Gerade wenn er sich in einem so guten Zustand befindet."

„Sollte man meinen", antwortete der Privatdetektiv. „Sie erinnern sich an meine Bemerkung, dass natürlich auch Ihr Exgeliebter ein hervorragender Lügner sein könnte?"

„Was wollen Sie damit sagen, Herr Bloch?"

„Dass es den Stein vielleicht gar nicht gibt“, antwortete Susanne anstelle ihres Chefs.

„Was?“ Sophia von Wartenberg hob erstaunt ihre gezupften Augenbrauen. „Das wäre ja vollkommen verrückt! Alexander hätte die ganze Zeit einem antiken Kunstwerk nachgejagt, das gar nicht existiert? Er hätte sich von Stoll demütigen lassen wegen...“

„Nichts“, vollendete Blochs Assistentin den Satz.

„Das kann nicht sein!“

„Sie könnten uns weiterhelfen, indem Sie uns folgende Frage beantworten: Hat Ihr Mann den Viergötterstein zu Gesicht bekommen?“, sagte der Heubacher Privatdetektiv. „Hat er ihn beschrieben, hat er davon gesprochen, wie gut sein Erhaltungszustand ist?“

„Er hat mir ja noch nicht einmal die genaue Bezeichnung des Steins genannt. Geschweige denn, welche Funktion er bei dieser... dieser Junosäule hatte.“

Stell dich nicht dümmer, als du bist, dachte Bloch.

„Jupitergigantensäule“, korrigierte er geduldig. „Sie haben also nie mit Ihrem Mann über diesen außergewöhnlichen Stein gesprochen, der ihm so viel bedeutete? Von dem er regelrecht besessen war?“

„Ich habe Ihnen bereits gestern erklärt, dass mich diese antiken Stücke nicht sonderlich interessieren. Aber das ist doch gar nicht der entscheidende Punkt. Ich war einfach felsenfest davon überzeugt, dass Alexander ihn selbstverständlich genauestens begutachtet hatte. Auf die Idee, dass er ihn nie gesehen hat, wäre ich überhaupt nicht gekommen.“

„Aber er hat nie ausdrücklich von seinem bemerkenswerten Zustand oder von seiner Schönheit gesprochen?“, fragte Susanne.

„Nein."

„Können Sie sich vorstellen, dass er so besessen von der Idee war, den Viergötterstein zu besitzen, dass er ihn gekauft hätte, ohne ihn in Augenschein genommen zu haben?"

„Auf keinen Fall!"

„Und wenn Michael Stoll sich – wie in unserem Fall geschehen – geweigert hätte, ihm den Stein zu präsentieren? Aber Ihrem Mann stattdessen sein Ehrenwort gegeben hätte, dass er tatsächlich existierte?", fragte Tobias Bloch.

„Ehrenwort", murmelte Sophia von Wartenberg verächtlich. „Kommen Sie mir bloß nicht damit!"

„Er könnte Ihrem Mann auch eine Art Zertifikat oder ein Dokument vorgelegt haben, das die Existenz des Viergöttersteins bestätigte."

„Aber warum sollte Stoll so umständlich vorgehen?"

„Sie kennen ihn besser als wir, Frau von Wartenberg", sagte die Assistentin des Heubacher Privatdetektivs. „Wollte er Ihren Mann vielleicht ein bisschen auf die Folter spannen?"

„Zuzutrauen ist diesem Dreckskerl alles", antwortete die Ehefrau des Vermissten verbittert. „Aber die entscheidende Frage ist doch dann: Hätte sich Alexander auf diese miese Vorgehensweise eingelassen?"

„Hätte er?"

Sophia von Wartenberg schüttelte energisch den Kopf.

Bloch nahm das Päckchen aus der Brusttasche seines Hemdes, bot Susanne eine Zigarette an – die dankbar annahm – und zündete sich dann selbst eine an. Sie rauchten eine Weile schweigend.

„Ich bin mir da nicht so sicher wie Sie", sagte der Privatdetektiv dann nachdenklich. „Stellen Sie sich bitte folgendes Szenario vor, Frau von Wartenberg."

Die Hausherrin hob abwehrend die Hände. „Moment. Bevor Sie mir Ihre Theorie unterbreiten, bestelle ich erst neue Getränke. Was möchten Sie? Pils, richtig?"

Ihre Besucher nickten.

„Schön kalt?"

„Sie sind eine aufmerksame Gastgeberin", lobte Bloch.

Nachdem sie die Bestellung auf die bekannte Weise an Irene Lentz weitergeleitet hatte – sie selbst hatte sich für ein Glas Sherry entschieden –, nickte sie dem Heubacher Privatdetektiv aufmunternd zu.

„Also", begann er. „Das Szenario. Michael Stoll glaubt, sich in einer glänzenden Ausgangsposition zu befinden. Er besitzt – ob tatsächlich oder nur angeblich können wir im Moment nicht abschließend klären..."

„Aber das kriegen wir noch heraus", warf Susanne Kramer ein.

„Darf ich jetzt bitte weiterreden?"

„Klar."

„Er behauptet jedenfalls, im Besitz eines wertvollen Viergöttersteins zu sein. Jetzt kommt eine erste Mutmaßung von mir ins Spiel. Michael Stoll wusste, dass Ihr Mann auf einen solchen gut erhaltenen Stein versessen war. Verstehen Sie? Nicht irgendein anderes kostbares römisches Relikt – nein, es musste unbedingt ein Viergötterstein sein."

Ein Klopfen an der Tür der Bibliothek unterbrach Blochs Redefluss. Nachdem die Wirtschafterin des Herrenhauses sie mit den gewünschten Getränken versorgt hatte und alle einen Schluck getrunken hatten, fuhr der Privatdetektiv fort: „Als er Ihrem Mann von seiner neuesten Errungenschaft berichtet, ist dieser – wie nicht anders zu erwarten und wie von Michael Stoll geplant – sofort Feuer und Flamme. Er fragt natürlich, ob er das Kunstwerk einmal sehen dürfe. Darauf hat Ihr

Exgeliebter nur gewartet. Er sagt schlicht und ergreifend Nein."

„Sie glauben also, dieser Schweinehund hat das Ganze von Anfang an als perfides Spiel inszeniert?", fragte Sophia von Wartenberg.

Tobias Bloch nickte. „So leicht gibt Ihr Mann aber nicht auf", fuhr er fort. „Er sagt – meine zweite Mutmaßung –, er würde den Viergötterstein auch kaufen, ohne ihn zuvor gesehen zu haben. Unter einer Bedingung: Die Geldübergabe erfolgt erst dann, wenn er das antike Kunstwerk tatsächlich in Augenschein genommen und zumindest oberflächlich geprüft hat."

„Das schließt eine gelungene Fälschung aber nicht aus", wandte die Hausherrin ein.

Der Privatdetektiv trank einen Schluck. „Ob der Stein echt oder falsch ist, ist für uns im Moment völlig uninteressant. Also weiter in meinem Szenario: Ihr Mann fragt nach dem Preis, den Michael Stoll für sein antikes Stück verlangt. Und da lässt Ihr Exgeliebter..."

„Verwenden Sie diesen Ausdruck bitte nicht ständig, Herr Bloch!", rief Sophia von Wartenberg. „Das ist ja grauenhaft!"

Ein bisschen Spaß muss sein, dachte Bloch.

Laut aber sagte er: „Entschuldigung. Ich werde mir Mühe geben, ihn zu vermeiden."

Susanne Kramer unterdrückte ein Kichern.

„Und da lässt der feine Herr Stoll die Bombe platzen: Der Viergötterstein ist nicht verkäuflich, egal wie hoch die Summe auch ist, die Ihr Mann ihm dafür anbietet." Er machte eine Pause. „Wenn wir von einer solchen Konstellation ausgehen, muss Michael Stoll überhaupt keinen solchen Stein besessen haben, um Ihren Mann fertigzumachen, Frau von Wartenberg. Wie gesagt, ich habe da und dort die eine oder andere Mutmaßung eingefügt – aber möglich wäre es immerhin."

„Und es würde erklären, warum Stoll sich standhaft geweigert hat, uns diese Antike zu zeigen", ergänzte seine Assistentin.

„Hmm", murmelte die Hausherrin. Sie zündete sich ein Zigarillo an. „Das muss ich mir erst mal durch den Kopf gehen lassen."

Ein heftiges Klopfen an der Tür der Bibliothek ließ sie und ihre beiden Besucher zusammenzucken.

Kapitel 19

Kein Sterbenswörtchen

„Ja?", sagte Sophia von Wartenberg erschrocken. „Kommen Sie herein, Frau Lentz!"

Doch statt der Wirtschafterin des Herrenhauses betrat Franz Rilke den Raum.

„Es hat einen Unfall in der Venusgrotte gegeben", berichtete der Gärtner des Anwesens. Seinem Gesicht war die Anspannung deutlich anzusehen.

„Wer?", fragte die Hausherrin.

„Ihr Schwiegervater."

„Was ist passiert?"

„Er ist mit seinem Rollstuhl in den See gefallen."

„Das ist typisch für den alten Trottel", sagte Sophia von Wartenberg.

Franz Rilke sah sie erstaunt an. „Er behauptet, dass ihn jemand in den See der Grotte gestoßen hat."

„Wer?", fragte der Heubacher Privatdetektiv.

„Weiß Herr von Wartenberg nicht, denn er konnte ihn nicht sehen. Der Fremde hat ihn angeblich von hinten überfallen."

„Wie geht es ihm?"

„Er ist natürlich entkräftet und steht unter Schock. Frau Lentz meint, dass er jetzt vor allem Ruhe braucht. Sie kümmert sich um ihn. Wenn sie es für nötig hält, wird sie einen Arzt rufen. Aber im Moment besteht nach ihrer Einschätzung – und sie scheint sich auf diesem Gebiet ganz gut auszukennen – kein Grund zur Besorgnis."

„Schade“, sagte Sophia von Wartenberg. „Das ist sehr schade.“

Franz Rilke hob die Augenbrauen, schwieg aber.

Bloch und seine Assistentin wechselten einen kurzen Blick.

„Ist er unterkühlt?“, fragte der Privatdetektiv.

„Nein.“ Der Gärtner schüttelte den Kopf. „Der See ist beheizt.“

„Konnte Herr von Wartenberg sich selbst aus dem Wasser ziehen?“, fragte Susanne Kramer.

Wieder verneinte Franz Rilke. „Ich habe seine Schreie gehört und bin ihm zu Hilfe geeilt. Lange hätte er sich bestimmt nicht mehr über Wasser halten können, denn er war bereits völlig erschöpft.“

„Eigentlich müsste ich Sie jetzt entlassen, Herr Rilke“, sagte die Hausherrin. Sie lächelte ihn eiskalt an.

„Kann man mit ihm sprechen?“, fragte Bloch.

Der Gärtner zuckte die Achseln. „Es wäre wahrscheinlich besser, wenn Sie ihn erst noch ein wenig verschnaufen ließen, aber wenn Sie es unbedingt für nötig erachten...“ Er griff in die Brusttasche seiner Latzhose und holte einen zusammengefalteten Zettel hervor. „Den habe ich auf dem Boden der Venusgrotte am Ufer des Sees gefunden.“ Er reichte seiner Chefin das Blatt.

„Haben Sie gelesen, was darauf steht?“, fragte der Privatdetektiv.

„Ich habe mir den Text angesehen“, antwortete der Gärtner zögernd. „Aber überhaupt nichts verstanden. Wahrscheinlich ist er lateinisch...“

Sophia von Wartenberg hatte die ominöse Nachricht inzwischen überflogen und reichte Bloch das Blatt.

Der Heubacher Privatdetektiv las: „EX RVDERIBVS CASTELLI ROMANI AD WIZBERG EXSTRVCTVS.“

Er strich sich gedankenverloren übers Kinn. „Könnte sich um eine römische Inschrift handeln. Aber Näheres kann ich zu dem Text erst sagen, wenn ich ihn einem Experten vorgelegt habe."

„Wenn schon alle ihre Fingerabdrücke auf dem Papier hinterlassen, darf ich dann auch mal?", fragte Susanne.

„Klar. Hattest du in der Schule denn Latein?"

„Glücklicherweise nicht."

Stirnrunzelnd las sie den in Versalien gehaltenen Text, der offensichtlich mit einem Drucker erstellt worden war.

„Ich verstehe nur Bahnhof", sagte Blochs Assistentin dann ratlos.

„Weiß August von Wartenberg von dieser geheimnisvollen Botschaft?", fragte der Privatdetektiv den Gärtner.

„Keine Ahnung", antwortete Franz Rilke. „Als ich ihn aus dem See der Venusgrotte zog, war er praktisch nicht mehr ansprechbar. Er hat nur noch leise gewimmert und wäre wahrscheinlich in Ohnmacht gefallen, wenn ich ihn nicht kräftig durchgeschüttelt hätte. Es kann allerdings sein, dass er das Blatt auf dem Boden liegen sah. Aber ob er die Nachricht gelesen hat, weiß ich nicht."

„Der Alte könnte die unbekannte Person überrascht haben, als diese gerade ihre Botschaft in der Venusgrotte hinterlassen wollte", sagte Bloch. „Haben Sie in der Nähe der Grotte jemanden gesehen, Herr Rilke?"

Der Gärtner schüttelte den Kopf.

„Könnte der Unbekannte noch in der Grotte gewesen sein, als Sie August von Wartenberg aus dem See gerettet haben?"

„In der künstlichen Tropfsteinhöhle gibt es etliche Möglichkeiten, sich zu verstecken. Er könnte sich hinter einem der Felsvorsprünge verborgen haben oder hinter einer Gruppe von Stalaktiten, die an manchen Stellen eine regelrechte Wand bilden, die nur kleine Lücken aufweist." Der Gärtner dachte nach. „Ich habe ja gar nicht damit gerechnet, dass sich noch eine andere Person in der Grotte aufhalten könnte. Und ich habe mich natürlich auch nicht genauer umgesehen, denn ich habe mich allein auf die Rettung des alten Herrn von Wartenberg konzentriert. Damit hatte ich wahrlich genug zu tun."

„Wann haben Sie den Zettel entdeckt?", fragte Susanne.

„Als ich in die Grotte zurückkehrte, um den Rollstuhl aus dem See zu ziehen."

„Die Nachricht könnte also auch erst nach der Rettung des alten Herrn auf den Boden gelegt worden sein?"

„Ja." Franz Rilke kniff die Augen zusammen und überlegte. „Als ich beim ersten Mal in die Venusgrotte rannte, um Herrn von Wartenberg zu helfen, habe ich auf dem Boden kein Blatt wahrgenommen."

„Lag es in der Nähe der Stelle, an der Sie ihn geborgen haben?", fragte Tobias Bloch.

„Nein. Es war mindestens fünf Meter entfernt. Wenn nicht noch etwas mehr."

„War das Blatt bereits zusammengefaltet, als Sie es fanden?"

Der Gärtner sah den Privatdetektiv verständnislos an. „Natürlich. Ich hätte es doch niemals verändert."

„Aber Ihnen war schon klar, dass Sie Ihre Fingerabdrücke auf dem Papier hinterlassen würden?"

„Hören Sie, zunächst habe ich diesem Zettel überhaupt keine Wichtigkeit beigemessen. Ich konnte doch nicht im Entferntesten ahnen, dass es sich dabei um eine Botschaft von wem auch immer handelte. Herr Bloch, für mich war dieses Blatt Papier völlig bedeutungslos, bis ich diesen merkwürdigen Text sah. Zuvor machte ich mir überhaupt keine Gedanken darüber. Ich dachte lediglich, dass es ein Zettel sein könnte, den August von Wartenberg in der Venusgrotte verloren hatte. Erst später wurde mir klar, dass es sich möglicherweise um eine Botschaft handelte."

Warum verteidigst du dich so wortreich?, fragte sich Bloch. Du hast doch überhaupt nichts zu verbergen, oder?

Für kurze Zeit herrschte nachdenkliches Schweigen in der Bibliothek.

„Brauchen Sie mich noch?", fragte Franz Rilke dann seine Chefin.

„Nein danke", sagte Sophia von Wartenberg.

Der Gärtner wendete sich ab.

„Eine Frage noch, Herr Rilke", sagte der Heubacher Privatdetektiv. „Wer außer Ihnen weiß noch von dieser merkwürdigen Nachricht?"

„Ich habe Frau Lentz davon erzählt."

Sophia von Wartenberg seufzte. „Und die hat es natürlich gleich der Köchin erzählt."

Der Gärtner zuckte die Achseln. „Kann ich jetzt gehen?"

„Selbstverständlich." Sie wandte sich an Bloch. „Wollen Sie sich die Venusgrotte ansehen?"

„Nein. Das hat Zeit. Denn ich glaube nicht, dass der Unbekannte weitere Spuren hinterlassen hat. Zuerst sollten wir uns einmal mit Ihrem Schwiegervater unterhalten."

„Sie haben nicht gesehen, wer Sie in den See der Venusgrotte gestoßen hat?", fragte der Heubacher Privatdetektiv.

August von Wartenberg lag angekleidet auf dem großen Bett im Gobelinzimmer des Herrenhauses. Dass der Raum diesen Namen trug, hatten sie von Irene Lentz erfahren, die sie hierher geführt hatte. Dass er diesen Namen zu Recht trug, belegten zwei eindrucksvolle und farbenprächtige Wandteppiche, die rechts und links von dem Bett hingen.

Jagdszenen aus dem Odenwald, dachte Bloch.

Der Alte trug eine weiche graue Hose und einen dunkelblauen Pullover mit altmodischem Zopfmuster. Ohne seinen Rollstuhl, der neben seinem Bett in Reichweite stand, wirkte er einerseits verletzlicher, andererseits aber auch größer, als sie ihn von ihrer letzten denkwürdigen Begegnung in Erinnerung hatten.

August von Wartenberg sah noch immer ziemlich mitgenommen aus. Sein Gesicht war fahl, seine Augen blickten müde auf Tobias Bloch und dessen Assistentin, die auf gepolsterten Stühlen neben einem Sekretär Platz genommen hatten.

„Nein." Der alte Lustmolch schüttelte kaum merklich den Kopf. „Es ging alles furchtbar schnell, Herr Bloch. Kaum hatte ich in meinem Rücken leise Schritte gehört, da wurde ich auch schon in meinem Rollstuhl nach vorn gestoßen und landete in dem See. Glücklicherweise ist er beheizt, sonst wäre ich schon bald an Unterkühlung gestorben."

So schnell geht das nun auch wieder nicht, dachte Bloch. Und außerdem bist du ein zäher Bursche, August.

„Warum waren Sie in der Venusgrotte?", fragte Susanne.

„Ich wollte mich ein wenig bei klassischer Musik entspannen."

„Machen Sie das öfter?"

„Gelegentlich", antwortete August von Wartenberg ausweichend.

„Welches Licht hatten Sie eingeschaltet?"

„Ausnahmsweise mal das blaue."

„Wer wusste, dass Sie sich in der Grotte aufhalten würden?", fragte der Privatdetektiv.

„Ich habe es niemandem gesagt. Aber es ist gut möglich, dass mich jemand gesehen hat, als ich das Herrenhaus verließ, um zur Grotte zu fahren."

„Die Person, die Sie in den See gestoßen hat, hat nichts gesagt?“

„Kein Sterbenswörtchen.“

„Und diese unbekannte Person hat Sie einfach nur ins Wasser fallen lassen? Sie hat keinen Versuch unternommen, Sie zu ertränken?“

„Nein, das schien ihr wohl nicht nötig zu sein. Sehen Sie mich doch an, Herr Bloch. Ich bin ein kraftloser alter Sack. Mich wundert es noch immer, dass ich mich überhaupt über Wasser halten konnte.“

„Wie lange haben Sie das geschafft?“, fragte die Assistentin des Heubacher Privatdetektivs.

„Keine Ahnung. Nach dem Eintauchen habe ich jedes Zeitgefühl verloren. Es mögen ein oder zwei Minuten gewesen sein. Aber mit Sicherheit kann ich das nicht sagen.“

„War die Person, die Sie in den See der Venusgrotte gestoßen hat, ein Mann oder eine Frau?“

„Woher soll ich das wissen?“

„Herr von Wartenberg, denken Sie bitte genau nach“, bat Bloch. „War es ein fester, kräftiger Stoß oder eher ein leichter Schubs? Haben Sie etwas gerochen? Ein Parfum oder ein Rasierwasser?“

„Ich bin ja nur noch ein Fliegengewicht“, antwortete der Alte. „Folglich musste die Person nicht sehr kräftig zustoßen. Und gerochen habe ich überhaupt nichts. Dafür ging alles viel zu schnell.“

„Haben Sie das Blatt Papier gesehen, das auf dem Boden der Grotte am Ufer des Sees lag?“

August von Wartenberg riss die Augen auf. „Eine Nachricht der Entführer meines Sohnes?“, fragte er hoffnungsvoll.

„Wie kommen Sie darauf?“

„Ich muss die Person, die die Botschaft hinterlassen wollte, überrascht haben. Ich war ihr schlicht im Weg. Deshalb hat sie mich in den See gestoßen."

„Haben Sie den Zettel gesehen?", fragte Susanne Kramer.

„Nein."

„Sind Sie sicher?"

Der Alte nickte. „Was steht darauf? Was fordern die Entführer?"

Der Heubacher Privatdetektiv und seine Assistentin zögerten.

„Wir wissen gar nicht, ob es sich bei dem Unbekannten, der das Papier in der Grotte hinterlassen hat, tatsächlich um einen Entführer Ihres Sohnes handelte", antwortete Tobias Bloch dann.

August von Wartenberg sah ihn unsicher an. „Das verstehe ich nicht. Wie lautet die Botschaft denn? Nun sagen Sie schon! Keine Sorge, ich kann die Wahrheit verkraften."

„Wir wissen nicht einmal, ob es sich überhaupt um eine Nachricht im Zusammenhang mit dem spurlosen Verschwinden Ihres Sohnes handelt."

Der Alte schüttelte wütend den Kopf. „Was wissen Sie denn überhaupt, Herr Bloch?"

„Nicht aufregen, Herr von Wartenberg." Der Privatdetektiv hob beschwichtigend die Hände. „Der Text ist in Latein abgefasst. Und dessen sind meine Assistentin und ich leider nicht in dem nötigen Maß mächtig. Deshalb können wir ihn nicht übersetzen."

„Ein lateinischer Text?", fragte August von Wartenberg ungläubig.

„Ich werde ihn einem Experten vorlegen. Der kann vielleicht einen Zusammenhang zu dem Verschwinden Ihres Sohnes herstellen. Vielleicht."

„Der Viergötterstein", murmelte der Alte. „Das antike Kunstwerk, das mein Sohn von Michael Stoll kaufen wollte."

„Kennen Sie sich auf diesem Gebiet aus?", fragte Susanne. „Wissen Sie, ob ein solcher Stein eine Inschrift trug?"

„Keine Ahnung."

Der Heubacher Privatdetektiv erhob sich. „Wir müssen jetzt los, Herr von Wartenberg. Sie hören von uns, sobald wir Genaueres über diesen merkwürdigen lateinischen Text wissen."

„Und nicht mehr allein in die Venusgrotte fahren, ja?", sagte Susanne. Sie war ebenfalls aufgestanden.

August von Wartenberg lächelte anzüglich.

Dir geht es schon wieder besser, dachte Bloch.

„Das lasse ich mir doch nicht von Ihnen vorschreiben, schöne Frau", sagte der alte Lustmolch. „Von Ihnen schon gar nicht."

„Dann ziehen Sie das nächste Mal besser eine Schwimmweste an", sagte die Assistentin des Privatdetektivs.

„Sie könnten mich natürlich auch begleiten." August von Wartenberg ließ nicht locker. „Mit Ihnen an meiner Seite würde ich mich sicher und geborgen fühlen."

„Träumen Sie ruhig weiter", sagte Susanne, ehe sie zusammen mit dem Privatdetektiv das Gobelinzimmer des Herrenhauses verließ.

Kapitel 20

Der zweite Mann

Weil der Cousin des Brautvaters stolperte und dabei aus Versehen das Gesäß der Braut berührte, haben bei einer Hochzeitsfeier auf den Philippinen drei Männer den Übeltäter umgebracht und sein Fleisch den Gästen serviert. Nach Angaben der Polizei gestand einer der Beteiligten, dass sie den Cousin des Brautvaters zur Rede gestellt, weggeführt und erstochen hätten. Anschließend übergossen sie seinen Körper mit Benzin und steckten ihn in Brand.

Ein kleiner, aber tödlicher Fehler. Ein dummes Missgeschick. So etwas konnte jedem passieren. Heute hatte der Privatsender wirklich einiges zu bieten. Vor zwei Stunden war die erste Meldung der Nachrichtensendung gewesen, dass sich ein Kleinkind beim Spielen im Auto in einem Schiebedach den Hals so schwer gequetscht hatte, dass es wenige Stunden später im Krankenhaus starb. Den Namen der Stadt, in dem das vorgefallen war, wusste er nicht mehr, weil er sich vorzustellen versucht hatte, wie man es anstellte, sich mit einem Schiebedach umzubringen. Sein silbergrauer Jaguar hatte glücklicherweise keines. Aber das war ein anderes Thema.

In Gedanken noch mit der denkwürdigen philippinischen Hochzeitsfeier beschäftigt, bei der das Angebot an Speisen überraschenderweise erweitert worden war, ließ ihn das Drehen des Schlüssels im Schloss der schweren Tür seines unterirdischen Verlieses zusammenzucken. Die Ketten erzeugten ein lautes Rasseln, das der jungen Frau bestimmt nicht entgangen war.

Du musst besser aufpassen, dachte er. Schon kleine Fehler werden unbarmherzig bestraft. Nicht nur auf den Philippinen.

Er richtete sich kerzengerade auf und spannte die Nackenmuskeln an. Als die Tür geöffnet wurde, spürte er sofort, dass etwas anders war.

Es waren dieses Mal zwei Personen.

Eine von ihnen blieb an der offenen Tür stehen. Die andere ging direkt auf ihn zu. Er roch einen Mann.

Einen alt und gebrechlich wirkenden Mann?

Nein. Da war er sich ziemlich sicher. Der Hauch eines Rasierwassers hing in der moderigen Luft seines Gefängnisses. Sonst gingen von dem Mann, der nur wenige Zentimeter vor ihm stehen geblieben war, keine besonderen Gerüche aus.

Er hörte, wie der Mann in die Hocke ging. Und spürte dessen musternden Blick auf seinem mit einem groben Tuch teilweise verbundenen Gesicht. Der Mann sagte kein Wort.

In dieser ganzen Geschichte sagte niemand etwas. Nicht der alt und gebrechlich wirkende Mann mit seinem liegen gebliebenen dunkelgrünen Wagen, der ihn dazu veranlasst hatte, auf dem Weg vom Herrenhaus im Brombachtal nach Ober-Kainsbach zu Michael Stoll auf der einsamen Landstraße anzuhalten. Das war ein kleiner, aber sehr folgenschwerer Fehler gewesen. Siehe oben. Auch die junge Frau, die ihm hart ins Gesicht geschlagen hatte, hatte nichts gesagt.

Und dieser Mann schwieg ebenfalls. Instinktiv erfasste er, dass es sich um einen zweiten Mann handelte. Ein weiterer Täter, der bisher noch nicht in Erscheinung getreten war.

Warum besuchte er ihn erst jetzt, zwei oder drei Tage nach der Entführung?

Der Mann erhob sich und ging an ihm vorbei zur Wand. Er hörte, wie einer der vier schweren Eisenringe gegen die Wand schlug. Das entstandene Geräusch klang idiotischerweise fast beruhigend. Solide. Verlässlich.

Trotzdem wurde ihm übel.

Denn dieser Mann strahlte eine andere Form der Gefahr aus.

Der alt und gebrechlich wirkende Mann, der ihn schließlich mit einem Schlag gegen die Schläfe ausgeschaltet hatte, hatte auf ihn einen harmlosen Eindruck gemacht.

Die junge Frau war nicht zuletzt wegen der Schläge ins Gesicht und des Trittes in den Rücken von einem anderen Kaliber.

Aber der andere Mann, der ihn gerade zum ersten Mal in seinem unterirdischen Verlies besuchte, war viel gefährlicher. Viel rücksichtsloser. Das spürte er.

Er zuckte erschrocken zusammen, als ihm der Mann auf den Kopf spuckte. Dann wurde eine Faust in seinen Magen gerammt. Er kippte vornüber und stöhnte leise auf.

Die junge Frau, die die ganze Zeit über wortlos in der Nähe der offen stehenden Tür verharrt hatte, kam auf ihn zu. Zu seinem Erstaunen beugte sie sich zu ihm herunter und schloss nacheinander die kleinen Eisenringe an seinen Handgelenken und Fußknöcheln auf.

Einen kräftigen Tritt in den Rücken interpretierte er wie beim letzten Mal als Aufforderung zum Aufstehen.

Bringt sie mich wieder zur Toilette, obwohl ich gar nicht darum gebeten habe?, fragte er sich. Aber warum hat sie mich von den Ketten befreit?

Als er sich vorsichtig aufrichtete, brach ihm der Schweiß aus. Purer Angstschweiß. Sie hatten etwas mit ihm vor. Deshalb musste er sein unterirdisches Gefängnis verlassen. Die junge Frau packte ihn am Oberarm und dirigierte ihn durch den Raum zu der schweren Tür aus Eisen oder Stahl.

In diesem Augenblick wurde das Radio ausgeschaltet. Er erstarrte. Die plötzlich eintretende Stille in dem Verlies war überwältigend.

Seine Situation war paradox.

In den vergangenen Tagen seiner Gefangenschaft hätte er sich nichts sehnlicher gewünscht, als diesen tristen Ort unversehrt verlassen zu können. Aber jetzt – da man ihn dazu zwang – hätte er wie zahllose Gefangene vor ihm, die in anderen Räumlichkeiten festgehalten worden waren, viel darum gegeben, in der relativen Sicherheit seines moderig riechenden Kellerverlieses bleiben zu dürfen. Mit zitternden Beinen ließ er sich von der jungen Frau hinaus in den Gang führen. Dieses Mal schlugen sie allerdings die andere Richtung ein.

Als er nun mit ihrer Hilfe stolpernd eine ausgetretene Steinstufe nach der anderen die Treppe hinaufstieg, spürte er keinerlei Erleichterung.

Im Gegenteil.

Er rechnete mit dem Schlimmsten.

Kapitel 21

Der Obelisk

„Ex ruderibus castelli romani ad wizberg exstructus", las Maximilian Haussmann laut vor. Er nickte nachdenklich. „Sehr interessant."

Tobias Bloch und seine Assistentin Susanne saßen an diesem Donnerstagnachmittag nicht zum ersten Mal im Wohnzimmer des Odenwälder Heimatforschers in der Michelstädter Altstadt auf dem weichen ockerfarbenen Samtsofa, das den Raum beherrschte. Denn ihre Wege hatten sich bereits bei anderen Ermittlungen gekreuzt.

Maximilian Haussmann hatte sich sofort bereit erklärt, in beratender Funktion für die privaten Ermittler tätig zu werden, denn er wusste, dass Bloch sehr gut zahlte. Vor ihm auf dem Couchtisch lag der Ausdruck des lateinischen Textes, den Franz Rilke, der Gärtner des Brombachtaler Anwesens, in der Venusgrotte gefunden hatte.

„Wizberg", sagte der Heimatforscher nach einer Weile des Schweigens. „Das habe ich schon mal irgendwo gelesen." Er erhob sich von seinem bequemen Lehnstuhl, der dem Sofa gegenüberstand, und ging zu der beeindruckenden Bücherwand. Sein Blick wanderte über die unzähligen Buchrücken. „Ich will mich ja nicht als Wichtigtuer aufspielen, Herr Bloch. Aber in diesem Fall müssen Sie sich auf eine ziemlich zeitaufwendige Beratung einstellen." Haussmann zog einen großformatigen Band heraus. „Die Römer im Odenwald – das ist schon ein Kapitel für sich."

„Kein Problem“, antwortete der Heubacher Privatdetektiv. „Wir können Ihnen stundenlang zuhören – wenn es sein muss. Oder hast du heute noch etwas vor, Susanne?“

Seine Assistentin schüttelte den Kopf. „Ich fand Geschichte schon in der Schule so spannend“, log sie. „Besonders interessiert hat mich die Heimatkunde. Ich kann es kaum erwarten…“

„Und Geld spielt wie immer natürlich keine Rolle“, schnitt ihr der Privatdetektiv das Wort ab, bevor es noch peinlicher wurde. „Sie werden für Ihre Bemühungen großzügig entlohnt, Herr Haussmann. Darauf können Sie sich verlassen.“

Über das gerötete Gesicht des älteren, auffallend schlanken Mannes mit dem kurzen, grauen Haar huschte ein Lächeln. „Hört man gern, Herr Bloch“, sagte er, während er konzentriert in dem Band blätterte. „Sie können sich ja denken, dass die Kosten für die umfangreichen Recherchen zu meinen Veröffentlichungen beträchtlich sind.“

„Wie verkauft sich denn Ihr neuestes Sachbuch über die Sakralbauten im Odenwald?“, fragte der Privatdetektiv aus Heubach möglichst beiläufig. Das letzte Beratungshonorar, das Bloch für wertvolle historische Informationen über den Beerfelder Galgen und die damaligen Hinrichtungsmethoden gezahlt hatte, war von Maximilian Haussmann als Zuschuss zu den Druckkosten für dieses epochale Werk verwendet worden.

„Mäßig, Herr Bloch, mäßig“, antwortete der Heimatforscher mit Bedauern in der Stimme.

„Dann werden wir den örtlichen Buchhandel wohl mal ein bisschen auf Trab bringen müssen, hmm?“

„Ausgezeichnete Idee.“ Maximilian Haussmann blätterte einige weitere Seiten um. „Da haben wir es ja! Wie ich bereits vermutete. Wizberg ist die römische Bezeichnung für den

Michelstädter Ortsteil Würzberg. So langsam wird mir einiges klar."

Der Privatdetektiv und seine Assistentin sahen ihn fragend an.

„'Ex ruderibus castelli romani ad wizberg exstructus' heißt übersetzt: Aus Trümmern des römischen Kastells bei Würzberg errichtet."

„Ja, aber...", sagte Susanne Kramer enttäuscht. „Was hat denn diese Nachricht zu bedeuten?"

Der Heubacher Privatdetektiv warf ihr einen strengen Seitenblick zu, der sie augenblicklich zum Schweigen brachte. Schließlich hatten sie dem Heimatforscher nichts von den Umständen erzählt, unter denen sie in den Besitz dieses Papiers mit dem lateinischen Text gelangt waren.

Maximilian Haussmann stellte den Band in die Bücherwand zurück. Dann nahm er wieder ihnen gegenüber Platz.

„Kennen Sie den Eulbacher Park oberhalb von Michelstadt, Herr Bloch?"

„Eher flüchtig. Ich war zwar schon ein paar Mal dort – aber mein letzter Besuch liegt einige Zeit zurück. Ich erinnere mich vage an verschiedene römische Relikte, an Steine mit kaum lesbaren Inschriften und an etliche kleine Säulen, aber ehrlich gesagt konnte ich damit herzlich wenig anfangen."

„Aber den imposanten Obelisken am Ende der Hauptallee des Parks werden Sie doch nicht vergessen haben?", fragte der Odenwälder Heimatforscher.

„Nein", antwortete Tobias Bloch, obwohl er kein genaues Bild mehr von der Säule vor Augen hatte.

„Moment mal, meine Herren", mischte sich seine Assistentin ein. „Das geht mir alles ein bisschen zu schnell. Ich habe keinerlei Vorstellung von diesem Park. Ich war weder jemals dort noch habe ich überhaupt von ihm gehört."

„Das ist ja mal wieder typisch!“, stöhnte der Privatdetektiv. „So viel zum Thema Heimatkunde.“

Maximilian Haussmann hob beschwichtigend die Hände, denn er witterte zweifellos die Chance zu einem großen Auftritt. „Wofür bezahlen Sie mich denn, Herr Bloch? Also lassen Sie mich die historischen Zusammenhänge in Ruhe erklären. Wir werden der wissbegierigen jungen Dame schon auf die Sprünge helfen.“

„Ich bitte darum“, sagte Susanne.

„Es handelt sich bei besagtem Eulbacher Park um einen Englischen Garten des 19. Jahrhunderts. Der Landschaftsgarten mit seinen römischen Altertümern und Baudenkmälern liegt gegenüber dem Jagdschloss Eulbach – ursprünglich war es nur ein im Sommer genutztes Jagdhaus – der Grafen zu Erbach-Erbach. Aber zurück zu den Anfängen. Graf Franz I. zu Erbach-Erbach, der – wenn ich mich recht entsinne – von der Mitte des 18. Jahrhunderts bis in die Zwanzigerjahre des 19. Jahrhunderts lebte, war ein begeisterter Anhänger der Antike. In seiner Jugend unternahm er weite Bildungsreisen durch Europa. So ließ ihn seine Begeisterung für das Altertum Ende des 18. Jahrhunderts ein zweites Mal nach Italien reisen, von wo er zahlreiche antike Kunstwerke mitbrachte, die heute im Erbacher Schloss ausgestellt sind.“

Du schweifst ab, dachte Bloch, schwieg aber.

„Gegenüber dem gräflichen Jagdhaus ließ Franz I. auf einem freien Feld Anfang des 19. Jahrhunderts einen Englischen Garten anlegen, den wir heute als Eulbacher Park kennen. Und zwar von keinem Geringerem als von Friedrich Ludwig von Sckell, dem renommierten Landschaftsarchitekten, der auch den berühmten Englischen Garten in München geschaffen hatte.“

Maximilian Haussmann stand auf und ging zu den Bücherregalen. Nach einem kurzen Blick in eine der mittleren Reihen griff er zielsicher nach einem Bildband. Er reichte ihn Susanne.

„Einige der darin enthaltenen Abbildungen werden Ihnen verdeutlichen, wovon ich in der Folge spreche."

Um ihren Chef nicht von dem kulturhistorischen Vergnügen auszuschließen, klappte seine Assistentin den Bildband auf und legte ihn so auf das Sofa, dass auch er Einblick nehmen konnte.

„Graf Franz I. zu Erbach-Erbach war aber nicht nur ein begeisterter Anhänger der antiken Zeit, sondern wurde gleichzeitig auch auf seinem eigenen Herrschaftsgebiet archäologisch tätig. Wenn Sie so wollen, war er einer der Pioniere bei der Erforschung des durch den Odenwald führenden Limes. Die bei seinen eigenen Erkundungen und bei den Untersuchungen des von ihm beauftragten Oberförsters Louis gefundenen antiken Stücke wie beispielsweise kunstvoll gestaltete Altar- und Weihesteine sowie Bauteile des Eulbacher und des Würzberger Limeskastells ließ der Graf in seinem Englischen Garten aufstellen beziehungsweise rekonstruieren. Aus heutiger archäologischer oder denkmalpflegerischer Sicht allerdings manchmal auf eher fragwürdige oder – eleganter formuliert – sehr fantasievolle Art und Weise."

„Womit sich der Kreis schließt", stellte der Heubacher Privatdetektiv fest, der endlich zum entscheidenden Punkt kommen wollte. „Stichwort Obelisk", half er Maximilian Haussmann auf die Sprünge.

Der Odenwälder Heimatforscher nickte.

„Der bereits erwähnte Obelisk – wie Sie sicherlich wissen, handelt es sich dabei um eine vierkantige, nach oben spitz zulaufende Säule – wurde aus Steinen des Kastells Würzberg errichtet, wie aus der Inschrift auf dem Sockel des Obelisken hervorgeht, die ich Ihnen übersetzt habe. Bei der am Ende der Hauptallee des Parks stehenden Säule handelt es sich übrigens um eine zwar kleinere, aber immerhin maßstabsgetreue Nachbildung des Obelisken der berühmten altägyptischen Stadt Heliopolis, den Kaiser Augustus später nach Rom bringen ließ, wo er noch heute zu besichtigen ist."

Der Heimatforscher machte eine Pause.

Dann fuhr er fort: „Um Missverständnissen vorzubeugen: Die Inschrift auf dem Obelisken des Eulbacher Parks, die sich auf die Herkunft des Baumaterials der mächtigen Säule bezieht, stammt nicht aus römischer Zeit. Sie wurde vielmehr erst auf Veranlassung von Franz I. auf einer unbearbeitet gebliebenen Inschriftenplatte angebracht, die man im Kastell Würzberg gefunden hatte."

Maximilian Haussmann stand auf. „Darf ich Ihnen etwas zu trinken anbieten? Ich jedenfalls habe Durst bekommen."

Kein Wunder, bei deinem Redefluss, dachte Bloch.

„Wasser wäre nicht schlecht", sagte Susanne.

Der Odenwälder Heimatforscher nickte und sah den Privatdetektiv fragend an.

„Für mich bitte auch." Er nahm das Zigarettenpäckchen aus der Brusttasche seines Hemdes. „Dürfen wir rauchen?"

„Selbstverständlich." Maximilian Haussmann ging zu der den Bücherregalen gegenüberliegenden Wand, die mit eindrucksvollen Landschaftsfotos und faksimilierten Urkunden in den verschiedensten Formaten bedeckt war, und öffnete das Fenster.

Nachdem er den Raum verlassen hatte, zeigte die Assistentin des Heubacher Privatdetektivs auf ein Foto des Obelisken, das in dem Bildband abgedruckt war. „Was hat der Hinweis auf diese Säule zu bedeuten?", fragte sie. „Wurde dort etwas abgelegt?"

„Sprichst du von einer Sache oder von einem Menschen?“

„An einer so zentralen Stelle wäre eine Leiche längst gefunden worden“, sagte Susanne. „Nein, ich dachte vielmehr an eine neue Nachricht.“

„Haussmann erzählte, dass dieser Obelisk am Ende der Hauptallee steht. Es ist doch viel zu riskant, auf diesem offenen Platz eine weitere Botschaft zu deponieren. Jeder der Parkbesucher, der sich die Säule aus der Nähe ansieht, könnte sie entdecken.“

Außerdem bin ich kein Freund von Schnitzeljagden, dachte Bloch.

Der Heimatforscher kehrte mit einem Tablett zurück und stellte es auf den Couchtisch zwischen seinem Lehnstuhl und dem Samtsofa, in das man zu versinken drohte, wenn man sich zu weit nach hinten setzte. Er verteilte die Gläser und schenkte ihnen ein.

Tobias Bloch trank einen Schluck, dann zündete er sich eine Zigarette an.

„Richtig, der Aschenbecher.“ Maximilian Haussmann stand noch einmal auf.

„Gestatten Sie eine indiskrete Frage, Herr Bloch?“, sagte der Heimatforscher, nachdem er anschließend wieder Platz genommen hatte.

Der Heubacher Privatdetektiv lächelte vielsagend. „Sie wollen wissen, wie wir an diesen Zettel mit der merkwürdigen lateinischen Botschaft gekommen sind?“

Sein Gegenüber nickte und lächelte ebenfalls. „Sie ermitteln nicht zufällig wieder in einem Mordfall? Dann ist die Tat aber nicht hier im Odenwald verübt worden. Denn davon müsste ich gehört haben.“

„Ist Ihnen der Begriff Nachrichtensperre bekannt, Herr Haussmann?“, fragte Susanne.

„Sie meinen, es ist ein Mord begangen worden, von dem die Öffentlichkeit nichts erfahren hat?“ Der Heimatforscher schüttelte den Kopf. „Kann ich mir nicht vorstellen.“

„Und wenn ein Geheimdienst involviert ist? Was dann?“

Maximilian Haussmann lachte ungläubig. „Sie wollen mich auf den Arm nehmen. Das wäre doch wohl eine Nummer zu groß für Sie.“

„Die Angehörigen des Ermordeten sind aber – Geheimdienst hin, Geheimdienst her – dennoch an einer Aufklärung des Verbrechens interessiert und beauftragen deshalb private Ermittler, weil sie von den offiziellen Stellen alles Mögliche erwarten – nur eben nicht die Wahrheit. Wie klingt das für Sie?“

„Romanhaft.“ Der Heimatforscher trank einen Schluck Wasser. „Wissen Sie, was ich glaube? Jemand will Sie in den Eulbacher Park locken. Deshalb hat er Ihnen diese auf den ersten Blick völlig unsinnige Botschaft zukommen lassen.“

„Eine naheliegende Schlussfolgerung“, sagte Tobias Bloch. „Um dann, wenn wir tatsächlich in dem Englischen Garten auftauchen, was zu tun?“

Maximilian Haussmann zuckte die Achseln. „Ich weiß ja nicht, worum es in Ihrem aktuellen Fall geht. Vielleicht um Sie zu bedrohen oder um Sie davor zu warnen, weiter in der Angelegenheit zu ermitteln? Um Ihnen eine neue Nachricht zukommen zu lassen?“ Er seufzte. „Keine Ahnung.“

„Ich würde diesen Text wörtlich nehmen.“ Der Heubacher Privatdetektiv deutete auf den Ausdruck der lateinischen Inschrift. „Und mir – zunächst zumindest – einen Umweg über den Eulbacher Park ersparen.“

Susanne warf ihm einen zweifelnden Seitenblick zu.

„Worauf wollen Sie hinaus, Herr Bloch?“, fragte der Heimatforscher. Er machte erst gar nicht den Versuch, seine Neugier zu verbergen.

„Erzählen Sie uns, was Sie über das Limeskastell Würzberg wissen. Und zwar alles."

„Das kann dauern."

„Wir haben Zeit."

Susanne Kramer hob ihren rechten Arm. „Ein paar allgemeine Ausführungen über die Römerkastelle an sich wären vielleicht als Einleitung nicht schlecht. Ich bin mir nämlich nicht ganz sicher, ob ich wirklich weiß, welche Funktion ein solches Kastell eigentlich hatte."

Tobias Bloch sah stöhnend zur Decke und fixierte kurzzeitig eine recht große Spinnwebe.

„Sehr gern", antwortete der Odenwälder Heimatforscher, dem es sichtlich Vergnügen bereitete, das Honorar für seine Beratung in die Höhe zu treiben. Er trank zur Stärkung noch einen Schluck, dann legte er los.

„Allgemein gesprochen ist ein Kastell – lateinisch castellum – eine römische Grenzbefestigungsanlage, ein Truppenlager, das sich in der Regel im unmittelbaren Grenzbereich befand. Wir unterscheiden Kastelle unterschiedlicher Größenordnung und Funktion. Ein Alenkastell beispielsweise wurde für 500 oder 1.000 Reiter angelegt. Ein Kohortenkastell für etwa 600 Mann. Und ein Auxiliarkastell nahm bei unterschiedlicher Truppenstärke Hilfstruppen aus römischen Provinzen und aus Nachbarstaaten auf."

„Herr Haussmann", bat der Privatdetektiv aus Heubach. „Geht es etwas konkreter? Uns interessieren in erster Linie die Odenwälder Kastelle – im Speziellen das Würzberger."

„Das ist mir schon klar. Also in medias res. Im Fall des letztgenannten Militärlagers handelte es sich um ein sogenanntes Numeruskastell, das eine Hilfstruppe in der Stärke von etwa 150 Mann aufnehmen konnte. Als Numerus wurde eine kleine, aber selbstständige Auxiliartruppen-Einheit bezeichnet, die zur Bewachung des Limes in dem Kastell stationiert war. Zufrieden, Herr Bloch?"

Der Privatdetektiv nickte. „Bitte genauere Einzelheiten zum Numeruskastell Würzberg", soufflierte er.

Maximilian Haussmann erhob sich. „Dazu muss ich mein umfangreiches Material über den Limes im Odenwald konsultieren." Er ging zur Bücherwand. „Bin gleich wieder bei Ihnen."

Susanne grinste. Dann streifte sie die Asche ihrer Zigarette in dem gläsernen Aschenbecher ab.

„Der Typ ist einsame Spitze", flüsterte sie.

Bloch verdrehte die Augen.

Nach einer Weile kehrte der Heimatforscher mit einem Stapel Unterlagen zurück. Susanne machte ihm auf dem Couchtisch Platz, indem sie die Gläser zur Seite stellte.

„Sehr aufmerksam." Maximilian Haussmann bedankte sich mit einem leichten Kopfnicken. Dann begann er, seine Unterlagen sorgfältig durchzusehen.

Das alles macht dir großen Spaß, Maximilian, dachte Bloch. Du genießt die Aufmerksamkeit deines Publikums. Das bringt endlich mal ein bisschen Abwechslung in deine sonst so einsame Arbeit.

„Bei dem römischen Kastell Würzberg handelte es sich um ein ehemaliges Numeruskastell der älteren Odenwaldlinie des Neckar-Odenwald-Limes", erklärte der Heimatforscher. „Das Truppenlager befand sich etwa zwei Kilometer südlich des Michelstädter Ortsteils Würzberg am Waldrand. Es gilt als eines der am besten erhaltenen Numeruskastelle des Odenwald-Limes." Er sah zu seinen beiden Besuchern auf. „Diese Feststellung muss man allerdings stark relativieren. Denn die Aussage bezieht sich natürlich nicht auf die eigentliche Bausubstanz, sondern nur auf die Konturen des Kastells

Würzberg, die im nicht bebauten Gelände auch heute noch gut zu erkennen sind."

„Es geht also eher darum, dass man sehen kann, wo das Kastell einmal gestanden hatte?", fragte der Privatdetektiv aus Heubach.

„Richtig. So ist zum Beispiel die Umwehrung der römischen Grenzbefestigungsanlage als großer, von Gras bedeckter Wall auf einer Lichtung nachzuvollziehen. Anders verhält es sich mit dem Balineum, dem zum Kastell gehörenden Bad. Aber dazu komme ich später."

Maximilian Haussmann blätterte eine Seite um. „Man geht davon aus, dass das Truppenlager etwa um das Jahr 100 nach Christus mit einer aus Holz und Erde bestehenden Mauer errichtet wurde. Das Kastellgelände erstreckte sich auf einer Fläche von ziemlich genau 6.000 Quadratmetern. Es entsprach damit der typischen Größe eines Odenwälder Numeruskastells. Über die in Würzberg stationierte Truppeneinheit ist leider nichts Näheres bekannt. Man weiß lediglich allgemein, dass es sich bei den Legionären um Bewohner Britanniens, sogenannte Brittones handelte. Sie stellten die Besatzungen der Numeruskastelle im Odenwald."

Der Heimatforscher schenkte sich Wasser nach und trank bedächtig.

„Im Laufe der Zeit wurde das Kastell immer besser befestigt", fuhr er dann fort. Sein rechter Zeigefinger glitt über das Papier. „Die genaueren Jahreszahlen erspare ich Ihnen."

„Danke", sagte Tobias Bloch.

„Ich erwähne lediglich, dass anstelle der ursprünglich hölzernen Mauer des römischen Truppenlagers in Würzberg später eine doppelte Trockenmauer errichtet wurde, deren Zwischenraum mit Erde gefüllt war. In einer letzten Umbauphase wurde dieses Mauerwerk durch eine gemörtelte Steinmauer ersetzt. Mit der Vorverlegung des Limes nach Osten wurde das Kastell Würzberg – wie übrigens der gesamte Odenwald-Limes – spätestens im Jahr 159 nach Christus aufgegeben.“

„Schade“, murmelte Susanne Kramer.

„Sie werden sich sicherlich fragen, was es mit dieser Vorverlegung des Limes auf sich hatte“, gab sich Maximilian Haussmann selbst das nächste Stichwort. „Dazu muss ich allerdings etwas weiter ausholen und einige grundsätzliche Erläuterungen in meine Schilderung einfügen.“

Das war zu befürchten, dachte Bloch. Aber er hat uns ja gewarnt.

Kapitel 22

Teufelsmauer

„Ich versuche, mich möglichst kurz zu fassen“, versprach der Odenwälder Heimatforscher. „Muss aber andererseits darauf bestehen, wesentliche Hintergrundinformationen nicht zu unterschlagen. Sonst erschließt sich Ihnen nämlich der Gesamtzusammenhang nicht. Und das kann ja wohl nicht in Ihrem Interesse liegen.“

Mach es nicht so spannend, dachte Bloch. Fang endlich an.

Er nickte Maximilian Haussmann aufmunternd zu.

„Bevor ich auf den Odenwald-Limes im Besonderen zu sprechen komme, müssen wir uns der allgemeinen Bedeutung des römischen Grenzwalls bewusst werden. Der Limes, die befestigte Grenze des Römischen Reiches, stellt das größte archäologische Bodendenkmal Europas dar. Es handelt sich aber keineswegs um ein einheitliches Gebilde, vielmehr entstand die Grenzlinie im Lauf von mehr als einhundert Jahren in verschiedenen Ausbauphasen. Darüber hinaus wies der Limes regionale Unterschiede und Besonderheiten auf, die ich aber nicht im Einzelnen erläutern werde, denn das würde zu weit führen.“

Der Heimatforscher räusperte sich.

„Ehe ich auf den Bereich des Grenzwalls eingehe, der auch den Odenwälder Teil einschloss, werden ein paar grundlegende Bemerkungen zur Funktion und zur Aufgabe des Limes hilfreich sein. Er war keine Wehranlage im mittelalterlichen Sinne und hätte deshalb größeren Angriffen nicht standhalten können. Was die Germanen – genauer der

Stamm der Alemannen – ja später mit ihrem Durchbruch eindrucksvoll unter Beweis gestellt haben. Nein, der Limes diente in erster Linie als eine deutlich sichtbare Grenzmarkierung und hatte die Aufgabe, ein unkontrolliertes Vorstoßen in das Römische Reich zu verhindern und kleinere Gruppen von Eindringlingen abzuhalten. Die dramatisierenden Bezeichnungen Teufelsmauer oder Teufelsgraben, mit denen der Limes im Mittelalter bedacht wurde, waren also eher irreführend."

Maximilian Haussmann machte eine Pause, um einen Schluck Wasser zu trinken.

„Führen Sie sich vor Augen, dass der Limes keine völlig abgeschirmte Grenze darstellte. An bestimmten Stellen ermöglichten bewachte Übergänge es vielmehr, den beachtlichen Handels- und Warenverkehr mit den germanischen Stämmen gezielt zu steuern und zu kontrollieren. Vor allem aber war die gigantische Befestigungsanlage eine Machtdemonstration, die den Germanen eindrucksvoll zeigen sollte, über welche Mittel und Möglichkeiten das Römische Reich verfügte."

Der Heimatforscher blätterte in seinen Unterlagen, bis er eine Karte des Limes fand. Er faltete sie auseinander und schob sie seinen Besuchern über den Couchtisch zu. Tobias Bloch und seine Assistentin beugten sich über die detaillierte farbige Darstellung.

„Der Bereich des römischen Grenzwalls, in dem sich auch der Odenwälder Teil befand, war der sogenannte obergermanisch-rätische Limes mit einer Gesamtlänge von deutlich mehr als fünfhundert Kilometern. Wobei wir den rätischen Limes, benannt nach der altrömischen Provinz Rätien, die das heutige Wallis, Graubünden, den Westteil Tirols und das südliche Bayern umfasste, vernachlässigen können. Nur so viel:

Die rätische Grenzbefestigung führte über die fränkische Alb zur Donau, um schließlich westlich von Kelheim zu enden."

Maximilian Haussmann deutete auf einen schraffierten Abschnitt der Karte.

„Wesentlich interessanter ist für uns der mehr als 380 Kilometer lange obergermanische Limes, der zugleich den bekanntesten Teil des gesamten Grenzwalls darstellt. Bevor wir uns seinen genauen Verlauf näher ansehen, komme ich auf die eher bescheidenen Anfänge des Limes zu sprechen. Ende des ersten Jahrhunderts nach Christus hatten die Römer mit dem Bau künstlicher Grenzen in verschiedenen Teilen ihres Imperiums begonnen. Ursprünglich bestand die äußere Linie des Limes zunächst nur aus einem möglichst geradlinig angelegten Postenweg als eine Art Grenzstraße, vor der man Beobachtungsstationen errichtete. Diese hölzernen Wachtürme gewährleisteten eine rasche Verständigung zwischen den einzelnen Wachposten durch Feuerzeichen oder Hornsignale.

Später wurde diese Grenzstraße durch einen durchgehenden Palisadenzaun gesichert, der vor den Wachtürmen und der Straße errichtet wurde. Ab der Mitte des 2. Jahrhunderts ersetzten dann Steintürme die ursprünglich hölzernen Beobachtungstürme. Eine zusätzliche Verstärkung der Grenzbefestigung erfolgte Anfang des folgenden Jahrhunderts. Damals wurde am Limes in Obergermanien – lateinisch Germania superior – hinter der Palisade ein Graben angelegt. Das ausgehobene Erdreich wusste man sinnvoll zu nutzen, indem man es zu einem Wall aufschüttete."

Der Odenwälder Heimatforscher lehnte sich in seinem Stuhl zurück und holte tief Luft.

„Jetzt brauche ich einen Espresso", sagte er entschlossen. „Für Sie auch?"

Susanne Kramer nickte dankbar.

Bloch schüttelte den Kopf. „Mir reicht Wasser."

„Gut. Ich bringe Ihnen eine neue Flasche."

Während sich Maximilian Haussmann in der Küche um den Espresso kümmerte, erhob sich der Privatdetektiv aus dem weichen Samtsofa und ging zu dem geöffneten Fenster. Er zündete sich eine Zigarette an und beobachtete das lebhafte Treiben in der Michelstädter Altstadt, soweit das von seinem Standpunkt aus möglich war.

In Gedanken versunken dachte er an die Inhaberin des Schnellimbisses, der sich nicht weit von hier in einer engen Gasse in der Nähe des berühmten spätgotischen Fachwerk-Rathauses befand. Wie lange war es eigentlich her, dass er dort zum letzten Mal etwas gegessen hatte?

Anke, dachte Bloch wehmütig. Wird Zeit, dass wir uns mal wieder sehen.

Heute – in Begleitung von Susanne – kam das natürlich überhaupt nicht in Frage. Obwohl er nach dem Gespräch mit dem Heimatforscher liebend gern zwei der leckeren Nierenspieße verzehrt hätte.

„So, zurück zum obergermanischen Limes", sagte ein nach dem Genuss eines Espressos wieder munter gewordener Maximilian Haussmann. „Der vor Ihnen liegenden Karte können Sie entnehmen, dass dieser Teil der römischen Grenzbefestigung unterhalb von Rheinbrohl am Rhein begann und über den Westerwald und den Taunus an der Wetterau entlang zum Main führte. Von dort verlief der obergermanische Limes über den Odenwald zum Neckar und südwärts bis Lorch. Später wurde er allerdings etwa zwanzig bis dreißig Kilometer östlich auf eine Grenzlinie von Miltenberg bis Lorch verschoben."

„Womit der Odenwald leider aus dem Spiel war", sagte Susanne enttäuscht.

Der Heimatforscher nickte. „Der Neckar-Odenwald-Limes bestand etwa sechzig Jahre lang. Vom Ende des ersten Jahrhunderts nach Christus bis um das Jahr 159. Unmittelbar nach seinem Regierungsantritt ließ Kaiser Trajan im Jahr 98 das römische Einflussgebiet rechts des Rheins zwischen Mainz und Straßburg durch den Neckar-Odenwald-Limes sichern."

Maximilian Haussmann deutete wieder auf die Karte, die vor Bloch und seiner Assistentin auf dem Couchtisch lag.

„Der Odenwald-Limes sollte die Lücke zwischen dem Neckar-Limes und dem Main – dem nassen Limes – schließen. Er begann bei Wörth am Main und erstreckte sich auf einer Länge von rund siebzig Kilometern bis nach Bad Wimpfen am Neckar. Ursprünglich bestand dieser Streckenabschnitt nur aus etwa achtzig hölzernen Wachtürmen, die durch einen Postenweg miteinander verbunden waren. Dieser Umstand verdeutlicht, dass im Odenwald die Bedrohung durch feindliche germanische Stämme nicht gerade groß gewesen sein kann."

Während Tobias Bloch sich Wasser nachschenkte, fuhr der Heimatforscher fort: „Erst unter dem römischen Kaiser Hadrian wurde dieser Teil der Grenzbefestigung mit Palisaden verstärkt. Und relativ kurz vor der Aufgabe des Odenwald-Limes – um 145 – ersetzten schließlich Steintürme die hölzernen Wachtürme. Nur wenige Jahre nach der Errichtung dieser Türme erging der Befehl, die Grenzanlage einige Kilometer weit nach Osten vorzuverlegen."

„Keine optimale Planung", sagte Susanne Kramer.

Ohne auf ihre Bemerkung einzugehen, fuhr Maximilian Haussmann fort: „Sechs kleinere Numeruskastelle – wie das Würzberger und das Eulbacher Kastell – sicherten den Limes im Odenwald. Die letzte Ausbaustufe der Grenzbefestigung, nämlich die Errichtung von Wall und Graben, ist im Odenwälder Teil des Limes niemals ausgeführt worden, weil man es offenkundig nicht für nötig erachtet hat. Das Fehlen dieser Wallanlagen führt dazu, dass sein genauer Verlauf teilweise gar nicht bekannt ist und man deshalb auf Vermutungen angewiesen ist, weil die Palisaden natürlich längst verrottet sind und weil markante oberirdische Orientierungspunkte wie die aufgeschütteten Wälle in anderen Bereichen des Limes im Odenwald fehlen."

Tobias Bloch tippte auf die schematische Darstellung eines Numeruskastells auf der vor ihnen liegenden Karte des Limes. „Das Kastell Würzberg, von dem in der an uns gerichteten lateinischen Botschaft die Rede ist", sagte er. „Darum hat sich der Erbacher Graf gekümmert, richtig?"

„Um die verbliebenen Überreste, ja", antwortete der Heimatforscher. „Schon Anfang des 19. Jahrhunderts wurde der Standort des Kastells im Auftrag von Franz I. zum ersten Mal untersucht. Einschränkend muss man hinzufügen: Die Ausgrabungen wurden mit den Methoden der damaligen Zeit vorgenommen. Heute würde man da ganz anders vorgehen. Aber vor rund zweihundert Jahren..."

Susanne Kramer lächelte. „Ich möchte dem ehrenwerten Grafen ja nicht zu nahe treten. Aber ihm ging es doch wohl hauptsächlich darum, Bausteine des Kastells in seinen Eulbacher Park zu schaffen?"

„Das haben Sie gesagt", antwortete Maximilian Haussmann knapp.

„Jedenfalls stellt sich mir die Frage, warum damals nicht der Versuch unternommen wurde, das römische Militärlager an Ort und Stelle auszugraben und so gut wie möglich am Originalstandort zu rekonstruieren."

Der Heimatforscher zuckte die Achseln. „Der Graf hatte wohl andere Interessen. Aber darüber kann ich mir kein abschließendes Urteil erlauben. Außerdem machen Sie sich, glaube ich, falsche Vorstellungen von dem, was damals tatsächlich ans Tageslicht gefördert wurde. Immerhin waren seit der Aufgabe des Odenwald-Limes durch die Römer mehr als eineinhalb Jahrtausende vergangen. Fest steht auf jeden Fall, dass die Baureste und die sonstigen Funde des Kastells Würzberg im Zuge der ersten Grabungen zum größten Teil abgetragen und in den Englischen Garten in Eulbach gebracht wurden."

„Um unter anderem den Obelisken zu errichten", sagte der Privatdetektiv aus Heubach.

„So ist es, Herr Bloch. Darüber hinaus wurde im Park ein Tor des Kastells aufgestellt, ergänzt durch einen Teil der Wehrmauer." Maximilian Haussmann schenkte sich ein halbes Glas Wasser ein und trank einen Schluck. „Im Gegensatz zu der eigentlichen römischen Grenzbefestigungsanlage wurde das zu dem Kastell gehörende Badegebäude vorzüglich rekonstruiert." Er warf der Assistentin des Privatdetektivs einen durchdringenden Blick zu. „Und zwar an Ort und Stelle."

„Von Franz I. zu Erbach-Erbach?", fragte Susanne spitz.

Der Odenwälder Heimatforscher schüttelte den Kopf. „Das alles geschah viel später. Im Jahr 1895, lange nach dem Tod des Grafen, beauftragte die damalige Reichslimeskommission einen gewissen Herrn Kofler damit, wissenschaftliche Ausgrabungen am Kastell Würzberg vorzunehmen. Er vermaß die Anlage und legte auch das Balineum, das Römerbad, frei."

„Hört sich alles sehr amtlich an", sagte Tobias Bloch.

„War es wohl auch."

„Aber wenigstens haben sie es dieses Mal richtig gemacht", stellte seine Assistentin fest.

Maximilian Haussmann und der Heubacher Privatdetektiv tauschten einen Blick.

„Sie muss immer das letzte Wort haben", erklärte Bloch entschuldigend.

„Stimmt doch gar nicht!"

„Sehen Sie?"

„Dürfte ich bitte fortfahren?", fragte der Heimatforscher.

„Nur zu", sagte Susanne. Sie zündete sich eine Zigarette an.

„Sie müssen wissen, dass ein solches Badegebäude bei jedem römischen Kastell anzutreffen war. Die römische Therme wurde allerdings außerhalb des eigentlichen Militärlagers errichtet. Denn sie stand – gegen ein geringes Entgelt für die Benutzung – auch der Zivilbevölkerung zur Verfügung. Im Fall des Kastells Würzberg befand sich das Balineum gut fünfzig Meter von dem Lager der Legionäre entfernt."

Maximilian Haussmann deutete auf das großformatige Buch, das zwischen Susanne und Bloch auf dem Samtsofa lag. „In dem Bildband müssten Farbfotos davon abgedruckt sein. Wenn ich es richtig in Erinnerung habe, finden Sie sie weiter hinten."

Die Assistentin des Heubacher Privatdetektivs blätterte ein paar Seiten um, bis sie auf die erste Abbildung der teilweise rekonstruierten Therme des Kastells Würzberg stieß.

„Man mag von den Römern halten, was man will, aber in Sachen Badekultur konnte ihnen seinerzeit keiner etwas vormachen", erklärte der Heimatforscher. „Nach damaligen Maßstäben war ein solches dem Kastell angegliedertes Balineum der reinste Luxus."

„Was die Odenwälder Bauern sicher schwer beeindruckt hat", sagte Bloch.

Maximilian Haussmann nickte. „Davon können Sie ausgehen. In kleinem Maßstab verfügte das Würzberger Kastellbad über alle Funktionen einer typischen römischen Therme. Wenn Sie sich die Abbildung genau anschauen, erkennen Sie die einzelnen Räume des Balineums. Auf einen hölzernen Eingangs-, Umkleide- und Ruheraum – Apodyterium genannt – folgte von Nord nach Süd in einem Steinbau zunächst ein Kaltbad, das Frigidarium, das mit einer Piscina, einer Kaltwasserwanne, ausgestattet war. Dem schloss sich erst das Laubad – lateinisch Tepidarium – und dann das Warmbad an, das man Caldarium nannte. In beiden Räumen stand jeweils eine entsprechende Wanne."

Der Heimatforscher machte eine Pause, um seinen Besuchern Gelegenheit zu geben, sich die einzelnen Räume der rekonstruierten römischen Badeanlage anzusehen.

Susanne Kramer deutete auf das Fundament und Teile des Mauerwerks eines kreisförmigen Raumes, der sich westlich des Frigidariums befand. „Hier stand aber wohl keine Wanne?", mutmaßte sie.

„Richtig. Vor sich haben Sie das Sudatorium, ein trockenes Schwitzbad, das einer Sauna vergleichbar war."

„Nicht schlecht", murmelte Tobias Bloch anerkennend.

„Es kommt noch besser", fuhr Maximilian Haussmann fort. „Zwei als Praefurnien bezeichnete Befeuerungs- oder Heizräume südlich des Caldariums und westlich des Sudatoriums sorgten durch eine ausgeklügelte Technik für die erforderlichen Wasser- und Raumtemperaturen. Für die Erwärmung der heizbaren Räume war die römische Fußbodenheizung verantwortlich, die Hypocaustum genannt wurde. Die hohlen Böden dieser Räume ruhten auf Pfeilern aus gemauertem Kalkstein, Ziegeln oder Sandstein, zwischen denen die warme Luft durchströmen konnte. Durch übereinanderliegende Hohlziegel wurde diese Luft an den Wänden wie durch einen Kamin abgeleitet. Das südlich von Würzberg gelegene Balineum war darüber hinaus verputzt und bemalt. Es verfügte über Wasserhähne mit fließendem Kalt- und Warmwasser."

„Sonst noch etwas?", fragte Susanne spöttisch.

„Die römische Therme hatte natürlich gläserne Fenster."

„Dass ich darauf nicht gleich gekommen bin!"

Der Odenwälder Heimatforscher zuckte die Achseln. „Das dürfte alles gewesen sein, was ich Ihnen über das Kastell und dessen Badeanlage sagen kann."

„Sehr gut." Bloch lehnte sich zufrieden zurück.

„Könnte nicht schaden, sich das Balineum mal aus der Nähe anzuschauen", sagte Maximilian Haussmann. „Vielleicht finden Sie dort ja einen Hinweis auf den Urheber der lateinischen Nachricht, die man Ihnen – auf welchem Weg auch immer – übermittelt hat."

Der Privatdetektiv nickte. „Werden wir gleich morgen machen. Für heute reicht es." Er zückte seine Brieftasche. „Was sind wir Ihnen schuldig?"

Der Heimatforscher errötete.

„Nur keine Hemmungen, Herr Haussmann. Sie haben uns wirklich sehr geholfen. Und gute Beratung hat nun mal ihren Preis."

Zögernd nannte Maximilian Haussmann eine Summe.

Nachdem er sein wohlverdientes Honorar erhalten hatte, fragte er: „Brauchen Sie eine Rechnung, Herr Bloch?"

Der Privatdetektiv aus Heubach erhob sich lächelnd.

„Machen Sie Witze?", sagte er. „Wir sind hier im Odenwald. Und der hat bekanntlich seine eigenen Gesetze."

Kapitel 23

Fischfutter

Von ihrem Standort am südlichen Ufer des großen Weihers beäugte die männliche Stockente in ihrem prächtigen Hochzeitskleid misstrauisch den Eindringling in ihrem Revier. Sie war zwar normalerweise die Anwesenheit von Menschen gewohnt – spielende und schreiende Kinder waren dabei am schlimmsten –, aber dieser Besucher verhielt sich höchst merkwürdig.

Der Erpel reckte seinen grün schillernden Kopf mit dem feinen weißen Halsstreifen, um ihn besser in Augenschein nehmen zu können. Fast unbeweglich schwamm die auf dem Rücken liegende Gestalt mit dem außergewöhnlich dicken Bauch einige Meter vom Ufer entfernt mitten auf dem Weiher vor der verlassenen Rindenkapelle. Vorsichtig näherte sich die Stockente dem seichten Wasser. Ein prüfender Blick auf den stummen Eindringling zeigte ihr, dass er auf ihr Näherkommen nicht reagierte.

Nach einigen Sekunden des Zögerns glitt der Erpel in den Weiher, dessen Wasser im Uferbereich so flach war, dass man mühelos den schlammigen Grund sehen konnte. In einem halbkreisförmigen Bogen schwamm die Stockente um den Unbekannten herum, wobei sie die Distanz zu dem Eindringling langsam verkleinerte, ohne ihm aber zu nahe zu kommen. Denn sie musste jederzeit dazu in der Lage sein, auf eine verdächtige Bewegung oder einen überraschenden Angriff reagieren zu können.

Ein Geräusch am gegenüberliegenden Ufer ließ den nervösen Erpel aufschrecken. Aus dem Unterholz tauchte seine bräunlich gefleckte Gattin auf. Sofort stieß er einen durchdringenden Warnruf aus. Aber er hatte – wieder einmal – die Rechnung ohne sein neugieriges Weibchen gemacht.

Lautlos glitt die braune Stockente ins Wasser und näherte sich im Gegensatz zu ihrem zögerlichen und ängstlichen Gatten auf direktem Weg dem Fremden. Sie reckte den Hals und plusterte ihr Gefieder auf. Wenige Meter vor dem Eindringling schlug sie so heftig mit den Flügeln, dass eine Menge Wasser aufspritzte. Offensichtlich inszenierte sie einen Scheinangriff. Aber der nackte Mensch mit dem aufgeblähten Oberkörper zeigte keinerlei Reaktion. Nur die zahlreichen Fische, die ihn seit geraumer Zeit mit großem Interesse umschwärmten, wurden bei dem lauten Geräusch unruhig und schwammen wild durcheinander.

Die beiden Stockenten tauschten einen kurzen Blick, während sie in ihrer jeweiligen Position verharrten. Das Ehepaar war offenbar unsicher hinsichtlich seines weiteren Vorgehens. Der faulige Geruch, der von dem Eindringling ausging, war stechend und den Enten in dieser Intensität vollkommen unbekannt.

Plötzlich hörten sie von einem zu dem Weiher führenden Weg laute Stimmen und helle Kinderrufe, die sich immer schneller näherten. Noch ehe die Besucher das Ufer des Gewässers erreicht hatten, flogen die Stockenten mit kräftigen Flügelschlägen auf und stiegen in große Höhe, um sich in Sicherheit zu bringen.

Die schrillen, hysterischen Schreie, die eine junge Frau kurz darauf ausstieß, ehe sie angesichts des grauenhaften Anblicks ohnmächtig zusammenbrach, hörten die beiden fliehenden Enten glücklicherweise schon nicht mehr.

Kapitel 24

Verschwörungstheorie

„Bist du sicher, dass es aussichtsreicher ist, zuerst zu der römischen Therme bei Würzberg zu fahren?“, fragte Susanne Kramer skeptisch. „Die Badeanlage mag ja archäologisch ganz interessant sein – Sugatorium et cetera –, aber auf mich wirkte sie auf den Fotos nicht besonders eindrucksvoll.“

„Sudatorium“, korrigierte Bloch seine Assistentin gleichmütig. „Kommt von dem lateinischen Begriff sudare, was übersetzt schwitzen bedeutet.“

„Bitte um Verzeihung, Herr Schliemann. Wird nicht wieder vorkommen.“ Sie nahm sich ein zweites Milchbrötchen aus dem Korb und schnitt es bedächtig auf.

„Hast du die Kleine heute Morgen schon gesehen?“, fragte der Heubacher Privatdetektiv, während er ein hart gekochtes Ei schälte, um es dann auf einer Hälfte seines Mohnbrötchens nicht gerade fachmännisch zu zerschneiden. Die einzelnen, unterschiedlich dicken Scheiben verteilte er – so gut es eben ging – auf der weichen Innenseite des Brötchens. Dann bestrich er alles großzügig mit mittelscharfem Senf.

Susanne betrachtete das Kunstwerk mit einer Mischung aus Fassungslosigkeit und Ekel.

„Nein“, antwortete sie dann. „Hat sie denn nicht bei dir im Bett geschlafen?“

„Doch, natürlich. Aber in aller Herrgottsfrühe hat sie mich sehr unsanft geweckt...“

„Ohrenabschlecken inklusive?“

Bloch nickte. „Das volle Programm." Vorsichtig hob er die üppig belegte Brötchenhälfte auf Mundhöhe und biss hinein.

Seit gut einer halben Stunde saßen sie an diesem sonnigen Freitagvormittag auf der Steinterrasse hinter dem Heubacher Haus des Privatdetektivs und frühstückten ausgiebig. Da Muzel, Blochs dreifarbige Katze, durch Abwesenheit glänzte, konnten sie dies ausnahmsweise in aller Ruhe tun.

„Wenn es nach mir ginge, würden wir zuerst zum Englischen Garten in Eulbach fahren", setzte Susanne ein zweites Mal an. „Der ist doch viel interessanter. Außerdem glaube ich nach wie vor, dass uns der Obelisk mit seiner Inschrift weiterhelfen kann."

Tobias Bloch biss ein weiteres Mal in sein Brötchen und kaute genüsslich. Sein rundes Holzbrett war mit Krümeln, Mohnsamen und Eibröckchen übersät.

Geduldig wartete seine Assistentin auf eine Antwort.

„Um den Obelisken geht es doch gar nicht", verkündete der Privatdetektiv dann. „Der ist nur Teil eines nicht sehr raffinierten Ablenkungsmanövers."

„Und wieder einmal schlägt die Stunde des großen Odenwälder Verschwörungstheoretikers."

„Du bist zu leichtgläubig, Susanne", sagte Bloch. Er schenkte sich Wasser nach und trank einen Schluck.

Seine Assistentin deutete auf seinen rechten Mundwinkel.

„Entschuldige." Mit einer weißen Papierserviette wischte er sich sorgfältig den Mund ab. „Besser?"

Sie nickte.

„Hast du dir schon mal die Frage gestellt, ob sich das angeblich so dramatische Geschehen in der Venusgrotte wirklich so abgespielt hat, wie es uns der alte Lustmolch und sein dubioser Gärtner geschildert haben?", fragte er.

„Auf mich hat Franz Rilke bisher einen vertrauenswürdigen Eindruck gemacht", antwortete Susanne. „Aber ich bin natürlich wieder einmal viel zu naiv."

„Darum geht es doch gar nicht."

„Worum denn?"

„Die entscheidende Frage lautet doch: Wer hat den Zettel mit dem Hinweis auf das Kastell Würzberg beziehungsweise auf den Eulbacher Park in der Grotte hinterlassen?", sagte Tobias Bloch.

„Richtig. Es könnte sich um einen der Entführer von Alexander von Wartenberg oder um einen Helfershelfer gehandelt haben."

„Helfershelfer ist das Stichwort. Wer aus dem Herrenhaus steckt mit drin in dieser Geschichte? Wer ist Komplize oder zumindest Mitwisser?"

„Du glaubst, dass Franz Rilke und August von Wartenberg etwas mit Alexanders Verschwinden zu tun haben?", fragte Susanne Kramer mit wenig Überzeugung in der Stimme.

„Haben könnten. Wer sagt uns denn, dass dieser Angriff auf den Alten wirklich stattgefunden hat? Überlege doch mal. Mir ist da viel zu viel Zufall im Spiel. Der liebe August soll von einem Fremden in den See der künstlichen Tropfsteinhöhle gestoßen worden sein. Wie lange kann er sich in seiner erbärmlichen Verfassung denn über Wasser halten?"

Der Heubacher Privatdetektiv zündete sich eine Zigarette an und inhalierte.

„Aber er muss ja nach Rilkes Schilderung gar nicht lange durchhalten", fuhr er dann fort. „Denn als wäre es eine glückliche Fügung des Schicksals, hält sich der Gärtner des Anwesens ganz in der Nähe der Grotte auf und hört die Hilferufe von August von Wartenberg gerade noch rechtzeitig." Bloch seufzte. „Sehr, sehr praktisch das Ganze, findest du nicht?"

„Kann sich aber trotzdem so abgespielt haben."

„Und wenn alles nur inszeniert war? Wenn der alte Wartenberg freiwillig ein wenig in dem beheizten See geplanscht hat? Welchem Zweck diente dieses grandiose Schauspiel dann?"

„Auf diese Weise konnte man uns den lateinischen Text unterjubeln, um uns auf die Fährte nach Eulbach und/oder Würzberg zu setzen", sagte Susanne. „Was ja immer noch funktionieren würde, wenn du weiterhin vorhast, das teilweise rekonstruierte Kastellbad unter die Lupe zu nehmen."

Bloch schüttelte den Kopf. „Wir lassen uns nur zum Schein auf dieses Spielchen ein, verstehst du? Wir tun so, als würden wir ihre Geschichte glauben. In Wirklichkeit aber..."

Ein jämmerliches Miauen ließ ihn innehalten.

„Wurde aber auch langsam Zeit", sagte der Privatdetektiv, als seine Katze ansatzlos mitten auf den Terrassentisch sprang und die geöffnete Butterdose dabei nur denkbar knapp verfehlte. Gläser klirrten, Teller und Holzbretter klapperten für kurze Zeit. Aufgeregt schnüffelnd sah sich Muzel nach allen Seiten um.

Da sich in dem Schälchen mit dem Fleischsalat nur noch eine kleine Portion befand, die für einen ordentlichen Aufstrich nicht mehr ausreichte, schob Bloch ihr dieses als Erstes hin. Aber das war nur der Auftakt zu einem schmackhaften Menü in mehreren Gängen.

„Ich gehe dann mal unter die Dusche", sagte Susanne Kramer. „Ihr beide seid ja wohl noch eine ganze Weile beschäftigt."

Die dreifarbige Katze, die sich gerade über eine in kleinere Stücke zerteilte Scheibe Paprikawurst hermachte, sah gar nicht auf, als sich Blochs Assistentin von der Terrasse entfernte.

Muzel war gerade beim Dessert angelangt – ihr Herrchen hatte ihr einige Teelöffel Zitronenjoghurt auf einem Unterteller vorgesetzt –, als das Telefon im Flur des Hauses klingelte. Bevor er aufstand, sicherte der Privatdetektiv aus Heubach zunächst die noch auf dem Terrassentisch verbliebenen Lebensmittel vor einem eventuellen Zugriff seiner Katze. Der zwar nach dem, was sie inzwischen verputzt hatte, eher unwahrscheinlich war, bei einer Räuberin dieses Kalibers allerdings nie ganz ausgeschlossen werden konnte.

Kaum hatte er den Hörer abgenommen und seinen Namen genannt, da schrie ihm auch schon eine schrille Stimme ins Ohr: „Herr Bloch, Sie müssen mir helfen! Sie müssen... Können Sie bitte zu mir kommen? Sofort?"

„Langsam, langsam", versuchte der Privatdetektiv die aufgeregte Anruferin zu beruhigen. „Sind Sie das, Frau Heller?"

„Ja!", kreischte sie. „Sie müssen sofort kommen! Ich brauche Ihre Hilfe. Bitte!"

„Was ist denn passiert? Sind Sie in Gefahr?"

„Das weiß ich nicht."

„Frau Heller..."

„Nicht am Telefon! Vielleicht werde ich von der Polizei oder von sonst jemandem abgehört."

„Von wo rufen Sie an?"

„Aus Ober-Kainsbach. Bitte kommen Sie so schnell wie möglich."

Nach dem anfänglichen hysterischen Ausbruch klang Marie Heller jetzt erschöpft, beinahe resigniert. Bloch hörte ihr verzweifeltes Schluchzen und bekam eine Gänsehaut.

„Bleiben Sie, wo Sie sind", sagte er mit belegter Stimme. „Wir sind gleich bei Ihnen."

„Wenn du willst, kannst du jetzt baden“, sagte Susanne, als sie nach ihrer Dusche mit nassem Haar auf die Terrasse trat. Ihr kurzes hellblondes Haar stand stachelig vom Kopf ab.

„Keine Zeit.“ Der Heubacher Privatdetektiv schüttelte den Kopf, während er das Frühstücksgeschirr auf ein Tablett stellte. „Fahrplanänderung. Wir müssen gleich los.“

„Wohin?“

„Erzähl ich dir im Auto.“

Blochs Assistentin fuhr sich kurz über ihren Kopf. „Bin gleich wieder da. Muss nur noch die Haare föhnen.“

Er sah sie mit ernster Miene an. „Beeil dich.“

Auf der Fahrt von Heubach nach Ober-Kainsbach herrschte eine angespannte Stille in dem schwarzen Renault, nachdem der Privatdetektiv seine Assistentin über den verwirrenden Anruf von Marie Heller unterrichtet hatte.

Die junge Frau sah fürchterlich aus. Ihre geschwollenen Augen waren vom Weinen stark gerötet und standen in auffälligem Kontrast zu ihrer blassen Gesichtsfarbe. Sie umarmte Tobias Bloch flüchtig an der Haustür, flüsterte ein heiseres „Gott sei Dank“ in sein Ohr, dann löste sie sich von ihm und nickte Susanne ausdruckslos zu.

Wortlos gingen sie durch den grandiosen Wintergarten, dem jetzt keiner von ihnen große Beachtung schenkte, bis sie den Platz vor dem Teich erreichten.

Marie Heller hatte sich kaum gesetzt, da sagte sie mit tonloser Stimme: „Michi ist tot.“

Etwas in der Art habe ich befürchtet, dachte Bloch.

„Ermordet?“, fragte er.

Die junge Frau, seit gut einem Monat die Nachfolgerin von Sophia von Wartenberg in der Gunst des Antikensammlers, zuckte die Achseln. „Diese Scheißpolizisten rücken doch nicht mit der Sprache raus“, antwortete sie verbittert. „Aber ich kann mir beim besten Willen nicht vorstellen, dass sich Michi freiwillig in den verdammten Weiher gelegt hat.“

„Wo wurde er gefunden?“, fragte Susanne.

„Im Eulbacher Park.“

Der Privatdetektiv zuckte zusammen.

So viel zum Thema Ablenkungsmanöver, du Schlaumeier, dachte Bloch. Wenn wir heute Morgen gleich in den Englischen Garten oberhalb von Michelstadt gefahren wären...

„Wann wurde Herr Stoll gefunden?“, hakte seine Assistentin nach.

Bei der Nennung des Nachnamens sah Marie Heller angewidert auf. Sie kniff die Augen zusammen und musterte Susanne mit einem durchdringenden Blick.

„War das wirklich nötig, Herr Bloch?“, fragte sie.

„Ich verstehe nicht recht, was Sie meinen.“

„Hätten Sie nicht allein kommen können? Muss diese Tussi unbedingt dabei sein?“

Susanne Kramer erhob sich abrupt.

Ein dämlicher Zickenkrieg hat mir gerade noch gefehlt, dachte Bloch.

„Entspann dich“, sagte er zu seiner Assistentin. Dann wandte er sich an die junge Frau, deren Liebhaber tot aufgefunden worden war. „Frau Heller, eines wollen wir von vornherein mal klarstellen. Sie haben mich am Telefon verzweifelt um Hilfe gebeten, ohne mir zu sagen, worum es eigentlich geht. Ich habe Ihnen trotzdem sofort meine Unterstützung zugesagt. Die bekommen Sie aber nur zu meinen Bedingungen. Genauer gesagt zu unseren Bedingungen. Wenn Sie Frau Kramer nicht akzeptieren, sind wir schneller weg, als Sie Scheißpolizisten sagen können. Verstehen wir uns?“

Die junge Frau, die bei ihrem ersten Treffen am Mittwochnachmittag noch überaus selbstbewusst und mit strahlendem Lächeln aufgetreten war, hatte viel von ihrer Attraktivität eingebüßt.

Sie zündete sich umständlich eine Zigarette an und nahm einen tiefen Zug.

„Schon gut“, murmelte sie.

„Wie bitte?“, fragte Tobias Bloch. „Ich habe Sie nicht verstanden.“

„Kommt nicht wieder vor“, sagte Marie Heller.

„Gut. Dann beantworten Sie bitte Frau Kramers Frage.“

Seine Assistentin stand noch immer wie angewurzelt vor dem Teich und starrte angestrengt auf die darin schwimmenden Zierfische.

„Besucher des Parks haben Michi heute Morgen – die genaue Zeit hat die Scheiß... hat die Kriminalpolizei natürlich nicht genannt – in dem großen Weiher vor der Inselkapelle entdeckt. Er trieb nackt im Wasser.“ Sie zog an ihrer Zigarette. „Dann folgte der übliche Mist.“

Der Privatdetektiv aus Heubach sah sie fragend an.

„Vonseiten der Polizei, meine ich. Zum jetzigen Zeitpunkt könne ein Selbstmord nicht grundsätzlich ausgeschlossen werden. Erst eingehendere Untersuchungen durch die Gerichtsmedizin könnten Aufschluss über die genaue Todesursache geben.“

Marie Heller unterdrückte einen Schluchzer.

„Dabei ist doch sonnenklar, dass Michi ermordet wurde. Und soll ich Ihnen auch sagen, wer dahintersteckt? Diese feine Sippe aus dem Brombachtal.“

„Wie kommen Sie darauf?“, fragte Susanne, ohne den Blick von dem Teich abzuwenden.

„Das liegt doch auf der Hand. Diese adeligen Dreckschweine haben nicht bekommen, was sie wollten, also haben sie sich an ihm gerächt."

„Wieso verwenden Sie den Plural, Frau Heller?", fragte der Privatdetektiv. „Nach unserem Wissen war allein Alexander von Wartenberg an dem Viergötterstein interessiert, den Ihr Geliebter angeblich besaß."

Die junge Frau runzelte die Stirn. „Wieso angeblich? Glauben Sie, dass Michi nicht die Wahrheit gesagt hat?"

„Außer ihm konnte niemand die Existenz des römischen Kunstwerks bestätigen. Selbst Sie haben es ja noch nicht zu Gesicht bekommen. Obwohl Sie in einem sehr engen Verhältnis zu dem Toten standen."

„Dieser Wartenberg wird sich den Viergötterstein ja wohl angesehen haben", sagte Marie Heller. „Er würde doch kaum eine sehr hohe Summe für etwas bieten, das ihm völlig unbekannt ist."

„Das wissen wir nicht", stellte die Assistentin des Privatdetektivs fest. „Aber wir können uns durchaus vorstellen, dass diese fanatischen Antikensammler manchmal nicht ganz richtig ticken. Wenn Alexander von Wartenberg so besessen von dem außergewöhnlichen Kunstwerk war, ist es doch denkbar, dass er ein erstes Angebot abgegeben hat, ohne es gesehen zu haben."

Die Geliebte von Michael Stoll schüttelte schweigend den Kopf.

„Und fragen können wir Herrn von Wartenberg leider auch nicht, weil er seit Tagen spurlos verschwunden ist", ergänzte Bloch.

„Ersetzen Sie verschwunden doch einfach durch untergetaucht", sagte die junge Frau. „Ist Ihnen nicht klar, dass bereits das angebliche Verschwinden dieses feinen Herrn Teil eines raffinierten Plans war? Er hat einfach ein paar Tage in einem geheimen Versteck abgewartet, um dann in einem günstigen Moment zuzuschlagen."

„Sie haben eine lebhafte Fantasie, Frau Heller", sagte der Heubacher Privatdetektiv. „So lange wir praktisch fast nichts über den Tod Ihres Liebhabers wissen, würde ich mich mit Spekulationen ein wenig zurückhalten. Konzentrieren wir uns doch lieber auf die Fakten. Wann haben Sie Herrn Stoll das letzte Mal gesehen?"

„Das habe ich doch alles schon dieser arroganten Kriminalkommissarin und ihrem dämlichen Assistenten gesagt."

„Frau Hagedorn und Herrn Melzig?", fragte Susanne, obwohl sie die Antwort längst kannte.

Die junge Frau nickte bestätigend. Sie trank einen Schluck von ihrem Longdrink, dessen intensive hellblaue Farbe nicht sehr vertrauenerweckend war.

Nachdem sie das Glas auf dem Beistelltisch abgesetzt hatte, hielt sie inne. „Entschuldigen Sie bitte. Ich habe Ihnen ja noch gar nichts angeboten. Was möchten Sie trinken?"

„Kein Bedarf", antwortete Tobias Bloch. „Beantworten Sie lieber meine Frage."

„Er ist gestern Abend zu einer Fachtagung nach Heidelberg gefahren. Fragen Sie mich bitte nicht, worum es da genau gehen sollte. Natürlich handelte es sich im weiteren Sinn um ein Thema zur römischen Antike. Aber Michi war so freundlich, mich mit Einzelheiten zu verschonen."

„Wo sollte die Tagung stattfinden?", fragte die Assistentin des Privatdetektivs.

„Keine Ahnung. Er hat nur davon gesprochen, dass er mit den anderen Tagungsteilnehmern in einem Hotel untergebracht sei. Wenn ich es richtig verstanden habe, muss es ein ziemlich nobler Schuppen sein. Aber der Name des Hotels ist nicht gefallen."

„Wie lange wollte er in Heidelberg bleiben?"

„Michi hat mir gesagt, er würde frühestens am Samstagabend, möglicherweise aber auch erst am Sonntag im Laufe des Tages zurück sein." Marie Heller schluckte. „Er wollte mich heute Abend anrufen."

„Sie wissen also nicht, ob Herr Stoll überhaupt in Heidelberg angekommen ist?", fragte Bloch.

„Nein."

„Könnten sich hier im Haus Unterlagen befinden, die uns Näheres über diese Tagung sagen? Eine Informationsbroschüre, die Kopie eines Anmeldeformulars oder Ähnliches?"

„Danach hat die Kriminalpolizei bereits gefragt. Aber ich konnte in Michis Arbeitszimmer nichts finden. Ich muss allerdings zugeben, dass ich mich dort nicht besonders gut auskenne." Plötzlich zuckte die junge Frau zusammen. Tränen rannen ihr über die Wangen. „Was soll ich denn jetzt machen, Herr Bloch?", sagte sie leise.

„Gute Frage", murmelte der Privatdetektiv.

„Werden Sie mir helfen?"

Er wechselte einen Blick mit seiner Assistentin, die inzwischen wieder in einem der Sessel aus Rattan Platz genommen hatte.

„Das wird schwierig", antwortete Bloch ausweichend.

„Geld spielt keine Rolle. Sagen Sie mir, was Sie verlangen. Ich zahle Ihnen selbstverständlich einen angemessenen Vorschuss."

Er hielt ihrem flehentlichen Blick stand. „Darum geht es nicht, Frau Heller. Von unserem ersten Besuch wissen Sie doch sicherlich noch..."

Die junge Frau erstarrte. „Sie ermitteln im Auftrag dieser ekelhaften Sophia von Wartenberg."

„So ist es. Wir versuchen herauszufinden, was mit Alexander von Wartenberg seit seinem rätselhaften Verschwinden am Montagabend geschehen ist, als er sich hier in Ober-Kainsbach mit Michael Stoll treffen wollte."

„Das passt doch!", rief Marie Heller entschlossen.

Der Privatdetektiv sah sie fragend an.

„Wenn Alexander von Wartenberg oder ein anderes Mitglied dieser widerwärtigen Sippe etwas mit dem Tod von Michi zu tun hat, werden Sie es bei Ihren Ermittlungen doch herausfinden, oder? Und das ist genau das, was ich will. Ich will wissen, wer von diesen Dreckschweinen Michi umgebracht hat. Also können Sie mir doch helfen, ohne Ihren eigentlichen Auftrag zu vernachlässigen."

„Ich fürchte, Sie ziehen da ein paar sehr voreilige Schlüsse. Was ist, wenn die beiden Fälle überhaupt nichts miteinander zu tun haben?"

„Das glauben Sie doch selbst nicht, Herr Bloch!"

Kapitel 25

Karin

„Wann waren Sie das letzte Mal in Heidelberg?“, fragte der Heubacher Privatdetektiv in unverfänglichem Tonfall.

„Wie bitte?“

„Oder hatten Sie demnächst vor, dorthin zu fahren? Vielleicht sogar schon in den nächsten Tagen?“

„Was soll ich denn um Himmels willen in Heidelberg? Die Stadt ist zwar – in Teilen zumindest – wunderschön, aber was sollte mich ausgerechnet jetzt dorthin führen?“

„Vielleicht wollten Sie sich dort mit einem alten Freund treffen?“, schlug Susanne Kramer vor. „An einem unverdächtigen Ort, an dem Ihr Zusammentreffen niemanden verwundert hätte, an dem es überhaupt niemandem aufgefallen wäre, weil Sie beide in Heidelberg völlig unbekannt sind.“

„Was reden Sie denn da für einen Unsinn? Um welchen alten Freund sollte es sich denn bitte schön handeln?“

Du hast anscheinend noch keine Ahnung, dachte Bloch. Oder du verstehst es hervorragend, dich dumm zu stellen.

„Hat die Erbacher Kriminalpolizei schon bei Ihnen angerufen?“, fragte er gelassen.

Sophia von Wartenberg hob erschrocken die Augenbrauen. „Ist etwas mit Alexander passiert? Hat man ihn gefunden?“ Sie beugte sich zu dem Privatdetektiv vor. „Nun sagen Sie schon!“, bat sie eindringlich. „Spannen Sie mich nicht länger auf die Folter.“

Bloch lehnte sich zurück, um den Abstand zwischen ihnen wieder zu vergrößern. „Wenn sich etwas Dramatisches im

Zusammenhang mit Ihrem vermissten Mann getan hätte, wären Sie die Erste, die wir informieren würden. Schließlich sind Sie unsere Auftraggeberin. Nein, es geht nicht um Ihren Mann…"

„Sondern?"

Der Heubacher Privatdetektiv warf seiner Assistentin einen kurzen Seitenblick zu.

Sie saßen in der Bibliothek im ersten Stock des Herrenhauses vor dem Kamin, nachdem sie Marie Heller in Ober-Kainsbach verlassen hatten, um ihre Nachforschungen im Brombachtal fortzusetzen.

„Wo waren Sie gestern Abend, Frau von Wartenberg?", fragte Susanne, die den Wink ihres Chefs sofort verstanden hatte.

„Entschuldigen Sie. Was erlauben Sie sich eigentlich? Sie haben den nicht gerade schlecht bezahlten Auftrag, meinen verschwundenen Mann zu finden – und nun stellen Sie mir unverschämte Fragen, als wäre ich eine Verdächtige. Das ist doch unglaublich!"

„Beantworten Sie einfach meine Frage."

Sophia von Wartenberg zündete sich ein Zigarillo an und rauchte schweigend.

„Die Kriminalpolizei wird das Gleiche von Ihnen wissen wollen", sagte Tobias Bloch. „Wann auch immer Frau Hagedorn und ihr Assistent Sie in dieser Angelegenheit befragen werden."

„Warum tun Sie so geheimnisvoll?"

„Weil wir – möglicherweise – das Überraschungsmoment auf unserer Seite haben. Und eine solche Konstellation sollte man als Ermittler immer ausnutzen, finden Sie nicht?"

„Wenn Sie nichts mit der ganzen Sache zu tun haben, können Sie doch offen und ehrlich unsere Fragen beantworten", ergänzte Susanne lächelnd.

„Solange ich nicht weiß, was Sie im Schilde führen? Wie naiv sind Sie eigentlich? Offensichtlich wollen Sie mich mit etwas in Verbindung bringen, von dem ich keinen blassen Schimmer habe. Und da soll ich nicht misstrauisch sein? Wie würden Sie sich denn an meiner Stelle verhalten?“

„Frau von Wartenberg“, sagte der Privatdetektiv beschwichtigend. „Wir arbeiten für und nicht gegen Sie. Aber es hat eine neue – vorsichtig ausgedrückt – sehr überraschende Entwicklung gegeben. Sie muss überhaupt nichts mit dem Fall Ihres vermissten Mannes zu tun haben. Es könnte allerdings auch sein, dass das eine mit dem anderen direkt oder zumindest indirekt zusammenhängt. Und da wir das zu diesem Zeitpunkt nicht ausschließen können, müssen wir in der Art und Weise vorgehen, in der wir es gerade tun. Glauben Sie uns bitte, wir wollen Ihnen helfen.“

„Außerdem können Sie uns so einen Wissensvorsprung vor der Erbacher Kriminalpolizei verschaffen“, sagte seine Assistentin. „Das kann doch nur in Ihrem Interesse sein.“

Sophia von Wartenberg zog an ihrem Zigarillo und streifte die Asche dann an dem gläsernen Aschenbecher ab.

„Also gut.“ Sie nickte. „Können Sie den zeitlichen Rahmen etwas präziser eingrenzen?“

„Nein“, antwortete Bloch. „Es kann sich sogar herausstellen, dass diese Frage völlig irrelevant ist. Dass es womöglich gar nicht um den Donnerstagabend, sondern erst um den heutigen Vormittag geht. Das wissen wir leider noch nicht. Je größer die Zeitspanne ist, über die Sie uns Auskunft geben können, umso besser. Also sagen Sie uns bitte, was Sie seit dem Nachmittag des gestrigen Tages gemacht haben, wo Sie gewesen sind, wer Ihre Anwesenheit bezeugen kann und so weiter.“

Die Ehefrau des vermissten Antikensammlers dachte konzentriert nach. Jedenfalls versuchte sie bei ihren Gesprächspartnern diesen Eindruck zu erwecken.

„Nach dem Zwischenfall mit dem Alten in der Venusgrotte brauchte ich etwas Ablenkung. Ich habe deshalb eine Freundin in Reichelsheim angerufen und sie gefragt, ob wir uns treffen könnten. Karin hatte glücklicherweise Zeit und so bin ich nach einem verspäteten Mittagessen zu ihr gefahren. Ich dürfte schätzungsweise um drei, halb vier in Reichelsheim eingetroffen sein."

„Wer von Ihren Angestellten wusste von dieser Fahrt?", fragte der Privatdetektiv.

„Ich habe natürlich Frau Lentz Bescheid gesagt. Für den Fall, dass Sie oder die Kriminalpolizei sich noch einmal im Laufe des Nachmittags oder Abends hier im Herrenhaus melden würden und mich sprechen wollten. Ich konnte unserer Wirtschafterin allerdings nicht sagen, wann ich genau ins Brombachtal zurückkehren würde, denn ich wusste ja noch gar nicht, was ich mit Karin unternehmen würde."

„Sonst noch jemand?", fragte Susanne.

„Frau Lentz wird sicherlich unsere Köchin informiert haben, denn ich hatte ihr gesagt, dass ich nicht zum Abendessen da sein würde."

„Und Ihr Schwiegervater?"

Sophia von Wartenberg zuckte die Achseln. „Keine Ahnung. Vielleicht hat er es von einer Angestellten erfahren, vielleicht auch nicht. Das müssen sie ihn schon selbst fragen. Obwohl ich bezweifle, dass dies von irgendeiner Bedeutung ist. Als ich das Herrenhaus verließ, hielt er sich meines Wissens noch immer im Gobelinzimmer auf, um sich auszuruhen. Ehrlich gesagt war ich ganz froh, ihm aus dem Weg gehen zu können."

„Bliebe der Gärtner", sagte Bloch.

„Franz Rilke habe ich nach Augusts Sturz in den See und unserem Gespräch über seine heldenhafte Rettungstat den ganzen restlichen Tag nicht mehr gesehen. Und als ich am Abend ins Brombachtal zurückkehrte, hatte er natürlich schon Feierabend."

„Langsam. Immer schön der Reihe nach. Mit welchem Wagen sind Sie nach Reichelsheim gefahren?"

„Mit dem schwarzen Mercedes."

„Hat Sie jemand in dem Auto wegfahren sehen?", fragte die Assistentin des Privatdetektivs.

„Das weiß ich nicht. Aber wer im Laufe des Nachmittags einen Blick auf unsere Parkplätze geworfen hat, müsste festgestellt haben, dass der Mercedes nicht mehr dastand."

„Sie sind also etwa um halb vier – auf ein paar Minuten mehr oder weniger kommt es ja wohl nicht an – bei Ihrer Freundin eingetroffen. Sie heißt Karin..."

„Thiele", ergänzte Sophia von Wartenberg.

„Sie kennen sich schon lange?"

„Seit einer halben Ewigkeit."

„Kann außer Frau Thiele noch jemand aus ihrem Haushalt bestätigen, dass Sie sich zur fraglichen Zeit mit ihr getroffen haben?", fragte Bloch.

„Nein. Karin ist alleinstehend, seit ihr Mann vor..." Sie überlegte. „Du lieber Himmel! Das ist ja auch schon wieder fast sieben Jahre her."

„Erzählen Sie uns jetzt bitte, was Sie bis zu Ihrer abendlichen Rückkehr ins Brombachtal gemacht haben."

„Nichts Besonderes. Wie gesagt, ich wollte etwas Abstand gewinnen, ich wollte nicht ständig an Alexander und an das denken, was er seit Montagabend durchmachen musste."

„Auch wenn es Ihnen unwichtig oder belanglos erscheint, wir wüssten gern Näheres."

Sophia von Wartenberg nickte. „Nach meiner Ankunft in ihrem Haus haben wir zunächst in Ruhe Kaffee getrunken. Da schönes Wetter war, haben wir anschließend einen Spaziergang in der Umgebung von Reichelsheim gemacht. Karin hat vorgeschlagen, zum Schloss Reichenberg hinaufzugehen, aber das wollte ich nicht."

„Weil der Weg auf den Bergkegel recht steil ist."

„Ja. Und weil ich auch schon mal besser in Form war. Deshalb haben wir uns für einen weniger anstrengenden Rundwanderweg entschieden. Ich war schließlich nach Reichelsheim gefahren, um mich ein wenig von den Strapazen der letzten Tage zu erholen und nicht, um eine längere Wanderung zu machen."

„Nach dem Spaziergang sind Sie dann wieder in Frau Thieles Haus zurückgekehrt?", fragte Susanne.

Sophia von Wartenberg verneinte. „Wir sind direkt in ein italienisches Restaurant in der Reichelsheimer Innenstadt gegangen und haben dort zu Abend gegessen."

„Wofür es sicherlich Zeugen gibt."

„Der Kellner wird uns – genauer gesagt Karin – sicherlich in bleibender Erinnerung behalten haben. Meine Freundin ist nämlich manchmal ein wenig undiplomatisch und macht keinen Hehl daraus, wenn ihr etwas nicht passt. In diesem speziellen Fall hat sie sich über die Pasta asciutta beschwert, die angeblich nicht genug Hackfleisch enthielt. Na ja, manchmal ist Karin schon ziemlich pingelig. Jedenfalls hat sie den armen Kellner damit ganz schön in Verlegenheit gebracht."

Das habt ihr natürlich besonders wirkungsvoll inszeniert, damit man sich auch wirklich an euch erinnert, dachte Bloch.

„Von wann bis wann waren Sie mit Frau Thiele in dem Restaurant?“, fragte er.

„Also auf die Uhr gesehen habe ich selbstverständlich nicht. Aber ich schätze, dass wir dort eine gute Stunde zu Abend gegessen haben. Etwa von sieben Uhr bis vielleicht Viertel nach acht. Wir sind zu Karins Haus zurückgegangen, vor dem ich meinen Wagen abgestellt hatte. Ich bin dann gleich zurück ins Brombachtal gefahren, obwohl Karin mir anbot, noch einmal zu ihr hereinzukommen. Dafür war ich aber zu müde.“

„Demnach müssten Sie etwa um neun Uhr wieder hier im Herrenhaus eingetroffen sein“, stellte die Assistentin des Privatdetektivs fest.

„Eher sogar etwas früher. Ich fahre nämlich ziemlich schnell.“

„Sind Sie bei Ihrer Rückkehr einem Ihrer Angestellten begegnet?“

„Nein. Frau Lentz und Frau Bach hatten längst Feierabend gemacht und waren schon auf ihren Zimmern.“

„Das vermuten Sie“, sagte Tobias Bloch. „Beweisen können Sie es aber nicht, oder?“

Sophia von Wartenberg sah ihn erstaunt an. „Sie machen es aber mächtig spannend. Was haben denn unsere Wirtschafterin und unsere Köchin mit der ganzen Sache zu tun? Brauchen sie etwa auch ein Alibi für den gestrigen Abend?“

„Das kommt ganz darauf an“, antwortete der Privatdetektiv ausweichend. Rasch wechselte er das Thema. „Wohnt Franz Rilke auch auf dem Anwesen?“

„Ja. Wir haben ihm wie den beiden anderen Angestellten auch ein Zimmer hier im Haus angeboten, aber er hat darum gebeten, in die Gartenlaube in der Nähe der Gewächshäuser einziehen zu dürfen. Herr Rilke ist offensichtlich lieber allein.

Ein typischer Einzelgänger, wenn Sie mich fragen. Seinen Wunsch haben wir natürlich respektiert, obwohl wir im ersten Moment etwas verwundert waren."

„Hat man von der Laube aus einen direkten Blick auf das Herrenhaus?", fragte Susanne.

Sophia von Wartenberg schüttelte den Kopf. „Ist das denn wichtig?"

„Wir versuchen uns ein Bild von den hier herrschenden Verhältnissen zu machen", sagte der Heubacher Privatdetektiv. „Dabei können auch scheinbare Kleinigkeiten von Bedeutung sein." Er lehnte sich in dem schwarzen Ledersessel zurück. „Kehren wir noch einmal zum gestrigen Abend zurück. Was haben Sie nach Ihrer Rückkehr ins Brombachtal gemacht?"

„Wie gesagt, ich war ziemlich müde", antwortete die Frau des vermissten Antikensammlers. „Deshalb habe ich mir nur noch einen Tee gemacht und mich dann in unser Schlafzimmer zurückgezogen, um noch etwas zu lesen. Aber daraus wurde nichts, weil ich mich nicht konzentrieren konnte. Also habe ich schon früh das Licht gelöscht und versucht, einzuschlafen. Aber das hat auch nicht funktioniert."

„Sind Sie danach noch einmal aufgestanden?"

„Nein."

„Und heute Vormittag?", fragte Susanne.

„Was soll da großartig gewesen sein? Ich bin spät aufgestanden, weil ich erst weit nach Mitternacht zur Ruhe gekommen bin. Nach dem Frühstück habe ich mich ein wenig um die liegen gebliebene Post gekümmert – und dann sind auch schon Sie aufgetaucht."

„Mit anderen Worten", sagte der Privatdetektiv, „seit Ihrer Rückkehr aus Reichelsheim am gestrigen Abend gegen neun Uhr haben Sie das Anwesen nicht mehr verlassen."

„Hätte ich dazu einen Anlass gehabt? Ich wartete auf neue Nachrichten von Ihnen oder von der Erbacher Kriminalpolizei. Da war es doch nur ratsam, an Ort und Stelle zu bleiben."

So, nun wird es interessant, dachte Bloch.

„Kennen Sie den Eulbacher Park?", fragte er, um einen möglichst gelassenen Tonfall bemüht.

Sophia von Wartenberg kniff ihre Augen zusammen. „Warum fragen Sie danach? Ist dort etwas passiert?"

„Würden Sie mir bitte antworten?"

„Sie meinen den Englischen Garten oberhalb von Michelstadt?"

Der Privatdetektiv musterte sie schweigend.

„Entschuldigen Sie, aber diese Frage scheint mir reichlich töricht zu sein. Für wie dumm halten Sie mich eigentlich?"

Erneut erhielt sie keine Antwort.

Aber auch die Ehefrau des spurlos verschwundenen Antikensammlers blieb hartnäckig. Sie erhob sich betont langsam, strich ihren engen Rock glatt und ging dann zu dem wuchtigen Schreibtisch an der Fensterseite der Bibliothek.

Sie drückte den Knopf der schwarzen Sprechanlage. „Frau Lentz? Bringen Sie uns bitte etwas zu trinken. Einen Moment noch." Sophia von Wartenberg sah ihre beiden Besucher an. „Pils?", fragte sie.

Sie erntete Schweigen.

„Auch gut. Also, Frau Lentz. Bringen Sie uns bitte zwei kalte Pils und für mich einen Campari mit viel Eis. Danke, das wäre es vorläufig."

Sie ging zurück zu ihrem hohen Ledersessel und nahm wieder vor dem Kamin Platz. Nachdem sie sich ein Zigarillo angezündet hatte, sagte sie: „Schönes Spiel, auf das wir uns hier eingelassen haben. Kommen wir so wirklich weiter?"

Wenig später brachte ihnen die Wirtschafterin des Herrenhauses die bestellten Getränke.

„Schenken Sie den Herrschaften bitte ein, Frau Lentz. Unsere Besucher scheinen mir etwas unentschlossen zu sein."

Ohne eine Miene zu verziehen, kam die Angestellte dem Ersuchen nach. Nachdem die Gläser gefüllt waren, deutete sie eine Verbeugung an und verließ den Raum.

Sophia von Wartenberg legte ihr Zigarillo im Aschenbecher ab und nippte an ihrem Campari.

„Also, wo waren wir stehen geblieben? Beim wunderschönen Eulbacher Park. Herr Bloch, ich bin seit fast zwanzig Jahren mit Alexander zusammen. Und Sie haben nichts Besseres zu tun, als mich zu fragen, ob ich den Englischen Garten kenne? Ich bitte Sie!" Sie zog an ihrem Zigarillo und blies den Rauch in Richtung der hohen Stuckdecke. „Wissen Sie, wie oft ich schon dort war?"

„Ich dachte, Sie interessieren sich nicht für die römische Antike."

„Aber das spricht doch nicht gegen einen erholsamen Spaziergang in einer sehr ansprechenden Umgebung. Mir gefallen die prächtigen alten Bäume, die Wildgehege und – nicht zu vergessen – der große Weiher mit der pittoresken Inselkapelle." Sophia von Wartenberg warf einen Blick auf die bisher unangetastet gebliebenen Biergläser. „Sind Sie immer so schnell beleidigt, Herr Bloch?"

„Stichwort Weiher", sagte der Heubacher Privatdetektiv unbeeindruckt. „In dem von Ihnen so sehr geschätzten Gewässer wurde heute Vormittag von arglosen Besuchern des Parks eine Leiche entdeckt." Er hob sein Glas und trank einen kräftigen Schluck. Susanne tat es ihm gleich. Dann zündeten sich beide eine Zigarette an.

„Wer?", fragte ihre blass gewordene Gastgeberin.

„Auf wen tippen Sie denn?“, sagte die Assistentin des Privatdetektivs.

Sophia von Wartenberg warf ihr einen giftigen Blick zu. „Macht Ihnen das Spaß?“

„Uns interessiert nur Ihre Einschätzung.“

„Wer?“, wiederholte die Ehefrau des vermissten Antikensammlers.

In diesem Augenblick klopfte es an die Tür der Bibliothek.

„Wir möchten jetzt nicht gestört werden, Frau Lentz!“, rief Sophia von Wartenberg gereizt. „Kommen Sie später wieder.“

Davon ließ sich der Besucher aber keineswegs abhalten.

Kapitel 26

Nur flüchtig

„Du hast mir gerade noch gefehlt!", stöhnte seine Schwiegertochter.

August von Wartenberg würdigte sie keines Blickes, als er in seinem Rollstuhl in die Bibliothek fuhr. Ohne die Tür hinter sich zu schließen, steuerte er direkt auf den Heubacher Privatdetektiv zu.

„Haben Sie etwas über die merkwürdige Nachricht aus der Venusgrotte herausbekommen, Herr Bloch?", fragte der Alte. „Wissen Sie, was sie zu bedeuten hat?"

„Ja, in der Tat." Er erhob sich und schloss die Tür. „Das soll doch unter uns bleiben, nicht wahr?", sagte er, nachdem er sich wieder gesetzt hatte.

Der Vater des vermissten Antikensammlers lächelte. „Ich habe vor niemandem etwas zu verbergen."

„Die Botschaft, die uns wer auch immer zugespielt hat, bezieht sich entweder auf den Obelisken im Eulbacher Park oder auf das Kastell Würzberg. Oder auf beide."

„Interessant", sagte August von Wartenberg.

„Warum?", fragte Susanne.

Der Alte beugte sich unangenehm nahe zu ihr vor und sah sie mit blitzenden Augen an. Blochs Assistentin widerstand der Versuchung, vor ihm zurückzuweichen, und wendete ihren Blick nicht ab.

„Neugierige Frauen haben mir schon immer gut gefallen."

„Ach ja?"

„Warum bietet mir eigentlich niemand etwas zu trinken an?"

„Weil wir dich so schnell wie möglich wieder loswerden wollen", sagte Sophia von Wartenberg mit gepresster Stimme.

„Dich hat niemand gefragt."

„Was möchten Sie denn?", fragte Susanne Kramer.

Der Alte lächelte. „Darf ich ganz offen zu Ihnen sein?"

„Schwiegervater!"

„Störe mich nicht, wenn ich mich mit einer reizenden jungen Dame unterhalte."

„Herr von Wartenberg, ich unterbreche Ihr albernes Verhalten wirklich nur ungern", sagte der Privatdetektiv. „Aber wir haben jetzt keine Zeit für solche Spielchen. Warum finden Sie den Hinweis auf den Eulbacher Park und das Kastell Würzberg interessant?"

Susanne nutzte die Gelegenheit und lehnte sich langsam zurück. Der Alte ließ sie nicht aus den Augen.

„Weil damit eindeutig eine Verbindung zu Alexander hergestellt worden ist", antwortete er. „Das ist doch offensichtlich. Die Botschaft muss von seinen Entführern stammen, weil sie sich ganz klar auf die Aktivitäten und Interessen meines Sohnes bezieht. Denken Sie nur an die zahlreichen römischen Relikte in dem Englischen Garten und an die teilweise rekonstruierte Badeanlage des Kastells."

„Wann waren Sie das letzte Mal im Eulbacher Park?", fragte Tobias Bloch.

August von Wartenberg runzelte theatralisch die Stirn. Er fuhr mit seinem Rollstuhl ein Stück zurück, um wieder alle drei vor dem Kamin sitzenden Personen im Blickfeld zu haben.

„Was haben Sie dort gefunden?", sagte er dann.

„Wären Sie so freundlich, meine Frage zu beantworten?"

„Das ist lange her."

„Zusammen mit Ihrem Sohn?“, fragte Susanne.

Der Alte nickte wortlos.

„Man hat heute Vormittag im großen Weiher des Englischen Gartens eine Leiche gefunden“, sagte Bloch.

August von Wartenberg starrte den Privatdetektiv mit funkelnden Augen an. „Lassen Sie mich raten“, murmelte er. Nach kurzem Nachdenken fügte er hinzu: „Das Dreckschwein, das auf den Namen Michael Stoll hört?“

„Hörte.“

„Was?“, rief Sophia von Wartenberg entgeistert. „Stoll wurde ermordet?“

„Um einen Badeunfall wird es sich jedenfalls nicht gehandelt haben“, stellte ihr Schwiegervater genüsslich fest.

„Die genaue Todesursache stand zunächst nicht fest“, sagte Susanne.

„Ich bitte Sie!“ Der Alte winkte ab. „Sie glauben doch nicht im Ernst, dass dieser Hurensohn Selbstmord begangen hat?“

„Warum überrascht es Sie nicht, dass Michael Stoll ums Leben gekommen ist?“

„Weil das früher oder später passieren musste.“

„Geht es etwas konkreter?“, fragte der Heubacher Privatdetektiv.

„Die Mischung macht’s. Pikante Weibergeschichten, zwielichtige Geschäfte. Dieser miese Kerl hatte es mit einer Reihe von Leuten verdorben.“

„Nicht zuletzt mit Ihnen.“

„Sie sagen es.“ August von Wartenberg nickte heftig. „Ich habe jedenfalls schon unangenehmere Nachrichten gehört. Glauben Sie mir, um Stoll ist es wirklich nicht schade.“

„Was haben Sie gestern nach unserem Gespräch im Gobelinzimmer gemacht? Wie und wo haben Sie den Nachmittag und Abend verbracht?“

Der Alte gluckste. „Sie trauen mir ja allerhand zu, Herr Bloch."

„Davon können Sie ausgehen. Manchmal genügt schon ein kurzes Telefonat. Man muss sich ja nicht immer selbst bemühen."

„Halten Sie mich wirklich für so blöd? Telefongespräche lassen sich zurückverfolgen." August von Wartenberg schüttelte den Kopf. „In meinem erbärmlichen Zustand hielt ich es für das Beste, mich zu erholen. Ich habe das Gobelinzimmer gestern nur noch zwei Mal für kurze Zeit verlassen. Und zwar, um die Toilette aufzusuchen."

„Irgendwelche Zeugen?", fragte Susanne.

„Natürlich, meine Liebe. Frau Lentz hat mir das Abendessen aufs Zimmer gebracht und später das Geschirr wieder abgeholt. Sie hat mich noch dafür getadelt, dass ich so wenig gegessen habe. Aber mir war aus verständlichen Gründen der Appetit vergangen." Er verschränkte die Arme vor der Brust. „Ich war die ganze Zeit über hier im Herrenhaus. Gestern und heute. Die Wirtschafterin hat mich ausschlafen lassen und mir erst recht spät das Frühstück gebracht."

„Und Sie hatten in diesem Zeitraum keinen Kontakt zu anderen Personen? Zu dem Gärtner, der Köchin oder Ihrer Schwiegertochter?"

„Nein."

„Auch zu niemandem außerhalb des Anwesens?"

August von Wartenberg verneinte erneut.

„Wussten Sie, dass Ihre Schwiegertochter gestern Nachmittag zu einer Freundin nach Reichelsheim gefahren ist und erst am Abend gegen neun Uhr wieder ins Brombachtal zurückgekehrt ist?", fragte der Privatdetektiv.

„Was diese Schlampe so treibt, interessiert mich nicht im Geringsten." Er stutzte. Ein wissendes Lächeln huschte über sein Gesicht. „Aha. Verstehe. Sie beherrschen Ihr Handwerk, Herr Bloch." Er deutete mit dem Zeigefinger auf Sophia von Wartenberg. „Du hast ihn umgebracht! Und dir für die Tatzeit ein Alibi verschafft."

Die Schwiegertochter des Alten machte Anstalten sich zu erheben. Tobias Bloch legte seine Hand auf ihren Unterarm und hielt sie zurück.

„Das passt doch hervorragend zusammen", ereiferte sich der Alte. „Der Dreckskerl lässt dich wegen einer Jüngeren sitzen. Und du zahlst es ihm auf deine Weise heim. Eine grandiose Leistung. Herzlichen Glückwunsch!"

„Raus!", rief Sophia von Wartenberg. „Wenn du nicht augenblicklich verschwindest..."

„Ja? Was passiert dann?" Der Alte richtete sich drohend in seinem Rollstuhl auf. „Schlägst du dann einen Krüppel?"

„Herr von Wartenberg", sagte der Privatdetektiv besänftigend. „Bitte beherrschen Sie sich."

„Das geht Sie überhaupt nichts an, Herr Bloch! Das ist meine Privatangelegenheit."

„Raus!", wiederholte seine Schwiegertochter. Sie stand auf, ging mit energischen Schritten zu dem Schreibtisch und betätigte die Sprechanlage. „Frau Lentz? Bringen Sie bitte meinen Schwiegervater auf sein Zimmer. Ja, unverzüglich."

Mit erstaunlicher Geschicklichkeit drehte der Alte seinen Rollstuhl um hundertachtzig Grad und versuchte so, Sophia von Wartenberg den Rückweg abzuschneiden.

„Ehe Sie uns bedauerlicherweise verlassen, hätte ich noch eine Frage, Herr von Wartenberg", sagte Bloch, der das Schauspiel interessiert beobachtete. „Wie sind Sie so schnell auf Michael Stoll als Opfer gekommen? War das purer Zufall oder das Hintergrundwissen eines Eingeweihten?"

Der Alte lachte spöttisch, ohne sich zu dem Privatdetektiv umzudrehen. „Suchen Sie es sich aus. Sie haben die freie Wahl."

Als die Wirtschafterin des Brombachtaler Herrenhauses kurz darauf die Bibliothek betrat, fuhr August von Wartenberg sie barsch an: „Wagen Sie es nicht, meinen Rollstuhl anzurühren! Ich komme allein zurecht."

Irene Lentz trat zur Seite und öffnete die Tür so weit wie möglich. Ihre Miene blieb unbewegt, als der Alte an ihr vorbeifuhr, wobei er ihren rechten Fuß nur knapp verpasste.

Du machst hier ganz schön was mit, dachte Bloch. Hoffentlich ist das Schmerzensgeld hoch genug.

„Der Kerl macht mich noch wahnsinnig", stöhnte Sophia von Wartenberg, als sie wieder unter sich waren.

Ohne auf ihre Bemerkung einzugehen, sagte der Privatdetektiv: „Ich nenne Ihnen jetzt drei Namen. Und Sie sagen uns bitte, welche der genannten Personen Sie kennen. Wir brauchen eine ehrliche Auskunft. Denn mit einem hat der liebe August natürlich nicht ganz unrecht: Sie zählen für die Erbacher Kriminalpolizei mit Sicherheit zu den Verdächtigen, falls Michael Stoll tatsächlich ermordet wurde. Bei der ganzen Vorgeschichte ist das ja auch kein Wunder."

Die Ehefrau des vermissten Antikensammlers hielt seinem Blick stand.

„Die Namen lauten: David Brönner. Christian Ritter. Und Felix Meißner."

Sophia von Wartenberg schenkte ihm ein kaltes Lächeln. Ein eiskaltes. „Arbeiten Sie immer mit so plumpen Methoden, Herr Bloch? Oder ist Ihr Namensgedächtnis wirklich so schlecht? Das wäre ein Jammer, bedenkt man Ihr Alter."

Der Privatdetektiv trank einen Schluck.

„Wie Sie nur zu gut wissen, kann ich einen David Brönner oder einen Christian Ritter überhaupt nicht kennen. Weil es

Personen mit diesen Namen jedenfalls im Umfeld meines Mannes gar nicht gibt. Im Gegensatz zu Felix Meißner. Dieser Mann existiert tatsächlich. Aber ich kenne ihn nur flüchtig."

„Und Christian Brönner und David Ritter?", fragte Blochs Assistentin.

„Die Namen habe ich selbstverständlich schon gehört. Aber es war mir bisher nicht vergönnt, diese Herren persönlich zu treffen."

„Was verstehen Sie unter nur flüchtig?", sagte der Privatdetektiv.

„Herr Meißner und ich sind uns ein paar Mal begegnet. Bei eher offiziellen Anlässen."

„In Anwesenheit Ihres Mannes?"

„Selbstverständlich."

„Warum waren die Herren Brönner und Ritter bei diesen Gelegenheiten nicht zugegen?"

Sophia von Wartenberg sah ihn irritiert an. „Das weiß ich doch gar nicht. Im Gegensatz zu Felix Meißner hat Alexander mir die beiden nie vorgestellt. Sie können also trotzdem teilgenommen haben, ohne dass ich das bemerken konnte."

„Lässt die Tatsache, dass Sie nicht mit ihnen bekannt gemacht wurden, darauf schließen, dass das Verhältnis Ihres Mannes zu Christian Brönner und David Ritter nicht das beste war?", fragte Susanne.

„Das kann ich nicht beurteilen. Aber enge Freunde von Alexander sind sie mit Sicherheit nicht gewesen."

„Trotzdem sagen Ihnen ihre Namen etwas, weil Ihr Mann über sie gesprochen hat. Richtig?"

„Ihre Kombinationsgabe ist bewundernswert."

„Wie hat er über Brönner und Ritter gesprochen?", fragte Tobias Bloch.

„Ist das wichtig?"

„Frau von Wartenberg, ich bitte Sie. Das liegt doch auf der Hand."

„Warum?"

„Weil die beiden – neben Felix Meißner – von dem geplanten Treffen am Montagabend in Ober-Kainsbach wussten, zu dem Ihr Mann nach allem, was man uns bisher erzählt hat, nicht erschienen ist."

„Von wem haben Sie das erfahren, Herr Bloch?"

Der Heubacher Privatdetektiv richtete seinen Blick auf die hohe Stuckdecke der Bibliothek. „Von wem wohl?", antwortete er genervt.

„Jetzt verstehe ich. Michael Stoll hat es Ihnen gesagt."

„Wer hätte es uns denn sonst erzählen können?", fragte Susanne.

„Keine Ahnung." Sophia von Wartenberg zuckte die Achseln. „Jemand, den Alexander von seiner geplanten Verabredung in Ober-Kainsbach in Kenntnis gesetzt hat."

Du lenkst vom Thema ab, dachte Bloch.

Laut sagte er: „Und wer soll das bitte schön sein? Wir haben doch bisher nur mit Ihnen, mit Michael Stoll und mit seiner neuen Freundin Marie Heller über dieses für den letzten Montagabend vorgesehene Treffen gesprochen."

„Haben Sie da nicht jemanden vergessen?"

„Wen denn?"

„Meinen überaus reizenden Schwiegervater."

„Woher sollte er denn um alles in der Welt wissen, dass Brönner, Ritter und Meißner darüber informiert waren?"

„Unterschätzen Sie den Alten nicht, Herr Bloch. Der Dreckskerl hat auch seine Quellen."

Susanne sah ihre Gastgeberin zweifelnd an. Dann kehrte sie zu der Frage ihres Chefs zurück, von der Sophia von Wartenberg versucht hatte abzulenken.

„Wie hat sich Ihr Mann über Christian Brönner und David Ritter geäußert?“, fragte sie.

„Neutral. Weder abfällig noch besonders positiv.“

„Geht das etwas genauer?“

„In gewisser Hinsicht waren sie Rivalen, wenn es um das Aufspüren neuer Funde aus der Römerzeit ging. Da liegt es doch auf der Hand, dass sie sich gelegentlich misstraut haben.“

„Michael Stoll hat uns bei unserem Besuch in Ober-Kainsbach erzählt, dass Ihr Mann in einer anderen, einer höheren Liga spielt als die drei Herren“, sagte der Privatdetektiv. „Schon allein was seine finanziellen Möglichkeiten angeht.“

Sophia von Wartenberg trank von ihrem Campari. Das Eis war inzwischen vollständig geschmolzen. „Das kann ich beim besten Willen nicht beurteilen.“

„Hat Ihr Mann Ihnen auch erzählt, wo die drei anderen Antikensammler wohnen?“

„Gut möglich, dass Alexander es einmal beiläufig erwähnt hat. Aber das hat mich wirklich nicht interessiert. Ist das denn von Bedeutung?“

„Das heißt also, dass Sie nie bei einem von ihnen zu Hause waren?“, fragte Susanne.

„So ist es.“

„Die drei Orte beziehungsweise Ortsteile, um die es geht, sind Vielbrunn, Kimbach und Hummetroth. Können Sie die einem der Sammler zuordnen?“

„Lassen Sie mich überlegen. Kimbach... Ja, das könnte der Wohnort von Felix Meißner sein. Aber Vielbrunn und Hummetroth?“ Sophia von Wartenberg schüttelte den Kopf. „Diese Orte sagen mir nichts.“

„Auf meine Frage, ob er es einem dieser drei Sammler zutrauen würde, für das Verschwinden Ihres Mannes verantwortlich zu sein, antwortete Michael Stoll bei unserem Gespräch am Mittwochnachmittag: Wieso nur einer?“, sagte der Heubacher Privatdetektiv. „Was halten Sie von dieser Einschätzung?“

„Ich weiß nicht, in welchem Tonfall er das gesagt hat.“

„Stoll antwortete eigentlich ziemlich normal.“ Bloch sah Susanne an, die daraufhin bestätigend nickte. „Jedenfalls nicht spöttisch oder ironisch.“

„Tja. Dann steckt vielleicht ein Körnchen Wahrheit in dem, was er andeutete. Obwohl ich mir das bei Felix Meißner kaum vorstellen kann. Andererseits: Wer weiß schon, wie diese ehrgeizigen Antikensammler wirklich ticken?“

„Sie sind seit fast zwanzig Jahren mit einem zusammen“, stellte Blochs Assistentin fest. „Ihnen ist jedenfalls nichts von einem Streit oder einer drohenden Auseinandersetzung zwischen Ihrem Mann und einem oder mehreren dieser Herren bekannt?“

„Nein. Es mag zwar sein, dass sich der eine oder andere darüber geärgert hat, dass Alexander vor ihm in den Besitz eines bestimmten römischen Kunstwerks gelangte, aber mein Mann hat nie davon gesprochen, dass es deshalb zu Differenzen gekommen ist.“ Sophia von Wartenberg lehnte sich in ihrem Ledersessel zurück und schlug die Beine übereinander. „Ich nehme an, dass Sie diese Herren in Kürze aufsuchen werden. Nach Möglichkeit, bevor die Erbacher Kriminalpolizei auf sie aufmerksam geworden ist.“

Der Privatdetektiv nickte. „Allerdings sind wir uns über die Reihenfolge unserer Besuche noch nicht im Klaren.“ Er erhob sich. „Sie können uns in dieser Frage ja leider nicht weiterhelfen.“

„An Ihrer Stelle würde ich Felix Meißner auf den dritten Platz setzen und mich zunächst um Christian Brönner und

David Ritter kümmern. Wen von den beiden Sie zuerst sprechen sollten, kann ich Ihnen allerdings nicht sagen. Das müssen Sie Ihrer Intuition überlassen, Herr Bloch."

„Mein Gefühl sagt mir, dass wir mit Herrn Meißner in Kimbach beginnen sollten", antwortete er lächelnd. „Was meinst du, Susanne?"

„Habe ich dir jemals widersprochen?"

Kapitel 27

Ortswechsel

In seinem neuen Gefängnis war das zuvor dürftige Informations- und Unterhaltungsprogramm, für das der Privatsender verantwortlich gewesen war, vollends gestrichen worden. Somit wusste er nicht mehr, was draußen in der Welt an Wichtigem oder Kuriosem geschah. Und selbstverständlich erfuhr er auch nicht, dass im Eulbacher Park oberhalb von Michelstadt die nackte und aufgedunsene Leiche des Odenwälder Antikensammlers Michael S. gefunden worden war – eine der wichtigsten regionalen Meldungen des Tages.

Eine Nachricht, die ihn sicherlich in tiefe Verwirrung gestürzt hätte.

Seit er gestern das unterirdische Verlies verlassen musste, hatten sich die Umstände seiner Gefangenschaft gravierend verändert. Was normalerweise eigentlich für Erleichterung hätte sorgen müssen, machte ihn indes nur noch misstrauischer und ängstlicher. Er war weder angekettet noch gefesselt, konnte sich also theoretisch frei in dem mutmaßlich oberirdischen Raum bewegen, in dem er nun untergebracht war. Lediglich seine Augen waren weiterhin verbunden.

Aus rational nicht nachvollziehbaren Gründen wagte er es jedoch nicht, sich des Tuches zu entledigen, das ihm die Sicht nahm. Er hatte nicht einmal den Versuch unternommen, es zu entknoten. Statt dessen saß er seit Stunden tatenlos auf dem Stuhl, auf den ihn die junge Frau – am Vormittag? – nach ihrem rätselhaften Ausflug gesetzt hatte.

Auf sein Zeitgefühl konnte er sich nicht mehr richtig verlassen, deshalb fiel es ihm schwer, den Verlauf der letzten Ereignisse zuverlässig einzuordnen. Das unerwartete Verlassen des Verlieses, die lange Fahrt in einem Lieferwagen, der ausgedehnte Spaziergang im Freien, für den er keine auch nur halbwegs plausible Erklärung fand, und eine weitere Fahrt, die sie schließlich an den Ort brachte, an dem er sich jetzt aufhielt.

Er war durstig und hungrig, denn er hatte seit dem gestrigen Aufbruch lediglich etwas Wasser zu trinken und zwei dünn bestrichene Butterbrote zu essen bekommen.

Was bezweckten seine Entführer mit dem Ortswechsel und den veränderten Umständen seiner Gefangenschaft? Diese Frage hatte er sich inzwischen so oft gestellt, dass sie ihm heftige Kopfschmerzen bereitete. Trotzdem kam er nicht von ihr los. Er erging sich in verwirrenden Spekulationen und beunruhigenden Vermutungen. Wollten sie ihn zu einem bestimmten Verhalten provozieren? Sollte er dazu veranlasst werden, einen unbedachten Fluchtversuch zu unternehmen, der wiederum drastische Konsequenzen nach sich ziehen konnte? Sollte er ihnen einen willkommenen Anlass für eine harte Bestrafung liefern? Oder für mehr?

Die Ungewissheit über sein weiteres Schicksal lähmte ihn. Wenn es die Absicht seiner Entführer war, ihn zu zermürben, so waren sie ihrem Ziel inzwischen sehr nahe gekommen. Tränen der Verzweiflung rannen über sein Gesicht. Obwohl er dazu in der Lage gewesen wäre, unternahm er nicht einmal den Versuch, sie mit einer seiner beiden freien Hände wegzuwischen.

Gestern, als man ihn von den Ketten befreit und aus seinem Verlies geführt hatte, war er auf das Schlimmste gefasst gewesen. Aber alle diese Befürchtungen hatten sich – bisher – als unbegründet erwiesen. Dennoch war ihm jetzt elender zumute als jemals zuvor während seiner mehrtägigen Gefangenschaft. Das Grauen konnte auch durch Nichtstun heraufbeschworen werden. Diese Erkenntnis war in ihrer Schlichtheit erschreckend.

Er verlagerte sein Gewicht langsam nach vorn, bis seine wackligen Knie den Boden berührten. Ohne sich mit den Händen abzustützen, kippte er widerstandslos vom Stuhl und fiel auf den Boden. Er war mit den Kräften am Ende und sehnte sich nur noch nach einem – nach einem langen, nicht enden wollenden Schlaf.

Kapitel 28

Diskretion

Vom Brombachtal aus fuhren sie in nördlicher Richtung nach Bad König, um im Stadtteil Kimbach nach dem Haus von Felix Meißner Ausschau zu halten. Sie mussten nicht lange suchen, bis sie in der Odenwaldbaumstraße auf das ältere zweistöckige Gebäude stießen, das auf einem großen, eher einfallslos begrünten Grundstück stand.

Auf einem der breiten Torpfosten saß eine schwarze Katze mit einem markanten weißen Fleck auf der Stirn. Sie rührte sich nicht von der Stelle, als die beiden Ermittler aus dem Renault stiegen. Bloch machte sich nicht die Mühe, den Wagen abzuschließen. Während er auf das Tor zuging, erkannte er, dass die wohlgenährte Katze auf dem rechten Auge blind war. Ihre Körpersprache – besonders die Stellung der Ohren – signalisierte ihm, dass sie nicht angriffslustig war.

Während Susanne neben ihn trat, streckte der Privatdetektiv langsam seine Hand aus, ohne die Katze direkt anzusehen. Binnen eines Sekundenbruchteils änderte sich ihr Verhalten schlagartig. Sie richtete sich auf, machte einen Buckel und legte die Ohren an.

„Schon gut“, sagte Tobias Bloch und ging einen Schritt zurück.

Die Katze verfolgte jede seiner Bewegungen mit gespannter Aufmerksamkeit.

„Du riechst zu sehr nach Muzel“, stellte seine Assistentin fest.

„Ich lasse dir gern den Vortritt. Mal sehen, ob sie dich an den Klingelknopf lässt."

Susanne schüttelte den Kopf. „Nicht nötig."

„Willst du über den Zaun klettern? In deiner engen Jeans?"

Sie deutete in den linken Teil des Gartens, der von einer hohen Birke dominiert wurde. Wenige Meter von ihr entfernt war ein gebückter Mann damit beschäftigt, einen ausladenden Fliederbusch zu beschneiden.

„Herr Meißner?", rief sie.

Die Katze reagierte darauf mit einem grimmigen Fauchen, während der Mann sich aufrichtete und die beiden Fremden interessiert musterte.

„Ja?" Er machte keine Anstalten, sich ihnen zu nähern.

„Wir arbeiten im Auftrag von Frau von Wartenberg", erklärte der Heubacher Privatdetektiv. „Könnten wir kurz mit Ihnen sprechen?"

Jetzt wurde es der Katze zu bunt. Ihre rechte Vorderpfote verfehlte Bloch nur knapp.

„Lisa!", rief Felix Meißner. „Lass das!"

Bei der Nennung ihres Namens spitzte die Katze die Ohren und nahm eine entspanntere Haltung ein.

Der mittelgroße, braunhaarige Mann, der einen kurzen Vollbart trug, ließ die Gartenschere auf den Rasen fallen und ging gemächlich auf das Tor zu. Er kraulte seine schwarze Katze, bis diese zu schnurren begann. Erst dann wandte er sich an seine Besucher.

„Ich kann Ihnen nicht weiterhelfen", sagte er knapp.

„Woher wissen Sie das?", fragte der Privatdetektiv. „Sie haben doch noch gar nicht gehört, worüber wir mit Ihnen sprechen wollen."

„Sie sind einer von der ganz spitzfindigen Sorte, hmm?" Der Antikensammler, den Bloch auf Anfang fünfzig schätzte, sah ihn starr an. „Aber das ändert überhaupt nichts an meiner Einstellung.“

„Mein Name ist Tobias Bloch und das ist meine Assistentin Susanne Kramer. Wir versuchen herauszufinden...“

„Moment mal. Ihr Name kommt mir bekannt vor.“ Er runzelte die Stirn. „Sind Sie dieser Privatdetektiv aus...?“

„Heubach.“

„Richtig. Der die Morde am Beerfelder Galgen aufgeklärt hat.“

„Frau Kramer war auch nicht ganz unbeteiligt“, sagte Bloch.

Felix Meißner nickte der Assistentin entschuldigend zu. „Ja, sicher.“ Er öffnete das Gartentor. „Kommen Sie doch herein.“ Während er auf das Haus zuging, sagte er: „Gestatten Sie mir eine persönliche Bemerkung. Auf den Fotos in der Lokalpresse sahen Sie irgendwie jünger aus, Herr Bloch. Während Ihre Assistentin zugegebenermaßen...“

„Vorsicht“, murmelte Susanne.

Felix Meißner drehte sich kurz zu ihr um. „In natura sehen Sie sogar noch besser aus. Und die Fotos waren auch schon nicht schlecht.“

„Geschmackssache“, sagte der Privatdetektiv. „In Ihrem Alter sinken die Ansprüche wahrscheinlich merklich.“

„Lassen Sie sich das gefallen, Frau Kramer?“

Susanne zuckte die Achseln. „Was bleibt mir anderes übrig?“

Im Wohnzimmer deutete wenig darauf hin, dass Felix Meißner ein Sammler römischer Altertümer war. Im Gegensatz zu seinem verstorbenen Kollegen Michael Stoll hatte er es offensichtlich nicht nötig, die in seinem Besitz befindlichen Kunstwerke großartig zur Schau zu stellen.

„Wann haben Sie Alexander von Wartenberg das letzte Mal gesehen?“, fragte Bloch unverblümt.

„Lassen Sie mich nachdenken." Felix Meißner lächelte unschuldig. „War das nicht gestern?"

„Wir sind nicht zum Spaß hier."

„Das ist mir schon klar. Ich wollte damit lediglich zum Ausdruck bringen, dass Sie bei mir mit den üblichen Verhörspielchen nicht weiterkommen."

Abwarten, dachte Bloch.

„Würden Sie sich bitte trotzdem die Mühe machen, meine Frage zu beantworten?"

„Das ist doch völlig irrelevant. Glauben Sie im Ernst, dass ich etwas mit dem Verschwinden von Alexander zu tun habe?"

„Wann?", fragte Susanne.

„Bei Ihnen mache ich selbstverständlich eine Ausnahme, Frau Kramer. Gesehen habe ich ihn zuletzt vor schätzungsweise zwei Wochen."

„Wo?"

„Entschuldigung, Gnädigste. Ich war noch nicht ganz fertig."

Blochs Assistentin nickte ihm aufmunternd zu.

„Aber telefoniert haben wir noch am letzten Wochenende. Am vergangenen Samstag, wenn ich mich recht entsinne."

„Dabei ging es sicher um seinen bevorstehenden Besuch bei Michael Stoll in Ober-Kainsbach", sagte der Privatdetektiv.

Felix Meißner strahlte. „Voll daneben. Diese – wie soll man sagen? – delikate Angelegenheit war inzwischen zum absoluten Tabuthema geworden. Man durfte Alexander auf keinen Fall mehr darauf ansprechen."

„Weil er dann sofort die Beherrschung verlor?"

„Treffer, Herr Bloch. Normalerweise war er eher zurückhaltend und höflich. Aber bei diesem Thema rastete er regelrecht aus."

„Worum ging es dann bei Ihrem Telefongespräch?“, fragte Susanne Kramer.

Der Antikensammler trank einen Schluck von seinem Gin Tonic, ehe er antwortete. „Alexander fragte mich, ob ich auch zu der Fachtagung nach Heidelberg kommen würde.“

Bloch und seine Assistentin tauschten einen kurzen Blick, der Felix Meißner nicht entging. Aber er reagierte nicht darauf.

„Ich sagte ihm, dass ich über das Thema – die große wirtschaftliche Bedeutung der römischen Landgüter im Odenwald, der sogenannten Villae Rusticae – wirklich schon genug gehört hatte“, fuhr er stattdessen fort. „Außerdem haben mich die Namen der für die Vorträge vorgesehenen Experten nicht sonderlich beeindruckt.“

„Aber Herr von Wartenberg hatte vor, die Tagung in Heidelberg zu besuchen?“, fragte der Privatdetektiv. „Die wann genau stattfinden sollte?“, fügte er – Unwissen vortäuschend – hinzu.

Der Antikensammler nickte. Er warf einen Blick auf die Standuhr aus dunklem Eichenholz. „Wenn ich das Programm richtig in Erinnerung habe, dürfte zu dieser Stunde gerade der liebe Doktor Martens das Publikum mit seinen altbekannten und weitschweifigen Ausführungen langweilen.“

„So ein Zufall“, sagte Susanne mit Unschuldsmiene. „Handelt es sich um eine mehrtägige Veranstaltung?“

„Nicht unbedingt. Sie dauert bis morgen Abend.“

Jetzt wird es knifflig, dachte Bloch.

„Wissen Sie von anderen Antikensammlern aus Ihrem Odenwälder Kollegenkreis, die sich für die Tagung in Heidelberg angemeldet hatten?“, fragte er.

„Nein. Ich habe – außer mit Alexander – mit niemandem darüber gesprochen. Wie gesagt, die Sache hat mich nicht besonders interessiert.“

Susanne Kramer trank einen Schluck Wasser. Dann sagte sie: „Sie haben meine zweite Frage am Anfang unseres Gesprächs noch nicht beantwortet."

„Wie meinen?"

„Wo haben Sie Alexander von Wartenberg vor etwa zwei Wochen getroffen? Ihren Angaben zufolge war es das letzte Mal, dass Sie Ihren Kollegen gesehen haben."

Felix Meißner lächelte anzüglich. „Sie sind nicht nur attraktiv, sondern auch noch ziemlich clever. Wobei die Betonung auf ziemlich liegt." Er drehte sein Glas und schien zu überlegen, ob er sich noch etwas Gin Tonic gönnen sollte. „Das muss aber unter uns bleiben", sagte er dann verschwörerisch.

Susanne erwiderte seinen Blick.

„Wir haben uns zufällig in Bad König getroffen. In einem Restaurant in der Nähe des Kurparks."

„Was ist daran so bemerkenswert?"

„Die Dame, die mit ihm zu Abend aß und die sich offensichtlich in seiner Nähe wohlfühlte – um es zurückhaltend und mit dem gebotenen Anstand zu formulieren."

„Kennen Sie die Frau?"

„Wie kommen Sie auf die Idee?"

„Sophia von Wartenberg war es jedenfalls nicht", sagte der Heubacher Privatdetektiv. „Denn die haben Sie ja bereits kennengelernt."

„Stimmt. Das Vergnügen hatte ich mehrfach."

„Wie hat Herr von Wartenberg reagiert, als er Sie in dem Restaurant bemerkte?"

„Es war umgekehrt. Die beiden waren schon vor mir da. Aber sie waren so sehr miteinander beschäftigt, dass sie mein Eintreffen überhaupt nicht wahrnahmen. Ich habe dann in einiger Entfernung von ihnen Platz genommen, aber natürlich einen Tisch gewählt, von dem aus ich sie unauffällig beobachten konnte. Ich habe das Schauspiel eine ganze Weile genossen." Er schüttelte den Kopf. „Es ist immer wieder erstaunlich zu sehen, wie idiotisch sich reife ältere Herren in Gegenwart einer reizenden Dame aufführen können."

„Hat die Geschichte auch eine Pointe?", fragte Susanne scheinbar gelangweilt.

„Nur nicht die Geduld verlieren, Gnädigste. Nachdem ich also genug gesehen hatte, bin ich selbstverständlich so höflich gewesen, den Herrschaften einen guten Abend zu wünschen. Als ich an ihren Tisch trat, um sie freundlich zu begrüßen und in meiner Heimatstadt willkommen zu heißen, war die Freude beiderseits sehr groß." Er genehmigte sich einen weiteren Schluck. „Im Ernst: Alexander hat vor Schreck über meinen Anblick sein Glas umgestoßen. Unglücklicherweise handelte es sich dabei ausgerechnet um Rotwein."

„Herr Meißner!", stöhnte Bloch.

„Kurz und gut. Es war eine einzige Sauerei. Das mit der Tischdecke ließ sich ja rasch vom hilfsbereiten Personal beheben – aber das Kleid der Dame hatte leider auch einiges abbekommen. Das helle Kleid, wie ich hinzufügen darf. Als die mir unbekannte Frau für längere Zeit auf der Toilette verschwand, habe ich Alexander – unter Männern – augenzwinkernd versichert, dass er sich selbstverständlich auf meine Diskretion verlassen könne. Das nahm er mit großer Erleichterung auf. Wenn ich gewusst hätte, was ich mit meinem kleinen Auftritt anrichten würde, wäre ich mit Sicherheit sitzen geblieben."

„Können Sie die Frau näher beschreiben?", fragte Susanne.

„Sie war jung. Jünger als Sie auf jeden Fall. Darf ich fragen, wie alt Sie sind?"

„Nur zu. Was schätzen Sie?"

„Vierunddreißig, fünfunddreißig?"

„Kommt hin.“

„Glück gehabt.“ Felix Meißner heuchelte Erleichterung. „Zurück zu der anderen Dame. Ich würde meinen, sie war Ende zwanzig, Anfang dreißig. Eher Ersteres. Schulterlanges dunkelbraunes Haar. Klasse Figur. Na ja, die Einzelheiten erspare ich Ihnen lieber.“

„Wie gnädig“, murmelte Blochs Assistentin.

Um dem Theater ein Ende zu bereiten, fragte der Privatdetektiv: „Aber die Frau wurde Ihnen nicht namentlich vorgestellt?“

„Wo denken Sie hin? Nach diesem peinlichen Zwischenfall habe ich mich an meinen Tisch zurückgezogen und rasch zu Abend gegessen, ohne noch einmal einen Blick auf die beiden zu werfen. So weiß ich leider nicht, inwieweit das mit Rotwein befleckte Kleid wieder gereinigt werden konnte.“

„Sie Ärmster.“

Nach dieser aufschlussreichen Episode kam Tobias Bloch wieder auf den eigentlichen Anlass ihres Besuches in Kimbach zu sprechen. „Besitzen Sie einen Viergötterstein, Herr Meißner?“, fragte er.

„Warum so umständlich?“, gab sein Gegenüber zurück. „Warum reden Sie um den heißen Brei herum? Es interessiert Sie doch nicht im Geringsten, ob eine solche römische Antike Bestandteil meiner Sammlung ist.“

„Das wissen Sie doch gar nicht“, unterbrach ihn der Heubacher Privatdetektiv. „Wieso sollte ich Sie etwas fragen, was für mich völlig belanglos ist?“

„Hören Sie doch auf, sich so ungeschickt und so unglaubwürdig zu rechtfertigen, Herr Bloch.“ Felix Meißner winkte ab. „Ihnen geht es allein um den Viergötterstein von Michael Stoll. Alles andere zählt doch gar nicht.“

„Haben Sie die Gelegenheit gehabt, das wertvolle Kunstwerk persönlich in Augenschein zu nehmen?“, fragte Susanne.

„Selbstverständlich.“ Die Antwort kam ohne jedes Zögern. „Sie glauben doch nicht im Ernst, dass ich mir das hätte entgehen lassen?“

„Ist das römische Kunstwerk nach Ihrer Einschätzung echt?“ Wenn Susanne über Meißners prompte Antwort erstaunt war, gelang es ihr ausgezeichnet, dies zu verbergen.

Der Antikensammler sah sie eindringlich an. „Worauf wollen Sie hinaus?“

„Mich interessiert lediglich die unabhängige Meinung eines Experten.“

„Haben Sie es wirklich nötig, mir Honig um den Bart zu schmieren?“

„Herr Meißner“, schaltete sich der Privatdetektiv ein. „Warum fällt es Ihnen so schwer, diese Frage zu beantworten? Sie stehen doch nicht als Gutachter vor Gericht, sondern sollen uns lediglich Ihre subjektive Einschätzung mitteilen. Also?“

„Mir gefällt die Unterstellung nicht, die in dieser Frage mitschwingt. Warum sollte Michael sich mit einer Fälschung brüsten?“

„Weil er Alexander von Wartenberg damit fertigmachen konnte.“

„Sie sehen das völlig falsch, Herr Bloch. Sie betrachten die ganze Angelegenheit bedauerlicherweise nur aus dem Blickwinkel Ihrer Auftraggeberin beziehungsweise ihres ach so treuen Ehemannes.“

„Dann klären Sie uns doch bitte über die wahren Verhältnisse auf. Und sagen Sie uns, auf welcher Seite Sie in dieser Sache stehen.“

„Herzlich gern." Wenn die Bemerkung ironisch gemeint war, konnte man dies dem Tonfall seiner Antwort nicht entnehmen. Felix Meißner erhob sich. „Aber erst hole ich mir etwas Frisches zu trinken. Möchten Sie auch ein Bier?", fragte er seine beiden Besucher.

Sie nickten.

„Ein kaltes Pils wäre jetzt nicht schlecht", sagte Bloch.

Kapitel 29

Spielernatur

„Meiner bescheidenen Meinung nach besteht nicht der geringste Zweifel an der Echtheit von Michaels Viergötterstein. Natürlich sprechen wir hier nicht von einer exakten wissenschaftlichen Untersuchung, die jeden Zweifel aus der Welt schaffen kann. Aber ich hatte immerhin die Gelegenheit, ihn mir sehr genau anzuschauen."

„Wie würden Sie seinen Erhaltungszustand beschreiben?", fragte Susanne.

„Als sehr gut. Im Gegensatz zu einigen anderen Exemplaren, die ich im Laufe der Zeit gesehen habe, waren bei diesem Stein die Darstellungen der vier römischen Gottheiten noch deutlich zu erkennen."

„Das ist aber außergewöhnlich, oder?"

Felix Meißner nickte. „Deshalb war Michael ja auch so stolz auf das Stück."

„Wo haben Sie das Kunstwerk in Augenschein nehmen dürfen?", fragte der Privatdetektiv.

Der Antikensammler lächelte. „Verstehe. Das habe ich mir schon die ganze Zeit über gedacht."

„Wovon sprechen Sie?"

„Mir machen Sie nichts vor, Herr Bloch. Sie haben sich doch sicherlich schon mit Michael Stoll unterhalten, nachdem Sie Ihren Ermittlungsauftrag von Frau von Wartenberg erhalten hatten?"

„Wir waren am Mittwochnachmittag in Ober-Kainsbach", bestätigte Susanne.

„Aber Sie durften sich den Stein nicht ansehen."

Sie nickte. „Das hat uns natürlich misstrauisch gemacht. Wir haben uns daher gefragt, ob das Kunstwerk wirklich existiert. Oder ob Michael Stoll mit der falschen Behauptung, einen solchen wertvollen Stein zu besitzen, den Ehemann unserer Auftraggeberin in die Verzweiflung treiben wollte."

„Mit dieser Theorie sind Sie vollkommen auf dem Holzweg."

„Wenn er so stolz auf dieses Stück war, warum hat er es uns dann nicht gezeigt, um ein bisschen damit anzugeben?"

„Gute Frage. Michael ist eben eine Spielernatur. Und er tut nun einmal gern geheimnisvoll."

Du sprichst in der Gegenwartsform von ihm, dachte Bloch. Und zwar ziemlich überzeugend. Es hat ganz den Anschein, als wüsstest du noch nichts von der furchtbaren Entdeckung, die arglose Besucher heute Morgen im Eulbacher Park gemacht haben.

„Wo wird der Viergötterstein aufbewahrt?", fragte er. „Wo haben Sie ihn zu Gesicht bekommen?"

„Keine Chance, Herr Bloch", sagte Felix Meißner. „Michael und ich haben strengstes Stillschweigen vereinbart."

„Jetzt tun Sie aber auch sehr geheimnisvoll." Er trank einen Schluck.

„Ist das Pils kalt genug?"

„Wunderbar." Der Privatdetektiv setzte das Glas ab. „Aber er befindet sich in dem Haus in Ober-Kainsbach?"

Der Antikensammler schüttelte amüsiert den Kopf. „Siehe oben."

„Wissen Sie, wie Michael Stoll an das gute Stück gekommen ist? Mir ist schon klar, dass Sie auch über seine Herkunft schweigen werden – aber mich würde trotzdem interessieren, ob er es Ihnen überhaupt verraten hat."

„Nein. So weit geht die Freundschaft nun auch wieder nicht. Ich habe ihn logischerweise danach gefragt und in unserem Gespräch auf irgendeine Andeutung gehofft, die mir weitergeholfen hätte, aber Michael hat sich vollkommen bedeckt gehalten. Hätte ich übrigens genauso gemacht. Man sollte nicht zu viel von seinen Quellen preisgeben, man weiß ja nie, ob sie vielleicht noch ein wenig länger sprudeln. Und in diesem Fall möchte man doch nicht, dass einem ein anderer Sammler zuvorkommt."

„Wenn das Kunstwerk aber direkt aus dem Odenwald stammt und hier angeboten wurde, hätten Sie doch davon erfahren müssen?", fragte Susanne Kramer.

„Nicht zwangsläufig. Die Szene ist nämlich ziemlich undurchschaubar. Aber in einer Hinsicht haben Sie natürlich recht. Der Stein muss nicht unbedingt eine wie auch immer geartete Verbindung zum Odenwald aufweisen. Er könnte genauso gut irgendwo in Deutschland offeriert worden sein. Oder auch im Ausland. Da gibt es viele Möglichkeiten."

„Wären Sie an einem solchen Viergötterstein interessiert gewesen?"

„Ein Exemplar in diesem hervorragenden Zustand – machen Sie Witze? Selbstverständlich."

„Aber?"

„Michael hat vor mir davon erfahren. Und wahrscheinlich sofort zugeschlagen. So einfach ist das."

„Hätten Sie ihn sich denn leisten können?", fragte der Privatdetektiv.

„Sie reden hier von einer Barzahlung? Nein, ausgeschlossen. Aber vielleicht wäre ein Tauschgeschäft möglich gewesen. Zum Beispiel eine Kombination aus einem gewissen Geldbetrag und einem oder mehreren interessanten Objekten aus meiner umfangreichen Sammlung."

„Haben Sie in dieser Hinsicht bei Stoll vorgefühlt?“

Felix Meißner schüttelte energisch den Kopf. „Ich bin doch nicht wahnsinnig!“

„Das müssen Sie näher erklären.“

„Ich neige normalerweise nicht zu Übertreibungen, Herr Bloch. Aber eines können Sie mir glauben: Wenn ich es gewagt hätte, mich in diese Angelegenheit einzumischen, hätte mir Alexander von Wartenberg das Leben zur Hölle gemacht. Nein, bei aller Sammelleidenschaft. So weit wäre ich nun wirklich nicht gegangen.“

„Welche Möglichkeiten hätte er denn gehabt, um Sie in ernsthafte Schwierigkeiten zu bringen?“, fragte Susanne.

„Schwierigkeiten ist gar kein Ausdruck. Er hätte mit aller Macht versucht, mich aus dem Markt zu drängen und alles getan, um meinen Ruf in den einschlägigen Sammlerkreisen zu ruinieren. Wenn Alexander es darauf angelegt hätte, wäre niemand mehr bereit gewesen, mit mir Geschäfte zu machen. Gleichgültig, ob es um einen Ankauf oder eine Veräußerung gegangen wäre. Als Antikensammler wäre ich erledigt gewesen. Darauf können Sie wetten.“

„Übertreiben Sie jetzt nicht doch ein bisschen?“

„Nicht die Spur. Sie scheinen die Rolle, die er in diesem Bereich spielt, gewaltig zu unterschätzen.“

„Dann verstehe ich eines nicht“, sagte Tobias Bloch. „Wenn Alexander von Wartenberg wirklich über eine solche Macht verfügt, wie konnte ihm Michael Stoll dann widerstehen? Riskierte er mit seiner Weigerung, den Viergötterstein zu verkaufen, nicht ebenfalls seine Isolierung in Ihren Kreisen?“

Der Antikensammler schenkte sich nach und nahm einen kräftigen Schluck, bevor er antwortete. „Darüber haben sich alle Kollegen, mit denen ich gesprochen habe, sehr gewundert. Denn uns war klar, dass es äußerst gefährlich ist, sich mit Alexander von Wartenberg anzulegen."

„Demnach bestand also für ihn noch immer die Möglichkeit, Michael Stoll umzustimmen? Besser gesagt, ihn in die Knie zu zwingen? Machte das für den vergangenen Montagabend geplante Treffen in Ober-Kainsbach deshalb für ihn doch noch Sinn?"

Felix Meißner seufzte. „Über eines müssen Sie sich im Klaren sein, Herr Bloch. Alexander von Wartenberg darf man nie unterschätzen. Er ist in der Wahl seiner Mittel wirklich nicht zimperlich. Wenn er etwas unbedingt haben will..." Er ließ den Satz unvollendet.

„Als wir mit Michael Stoll gesprochen haben, wirkte dieser aber alles andere als verängstigt oder eingeschüchtert. Im Gegenteil. Er war sehr selbstbewusst und ließ nicht den geringsten Zweifel daran aufkommen, dass er den Stein unter keinen Umständen an Alexander von Wartenberg verkaufen würde."

Ein feines Lächeln huschte über das Gesicht des Antikensammlers. „Wer weiß, was am Montagabend wirklich passiert ist? Wer weiß, ob Michael tatsächlich noch immer im Besitz des Viergöttersteins ist? Vielleicht hatte er ja einen triftigen Grund, sich bei Ihrem Besuch am Mittwoch strikt zu weigern, Ihnen das Kunstwerk zu zeigen? Haben Sie die ganze Angelegenheit schon einmal aus diesem Blickwinkel betrachtet?"

„Der Besuch hat sich wirklich gelohnt", sagte Susanne Kramer und zog an ihrer Zigarette.

„Das kannst du laut sagen."

Der Heubacher Privatdetektiv setzte zu einem Überholmanöver an und ließ einen langsam fahrenden Lastwagen mit Anhänger mühelos hinter sich. Sie waren inzwischen wieder auf der B 45 in nördlicher Richtung unterwegs. Die einsetzende Abenddämmerung tauchte die abwechslungsreiche Odenwälder Landschaft in ein unwirkliches Licht.

„Richtig romantisch“, murmelte Blochs Assistentin.

„Wenn da nicht diese komische Musik wäre.“

Susanne lächelte versonnen. „Mir gefällt sie.“

„Das ist ja das Problem.“

Am Ortsausgang von Höchst zeigte er auf die Bahnüberführung, die bei einer früheren Ermittlung – Stichwort Felsenmeer – eine gewisse Rolle gespielt hatte.

„Erinnerst du dich noch?“, fragte Bloch.

„Klar.“ Sie drückte ihre Zigarette vorsichtig aus. „Hier ist doch dieser schreckliche Unfall passiert.“

„Und hier habe ich zum ersten Mal Torsten Finke getroffen.“ Er sprach von dem bestens informierten Lokalredakteur des Odenwald Kurier, der ihnen schon manch wichtigen Hinweis bei ihren Ermittlungen geliefert hatte. „Den muss ich am Wochenende unbedingt mal anrufen, um zu erfahren, was bisher zu ihm durchgedrungen ist.“

„Tu das.“

Die Bundesstraße wand sich nun steil nach oben, so dass er einen Gang herunterschalten musste. Nach einer Weile kamen sie an Wiebelsbach vorbei. Beim Anblick der ersten Häuser schwiegen beide hartnäckig. Schließlich bogen sie wenig später nach rechts in unverfänglicheres Gelände ab.

Kaum hatten sie Blochs Haus am Ortsrand von Heubach erreicht, sprang auch schon seine Katze wie auf Kommando aus dem gegenüberliegenden dichten Gebüsch auf die Straße und lief direkt auf die Fahrertür des schwarzen Renault zu. Muzel war völlig überdreht.

Der Privatdetektiv öffnete die Tür. „Wie siehst du denn aus?“ Er verließ den Wagen.

Das Fell seiner dreifarbigen Katze war vom Kinn abwärts bis zur Brust klatschnass und mit dunkler Erde verschmiert. Es stand in unzähligen bizarren Stacheln von ihrem Körper ab.

„Welchen Gartenteich in der Nachbarschaft hast du denn unsicher gemacht? Hoffentlich nicht wieder den von Frau Schneider. Ich habe wirklich keine Lust, ständig neue Goldfische zu kaufen."

Bevor er sich zu ihr herunterbeugte, schob er sicherheitshalber die Ärmel seines roten Sweatshirts bis zu den Ellenbogen hoch. Dann kraulte er seine Katze ausgiebig seitlich am Kopf, wobei er sich im wahrsten Sinne des Wortes die Finger schmutzig machte.

„Bringst du mir bitte aus dem Bad ein dunkles Handtuch?", bat er Susanne.

„Dazu bräuchte ich den Hausschlüssel."

„Ach so." Er zog ihn umständlich aus der linken Tasche seiner Jeans hervor und warf ihn seiner Assistentin zu. Diese ließ ihn prompt fallen.

„Fangen war noch nie meine Stärke", erklärte sie, als sie sich nach dem Schlüsselbund bückte.

„Werfen aber auch nicht."

Muzel genoss das nun folgende Schauspiel in vollen Zügen. Ihr Herrchen hatte ihr das braune Frotteehandtuch über den Kopf geworfen und rieb sie nun am ganzen Körper kräftig ab. Die Katze, deren ursprünglich weißes Fell mit den mittelbraunen und schwarzen Flecken langsam wieder recht passabel aussah, konnte gar nicht genug von den rauen Streicheleinheiten bekommen.

Schließlich erhob sich Bloch ächzend und schüttelte das Handtuch im Vorgarten aus. Als aus der Küche das geräuschvolle Öffnen einer Dose zu hören war, verließ Muzel auf der

Stelle ihr Herrchen und maunzte mitleiderregend vor der geschlossenen Tür. Susanne öffnete ihr. Während der Privatdetektiv in den ersten Stock ging, um sich im Bad Hände und Arme zu waschen, wurde die Katze in der Küche gefüttert. Ihr eifriges Schmatzen und das anschließend nicht minder intensive Schlabbern waren nicht zu überhören.

„Höchste Zeit, dass wir endlich auch etwas zu essen bekommen." Tobias Bloch stand in der Küchentür und beobachtete Muzel, die den Unterteller mit der Katzenmilch inzwischen vollständig abgeschleckt hatte und nun damit begann, sich zu putzen. „Mach ihr noch einen Napf für die Terrasse fertig", sagte er zu Susanne. „Dann zischen wir ab."

Auf dem Weg zu Amalfi, der einzigen Heubacher Pizzeria, wurden sie eine Weile von Blochs Katze begleitet, die eilfertig neben ihnen her trippelte. Als sie aber das hohe Gebäude aus hellrotem Buntsandstein am Ende der steilen Zufahrt zu dem Haus des Privatdetektivs erreichten, bog Muzel unversehens links ab, schlüpfte durch den Jägerzaun eines angrenzenden Grundstücks und verschwand rasch in der Dunkelheit. Offensichtlich hatte sie die südliche Grenze ihres Reviers erreicht und wagte es trotz der Anwesenheit ihres Herrchens nicht, diese zu überschreiten.

„Bis später", murmelte der Privatdetektiv. „Kann aber etwas länger dauern."

Kapitel 30

Schönheitsfehler

„Sie haben schon gewählt?"

Maria, die reizende Bedienung der Pizzeria, schenkte ihnen ein Lächeln, das so unecht war wie ihre schwarze Haarfarbe. Bloch gefiel beides trotzdem, denn sowohl das Lächeln als auch die neue Haarfarbe standen der jungen Italienerin ausgesprochen gut. Sie nahm die Speisekarten entgegen und hielt sie vor ihre Brust. Auch dies eine wohlberechnete Geste.

„Was darf ich Ihnen bringen?"

Wie jede gute Kellnerin vermied sie bei der Aufnahme der Bestellung jeden direkten Augenkontakt mit ihren Gästen. Dieser Umstand ermöglichte es Bloch, Maria wohlgefällig zu betrachten, während Susanne gleich loslegte.

„Als Vorspeise nehme ich Caprese Mozzarella mit Tomaten und frischem Basilikum. Und als Hauptgang servieren Sie mir bitte ein Seezungenfilet vom Grill mit einem venezianischen Salat. Über die Nachspeise mache ich mir später Gedanken."

Hauptgang, dachte Bloch. Du hast sie doch nicht mehr alle. Wir sind hier in Heubach!

„Sehr wohl. Und der Signore wünschen?"

„Zunächst bitte eine Auskunft, Maria." Er lächelte unschuldig. „Woraus besteht gleich noch mal ein venezianischer Salat?"

„Aus grünem Salat, Artischocken, roter Paprika, Oliven, Schinken, Rotkraut, Weißkraut, Käse und Ei."

„Aha. Da hast du dir ganz schön was vorgenommen, Susanne. Aber du musst es ja wissen."

Seine Assistentin verdrehte die Augen.

„Also, Maria, ich nehme eine große Pizza Francesco und dazu bitte einen Insalata della Casa."

„Ohne Tomaten", stellte die junge Italienerin sachkundig fest.

Bloch nickte erfreut.

„Zu trinken haben Sie noch?" Ihr Blick glitt kurz über den Tisch.

„Ja, danke. Wir melden uns rechtzeitig."

„Perfetto." Maria entschwand lautlos.

Nachdem die zuvorkommende Kellnerin gegangen war, zündete sich Susanne eine Zigarette an – auch das Amalfi verfügte glücklicherweise über einen abgetrennten Raucherraum – und inhalierte tief. Sie blies den Rauch Richtung Decke.

„Wenn ich es nicht schon gewohnt wäre, würde ich fast behaupten, dass es bei dir immer schlimmer wird, Tobias."

„Wovon sprichst du bitte?"

„Von deinem Benehmen in der Öffentlichkeit. Oder von dem, was davon noch übrig ist."

„Ich weiß wirklich nicht, was du meinst."

„Das mit dem venezianischen Salat war nötig, ja?"

Bloch zuckte die Achseln. „Es hat mich eben interessiert, was sich meine Assistentin da bestellt hat. Andere, verständnisvollere Menschen würden das Fürsorge nennen. Aber du? Undankbar, wie du nun mal bist..." Er trank einen Schluck. „Außerdem solltest du dich mal reden hören. Als Hauptgang servieren Sie mir bitte... Also wirklich! Merkst du nicht, wie lächerlich sich das anhört?"

Glücklicherweise betrat in diesem Augenblick die italienische Bedienung den gut frequentierten Raucherraum und steuerte auf ihren Tisch zu.

„Bitte sehr. Einmal Caprese Mozzarella. Guten Appetit."

Jetzt erst recht, dachte Bloch.

„Das ging aber schnell, Maria. Sehr aufmerksam von Ihnen."

Sie sah ihm kurz in die Augen.

„Bringen Sie mir bitte noch ein Pils. Aber lassen Sie sich ruhig Zeit. Es reicht, wenn es mit der Pizza und dem Salat kommt."

„Sehr wohl."

Hungrig machte sich Susanne über ihre Vorspeise her. Schließlich hatten sie seit dem ausgiebigen Frühstück am Morgen den ganzen Tag noch nichts gegessen.

„Darf ich?" Tobias Bloch deutete auf den Brotkorb, in dem vier dünn geschnittene Scheiben lagen. Das frisch gebackene Weißbrot duftete herrlich.

„Seit wann bist du so schüchtern? Bediene dich ruhig."

„Ich dachte nur, du wolltest vielleicht alle..."

Sie schob ihm den Brotkorb zu. „Nun stell dich nicht so an."

Er nahm sich eine Scheibe, die noch warm war, und halbierte sie. Genüsslich kaute er.

„Darf ich vielleicht noch eine...?", fragte er kurz darauf.

„Nein." Susanne brachte den Korb in Sicherheit.

Der Anblick der großen Pizza Francesco, die mit Salami, Peperoniwurst, Pilzen, Zwiebeln und Paprika belegt war, entschädigte ihn kurz darauf mehr als angemessen.

„Dein Hauptgang sieht aber auch sehr lecker aus", stellte er großzügig fest.

Sie lächelte. „Möchtest du vielleicht von meinem venezianischen Salat kosten? Schließlich ist er ohne Tomaten."

„Aber mit Rotkraut."

„Dann eben nicht."

In aller Ruhe aßen sie schweigend.

„Hat es geschmeckt?“ Marias Frage war zwar angesichts der komplett leer gegessenen Teller und Salatschüsseln überflüssig, sie stellte sie aber trotzdem, denn das gehörte zum Ritual. „Möchten Sie eine Nachspeise? Soll ich Ihnen noch einmal die Karte bringen?“

„Nein danke“, antwortete Susanne.

Bloch, entschiedener Gegner alles Süßen, fühlte sich erst gar nicht angesprochen. Deshalb sah er verwundert auf, als die an ihrem Tisch verharrende Kellnerin nicht mit dem Abräumen des schmutzigen Geschirrs begann. Erst jetzt begriff er und schüttelte kurz den Kopf.

„Aber für mich bitte einen doppelten Espresso“, bestellte seine Assistentin.

Um es nicht wieder kompliziert zu machen, sagte der Privatdetektiv sicherheitshalber: „Für mich bitte nicht.“ Obwohl im Amalfi eigentlich allgemein bekannt sein musste, dass er Kaffee in welcher Form auch immer verschmähte.

„Das war mir schon klar.“ Maria schien kurzzeitig in ihrer Berufsehre getroffen zu sein.

Deshalb atmete Bloch erleichtert auf, als sie – das leere Geschirr geschickt balancierend – endlich davongegangen war.

„Das passt doch alles überhaupt nicht zusammen“, sagte der Heubacher Privatdetektiv. Er zündete sich eine Zigarette an.

„Wovon sprichst du?“ Susanne hatte sich – satt, wie sie war – in ihrem Stuhl zurückgelehnt und die schlanken Beine weit von sich gestreckt.

„Von dem eklatanten Gegensatz zwischen den Ausführungen von Sophia von Wartenberg und denen von Felix Meißner.“

„Zu welchem Thema?“ Sie trank einen Schluck von ihrem inzwischen nicht mehr ganz so heißen Espresso.

„Dem ebenso begehrten wie mysteriösen Viergötterstein. Die liebe Frau von Wartenberg stellt ihren spurlos verschwundenen Ehemann im Zusammenhang mit dem von ihm so sehr herbeigesehnten Kauf des römischen Kunstwerks eindeutig als erbarmungswürdiges Opfer dar, das von einem zynischen und boshaften Michael Stoll auf das Schwerste gedemütigt wurde. Ihr entscheidender Satz – auf ihren Mann und sich selbst bezogen – lautete: Er hat es genossen.“

„Während Felix Meißner es genau umgekehrt beschreibt“, nahm Susanne den Faden bereitwillig auf. „Für ihn ist Alexander ohne jeden Zweifel der Böse, der mit aller Macht danach strebt, seinen Willen durchzusetzen. Meißners Schilderung zufolge muss man fast Mitleid mit dem armen Michael Stoll haben, angesichts dessen, was ihm vonseiten des rücksichtslosen Herrn von Wartenberg drohen könnte.“ Anmutig leerte sie ihr Tässchen.

Fehlt nur noch, dass du den kleinen Finger abspreizt, dachte Bloch. Dann gehe ich sofort nach Hause zu Muzel.

„Was folgern wir daraus?“, fragte er.

„Dass die Wahrheit vielleicht in der Mitte liegt“, schlug seine Assistentin vor.

Der Heubacher Privatdetektiv schüttelte den Kopf. „Erinnere dich doch bitte an unseren Besuch in Ober-Kainsbach. Wie hat Michael Stoll da auf dich gewirkt?“

„Wie ein sehr selbstzufriedener Sieger.“

„Eben.“ Bloch zog an seiner Zigarette. „Das legt den Schluss nahe, dass Felix Meißner – was die Rolle von Alexander von Wartenberg in der ganzen Auseinandersetzung um die römische Antike betrifft – lügt oder zumindest maßlos übertreibt.“

„Man kann es aber auch anders sehen, Tobias. Du musst dir die zeitliche Abfolge vor Augen halten. Als wir am Mittwoch in Ober-Kainsbach aufkreuzen, kann Michael Stoll große Töne spucken, weil sein Kontrahent seit Montagabend von der Bildfläche verschwunden ist."

„Moment mal." Der Privatdetektiv hob den rechten Arm. „Du willst damit sagen, Stoll wusste zu diesem Zeitpunkt, dass ihm von Alexander keinerlei Gefahr mehr drohen konnte? Das hieße: Er ist darüber informiert, was mit ihm geschehen ist. Und das wäre? Wenn man deine Argumentation konsequent zu Ende denkt, kann die Antwort nämlich nur lauten: Alexander von Wartenberg ist tot. Wahrscheinlich ermordet. Entweder weil bei seiner Entführung etwas schiefgelaufen ist oder weil das von Anfang an die Absicht der Täter war."

Seine Assistentin richtete sich in ihrem Stuhl auf und zog die Beine an. „Deine Schlussfolgerung ist mir zu radikal. Zugegeben, sie ist eine von mehreren möglichen. Eine, Tobias. Stell dir bitte folgendes Szenario vor: Michael Stoll hängt irgendwie bei der Entführung von Alexander mit drin. In welcher Form auch immer. Jedenfalls ist er über den aktuellen Stand der Dinge informiert. Das muss aber noch lange nicht heißen, dass Alexander tot ist. Es reicht doch zum Beispiel völlig, wenn man seinen Willen gebrochen hat und er jetzt nicht mehr im Traum daran denkt, den Viergötterstein für seine Antikensammlung zu kaufen. Über diese gesicherte Information verfügte Stoll, als wir am Mittwochnachmittag bei ihm waren. Also konnte er den großen Max herauskehren."

„Die Sache hat nur einen kleinen Schönheitsfehler. Der große Max ist einen oder zwei Tage später mausetot – je nachdem, ob er bereits am Donnerstagabend oder erst heute früh starb. Michael Stoll wurde aller Wahrscheinlichkeit nach ermordet. Von wem, Susanne?"

Seine Assistentin nickte nachdenklich. „Das herauszufinden, ist unsere Aufgabe. Eine unserer Aufgaben", korrigierte sie sich.

„Kommen wir noch mal auf Felix Meißner zurück. Angenommen, er sagt tatsächlich die Wahrheit über Alexander von Wartenberg. Was könnte daraus folgen?"

Susanne stutzte. „Dass Alexander für den Tod von Michael Stoll verantwortlich ist."

„Wenn er nicht selbst das Opfer eines Verbrechens wurde und daher gar nicht dazu in der Lage war, sich um Stoll zu kümmern. Dann..."

„...wird es noch komplizierter", ergänzte sie.

„Du sagst es." Ruhig trank er einen Schluck Pils, um Zeit zum Nachdenken zu gewinnen. „Welche Rolle spielt Felix Meißner in dieser ganzen Geschichte?", fragte er mehr sich selbst als sein Gegenüber. „Er ist laut Stoll einer der drei Antikensammler, die von dem in Ober-Kainsbach geplanten Treffen wussten. Also kann er – ebenso wie Christian Brönner und David Ritter – für das Verschwinden des werten Herrn von Wartenberg verantwortlich sein. Was wäre sein Motiv?"

Susanne Kramer zuckte die Achseln. „Er ist zwar alles andere als gut auf seinen angeblich so skrupellosen Konkurrenten zu sprechen, aber reicht das auch als Antrieb aus, ihn zu entführen oder gar noch drastischer gegen ihn vorzugehen? Ich weiß nicht, Tobias."

„Einmal angenommen, Meißner hat uns nicht die Wahrheit gesagt über die Rolle, die er im Zusammenhang mit dem begehrten Viergötterstein spielt. Vielleicht war er in dieser Frage doch nicht so zurückhaltend und vorsichtig, wie er uns glauben machen wollte. Es ist doch durchaus denkbar, dass er sich ebenso wie Alexander von Wartenberg um das Kunstwerk bemüht hat. Stichwort Tauschgeschäft. Wer hat zuerst Andeutungen in diese Richtung gemacht?“

„Michael Stoll“, antwortete die Assistentin des Privatdetektivs. „Er hat bei unserem Gespräch zwar ausgeschlossen, auf einer solchen Ebene mit Alexander zu verhandeln. Aber für mögliche andere interessante Offerten hat er sich offen gezeigt. Was wäre denn, wenn Felix Meißner ein römisches Kunstwerk in seiner Sammlung hätte, auf das Stoll scharf war?“

Bloch nickte. „Unter dieser Voraussetzung musste er sicherstellen, dass ihm Alexander von Wartenberg mit seinem vielen Geld nicht in die Quere kam. Denkbar wäre es jedenfalls, dass er ein großes Interesse daran hatte, ihn auszuschalten – auf welche Weise auch immer.“

„Und der Zweite, der nach Stoll das Wort Tauschgeschäft in den Mund genommen hat, war ausgerechnet Felix Meißner.“ Susanne zündete sich eine Zigarette an. „Ist das Zufall?“

Sie schwiegen nachdenklich. Als Maria den Raucherraum betrat, machte der Privatdetektiv ihr ein Zeichen und deutete auf die beiden Gläser vor ihm auf dem Tisch. Die italienische Bedienung nickte lächelnd.

„Wie passt Michael Stolls Tod in dieses Szenario?“, fragte er dann.

„Er ist möglicherweise die Schlüsselfigur. Wenn wir Meißner Glauben schenken dürfen, existiert der berühmte Viergötterstein tatsächlich. Und er ist – ganz so wie es sein stolzer Besitzer behauptet hat – in einem hervorragenden Zustand, also sehr wertvoll. Ich gehe davon aus, dass diese Tatsache in den entsprechenden Kreisen allgemein bekannt ist. Und dass es einige Sammler gibt, die sich nichts sehnlicher wünschen würden, als dieses römische Kunstwerk in ihren Besitz zu bringen."

Tobias Bloch nickte. „Wir haben uns bisher – aus naheliegenden Gründen – sehr stark auf Alexander von Wartenberg konzentriert. Schließlich steht er im Zentrum unseres Ermittlungsauftrags. Aber wir dürfen auch seine Kollegen nicht vernachlässigen, selbst wenn sie nicht über die üppigen Mittel verfügen, die Alexander zur Verfügung stehen. Nun kommt wieder Felix Meißner ins Spiel. Ist ihm ein Mord an Stoll zuzutrauen?"

„Moment." Seine Assistentin hob die Hand. „Das geht mir ein bisschen zu schnell."

„Warum?", fragte Bloch lächelnd, weil er bereits ahnte, worauf Susanne hinauswollte.

„Wenn er in irgendeiner Form an Michael Stolls Tod beteiligt ist, dann ist er ein fantastischer Schauspieler."

„Solche Leute soll es geben." Er verstummte, als er sah, dass sich die Kellnerin ihrem Tisch näherte. Sie stellte die frischen Getränke auf den Tisch und griff nach den leeren Gläsern.

„Perfetto", murmelte Bloch dankbar.

Seine Assistentin verzog keine Miene.

Als Maria außer Hörweite war, sagte sie: „Ist es wirklich vorstellbar, dass Felix Meißner von Stolls Tod weiß und für uns diese beeindruckende Vorstellung des vollkommen Ahnungslosen gibt?" Susanne schüttelte skeptisch den Kopf. „Ohne mit der Wimper zu zucken, spricht er mit der größten Selbstverständlichkeit in der Gegenwartsform von seinem Kollegen. Also ich glaube nicht, dass sich jemand so perfekt verstellen kann."

Der Privatdetektiv aus Heubach erhob sein Glas und prostete ihr zu. Nachdem er einen Schluck getrunken hatte, sagte er: „Das Leben steckt manchmal voller Überraschungen."

Kapitel 31

Spuren

„Neue Frisur?“, fragte er rhetorisch.

Die Frau, die wie er Anfang vierzig sein mochte, richtete sich in ihrem Sessel auf. „Gefällt sie Ihnen?“

Er nickte lächelnd. „Macht Sie irgendwie jünger.“

„Und was halten Sie von meiner neuen Haarfarbe? Die Meinung der Kollegen – insbesondere der Kolleginnen – ist in dieser Frage sehr gespalten. Die einen finden sie fantastisch, die anderen meinen – na ja...“

„Ich zähle eindeutig zur Na-ja-Fraktion“, antwortete er nicht gerade diplomatisch. „Das Rot ist mir einfach viel zu rot, wenn Sie verstehen, was ich meine.“

„Schade eigentlich. Aber darüber muss ich wohl oder übel hinwegkommen.“

„Man kann es eben nicht jedem recht machen.“

Sie grinste spöttisch. „Ich weiß genau, was Sie jetzt denken. Neue Frisur, neue Haarfarbe, neues Outfit...“

Neuer Freund, dachte Bloch.

„Womit Sie sich selbstverständlich auf dem Holzweg befinden. Ihr Männer seid in eurer Schlichtheit wirklich so berechenbar.“

„Ausnahmsweise bin ich in diesem Fall ganz Ihrer Ansicht“, schaltete sich Susanne Kramer in das Geplänkel ein.

Der Heubacher Privatdetektiv schüttelte den Kopf. „Ihr Frauen seid es auf eure Weise aber auch. Zwei Damen, die sich eigentlich überhaupt nicht riechen können, solidarisieren sich natürlich sofort, wenn es darum geht, einen Mann fertigzumachen."

„Keine Sorge, ich jedenfalls bin auf Ihrer Seite, Herr Bloch", wandte Sophia von Wartenberg ein.

Die Erbacher Kriminalkommissarin erhob sich aus ihrem Sessel. Sara Hagedorn, eine mittelgroße, schlanke Frau, die sich leider nicht mehr so leger wie bei ihren früheren Begegnungen kleidete, schritt anmutig zu ihrem Schreibtisch und entnahm der obersten Schublade mit großer Selbstverständlichkeit ein Päckchen Zigaretten, ein glänzendes silbernes Feuerzeug und einen schwarzen Porzellanaschenbecher.

„Gilt in öffentlichen Gebäuden nicht seit einiger Zeit ein striktes Rauchverbot?", fragte der Privatdetektiv grinsend.

„Für die unteren Ränge schon", antwortete Melzig, der vollschlanke Assistent der Kriminalkommissarin, während er seiner Chefin Feuer gab. Er lächelte zuckersüß. „Also für Leute wie Sie."

Das Grinsen verschwand aus Blochs Gesicht.

„Bei Vernehmungen machen wir manchmal eine Ausnahme", fügte Sara Hagedorn hinzu. „Aber dies hier ist ja nur ein inoffizielles Treffen."

„Könnte ich mich – rein theoretisch – bei Ihrem Vorgesetzten über Ihr unverschämtes Verhalten beschweren?", fragte der Privatdetektiv aus Heubach.

Die Kommissarin lachte glockenhell. „Der macht es doch genauso." Sie inhalierte tief und streifte dann die Asche im Aschenbecher ab. „Können wir nun endlich zur Sache kommen?" Sie hielt inne. „Eines noch, Herr Bloch. Zu Ihrer Information: Ich habe keinen neuen Freund, sondern meinen alten hochkant rausgeschmissen."

„Das hört man gern."

Susanne Kramer stöhnte.

Als der Privatdetektiv und seine Assistentin gestern am späten Abend nach dem Besuch im Amalfi in sein Heubacher Domizil zurückgekehrt waren, hatten sie das Läuten des Telefons im Flur schon gehört, noch bevor Bloch die Haustür aufgeschlossen hatte.

„Sind Sie immer so schwer zu erreichen?", fragte eine genervt klingende Sophia von Wartenberg. „Wissen Sie, wie oft ich es schon versucht habe?"

„Keine Ahnung. Fünf oder sechs Mal?"

„Öfter. Wenn Sie wenigstens einen Anrufbeantworter hätten..."

„Der steht Ihnen ja jetzt uneingeschränkt zur Verfügung. Also, worum geht es?"

„Die Erbacher Kriminalkommissarin möchte mich morgen Vormittag sprechen."

„Handelt es sich um eine offizielle polizeiliche Vernehmung?"

„Nein. Deshalb habe ich gegenüber dieser arroganten Frau Hagedorn auch ausdrücklich darauf bestanden, dass Sie bei dem Gespräch zugegen sind. Und zwar nur Sie, Herr Bloch."

Der Heubacher Privatdetektiv seufzte. „Dieses Thema hatten wir doch schon, Frau von Wartenberg. Sie erinnern sich sicher noch an den Doppelpack?"

Seine Auftraggeberin schnaufte hörbar.

„Um wie viel Uhr sind wir mit Frau Hagedorn verabredet?", fragte Bloch.

„Wir sehen uns um 10 Uhr 30 in der Erbacher Polizeidirektion", lautete die knappe Antwort der Ehefrau des vermissten Antikensammlers. Dann war das Gespräch abrupt beendet.

Nun saßen sie also am Samstagvormittag zu fünft im geräumigen Büro der Kriminalkommissarin in der ledernen Sitzgruppe. Sara Hagedorn zog ein letztes Mal kräftig an ihrer

Zigarette und drückte sie dann sorgfältig in dem schwarzen Porzellanaschenbecher aus.

„Wann haben Sie Ihren Mann zuletzt gesehen, Frau von Wartenberg?", fragte sie, um einen gleichmütigen Tonfall bemüht.

„Das habe ich Ihnen doch bereits bei unserem letzten Gespräch gesagt. Am Montagabend, bevor Alexander zu Michael Stoll nach Ober-Kainsbach gefahren ist."

„Seither sind einige Tage vergangen. Und Sie haben in dieser Zeit nichts mehr von Ihrem Mann gehört?"

Bloch musterte aufmerksam das Gesicht von Sophia von Wartenberg. Er hatte es nach ihrem Eintreffen in der Erbacher Polizeidirektion bei der Verteilung der Sitzplätze so arrangiert, dass er ihr direkt gegenübersaß. Wie übrigens die Kriminalkommissarin auch. Susanne und Melzig hatten rechts und links von der Ehefrau des spurlos Verschwundenen Platz genommen.

„Nein", antwortete sie mit fester und klarer Stimme.

„Hmm." Sara Hagedorn nickte nachdenklich. „Das Treffen zwischen Ihrem Mann und Michael Stoll fand also nicht statt", sagte sie dann.

„Jedenfalls nicht am Montagabend", schaltete sich ihr Assistent ein.

„Was wollen Sie damit sagen?", fragte Bloch.

„Gar nichts."

Der Privatdetektiv schüttelte ungläubig den Kopf.

„Liegen Ihnen Erkenntnisse vor, dass es an einem der folgenden Tage zu einer Begegnung der beiden gekommen ist?", erkundigte sich Susanne Kramer.

„Kein Kommentar", sagte Melzig.

Sophia von Wartenberg wandte sich Hilfe suchend an den Heubacher Privatdetektiv. „Was wird hier gespielt, Herr Bloch?"

„Das ist kein Spiel“, widersprach die Kommissarin energisch.

„Man glaubt Ihnen nicht“, antwortete Bloch. „Kann aber auf der anderen Seite offensichtlich nicht beweisen, dass Sie noch einmal nach besagtem Montagabend Kontakt – in welcher Form auch immer – zu Ihrem Mann hatten.“

„Aber ich sage die Wahrheit.“

„Wissen Sie, von wie vielen Mördern wir das schon gehört haben?“, fragte Hagedorns Assistent.

Sophia von Wartenberg holte tief Luft. Es schien sie einige Anstrengung zu kosten, nicht laut zu werden.

Bloch hob beruhigend die Hände. „Lassen Sie sich nicht provozieren. Das ist nämlich genau Herrn Melzigs Absicht. Er will Sie aus der Fassung bringen, um auf diese Weise zu erreichen, dass Sie etwas Unbedachtes sagen. Den Gefallen würde ich ihm nicht tun.“

Der Privatdetektiv und der Assistent der Kommissarin tauschten eisige Blicke.

„Dann versuchen wir es einmal anders herum“, sagte Sara Hagedorn, in dem Bemühen, die Zügel wieder in die Hand zu nehmen. „Wann haben Sie Michael Stoll zuletzt gesehen? Wohlgemerkt: gesehen – nicht gesprochen.“

„Das wissen Sie ganz genau.“

„Ich wiederhole mich ungern. Seit unserem letzten Gespräch nach dem mysteriösen Verschwinden Ihres Mannes sind einige Tage vergangen. Es wäre doch durchaus denkbar, dass Sie in der Zwischenzeit in einem persönlichen Gespräch mit Herrn Stoll noch einmal seine Version der Geschichte hören wollten. Von Angesicht zu Angesicht, um an seinem Verhalten und seinen Reaktionen zu überprüfen, ob er wirklich die Wahrheit sagte.“ Die Kommissarin griff nach dem Päckchen und nahm eine Zigarette heraus. „Wofür ich übrigens vollstes Verständnis hätte. Ich an Ihrer Stelle wäre jedenfalls an einem solchen Treffen äußerst interessiert gewesen."

„Vorsicht", mahnte Tobias Bloch. „Wenn Kriminalbeamte Verständnis heucheln, kann es womöglich sehr gefährlich werden."

„Ich habe Herrn Stoll zuletzt gesehen, als er mich unter nicht sehr schönen Begleitumständen in die Wüste geschickt hat", sagte Sophia von Wartenberg. „Und das war, wie Sie nur zu genau wissen, vor mehr als vier Wochen." Sie zuckte scheinbar resigniert die Achseln. „Wenn Sie mir allerdings nicht glauben..."

„Darf ich Ihnen eine Frage stellen?" mischte sich Susanne – an die Kriminalkommissarin gewandt – in das festgefahrene Gespräch ein.

„Tun Sie sich keinen Zwang an."

„Ich gehe davon aus, dass Stolls Haus in Ober-Kainsbach inzwischen von Ihren Mitarbeitern gründlich durchsucht worden ist."

„Das Haus und natürlich auch das gesamte Grundstück, ja."

„Hat man bei dieser Suche den ominösen Viergötterstein gefunden?"

Sara Hagedorn und ihr Assistent tauschten einen kurzen Blick.

„Nein", antwortete die Kommissarin dann.

„Dachte ich mir schon", stellte Susanne ungerührt fest.

„Was für uns natürlich die Frage aufwirft, wo das gute Stück geblieben sein könnte", sagte Melzig.

„Immer vorausgesetzt, dass es das angeblich so wertvolle antike Kunstwerk tatsächlich gibt", wandte Bloch ein.

„Sie glauben doch nicht im Ernst...?"

„Welche handfesten Beweise gibt es denn für die Existenz des Viergöttersteins? Niemand von uns hat diese Antike je zu Gesicht bekommen. Wir wissen noch nicht einmal mit Sicherheit, ob Alexander von Wartenberg das römische Relikt in Augenschein nehmen durfte."

Felix Meißner lassen wir vorläufig lieber unerwähnt, dachte Bloch. Von dessen Behauptung, den Stein sehr wohl gesehen zu haben, braucht ihr zum jetzigen Zeitpunkt überhaupt noch nichts zu wissen.

„Das ist jetzt aber eine sehr abwegige Vermutung", meinte Sara Hagedorn. „Halten Sie es wirklich für denkbar, dass Herr von Wartenberg bereit war, eine sehr hohe Summe für ein Kunstwerk auszugeben, auf das er nicht einen einzigen Blick werfen durfte?"

„Wenn ich es nicht für möglich hielte, hätte ich es nicht gesagt", antwortete der Heubacher Privatdetektiv trotzig.

Die Kommissarin schüttelte verwundert den Kopf. „Das kann nicht Ihr Ernst sein, Herr Bloch."

„Ich behaupte ja nicht, dass es so gewesen sein muss", verteidigte er sich. „Ich möchte lediglich darauf hinweisen, dass es nicht gänzlich ausgeschlossen ist – nach allem, was ich bisher über Michael Stolls ach so untadeliges Auftreten gehört habe. Außerdem hatten wir am Mittwochnachmittag selbst die Gelegenheit, mit dem reizenden Sammler zu sprechen. Nach dieser Unterredung traue ich ihm einiges zu."

„Sie sprechen von einem Ermordeten, ist Ihnen das klar?", sagte Hagedorns vollschlanker Assistent. „Ich muss schon sagen, ich finde Ihr Verhalten ziemlich geschmacklos."

Das ist mir so was von scheißegal, dachte Bloch.

Laut sagte er kalt lächelnd: „Ich wusste gar nicht, dass Sie ein solches Sensibelchen sind, Herr Melzig. Ich kann mir beim besten Willen nicht vorstellen, dass das in Ihrem Beruf von Vorteil ist."

Die Erbacher Kriminalkommissarin seufzte hörbar. „Geht das denn schon wieder los mit diesen absolut sinnlosen männlichen Revierkämpfen? Hat das nie ein Ende?"

„Ich halte die Erwägung von Tobias durchaus für sinnvoll", sprang Susanne Kramer ihrem Chef bei. „Diese Antikensammler ticken doch alle nicht ganz richtig. Denen ist eine ganze Menge zuzutrauen."

„Für diesen Hinweis bin ich Ihnen außerordentlich dankbar", sagte Sara Hagedorn.

Blochs Assistentin hob verdutzt die Augenbrauen. „Wie bitte?", murmelte sie. „Wollen Sie mich verarschen?"

Ein kleiner Zickenkrieg kann manchmal ganz amüsant sein, dachte Bloch. Und etwas Leben in die Bude bringen.

Aber seine Hoffnung erfüllte sich leider nicht, weil die Kommissarin klug genug war, Susannes Kommentar einfach zu ignorieren. Stattdessen gab sie Folgendes zu bedenken: „Mir verläuft unser Gespräch bisher eindeutig zu eindimensional. Michael Stoll wird von Ihnen als ein Bösewicht beschrieben, der zu einigem fähig sein mochte. Das kann ja durchaus zutreffend sein."

Sie nahm sich eine Zigarette aus ihrem Päckchen, zündete sie an und inhalierte. Dann sagte sie lächelnd: „Ab sofort ist das Rauchverbot aufgehoben. Tun Sie sich bitte keinen Zwang an, qualmen Sie mir ruhig das Büro voll."

Aber niemand der drei Besucher machte auch nur die geringsten Anstalten, ihr allzu durchsichtiges Angebot anzunehmen.

Wir haben eben auch unseren Stolz, dachte Bloch. An uns prallt die hohe Kunst der Verführung glattweg ab.

Als hätte sie nicht gerade eine saftige Niederlage einstecken müssen, fuhr Sara Hagedorn scheinbar unbeeindruckt fort: „Was aber ist mit Alexander von Wartenberg? Welche Rolle spielt er bei der ganzen Sache? Sicher, er wird seit Montagabend vermisst. Ist spurlos verschwunden."

„Sagten Sie gerade spurlos?", warf Susanne ein. „Sie haben also keinerlei verwertbare Spuren?"

„Doch", entgegnete der Assistent der Kommissarin entschieden.

Alle mit Ausnahme von Sara Hagedorn sahen ihn fragend an. Doch er winkte nur kurz ab, um zu signalisieren, dass seine Auskunftsbereitschaft bereits an ihre Grenzen gestoßen war.

„Ich war noch nicht ganz fertig mit meinen Ausführungen", stellte die Kriminalkommissarin fest. Sie wandte sich an Sophia von Wartenberg. „Ist Ihr Mann wirklich entführt worden? Ist er tatsächlich einem Gewaltverbrechen zum Opfer gefallen? Sie müssen verstehen, dass wir aus Gründen der Objektivität da so unsere Zweifel haben. Haben müssen, um es präzise auszudrücken."

Die Ehefrau des Vermissten verzog angewidert das Gesicht. „Objektivität!", zischte sie. „Dass ich nicht lache."

„Ruhig Blut", sagte Tobias Bloch. „Sie haben meinen Ratschlag doch hoffentlich nicht vergessen?"

„Hat Sie schon jemand für den höheren diplomatischen Dienst vorgeschlagen?", fragte Melzig sarkastisch. „Wenn nicht, wird es aber langsam höchste Zeit."

Sara Hagedorn wartete einen Moment ab, um sicherzustellen, dass die Rivalität zwischen den beiden Männchen nicht wieder hochkochte, dann sagte sie: „Wechseln wir doch einfach mal für kurze Zeit die Perspektive. Betrachten wir Alexander von Wartenberg nicht länger als Opfer, sondern als Täter."

Du hast nicht nur Frisur, Haarfarbe – das Pechschwarz gefiel mir viel, viel besser – und Outfit geändert, dachte

Bloch. Du drückst dich neuerdings auch so verdammt oberlehrerhaft aus. Früher hast du mir eindeutig besser gefallen.

„Wer hätte ein starkes Motiv gehabt, Michael Stoll zu töten? Wem wurde von dem Ermordeten die Ehefrau ausgespannt? Wer war im Besitz einer wertvollen römischen Antike, die der potenzielle Täter – ich sage ausdrücklich potenziell, Frau von Wartenberg – unbedingt, unter beinahe allen Umständen in seinen Besitz bringen wollte?"

„Dauern Ihre ekelhaften Belehrungen noch sehr lange?", fragte Susanne Kramer angefressen. „Mir wird nämlich langsam schlecht."

Die Kommissarin lächelte vielsagend. „Bin gleich so weit. Die Motivlage spricht also eindeutig für Alexander von Wartenberg als Täter."

„Fragt sich nur, ob er auch die Mittel und die Gelegenheit zu dem Mord an Michael Stoll hatte", wandte der Heubacher Privatdetektiv ein.

„Sie sagen es, Herr Bloch." Sara Hagedorn nickte zustimmend. „Das ist der alles entscheidende Punkt." Dann ließ sie die Bombe platzen: „Wir haben am Tatort DNA-Spuren gefunden, die zweifelsfrei Ihrem Mann zugeordnet werden können, Frau von Wartenberg. Was sagen Sie jetzt?"

Eisiges Schweigen senkte sich über das Büro der Erbacher Kriminalkommissarin.

Kapitel 32

Zurück zu den Wurzeln

Manchmal muss man eine Entscheidung treffen. Und zwar hart und unerbittlich. Denn man spürt instinktiv, dass die Zeit jetzt reif ist, in die Offensive zu gehen, auch wenn das resolute Vorgehen die Gefahr eines grandiosen Scheiterns birgt.

In einer solchen energiegeladenen Stimmung war Tobias Bloch, als er zusammen mit seiner Assistentin und Sophia von Wartenberg die verfluchte Erbacher Polizeidirektion verließ und auf den Parkplatz vor dem hohen Gebäude ging, auf dem sie ihre Autos früher am Vormittag abgestellt hatten.

Nach der überraschenden Enthüllung der Kommissarin hatten sie noch mehr als eine Stunde teilweise sehr kontrovers miteinander diskutiert. Dies galt insbesondere für Bloch, der sich wiederholt mit Melzig angelegt hatte und auch fast keine Gelegenheit verstreichen ließ, Sara Hagedorn vehement zu widersprechen. Nun war es wie gesagt an der Zeit, andere Saiten aufzuziehen.

„Mögen Sie Nierenspieße, Frau von Wartenberg?", fragte der Heubacher Privatdetektiv, als sie ihre nebeneinander geparkten Wagen auf den Abstellplätzen erreicht hatten, die den verehrten Besuchern der Polizeidirektion vorbehalten waren.

Die Ehefrau des noch immer vermissten, inzwischen aber zusätzlich im Mordfall Michael Stoll unter dringendem Tatverdacht stehenden Alexander von Wartenberg runzelte die Stirn. Sie zögerte mit ihrer Antwort. „Habe ich noch nie gegessen", murmelte sie schließlich unentschlossen.

„Dann wird es aber höchste Zeit."

„Ja, aber..."

Bloch schüttelte energisch den Kopf. „Entweder Sie kommen mit nach Michelstadt oder unsere Wege trennen sich für heute. So einfach ist das."

„Aber wir haben doch noch eine ganze Menge zu besprechen – nach dem, was uns Frau Hagedorn eröffnet hat."

„Sehe ich genauso. Deshalb lade ich Sie ja zu einem köstlichen Mittagessen in die Michelstädter Innenstadt ein. Dort haben wir dann genügend Zeit, um uns in Ruhe über die neue Entwicklung zu unterhalten."

„In einem Schnellimbiss?", fragte Susanne Kramer skeptisch. Ihr war zwar bewusst, dass es beim brisanten Thema Nierenspieße der hohen Kunst der diplomatischen Zurückhaltung bedurfte, ganz klein beigeben wollte sie dennoch nicht.

„Vor einem Schnellimbiss", korrigierte Bloch sie. „Wir essen unter freiem Himmel an der frischen Luft. Wenn das den zart besaiteten Damen allerdings zu rustikal ist, können sie gern im Innenraum Platz nehmen. Ich warne Sie aber gleich, Frau von Wartenberg. Das Publikum dort drin ist nicht von schlechten Eltern." Er öffnete die Fahrertür seines schwarzen Renault. „Wollen Sie hinter uns herfahren oder möchten Sie bei mir einsteigen?"

„Im Moment wäre es mir lieber, nicht selbst fahren zu müssen."

„Kann ich sehr gut verstehen. Lassen Sie Ihren Wagen einfach stehen. Ich bringe Sie nach unserem Besuch in Michelstadt wohlbehalten hierher zurück. Versprochen."

Sophia von Wartenberg nickte dankbar. „Wohin soll ich mich setzen?"

„Sie haben die freie Wahl."

„Kann ich nach vorn? Hinten wird mir manchmal ein bisschen schlecht."

Widerwillig stieg Susanne im Fond des Renault hinter Bloch ein, während ihre Auftraggeberin auf dem Beifahrersitz Platz nahm.

„Schnallst du dich bitte auch an?", sagte der Privatdetektiv.

„Wenn es sein muss", murrte seine Assistentin. Sie hatte einige Mühe, den Gurt zwischen der Sitzfläche und der Rückbank hervorzuziehen, weil er höchst selten benutzt wurde. Als sie es schließlich geschafft hatte, startete Bloch den Wagen.

Während der kurzen Fahrt von Erbach nach Michelstadt herrschte weitgehend Schweigen zwischen den Insassen des Fahrzeugs. Um die unangenehme Stille zu übertönen, schaltete Bloch das Autoradio ein, achtete aber angesichts der Umstände auf eine angemessene Lautstärke.

„Ich kann es einfach nicht glauben", war das Einzige, was Sophia von Wartenberg während der ganzen Fahrt sagte.

Niemand antwortete ihr.

In Michelstadt angekommen, bog der Privatdetektiv von der B 45 auf die Straße ein, die sie zu dem Großparkplatz vor der Innenstadt brachte. Er parkte am äußersten Rand, um ihnen einen längeren Fußweg über den staubigen Platz zu ersparen.

„Sehen Sie sich die Speisekarte in aller Ruhe an", sagte Bloch, als sie den Schnellimbiss in einer engen Gasse in der Nähe des spätgotischen Fachwerk-Rathauses erreicht hatten. „Der Nierenspieß war nur eine persönliche Empfehlung, der Sie selbstverständlich nicht folgen müssen."

Während seine Begleiterinnen die Karte studierten – Sophia von Wartenberg fasziniert ob des für sie völlig ungewohnten Angebots, Susanne eher desinteressiert –, ging der Heubacher Privatdetektiv direkt auf die geöffnete Glasscheibe zu.

Jetzt oder nie, dachte Bloch.

Als die rothaarige, etwa vierzig Jahre alte Inhaberin des Schnellimbisses auf der anderen Seite der breiten Holzfensterbank erschien, schenkte er ihr ein strahlendes Lächeln.

„Hallo Anke“, sagte er, obwohl sie ihn bei ihrer letzten Begegnung wegen der Nennung ihres Vornamens ausdrücklich gerüffelt hatte. „Lange nicht gesehen.“

„Für meinen Geschmack ein bisschen zu lange.“ Sie erwiderte sein Lächeln. „Hallo Tobias.“ Sie nickte in Richtung der beiden Frauen, die einige Schritte entfernt vor der großflächigen Speisekarte standen. Dann beugte sie sich zu ihm vor und flüsterte: „Volles Damenprogramm, wie? Wer ist denn die Glückliche?“

Wie in alten Zeiten, dachte Bloch träumerisch. Oder sogar noch besser.

„Keine von beiden“, antwortete er leise. „Ich bin nach wie vor ein freier Mann.“

Anke ging wieder ein bisschen auf Distanz, als sich die beiden Frauen der zurückgeschobenen Scheibe näherten.

„Haben Sie sich schon entschieden, Frau von Wartenberg?“, fragte der Privatdetektiv. Er tauschte einen kurzen Blick mit der Inhaberin des Schnellimbisses, um zu sehen, wie sie auf die Nennung des adeligen Namens reagierte. Aber Ankes Gesicht blieb unbewegt.

Professionell, dachte Bloch. Meine Anerkennung.

„Ich hätte gern einen Nierenspieß. Was isst man dazu?“

„Brötchen oder Pommes. Ganz wie Sie möchten. Ich bevorzuge Brötchen, um so viel wie möglich von der Soße zu erwischen.“

„Dann mache ich das auch so."

„Möchten Sie etwas trinken?", fragte Anke.

Sophia von Wartenberg sah den Privatdetektiv fragend an.

„Ein kühles Pils?", schlug er vor. „Das haben Sie sich nach dem anstrengenden Gespräch in Erbach wahrlich verdient."

Alexanders Ehefrau zierte sich nur einen kurzen Moment. Dann nickte sie.

„Möchten Sie ein Glas oder trinken Sie aus der Flasche?", fragte Anke, ohne eine Miene zu verziehen.

„Wenn es nicht zu viel Mühe macht – ein Glas wäre mir schon lieber."

„Kein Problem." Die Inhaberin des Imbisses wandte sich an Susanne. „Was darf ich Ihnen bringen?"

„Eine große Portion Pommes. Ohne alles. Und ein Pils. Ohne Glas."

„Salzen soll ich die Pommes aber schon?"

Blochs Assistentin nickte. „Und zwar nicht zu knapp."

Endlich war der Privatdetektiv an der Reihe.

„Tobias?"

„Zwei plus zwei plus eins."

„Geht klar."

Anke versorgte sie zunächst mit eiskalten Getränken. Und wenig später nahmen sie nacheinander ihr Mittagessen entgegen und trugen es zu dem Holztisch vor dem Schnellimbiss.

Vorsichtig tunkte Sophia von Wartenberg ihr Brötchen in die dampfende Soße und biss davon ab. „Sehr gut", murmelte sie mit halb vollem Mund.

„Und es kommt noch besser", versprach Bloch. „Probieren Sie die zarten Nieren."

Während sich die beiden Feinschmecker über ihre Spieße hermachten – Bloch aß zwei davon mit zwei Brötchen –, verspeiste Susanne wortlos ihre Pommes und trank zwischendurch von ihrem Pils. Dass dies seit Langem die mit Abstand besten Fritten waren, die man ihr vorgesetzt hatte, hätte sie allerdings nie zugegeben.

Als alle drei ihre Teller geleert hatten, ging Sophia von Wartenberg noch einmal zu Anke und fragte: „Könnte ich bitte noch ein bisschen von der Soße und ein Brötchen haben?“ Sie hielt ihren Teller hin.

„So viel Sie wollen.“ Die Imbisswirtin nahm ihn entgegen.

Kurz darauf bezahlte Bloch, indem er die Rechnung großzügig aufrundete.

„Man sieht sich“, sagte er zum Abschied.

Anke nickte. „Bis bald, Tobias.“

Manchmal muss man eine Entscheidung treffen, dachte Bloch. Und mit ein bisschen Glück ist es genau die richtige. Einen solchen Moment sollte man genießen. Denn er ist rar.

„Wie geht es jetzt weiter?“, fragte Sophia von Wartenberg. Das Essen in vollkommen ungewohnter Umgebung hatte ihr sichtlich gutgetan, auch wenn die Besorgnis nicht völlig aus ihrem Gesicht verschwunden war.

Sie saßen auf einer bequemen Holzbank vor dem im Renaissancestil erbauten Marktbrunnen von Michelstadt, dessen krönende Figur den Erzengel Michael mit der Seelenwaage darstellt. Bloch hatte auf der Bank rechts Platz genommen, Susanne links und ihre Auftraggeberin saß in der Mitte.

Der Privatdetektiv neigte ihr den Kopf zu. „Erkennen Sie die Ironie der Situation?“ Er deutete auf den mit Löwenköpfen, Ornamenten und dem Michelstädter Wappen verzierten hohen Brunnen aus Sandstein. „Über uns thront der Erzengel Michael, während wir uns den Kopf darüber zerbrechen, wer seinen Namensvetter Stoll umgebracht hat.“

„Die dem Mord vorausgegangenen Folterungen nicht zu vergessen“, ergänzte seine Assistentin.

Welcher Art die Misshandlungen gewesen waren, die dem Antikensammler aus Ober-Kainsbach zugefügt worden waren, hatte ihnen die Erbacher Kriminalkommissarin nicht gesagt. Sie hatte lediglich von massiven Körperverletzungen gesprochen, die Stoll hatte erleiden müssen – was immer man sich darunter vorzustellen hatte. Vielleicht war es sogar besser, die genaueren Einzelheiten gar nicht zu kennen.

„Jedenfalls lässt die brutale Vorgehensweise des Täters oder der Täter darauf schließen, dass er beziehungsweise sie eine bestimmte Aussage von dem Opfer erzwingen wollten", fuhr Bloch fort. „Die entscheidende Frage lautet deshalb: Hat Stoll die Information geliefert, die man von ihm verlangte, oder ist er während der Folter gestorben, ohne etwas preisgegeben zu haben?"

„Und wenn man ihn nur gequält hat, um ihn möglichst lange leiden zu lassen?", bemerkte Sophia von Wartenberg.

Der Privatdetektiv schüttelte den Kopf. „Glaube ich nicht. Meiner Meinung nach diente die Folter allein dem Zweck, den Aufbewahrungsort des Viergöttersteins zu erfahren."

„Der deiner Theorie zufolge nicht in Stolls Haus in Ober-Kainsbach oder auf dem das Gebäude umgebenden Grundstück zu finden war", sagte Susanne.

„Muss zwar nicht zwangsläufig so sein, klingt aber für mich am plausibelsten", bestätigte der Heubacher Privatdetektiv nickend. Er wandte sich wieder an Sophia von Wartenberg. „Sie hatten mehr als vier Jahre ein Verhältnis mit Michael Stoll. Wenn Sie sich nicht bei ihm zu Hause oder an einem so exotischen Ort wie der Venusgrotte getroffen haben, wo haben Ihre Begegnungen dann stattgefunden?"

„In Landgasthöfen mit einer Übernachtungsmöglichkeit oder in kleineren abgelegenen Hotels." Sie zündete sich ein Zigarillo an. „Ich weiß, worauf Sie hinauswollen, Herr Bloch. Aber mit einem einsamen Ferienhaus oder einem anderen Zweitwohnsitz kann ich leider nicht dienen. Wenn Michael Stoll über eine solche Versteckmöglichkeit verfügte, hat er sie mir gegenüber jedenfalls verschwiegen."

„Mich würde interessieren, ob die Kriminalpolizei am Tatort noch andere DNA-Spuren als die Ihres Mannes gefunden hat", wechselte der Privatdetektiv das Thema. „Jedenfalls haben sich die Kriminalkommissarin und ihr Assistent in dieser Frage sehr bedeckt gehalten."

Laut Aussage von Sara Hagedorn war der Tatort nicht identisch mit dem Fundort der Leiche im großen Weiher des Eulbacher Parks. Gefoltert und ermordet worden war Michael Stoll am späten Donnerstagabend in der künstlichen Ruine des Englischen Gartens. Das Eberhardsburg genannte Bauwerk war wenige Meter östlich des Weihers auf einem Hügel errichtet worden, der wiederum aus dem Aushub des kleinen Sees aufgeschüttet worden war. Sehr praktisch und sehr ökonomisch. Wegen Einsturzgefahr war der Zugang zu der Ruine seit Längerem gesperrt, was dem oder den Tätern ein ungestörtes Vorgehen erlaubte.

Als der nackte Michael Stoll schließlich nach unten gebracht und in den großen Weiher des Parks mit den römischen Relikten geworfen worden war, war er längst tot gewesen. Der zuständige Gerichtsmediziner hatte bei der Obduktion der Leiche nämlich kein Wasser in den Atemwegen gefunden. Ertrunken war der Antikensammler folglich nicht.

„Wenn am Tatort noch andere Spuren gesichert werden konnten, muss dies ja nicht zwangsläufig bedeuten, dass diese wie im Fall von Alexander von Wartenberg eindeutig einer bestimmten, der Polizei bekannten Person zugeordnet werden konnten", gab Susanne Kramer zu bedenken.

„Mich würde zunächst einmal interessieren, wie die Spuren meines Mannes überhaupt in die Ruine gelangt sind", sagte Sophia von Wartenberg. „Die Kommissarin und ihr Assistent machen es sich meiner Meinung nach in dieser Frage viel zu einfach."

Würde ich als Ehefrau des dringend des Mordes an Michael Stoll verdächtigen Mannes auch sagen, dachte Bloch. Bin ich aber nicht.

Er nickte leicht. „Deshalb bin ich mit den Herrschaften von der Kriminalpolizei ja auch ordentlich aneinandergeraten", rekapitulierte er das Gespräch in der Erbacher Polizeidirektion kurz und knapp.

„Man hat Ihnen angemerkt, dass Ihnen das richtig Spaß gemacht hat", sagte Sophia von Wartenberg anerkennend.

Auch wenn ich von der Unschuld deines Mannes nach wie vor nicht vollständig überzeugt bin, dachte Bloch. Aber Sara Hagedorn und diesem Melzig zu widersprechen und sie auf offensichtliche Ungereimtheiten oder auf Lücken in ihrer Argumentation hinzuweisen – eine solche Gelegenheit konnte ich mir natürlich nicht entgehen lassen.

Seufzend erhob sich der Privatdetektiv von der Bank vor dem Michelstädter Marktbrunnen. Mit einem letzten Blick auf den Erzengel Michael mit der Seelenwaage, die wohl als Sinnbild der Gerechtigkeit gedeutet werden konnte, sagte Tobias Bloch: „Solange wir ihnen keine anderen Anhaltspunkte, Indizien oder Beweise liefern können, bleibt Ihr Mann wohl oder übel der Hauptverdächtige. Das lässt sich im Moment leider nicht ändern."

„Aber wir arbeiten daran", sagte seine Assistentin und stand ebenfalls auf.

„Wissen Sie schon, wie Sie weiter vorgehen werden, Herr Bloch?", fragte Sophia von Wartenberg auf der Fahrt von Michelstadt zurück nach Erbach.

„Ich überlege noch, ob wir zuerst in Vielbrunn oder in Hummetroth weiter ermitteln sollen", antwortete er zögerlich.

„Vielbrunn liegt näher", sagte Susanne.

Der Privatdetektiv lächelte. „Dann hören wir uns zuerst in Hummetroth bei Christian Brönner um."

„Ist es nicht sinnvoller, sich zuerst telefonisch zu erkundigen, ob die Herren überhaupt zu Hause anzutreffen sind?", fragte die Auftraggeberin der beiden privaten Ermittler. „Vielleicht ist ja einer von ihnen bei dieser Fachtagung in Heidelberg. Dann hätten sie den Weg umsonst gemacht."

Bloch schüttelte den Kopf. „Felix Meißner hat uns gestern erzählt, dass er – von Ihrem Mann einmal abgesehen – von keinem anderen ihm bekannten Antikensammler aus seinem Odenwälder Kollegenkreis weiß, der die Veranstaltung besuchen wollte."

„Er muss ja nicht unbedingt die Wahrheit gesagt haben", wandte Sophia von Wartenberg ein.

„Das wäre schlecht für ihn. Und gut für uns. Folglich kann unsere Fahrt nach Hummetroth in keinem Fall umsonst sein."

„Wenn man es so sieht..."

„Machen Sie sich keine Sorgen, Frau von Wartenberg", sagte Susanne. „Wir wissen schon, was wir tun."

Schön wär's, dachte Bloch.

Auf dem Parkplatz der Erbacher Polizeidirektion angekommen, stieg die Frau des noch immer vermissten Alexander von Wartenberg aus dem schwarzen Renault des Privatdetektivs. Bevor sie die Beifahrertür des Wagens schloss, fragte sie noch: „Wann höre ich wieder von Ihnen, Herr Bloch?"

„Heute wohl nicht mehr. Vielleicht morgen, vielleicht erst am Montag. Das kann ich jetzt noch nicht sagen. Wenn allerdings etwas Unvorhergesehenes passieren sollte, könnte es auch sehr kurzfristig nötig sein, Sie zu informieren. Sie sind doch das Wochenende über auf Ihrem Anwesen zu erreichen?"

„Ich denke schon."

Sophia von Wartenberg hatte sich schon zu ihrem Auto umgedreht, als ihr noch etwas einfiel.

„Vielen Dank noch mal für Ihre Einladung zum Mittagessen. Der Nierenspieß war wirklich köstlich. Es wird sicherlich nicht das letzte Mal gewesen sein, dass ich zu dem Imbiss in Michelstadt gekommen bin." Sie hob zum Abschied die Hand.

„Anke freut sich immer über Kundschaft", sagte Bloch.

Er wartete, bis Susanne auf dem Beifahrersitz Platz genommen hatte.

„Nierenspieß!", sagte sie spöttisch. „Hätte gar nicht gedacht, dass man den Odenwälder Landadel mit so etwas Gewöhnlichem beeindrucken kann."

„Weil du ihn noch nie probiert hast. Du weißt ja gar nicht, was du dir da entgehen lässt."

„Kann mich gerade noch beherrschen."

„Selbst schuld."

„Wer muss immer das letzte Wort haben?", fragte Susanne.

„Du."

Tobias Bloch wendete den Wagen, dann verließ er den Parkplatz der Erbacher Polizeidirektion.

Kapitel 33

Sächsisch

„Es wird allmählich Zeit, unsere wirklich hervorragende Kooperation mit der Kriminalpolizei fortzusetzen“, sagte der zweite Mann mit zuversichtlicher Stimme.

„Wer ruft dieses Mal an?“, fragte die junge Frau, obwohl sie ziemlich sicher war, wie die Antwort lauten würde.

„Wer so dumm fragt.“

Sie saßen zu dritt in einem zu diesem Zeitpunkt nur spärlich besuchten Gartenlokal unter den ausladenden Ästen einer Schatten spendenden Linde.

Der alt und gebrechlich wirkende Mann leerte in einem Zug sein Glas mit Zitronenlimonade und erhob sich betont gemächlich. Ganz wie es seine Rolle verlangte. „Ich mache mich dann mal auf den Weg“, verkündete er überflüssigerweise das Offensichtliche.

„Weißt du schon, wo du ihm die lang ersehnte Freiheit schenken wirst?“, erkundigte sich der zweite Mann lächelnd.

Der alt und gebrechlich wirkende Mann nickte vielsagend. „Ich habe ein schönes Plätzchen im Kopf. An dem wir hoffentlich ungestört sind.“

„Geht das auch etwas genauer?“, fragte die junge Frau.

„Nein. Je weniger du weißt, desto besser für dich.“

Die Frau zog einen Schmollmund. Was ihr wirklich stand.

„Wenn du bei der Polizei anrufst, sprichst du dann bitte in deinem herrlichen Sächsisch?“

„Muss ich mir noch überlegen.“

„Du tust, was er gesagt hat, klar?“, stellte der zweite Mann fest.

Die junge Frau nickte widerwillig. „Schon gut“, gab sie dann klein bei.

„Und du fasst dich kurz.“

„Bin ja nicht blöd.“

Bevor er sich von den beiden verabschiedete, um zu seinem Wagen auf dem Parkplatz vor dem Gartenlokal zu gehen, sagte der alt und gebrechlich wirkende Mann noch: „Gib mir zwei, drei Stunden Zeit. Dann habe ich alles erledigt.“

„Tust du mir bitte einen Gefallen?“, fragte der zweite Mann.

„Gern.“

„Richte ihm schöne Grüße von mir aus.“

Der alt und gebrechlich wirkende Mann grinste. „Wie üblich?“

Der zweite Mann schüttelte den Kopf. „Nein“, antwortete er. „Dieses Mal nimmst du eine Stelle, an der es richtig wehtut. Schließlich soll er mich in guter Erinnerung behalten.“ Er machte der Bedienung, die an einem weiter entfernten Tisch damit beschäftigt war, Geschirr abzuräumen, mit erhobenem Arm ein Zeichen und deutete dann auf sein leeres Glas. „Gut möglich, dass wir ihn nie wieder zu Gesicht bekommen.“

„Aber die Gerichtsverhandlung wirst du dir doch nicht entgehen lassen?“, fragte die junge Frau.

„Das hängt ganz von den Umständen ab. Könnte ja sein, dass...“ Er vollendete den Satz nicht.

„Ich muss jetzt wirklich los“, sagte der alt und gebrechlich wirkende Mann. „Wir sehen uns heute Abend am vereinbarten Treffpunkt wieder.“

Der zweite Mann nickte. „Viel Spaß bei der Eröffnung der Jagd.“

„Den werde ich sicher haben. Darauf kannst du dich verlassen."

Während er sich außer Hörweite entfernte, fragte die junge Frau: „Du weißt aber, wo er ihn aussetzt?"

„Hmm."

„Kannst du mir nicht vielleicht wenigstens einen kleinen Tipp geben?"

„Es ist eine sehr schöne Gegend. Schön einsam, meine ich. Weit und breit kein Haus und kein Hof. Er wird sich sehr allein fühlen."

„Und nach einem kräftigen Tritt in die Eier nicht sehr gut zu Fuß sein, der Ärmste." Die junge Frau lächelte ihn an. „Du genießt das, oder?"

„Und du hast auch schon intelligentere Fragen gestellt."

Als die Bedienung mit dem neuen Getränk für den zweiten Mann an ihren Tisch kam, bestellte sich die junge Frau einen Eisbecher mit einer extragroßen Portion Sahne. Schließlich hatte sie noch jede Menge Zeit bis zu ihrem Anruf bei der Erbacher Kriminalpolizei. Obwohl sie vorhin scheinbar unentschlossen gewesen war, welchen Dialekt sie bei dem bevorstehenden Telefongespräch benutzen sollte – sie hatte schließlich einige in ihrem Repertoire –, gefiel ihr jetzt der Gedanke zunehmend, wieder einmal so richtig zu sächseln.

Kapitel 34

Nicht mein Stil

„Sie sind nicht in Heidelberg?", fragte Bloch scheinbar verwundert.

„Sollte ich das etwa? Dann hätten Sie den Weg ja umsonst gemacht. Und das wäre doch jammerschade gewesen."

„Kommt ganz darauf an", antwortete der Privatdetektiv kryptisch.

Christian Brönner sah ihn erstaunt an. „Das verstehe ich jetzt aber überhaupt nicht."

„Vergessen Sie es. Ist völlig unwichtig."

„Wieso glaube ich Ihnen das nicht?"

„Weil Sie – ob zu Recht oder zu Unrecht, lasse ich mal dahingestellt sein – misstrauisch und deshalb übervorsichtig sind."

Wäre ich übrigens auch, wenn zwei private Ermittler auf meiner Terrasse säßen und mir komische Fragen stellten, dachte Bloch. Ist doch nur zu verständlich.

„Wundert Sie das?"

„Natürlich nicht. Aber glauben Sie mir, es besteht keinerlei Anlass, uns mit Argwohn zu begegnen."

„Es sei denn, Sie hätten etwas zu verbergen", schaltete sich Susanne Kramer in die zugegeben sehr kleine Männerrunde ein.

„Hat das nicht jeder?", gab Christian Brönner zurück.

„Sie wussten also nichts von der gestern und heute in Heidelberg stattfindenden Fachtagung über römische Landgüter im Odenwald?“, kehrte der Heubacher Privatdetektiv zum Ausgangspunkt zurück.

„Doch, natürlich.“

„Aber Sie haben es überhaupt nicht in Erwägung gezogen, daran teilzunehmen?“

„Hat Ihnen schon mal jemand gesagt, dass Ihre manipulierenden Fragestellungen ganz schön nervig sind, Herr Bloch?“

Susanne bemühte sich um einen neutralen Gesichtsausdruck, was ihr fast gelang.

„Dann sagen Sie uns doch einfach, wie es sich wirklich verhielt“, forderte der Privatdetektiv. „So ersparen Sie sich und uns Fragen, die Ihnen augenscheinlich nicht gefallen.“

„Prinzipiell schon.“ Der groß gewachsene Mittfünfziger mit dem lächerlichen blonden Ziegenbart, der offensichtlich sein braun gebranntes Gesicht betonen sollte, machte eine Kunstpause.

Bloch und seine Assistentin schwiegen geduldig.

„Aber ich hatte schon zu einem früheren Zeitpunkt eine wichtige Verabredung für den gestrigen Abend getroffen.“

„Hätte man die nicht verschieben können?“, fragte Susanne.

„Theoretisch natürlich schon.“ Brönner nickte. „Mir war sie allerdings so wichtig, dass ich den Termin unbedingt einhalten wollte.“

„Darf man fragen...?“

„Es handelt sich um einen Sammlerkollegen, dessen Name absolut nichts zur Sache tut.“

„Geht es zufällig um David Ritter?“, tippte der Privatdetektiv aufs Geratewohl.

Diese Frage entlockte ihrem argwöhnischen Gesprächspartner ein nicht genau zu deutendes Lächeln. „Wie kommen Sie ausgerechnet auf David?“, antwortete er ausweichend.

Tobias Bloch zuckte die Achseln. „Er wusste wie Sie von dem geplanten Treffen zwischen Alexander von Wartenberg und Michael Stoll am vergangenen Montagabend."

„Das ja nach allem, was mir zu Ohren gekommen ist, gar nicht zustande kam. Merkwürdige Geschichte, finden Sie nicht auch?"

Der Privatdetektiv fiel nicht auf dieses ziemlich plumpe Ablenkungsmanöver herein. „Sie haben meine Frage noch nicht beantwortet", erinnerte er sein Gegenüber.

Christian Brönner schüttelte den Kopf. „Nein. David war es nicht."

„Wer dann?", hakte Susanne nach.

Erneutes Kopfschütteln. Dieses Mal eine Spur energischer. „Der Name spielt in dem Zusammenhang, in dem Sie ermitteln, überhaupt keine Rolle."

„Sind Sie sich da wirklich sicher?"

„Eigentlich mag ich ja schöne Frauen. Aber wenn sie allzu hartnäckig sind, können sie einem manchmal gehörig auf den Geist gehen."

„Sie weichen mir aus."

Brönner schwieg.

„Felix Meißner?" Der Privatdetektiv nahm einen zweiten Anlauf.

„Meißner?", ereiferte sich der Antikensammler. „Mit dem habe ich nun wirklich nichts am Hut!"

Spielst du uns etwas vor oder ist deine Empörung echt?, fragte sich Bloch.

„In der Vergangenheit schlechte Erfahrungen gemacht mit ihm?", erkundigte sich Susanne Kramer treuherzig.

„Sehr schlechte."

„Über die Sie uns Näheres sagen können?"

„Nein."

„Zu schade. Fanden diese Erfahrungen im geschäftlichen oder im privaten Bereich statt?“

„Lässt sich das denn immer fein säuberlich voneinander trennen?“, antwortete Christian Brönner mit einer rhetorischen Gegenfrage. Er zupfte an seinem langen Ziegenbart. „Nächstes Thema. Ich habe schließlich nicht ewig Zeit.“

„Hatten Sie Gelegenheit, Michael Stolls wertvollen Vier-götterstein, der inzwischen ja unauffindbar zu sein scheint, persönlich in Augenschein zu nehmen?“, fragte der Heubacher Privatdetektiv.

„Nein. Den hätte er mir nie gezeigt. Niemals.“ Er räusperte sich. „Und mit der Bezeichnung wertvoll wäre ich an Ihrer Stelle sehr vorsichtig. Ich will ja nicht schlecht über einen Toten reden. Aber bei Michael Stoll musste man in dieser Hinsicht ganz genau aufpassen.“

„In der Vergangenheit schlechte Erfahrungen gemacht mit ihm?“, wiederholte Susanne die Frage, die sie bereits zu Felix Meißner gestellt hatte.

Ein kurzes, trotziges Nicken als knappe Antwort.

„Wenn Sie mir die Bemerkung erlauben: Sie scheinen, was den Umgang mit Ihren Sammlerkollegen angeht, nicht gerade ein glückliches Händchen zu haben. Liegt das an Ihnen oder sind immer die anderen schuld?“

Christian Brönner kniff seine grauen Augen zusammen. „Vorsicht“, murmelte er drohend.

Zeit, in die Bresche zu springen, dachte Bloch. Bevor die Freundschaft der beiden in Liebe übergeht. Das wollen wir doch alle nicht.

„Aber Ihr Verhältnis zu David Ritter und zu dem Mann, mit dem Sie sich gestern Abend getroffen haben, unterscheidet sich von den letztgenannten Problemfällen?“

„Ja. Eindeutig.“

„Können Sie das näher erläutern?“

„Können schon – wollen nicht. Eindeutig nicht.“

Susanne trank einen Schluck Wasser. Dann sagte sie: „Wissen Sie, was mich wundert, Herr Brönner?“

„Sie werden es mir sicher gleich sagen“, antwortete er, um einen gelangweilten Tonfall bemüht.

„Wir reden hier die ganze Zeit nur über Männer, wenn es um Sammler von römischen Altertümern geht. Gibt es in Ihrem Kollegenkreis denn keine einzige Sammlerin?“

„Mir ist jedenfalls noch keine begegnet. Und ich bin schon ziemlich lange im Geschäft. In all den Jahren hatte ich nie mit einer Frau zu tun.“

„Könnte es sein, dass Sie und die anderen Sammler einen regelrechten Männerbund bilden? Einen Zirkel, zu dem Frauen gar nicht zugelassen sind?“

Christian Brönner schüttelte lachend den Kopf. „Sie kommen vielleicht auf Ideen! Wenn Sie Interesse haben: Sie sind herzlich eingeladen, an einem unserer nächsten Treffen teilzunehmen.“

Blochs Assistentin verzog das Gesicht. „Danke, kein Bedarf.“

„Kann ich gut verstehen. Wer wollte sich auch schon als junge Frau mit lauter alten Säcken abgeben.“

„Wann und wo findet Ihre nächste Zusammenkunft statt?“, fragte der Privatdetektiv.

„Das steht noch nicht fest. Dürfte aber frühestens in einem Monat sein. Wir verabreden uns gewöhnlich im Nebenzimmer einer Gaststätte. Ein Stammlokal haben wir allerdings nicht. Neue Vorschläge sind also immer willkommen.“

Bloch nickte. „Wie würden Sie Ihr Verhältnis zu Alexander von Wartenberg beschreiben?“

Wenn ihn der abrupte Themenwechsel irritierte, wusste Christian Brönner dies sehr gut zu verbergen. „Als eher unterkühlt. Ich denke, wir haben beide Respekt voreinander, bleiben aber lieber ein bisschen auf Distanz."

„Kam es in der Vergangenheit zu Auseinandersetzungen oder Streitereien mit ihm?"

„Nein, das ist nicht mein Stil."

„Aber seiner schon?", erkundigte sich Susanne.

„Hören Sie", sagte Brönner mit Bestimmtheit. „Wenn jeder die Reviergrenze des anderen beachtet, kann man ohne Probleme miteinander auskommen."

„Das steht aber im Widerspruch zu dem, was Sie über Ihr Verhältnis zu Felix Meißner und zu Michael Stoll gesagt haben. Oder habe ich da etwas falsch verstanden?"

„Kokettieren Sie bitte nicht mit Ihrer Unbedarftheit, Frau Kramer. Das kommt nämlich bei mir überhaupt nicht gut an." Er lehnte sich zurück, um den Abstand zu ihr zu vergrößern. „Die schlechten Erfahrungen, von denen ich im Zusammenhang mit den beiden gesprochen habe, bezogen sich ausdrücklich nicht auf mein eigenes Verhalten, sondern auf das der beiden..."

„...lieben Kollegen?", warf der Heubacher Privatdetektiv schlagfertig ein.

Christian Brönner sah ihn erstaunt an. „Wo haben Sie denn den Ausdruck her?"

„Von dem im Eulbacher Park ermordeten Michael Stoll. Er hat diesen netten Ausdruck auf Sie und die Herren Meißner und Ritter gemünzt."

„Das sieht diesem Arschloch ähnlich."

„Darf man fragen, wo Sie am Donnerstagabend waren?" Susanne musterte ihr Gegenüber mit Unschuldsmiene.

„Zu Hause. Sie glauben doch nicht im Ernst, dass ich etwas mit seiner Ermordung zu tun habe?“

„Das hängt vielleicht davon ab, wie schlecht die Erfahrungen waren, die Sie in der Vergangenheit mit Michael Stoll gemacht haben.“

Der Antikensammler winkte mürrisch ab. „Sie machen sich lächerlich, junge Frau, merken Sie das nicht?“

„Kennen Sie Marie Heller?“, fragte der Privatdetektiv.

„Wer soll das bitte schön sein?“

„Kennen Sie sie – ja oder nein?“

Brönner schüttelte den Kopf. „Wer soll diese Frau sein? Und warum sollte ich von ihr gehört haben?“

Es wird langsam Zeit, dich ein bisschen zu provozieren, dachte Bloch.

„Sie wollen uns doch nicht allen Ernstes weismachen, dass Sie noch nie von Stolls neuer Freundin gehört haben? Der überaus attraktiven Nachfolgerin von Sophia von Wartenberg? Das muss sich doch in Ihrem Kollegenkreis wie ein Lauffeuer verbreitet haben.“ Er machte eine Kunstpause. „Sie lügen, Herr Brönner!“

Der Angesprochene zeigte die gewünschte Reaktion. Sein Gesicht rötete sich schlagartig, auf seiner Stirn bildete sich eine beeindruckende Zornesfalte. „Das muss ich mir nicht bieten lassen!“, zischte er. „Von Ihnen schon gar nicht!“

„Von wem denn sonst?“

Susanne Kramer beobachtete die beiden Männer aufmerksam. Brönner war kurz davor, die Beherrschung endgültig zu verlieren. Es sah ganz so aus, als würde er ihrem Chef am liebsten an den Kragen gehen.

„Bitte beruhigen Sie sich, Herr Brönner“, schaltete sie sich in versöhnlichem Tonfall ein. „Das scheint mir doch ein völlig nebensächliches Detail zu sein. Finden Sie nicht auch?“

Eine erfahrene Psychologin hätte das kaum besser machen können.

„Dass man mich der Lüge bezichtigt? Das ist für Sie nebensächlich?“

Blochs Assistentin schüttelte sanft den Kopf. „Davon spreche ich doch gar nicht. Ich rede von Marie Heller, die Sie offensichtlich nicht kennengelernt haben. Vielleicht ist ihr Name einmal beiläufig in einem Gespräch unter Kollegen gefallen, aber Sie haben dem überhaupt keine Beachtung geschenkt, weil Ihnen das Liebesleben von Michael Stoll völlig gleichgültig war. Das ist doch vollkommen nachvollziehbar.“ Ein vielsagender Seitenblick zu dem neben ihr sitzenden Privatdetektiv. „Für mich jedenfalls.“

Allmählich schien sich Christian Brönner wieder zu beruhigen. Die Röte verschwand langsam aus seinem Gesicht, die Zornesfalte war fast nicht mehr zu sehen.

„Ich hätte eine sehr viel wichtigere Frage an Sie.“ Susanne nutzte die Gunst der Stunde. „Trauen Sie Alexander von Wartenberg einen Mord an Michael Stoll zu? Einen – wie ich hinzufügen darf – äußerst brutalen Mord, der es ihm ermöglichte, in den Besitz des von ihm so sehr begehrten Viergöttersteins zu kommen. Trauen Sie ihm das zu? Ist das für Sie vorstellbar?“

Die Antwort kam ohne jedes Zögern: „Ja.“

Kapitel 35

Ruhe in Frieden

„Eines steht fest", sagte sie grinsend. „Der Kerl verliert verdammt schnell die Beherrschung. Der ach so zurückhaltende und stilvolle Christian Brönner hätte dich fast vermöbelt." Sie schnippte die Asche ihrer Zigarette in den aufgeklappten Aschenbecher des Renault. Besser gesagt, sie versuchte es. Aber der größte Teil landete auf dem Boden des Autos. „Das Schauspiel hätte ich mir zu gern angesehen."

„Dann hättest du nicht die gute Ermittlerin spielen dürfen, sondern mich in der Rolle des bösen Buben weitermachen lassen sollen. Aber du musstest ja unbedingt die barmherzige Samariterin geben."

„Hat doch gut funktioniert, oder? So konnte ich ihn zu einer klaren Aussage über Alexander von Wartenberg bewegen. Und das war doch der Sinn der Sache."

Tobias Bloch nickte. „Dass die Leute immer noch auf das durchsichtige Rollenspiel vom guten und vom bösen Polizisten hereinfallen, ist wirklich erstaunlich."

„Kann uns doch nur recht sein", sagte seine Assistentin.

Nachdem sie David Ritter in Vielbrunn nicht angetroffen hatten – eine schwatzhafte Nachbarin, die gerade die Straße kehrte, hatte ihnen bereitwillig die Auskunft gegeben, dass sie ihn seit Tagen nicht gesehen hätte –, waren sie nun auf dem Heimweg nach Heubach.

„Können wir uns heute mal einen gemütlichen Abend machen?", fragte Susanne nach einer Weile.

„Das heißt?"

„Kein Amalfi. Und auch keine andere Gaststätte. Wir bleiben einfach zu Hause, entspannen uns, denken ein bisschen über unsere Ermittlungen nach…"

„Und ich darf kochen?"

„Muss ja nichts Aufwendiges sein. Vielleicht ein einfacher Auflauf?"

Bloch schüttelte den Kopf. „Auf keinen Fall. So etwas mag Muzel nicht."

Als er kurz darauf die Abfahrt nach Heubach ignorierte, sah ihn seine Assistentin fragend von der Seite an.

„Ich muss noch ein paar Sachen in Groß-Umstadt besorgen. Stichwort: Frische Lebensmittel für unser Abendessen."

„Und ich dachte, in Heubach seien Ladenöffnungszeiten kein Thema."

„Für den Metzger schon. Der kann ja nicht den ganzen Nachmittag auf mich warten."

Er bog von der B 45 rechts ab, folgte eine kurze Strecke lang der gewundenen Straße, die nach Groß-Umstadt führte, und stellte den Wagen dann vor dem eigentlichen Ortskern auf dem Parkplatz eines großen Supermarkts ab.

„Bin gleich wieder da."

Susanne kam gar nicht auf die Idee, ebenfalls auszusteigen. Einen Chefkoch ließ man nämlich tunlichst allein die Zutaten für sein Menü auswählen, das wusste sie aus Erfahrung.

„Soll das ein Witz sein?", fragte er ungläubig.

„Sie müssten mich eigentlich besser kennen, Herr Bloch. Über so etwas mache ich keine Scherze."

„Auf welchem Weg wurde die Anzeige aufgegeben? Haben Sie das herausfinden können?"

„Eine Mitarbeiterin hat sie telefonisch entgegengenommen."

„Handelte es sich um einen Anrufer oder eine Anruferin?"

„Es war eine Frau am Apparat."

„Hat sie einen Namen genannt?"

„Muss sie ja wohl. Wegen der Rechnungsanschrift." Der Privatdetektiv hörte, wie sein Gesprächspartner in irgendwelchen Unterlagen kramte.

„Moment. Hab's gleich." Er blätterte um. „Da steht es. Eine Frau namens Irene Lentz. Lentz mit tz. Sagt Ihnen der Name etwas?"

„O ja."

„Wären Sie so freundlich, mich ins Bild zu setzen? Schließlich habe ich mir die Mühe gemacht, Sie umgehend zu informieren."

„Frau Lentz ist die Wirtschafterin des Herrenhauses im Brombachtal."

„Haben Sie die Dame bei Ihren Ermittlungen kennengelernt? Hatten Sie Gelegenheit, mit ihr zu sprechen?"

„Worauf wollen Sie hinaus, Herr Finke?"

„Stammt Frau Lentz aus der Gegend?"

„Keine Ahnung. Aber ich denke schon."

„Wissen Sie, das Merkwürdige ist: Die Anruferin, die die Anzeige heute Nachmittag aufgegeben hat, sprach unverfälschtes Sächsisch. Dessen ist sich unsere Mitarbeiterin absolut sicher."

Kopfschüttelnd kehrte der Heubacher Privatdetektiv in die Küche seines Domizils zurück, in der er mit den Vorbereitungen für das Abendessen beschäftigt gewesen war, als ihn der Anruf des Lokalredakteurs des Odenwald Kurier erreicht hatte.

„Was wollte Torsten Finke denn?" Seine Assistentin fütterte Muzel, Blochs dreifarbige Katze, gerade mit einem weiteren Stück des verführerisch riechenden gekochten Schinkens. Der Odenwälder Chefkoch hatte wohlweislich zwei Scheiben mehr gekauft, als für das geplante Pfannengericht eigentlich nötig war. Man soll ja nicht nur an sich denken.

Er warf einen fachmännischen Blick in den Kochtopf, in dem die Nudeln in sprudelndem Wasser schwammen. „Erzähl ich dir nach dem Essen. Die Makkaroni sind nämlich gleich fertig."

„Eine Todesanzeige mit heutigem Sterbedatum?" Susanne hatte es sich im Wohnzimmer auf dem Büffelledersofa bequem gemacht und gönnte sich nach dem einfachen, aber schmackhaften Abendessen – Schinkennudeln mit jungem, geschmolzenem Gouda, dazu grüner Salat mit reichlich Radieschen – eine Zigarette. „Ganz schön dreist."

„Ich habe mal von einer ähnlichen Aktion gelesen. Weiß allerdings nicht mehr, ob es um einen englischen oder einen amerikanischen Geheimagenten ging. Der hat seine eigene Todesanzeige aufgegeben." Er kraulte die nach dem ausgiebigen Essen träge neben ihm auf der breiten Armlehne des Sessels liegende Katze am Bauch. „Und weißt du, was das Beste an der Geschichte war?"

Seine Assistentin runzelte fragend die Stirn.

„Sie hat funktioniert. Der Agent konnte nach der Bekanntmachung seines vermeintlichen Ablebens problemlos untertauchen. Zumindest ein paar Jahre lang lebte er völlig unbehelligt von jedweden Nachforschungen seitens der Behörden. Erstaunlich, oder?"

„Du glaubst doch nicht im Ernst, dass Alexander von Wartenberg so verrückt wäre, seine eigene Todesanzeige aufzugeben?"

Ohne auf ihre Frage einzugehen, erklärte der Privatdetektiv: „Die Mitarbeiterin der Anzeigenabteilung sprach am

Telefon mit einer Frau, die sich Irene Lentz nannte." Das Beste hob er sich bis zum Schluss auf. „Eine Dame, die in astreinem Sächsisch den Text der Annonce vortrug. Ruhe in Frieden und so weiter."

„Und?", fragte Susanne. „Wird die Todesanzeige tatsächlich im Odenwald Kurier erscheinen?"

Bloch nickte. „Selbstverständlich. Sie wird in der Montagsausgabe veröffentlicht. Wenn ich Torsten Finke richtig verstanden habe, wird sie prominent platziert – auf einer halben Seite."

„Und wer bezahlt sie bitte schön?"

„Die Rechnung geht an die von der angeblichen Irene Lentz angegebene Adresse. Finke hat sie mir extra vorgelesen, um sich zu vergewissern, dass sie auch stimmte. Natürlich hatte alles seine Richtigkeit. Die Rechnung geht direkt an das Herrenhaus im Brombachtal. Zu Händen von Frau Sophia von Wartenberg."

Die Assistentin des Privatdetektivs sah ihn fassungslos an.

Er zuckte die Achseln. „Von irgendetwas muss die Zeitung ja wohl leben, oder?"

„Das wird ja immer verrückter."

„Eines darfst du nie vergessen: Wir befinden uns hier im Odenwald. Da sind schon ganz andere Sachen passiert."

„Wirst du die schöne Sophia vorwarnen?"

„Darüber habe ich mir noch keine Gedanken gemacht", antwortete er ausweichend.

Kapitel 36

Denkbar ist fast alles

„Hier", sagte sie und reichte ihm das Blatt Papier, auf dem nur drei lateinische Wörter jeweils in einer eigenen Zeile standen.

„Villa Rustica Latrina", las Tobias Bloch. Und verstand zunächst nur Bahnhof. Er gab den Zettel – offensichtlich wieder ein Computerausdruck, allerdings dieses Mal in größerer roter Schreibschrift gehalten, die einen Großteil des Blattes füllte – an seine Assistentin weiter.

Während sie sich den kurzen Text ansah, wandte sich der Privatdetektiv an den alten Lustmolch. „Wo haben Sie die Nachricht gefunden?", fragte er.

„Wieder in der Venusgrotte", antwortete August von Wartenberg. „Allerdings hing der Zettel dieses Mal an einem Stalaktiten im Uferbereich. Er ist mir sofort aufgefallen, nachdem ich das rote Licht angemacht hatte. War wohl so beabsichtigt."

„Wenigstens sind Sie heute nicht im See gelandet."

„Wofür ich diesen Dreckschweinen außerordentlich dankbar bin", sagte der Alte sarkastisch.

Susanne Kramer legte die rätselhafte Nachricht auf den Beistelltisch vor dem Kamin. Zu viert saßen sie – Sophia von Wartenberg, ihr lieber Schwiegervater und die beiden privaten Ermittler – am späten Sonntagvormittag in der Bibliothek des Herrenhauses im Brombachtal, nachdem die Ehefrau des spurlos verschwundenen Antikensammlers sich gleich nach dem neuerlichen Fund in Heubach gemeldet hatte.

„Villa Rustica“, murmelte Blochs Assistentin. „Erinnerst du dich noch an das Thema der Fachtagung in Heidelberg? Das klang doch so ähnlich.“

Er nickte zögernd. „Römische Landgüter im Odenwald. Aber was hat Latrina zu bedeuten? Ist das der Name einer solchen Villa?“

„Sind Ihre Lateinkenntnisse wirklich so schlecht?“, bemerkte August von Wartenberg spöttisch. „Denken Sie doch einfach mal an das Naheliegende!“

Der Privatdetektiv verzog das Gesicht. Dann erhob er sich und ging zu dem wuchtigen Schreibtisch an der Fensterseite der Bibliothek. Er deutete auf das Telefon. „Darf ich? Es ist dringend.“

Nachdem er das kurze Gespräch beendet hatte, nahm er erst gar nicht wieder Platz. „Wir fahren gleich los“, sagte er zu Susanne. Und an Sophia von Wartenberg gewandt, fragte er unverfänglich: „Lesen Sie den Odenwald Kurier?“

„Dieses Käseblatt?“ Sie runzelte die Stirn. „Warum sollte ich?“

„Ich spreche nicht vom redaktionellen Teil.“

August von Wartenberg fuhr mit seinem Rollstuhl auf den Privatdetektiv zu. Etwas mehr als einen Meter vor ihm hielt er an. „Ein Hinweis der Entführer?“, mutmaßte er. „In einer geheimnisvollen Kleinanzeige?“

„Nennen Sie eine halbseitige Annonce klein?“ Bloch öffnete die Tür, die der Alte bei ihrem ersten Besuch im Herrenhaus nicht gerade schonend behandelt hatte. Der Privatdetektiv drehte sich noch einmal um. „Aber in einem haben Sie recht, Herr von Wartenberg. Es geht tatsächlich um Ihren Sohn.“

„Wie darf ich das verstehen?“

„Besorgen Sie sich die Montagsausgabe des Odenwald Kurier. Dann werden Sie schon sehen."

„Und nicht schlecht staunen", fügte Susanne Kramer hinzu.

„Sie haben Glück gehabt", sagte er. „Keine zehn Minuten später und Sie hätten mich nicht mehr am Telefon erreicht. Ich wollte nämlich einen längeren Spaziergang im Mossautal machen." Er deutete auf das weiche ockerfarbene Samtsofa, das das Wohnzimmer seines Hauses in der Michelstädter Altstadt beherrschte. „Nehmen Sie doch bitte Platz."

Nachdem er und Susanne sich gesetzt hatten, zitierte Tobias Bloch die drei lateinischen Wörter der rätselhaften Nachricht. „Villa Rustica steht für ein römisches Landgut oder einen entsprechenden Gutshof. Das ist uns schon klar. Übersetze ich Latrina richtig als gewöhnliche Latrine? Und wenn das zutrifft – was hat dieser Hinweis zu bedeuten? Nimmt er auf eine spezielle römische Villa hier im Odenwald Bezug?"

Maximilian Haussmann lächelte verschmitzt. Man sah ihm an, dass er die Aufmerksamkeit der beiden Ermittler genoss. Deshalb machte er es ein bisschen spannend, obwohl er längst zu wissen glaubte, um welche Villa Rustica – beziehungsweise deren Überreste und deren archäologische Rekonstruktionen – es sich handelte.

„Gewöhnlich würde ich eine solche Latrine nicht nennen", begann der Heimatforscher seine Ausführungen. „Außerdem sprechen wir hier nicht von einem einzigen Abort, sondern von mehreren nebeneinander stehenden Sitzgelegenheiten." Er beugte sich vor. „Um besser verstehen zu können, um welche spezielle Villa es bei der zweiten lateinischen Nachricht nach dem Hinweis auf den Eulbacher Park und das Würzberger Kastell geht, nennen Sie mir bitte die Orte, die bei Ihren bisherigen Ermittlungen eine Rolle gespielt haben."

„Das Brombachtal, Ober-Kainsbach, von Eulbach und Würzberg sprachen Sie bereits, Kimbach, Hummetroth und Vielbrunn." Bloch wandte sich an seine Assistentin. „Habe ich einen Ort vergessen?"

„Bad König könnte möglicherweise eine Rolle spielen. Aber das wissen wir noch nicht genau. Und Michelstadt und Erbach sind ja immer auf irgendeine Art und Weise mit von der Partie. Auch wenn es manchmal nur um das Kulinarische geht", fügte sie bissig hinzu.

„Hummetroth ist das Stichwort", erklärte der Heimatforscher. „Genauer gesagt der Höhenrücken an der Landstraße zwischen Höchst und Brensbach in der Nähe des Höchster Ortsteils Hummetroth. Auf dieser Hochfläche über den Tälern von Gersprenz und Mümling befindet sich die Ausgrabungsstätte der römischen Villa Haselburg."

„Daran sind wir gestern auf dem Weg zu Christian Brönner vorbeigefahren", sagte der Privatdetektiv zu Susanne. „Erinnerst du dich an das braune Hinweisschild?"

Sie schüttelte den Kopf. „Ist mir nicht aufgefallen."

„Die Villa oder besser das, was von ihr übrig geblieben ist, und das, was Archäologen von dem römischen Landgut rekonstruieren konnten, ist von der Straße aus nicht zu sehen", erläuterte Maximilian Haussmann. „Da hätten Sie schon in die Zufahrt einbiegen und noch ein Stück weiterfahren müssen."

„Was ist an der Latrina so bemerkenswert?", fragte Bloch.

„Bemerkenswert ist zunächst einmal die Villa Haselburg an sich", stellte der Heimatforscher fest. „Unter den rund dreihundert bekannten römischen Villen in ganz Hessen ist dieser Gutshof die bislang größte und am weitesten durch Grabungen erforschte Zivilanlage. Das Landgut Haselburg hatte die wichtige Aufgabe, die Legionäre der Gegend mit Lebensmitteln zu versorgen. Keine leichte Aufgabe, wenn man bedenkt, dass dem landwirtschaftlichen Anwesen nur vergleichsweise karge Böden zur Verfügung standen."

Maximilian Haussmann nippte an seinem Kaffee. Er hatte seinen Besuchern auch welchen angeboten, diese aber hatten dankend abgelehnt und auch nichts anderes trinken wollen. „Keine Sorge, Herr Bloch. Mir ist nicht entgangen, dass Sie langsam unruhig werden. Aber Sie müssen die Zusammenhänge verstehen, sonst werden Ihnen ein paar wenige und zu knappe Auskünfte bei Ihrer Arbeit kaum hilfreich sein. Ich bitte Sie also um etwas Geduld. Sie werden sehen, es lohnt sich."

„Schon gut." Der Privatdetektiv nickte. „Wir hören."

„Die aus dem 2. Jahrhundert nach Christus stammende Villa Haselburg muss der einheimischen Bevölkerung damals als weithin sichtbares und sehr aufwendiges Bauwerk wie eine Sensation, zumindest aber wie etwas sehr Exotisches erschienen sein", fuhr der Heimatforscher fort. „Ihr Bauherr – vermutlich ein führendes Mitglied der provinzialen Oberschicht – wusste augenscheinlich geschmackvoll zu leben und legte großen Wert auf eine repräsentative Gestaltung sowie eine luxuriöse Ausstattung. Einige charakteristische Merkmale werden Ihnen bekannt vorkommen, weil Sie von ihnen teilweise schon im Zusammenhang mit dem Kastell Würzberg und dessen angegliederter Badeanlage gehört haben. Fußbodenheizung, Glasfenster, aufwendige Wandbemalungen, ein ungewöhnlich großes Badegebäude mit allen Schikanen..."

„Einschließlich Latrina?", unterbrach ihn Susanne.

„Ja. Im Gegensatz zum Balineum des Kastells Würzberg verfügte das Römerbad der Villa Haselburg auch über einige antike Steintoiletten – die genaue Anzahl kann ich Ihnen leider nicht nennen –, von denen man eine rekonstruiert hat. Die Latrine befand sich neben dem Eingang zum Bad und war über einen separaten Gang erreichbar. Sie wurde durch das ablaufende Wasser der Kaltbadewanne gespült. Wie schon erwähnt, in dieser Hinsicht konnte den Römern keiner etwas vormachen. Die einheimische Bevölkerung schon gar nicht."

„Toiletten aus Stein?", wunderte sich die Assistentin des Privatdetektivs.

Maximilian Haussmann nickte. „Und zwar ganz schön beeindruckende. Sie sollten sich das rekonstruierte Exemplar bei Gelegenheit mal anschauen. Sie werden erstaunt sein. Aber zurück zur Villa selbst. Ich sehe da nämlich möglicherweise einen Zusammenhang zu der ersten Nachricht, die Sie erhalten haben."

Der Privatdetektiv hob die Augenbrauen. „Der sich auf die Latrina bezieht?", fragte er.

„Geduld, Herr Bloch. Immer schön der Reihe nach. Sie müssen sich vor Augen halten: Die gesamte Anlage der Villa Haselburg bestand aus einem Haupt- oder Herrenhaus mit einem vorgelagerten dreiseitigen Säulenvorbau, einem Portikus. Östlich an den Innenhof schloss sich ein Wirtschaftstrakt an, dessen Bestandteil ein Küchengebäude mit einem Keller war. Man vermutet, dass die Küche wegen der Gefahr eines Brandes aus dem eigentlichen Wohnbereich ausgelagert war."

„Klingt logisch", murmelte Susanne.

„Südwestlich des Innenhofes befand sich das bereits erwähnte Balineum mit der bemerkenswerten Latrine. Die einzelnen Baderäume mit ihren unterschiedlichen Funktionen lasse ich unerwähnt – das hatten wir bereits beim Kastell Würzberg."

Sehr gnädig, dachte Bloch. Man dankt.

„So, jetzt wird es wirklich interessant", sagte der Heimatforscher mit verschwörerischer Miene. „Etwa dreißig Meter westlich des Herrenhauses der Villa Haselburg befand sich ein sogenanntes Temenos, ein umgrenzter heiliger Bezirk. Dieses Heiligtum bestand aus einem Hauptraum und einem später hinzugefügten Vorhof, beide durch eine Zwischenmauer voneinander getrennt."

„Welchem Gott war das Heiligtum geweiht?", fragte der Privatdetektiv.

„Dreimal dürfen Sie raten."

„Jupiter."

„Respekt, Herr Bloch."

Der Privatdetektiv und seine Assistentin tauschten einen Blick. „Steht in diesem Temenos zufällig ein Viergötterstein?", erkundigte er sich mit leicht nervöser Stimme.

„Nein." Maximilian Haussmann vermochte sein Staunen nicht zu verbergen. „Aber zweifellos befand sich zur damaligen Zeit dort ein solcher Stein."

„Als Basis für eine Jupitergigantensäule", stellte Susanne fest, als redete sie über das Selbstverständlichste der Welt.

„Woher zum Teufel wissen Sie das?"

„Recherchen", antwortete die Assistentin des Privatdetektivs lächelnd. „Eine Jupitergigantensäule bestand aus einem Viergötterstein, darüber folgte ein vier- oder achteckiger Wochengötterstein und eine meist mit Schuppen dekorierte Steinsäule."

„Die klassische Bekrönung der Säule war Jupiter persönlich", ergänzte Tobias Bloch. „Der höchste römische Gott ritt über einen am Boden liegenden, meist schlangenförmigen Giganten und schleuderte Blitze." Er lehnte sich zufrieden zurück und versank dabei fast in dem weichen Samtsofa.

Irritiert richtete er sich wieder auf und rutschte ein Stück nach vorn. „Aber das ist ja gar nicht unser eigentliches Thema."

„Sondern?", fragte der Heimatforscher, dem die Verblüffung über die Fachkenntnisse seiner beiden Besucher ins Gesicht geschrieben stand.

„Was ist von der Jupitergigantensäule der Villa Haselburg noch vorhanden?"

„Im Zentrum des Haupthofs befindet sich ein Sockel, auf dem die Säule stand. In der näheren Umgebung des Temenos fand man in einer Grube die oberste Säulentrommel. Sie ist geschuppt, wie Ihre Assistentin richtig bemerkte."

„Kluges Mädchen", sagte Bloch.

Susanne stöhnte leise.

„Die Krümmung der Trommel lässt auf eine Gesamthöhe der Säule von mehr als zehn Metern schließen."

„Deckt sich mit unseren Informationen", erklärte der Privatdetektiv.

Maximilian Haussmann lächelte kalt, bevor er zum Gegenschlag ausholte. „Sie fragten nach dem Viergötterstein der Villa Haselburg, Herr Bloch. Da ich zwei und zwei zusammenzählen kann, geht es bei Ihren Ermittlungen inzwischen auch – ich betone auch – um den grausigen Mord an einem Antikensammler im Eulbacher Park. Michael S., wenn ich mich recht entsinne. Er wurde angeblich wegen eines Viergöttersteins getötet, der sich in seinem Besitz befand, nun aber spurlos verschwunden zu sein scheint."

Mit einem Nicken bedeutete ihm der Privatdetektiv, fortzufahren.

Maximilian Haussmanns Gesichtsausdruck änderte sich schlagartig. Das zuvor kalte Lächeln wich einem diebischen Grinsen.

Was jetzt kommt, wird uns ganz und gar nicht gefallen, dachte Bloch. Raus mit der Sprache, alter Drecksack.

„Aus Ihren umfangreichen und wirklich beeindruckenden Kenntnissen über Jupiterheiligtümer schließe ich, dass Ihnen Folgendes bekannt ist: Auch im Eulbacher Park befindet sich ein nicht unwesentlicher Teil einer Jupitergigantensäule." Der Heimatforscher genoss die folgende Kunstpause sichtlich. „Es handelt sich dabei um einen Viergötterstein." Er faltete die Hände im Schoß und blickte seinem Gegenüber in die Augen.

„Was?", brachte Bloch mühsam hervor.

„Warum haben Sie das nicht bei unserem ersten Gespräch über den Englischen Garten erwähnt?", fragte Susanne.

Maximilian Haussmann hob entschuldigend die Hände. „Weil Sie nicht danach gefragt haben, Werteste. Erinnern Sie sich an den Anlass Ihres Besuches? Sie zeigten mir am Donnerstagnachmittag eine für Sie vollkommen rätselhafte lateinische Botschaft, die ich als Inschrift am Sockel des Obelisken im Eulbacher Park entschlüsseln konnte. Von einem Viergötterstein haben Sie beide kein Sterbenswörtchen gesagt. Sonst hätte ich Ihnen selbstverständlich dargelegt..."

„Dann tun Sie es gefälligst jetzt!", rief die Assistentin des Privatdetektivs.

Der Heimatforscher zuckte kurz zusammen. „Ihr Ton gefällt mir nicht, Frau Kramer."

„Seien Sie nicht so empfindlich, Herr Haussmann." Sie schenkte ihm das falscheste Lächeln, das Bloch seit langer, langer Zeit gesehen hatte. „Außerdem werden Sie von uns sehr gut bezahlt. Auch für die nun hoffentlich bald folgenden Informationen."

Maximilian Haussmann holte erst einmal tief Luft, um sich zu beruhigen. Dann gab er Auskunft. „Der Viergötterstein im

Eulbacher Park stammt aus dem Erbacher Stadtteil Bullau. Die Basis der Jupitergigantensäule war bis 1736 in der Stadtkirche von Michelstadt eingemauert. Wie der Stein von Bullau nach Michelstadt und von dort dann nach Eulbach in den Englischen Garten gekommen ist, kann ich Ihnen beim besten Willen nicht sagen."

„Wie ist der Erhaltungszustand des Viergöttersteins?", fragte der Heubacher Privatdetektiv.

„Schlecht. Als Laie würden Sie kaum auf die Idee kommen, dass es sich überhaupt um einen solchen handelt. Und Sie wären niemals dazu in der Lage, zu sagen, auf welcher Seite welcher Gott oder welche Göttin dargestellt ist. Die Abbildungen der Gottheiten würde ich – vorsichtig ausgedrückt – als eher rudimentär bezeichnen."

„Ist es überhaupt denkbar, dass es nach all den vielen Jahrhunderten noch einen sehr gut erhaltenen Viergötterstein gibt?"

„Denkbar ist fast alles, Herr Bloch."

„Aber nicht sehr wahrscheinlich."

Maximilian Haussmann nickte. „Sie sagen es."

„Andererseits können Sie aber auch nicht ausschließen, dass ein solcher Stein trotz der langen Zeit noch in einem vergleichsweise guten Zustand ist?"

„Nein, das kann ich nicht. Es gibt auf diesem Gebiet immer wieder Überraschungen, auch wenn sie nicht sehr häufig sind."

„Kennen Sie jemanden, der dazu in der Lage wäre, einen solchen Stein zu fälschen?", erkundigte sich Susanne. „Natürlich unter der Voraussetzung, dass man diesem Bildhauer oder Steinmetz oder wer es auch immer ist entsprechendes Rohmaterial aus der damaligen Zeit zur Verfügung stellt."

„Nein."

„Kennen Sie jemanden, der jemanden kennt, der…“
„Das wird mir jetzt langsam zu albern.“
„Aber es wäre grundsätzlich denkbar, eine solche Fälschung aus noch unbearbeitetem antikem Material herzustellen? Eine Fälschung, die täuschend echt wirkt?“
Die Antwort des Heimatforschers war erneut nicht sehr originell, bot aber gleichwohl reichlich Stoff für Spekulationen. „Denkbar ist fast alles, Frau Kramer“, sagte er.

Kapitel 37

Dunkelgrün

„Wir werden nach Strich und Faden verarscht“, stellte Bloch wütend fest. Er verlangsamte das Tempo seines Wagens und starrte auf das rot-weiße Band der Polizeiabsperrung, das im Wind flatterte.

„Fahren Sie bitte zügig weiter. Hier gibt es nichts zu sehen.“ Ein uniformierter Polizist war an den Renault herangetreten und sprach den Privatdetektiv durch das geöffnete Fenster auf der Fahrerseite in bestimmtem Tonfall an.

„Dafür haben sich aber eine ganze Menge Zuschauer versammelt.“

„Sie halten den Verkehr auf. Fahren Sie weiter.“

Bloch entdeckte unter den Schaulustigen, die sich vor der Zufahrt zur Villa Haselburg diesseits des Absperrbandes eingefunden hatten, ein bekanntes Gesicht. Er hupte kurz und machte den untersetzten, fast glatzköpfigen Mann, der sich nun vollständig zur Straße umdrehte, durch ein Winken auf sich aufmerksam. „Kommen Sie zum Ortseingang von Hummetroth!“, rief er. Der Angesprochene bestätigte mit einem Nicken, dass er verstanden hatte. Dann endlich folgte Bloch der Aufforderung des Polizisten, der schon mit dem nächsten neugierigen Verkehrsteilnehmer beschäftigt war. Dem Ordnungshüter stand zweifellos ein anstrengender Nachmittag bevor.

„Wer war das?“, fragte Susanne Kramer, als er von der Landstraße zwischen Höchst und Brensbach nach rechts abbog.

„Torsten Finke“, antwortete der Privatdetektiv. „Wenn uns jemand Näheres über das erzählen kann, was dort oben auf dem Gelände der Villa Haselburg passiert ist, dann ist es vermutlich er.“

Auf die glorreiche Idee, am Ortseingang von Hummetroth zu parken, um von dort aus zu Fuß dem Schauplatz des Polizeieinsatzes so nahe wie möglich zu kommen, waren leider auch etliche andere Autofahrer gekommen. Im Vorbeifahren erkannte Tobias Bloch den dunkelgrauen VW des Lokalredakteurs, der sich wie immer einen der besten Plätze gesichert hatte. Wie er das in schöner Regelmäßigkeit schaffte, war dem Privatdetektiv ein Rätsel. Er jedenfalls hatte große Mühe, einen halbwegs akzeptablen Abstellplatz zu finden.

Bloch zeigte nach hinten. „Wir warten bei Finkes Wagen“, sagte er und stieg aus. Susanne folgte seinem Beispiel.

Nebeneinander an den Kofferraum des VW gelehnt, machten sie eine Zigarettenpause, während sie auf den Lokalredakteur des Odenwald Kurier warteten.

Nach einer Weile bog der höchstens einsfünfundsechzig große Mann in die nach Hummetroth führende Straße ein. Er trug eine altmodische beige Windjacke, obwohl es eigentlich recht warm war.

„Endlich lerne ich Sie persönlich kennen“, sagte Finke mit einem strahlenden Lächeln und schüttelte Susanne ein wenig zu lang – jedenfalls nach dem Geschmack des Privatdetektivs – die Hand. Dann begrüßte er auch Bloch mit einem kräftigen Händedruck. „Ich kann mich zwar täuschen, aber ich bin mir sicher, dass Sie garantiert nicht zufällig an der Villa Haselburg vorbeigekommen sind.“

„Dann haben wir schon etwas gemeinsam“, erwiderte Bloch. „Darf man fragen, wie Sie von dem Mord dort oben erfahren haben?“

„Man hat uns einen anonymen Hinweis zugespielt, in dem allerdings nichts von einem Mord stand."

„Trotzdem hat er Sie dazu veranlasst, zur Villa zu fahren."

Der Privatdetektiv nickte.

„Wie war der genaue Wortlaut der Nachricht?"

„Villa Rustica Latrina."

Torsten Finkes Verblüffung war offensichtlich.

„Lassen Sie mich raten", schaltete sich Susanne in das Gespräch ein. „Der Tote saß auf eben dieser rekonstruierten Latrina im Balineum der Villa Haselburg. Es handelt sich doch um eine männliche Leiche?"

Der Lokalredakteur des Odenwald Kurier bejahte ihre Frage.

„Das heißt, dass man ihn vor dem vollständigen Einsetzen der Leichenstarre auf der steinernen Sitzgelegenheit platziert hat."

„Ist anzunehmen. Aber Genaueres weiß ich nicht."

„Kennen Sie den Namen des Opfers?", fragte der Heubacher Privatdetektiv.

„Nein. Seine Identität hat die Kriminalpolizei angeblich aus ermittlungstaktischen Gründen noch nicht preisgegeben. Ich bin mir aber gar nicht sicher, ob sie überhaupt schon weiß, wer der Ermordete wirklich ist. Ich habe lediglich erfahren, dass es sich um eine ältere männliche Leiche handelt, die durch massive Gewalteinwirkung zu Tode gekommen ist. Auch in dieser Frage hat sich der für die Presse zuständige Beamte sehr bedeckt gehalten."

„Wie haben Sie von dem Mord erfahren, Herr Finke?"

Der Lokalredakteur gestattete sich ein vielsagendes Lächeln. „Ich habe meine Quellen, das wissen Sie doch."

„Direkt bei der Kriminalpolizei?", fragte Susanne.

Finke zuckte schweigend die Achseln. „Quellenschutz", murmelte er dann.

„Wer hat den Ermordeten gefunden?"

„Die ersten Besucher, die an diesem Sonntagvormittag die Villa Haselburg besichtigen wollten. Wie ich gehört habe, soll es sich dabei um eine vierköpfige Familie gehandelt haben. Aber ich glaube, das ist eher unwesentlich." Der Lokalredakteur zündete sich eine Eckstein an und inhalierte tief. „Etwas anderes könnte dagegen für Sie durchaus von Interesse sein", sagte er, nachdem er den Rauch ausgestoßen hatte.

Die beiden privaten Ermittler sahen ihn erwartungsvoll an.

Mach es nicht so spannend, dachte Bloch.

„Offensichtlich haben sich die Spezialisten der Spurensicherung sehr für einen dunkelgrünen Wagen auf dem Parkplatz vor der Villa Haselburg interessiert. Die Automarke konnte ich wegen der zu großen Entfernung leider nicht erkennen."

„Aber das werden Sie sicher bald herausfinden", sagte Tobias Bloch lächelnd. „Sie haben schließlich Ihre Quellen."

„Die Vermutung liegt nahe, dass es sich um das Fahrzeug des Ermordeten handelt. Deshalb könnte es für Ihre Ermittlungen sehr wichtig sein. Sind Sie im Zuge Ihrer bisherigen Arbeit auf ein dunkelgrünes Auto gestoßen?"

Der Privatdetektiv schüttelte den Kopf. „Aber was nicht ist, kann ja noch werden."

Torsten Finke warf einen Blick auf seine Armbanduhr. „Ich muss los. Wenn ich etwas Interessantes erfahre, melde ich mich bei Ihnen. Aber jetzt hat erst einmal die Redaktion oberste Priorität."

Bloch lächelte. „Geben Sie sich Mühe. Schließlich hat man nicht oft eine so günstige Gelegenheit, die Auflage beträchtlich zu steigern."

Der Lokalredakteur nickte. „Mord ist immer gut fürs Geschäft. Ist doch bei Ihnen das Gleiche, oder?"

„Da wäre ich mir nicht so sicher."

„Kommen Sie, Herr Bloch. Mir machen Sie nichts vor."

„Das käme mir auch nie in den Sinn."

„Sie sprechen nicht zufällig Sächsisch?", fragte er beiläufig.

Irene Lentz runzelte die Stirn. „Wie kommen Sie denn auf die Idee?"

„Und Sie haben selbstverständlich gestern auch keine Anzeige beim Odenwald Kurier aufgegeben?"

Die Wirtschafterin des Herrenhauses im Brombachtal sah ihn verständnislos an.

„Vergessen Sie es." Tobias Bloch winkte ab. „Ist wirklich nicht wichtig."

„Warum fragen Sie dann danach?" Die zierliche Frau mit den kurzen grauen Haaren ließ nicht locker.

„Weil sich jemand für Sie ausgegeben hat."

„Wer?"

„Das wüssten wir auch gern. Aber leider tappen wir bis jetzt noch vollkommen im Dunkeln."

„Um welche Art von Anzeige handelt es sich denn? Ist es etwas Anstößiges?"

„Nein, keine Sorge." Der Privatdetektiv schüttelte den Kopf. „Sie werden nicht einmal namentlich erwähnt. Dafür allerdings eine Person, die Sie sehr gut kennen."

„Warum tun Sie eigentlich so geheimnisvoll, Herr Bloch?"

Ohne auf ihre nicht ganz unberechtigte Frage einzugehen, antwortete er: „Lassen Sie sich einfach überraschen. Lesen Sie morgen den Odenwald Kurier – dann werden Sie schon sehen." Höchste Zeit, das Thema zu wechseln und auf den eigentlichen Grund ihres neuerlichen Besuches auf dem herrschaftlichen Anwesen zu sprechen zu kommen. „Wo finden wir Frau von Wartenberg?"

„Nach dem Kaffee wollte sie einen Spaziergang im Park machen. Ich weiß nicht, ob sie schon wieder zurück ist. Ich schaue mal im Haus nach ihr. Wollen Sie inzwischen in der Eingangshalle Platz nehmen?"

„Nicht nötig. Wir warten lieber hier draußen."

„Wie Sie wünschen."

Nachdem sich die Wirtschafterin außer Hörweite entfernt hatte, sagte Susanne Kramer kopfschüttelnd: „Wir haben doch schon gesehen, was wir sehen wollten. Warum können wir es uns nicht drinnen bequem machen?"

In der Tat hatte gleich nach ihrer Ankunft ein kurzer Blick auf die vor der Nordseite des Herrenhauses abgestellten Limousinen genügt, um festzustellen, dass sich darunter kein dunkelgrünes Fahrzeug befand.

„Wir vertreten uns ein wenig die Beine", schlug Bloch vor.

Sie hatten gerade den westlichen Flügel des Herrenhauses passiert, als sie Sophia von Wartenberg in einiger Entfernung in dem weitläufigen und sehr gepflegten Park entdeckten. Die Ehefrau des noch immer vermissten und unter dringendem Tatverdacht stehenden Mannes hatte sie ebenfalls bemerkt und bedeutete ihnen, sich etwa auf halbem Weg an einer schmiedeeisernen Bank vor einem üppig blühenden Blumenbeet zu treffen.

„Bringen Sie gute oder schlechte Neuigkeiten?", fragte sie, nachdem sie sich gesetzt hatten. Im Gegensatz zum Vormittag hatte sie ihr schulterlanges brünettes Haar jetzt zu einem Pferdeschwanz zusammengebunden. Nach ihrem Spaziergang wirkte sie ein wenig erhitzt, kleine Schweißperlen standen auf ihrer Stirn.

„Atmen Sie erst mal tief durch", sagte der Privatdetektiv.

Sophia von Wartenberg seufzte. „Dann haben Sie schlechte Nachrichten für mich."

„Das lässt sich im Augenblick noch nicht sagen. Kennen Sie die Villa Haselburg?"

„Gehört habe ich von ihr schon. Ich war auch ein oder zwei Mal mit Alexander dort. Aber das ist etliche Jahre her. Ich bin mir gar nicht sicher, ob ich sie jetzt noch finden würde." Sie hielt inne. „Ah, jetzt verstehe ich. Villa Haselburg ist gleich Villa Rustica Latrina?"

Tobias Bloch nickte schweigend.

„Wie sind Sie darauf gekommen?"

„Wir haben unsere Leute", antwortete Susanne großspurig.

„Die Latrina ist also wirklich eine römische Latrine, wie mein lieber Schwiegervater richtig vermutete."

„Halten Sie es nicht auch für – vorsichtig ausgedrückt – einen merkwürdigen Zufall, dass es in beiden Fällen August von Wartenberg war, der die anonymen lateinischen Nachrichten erhielt?"

Die Hausherrin kniff ihre graugrünen Augen zusammen. „Ich habe das ein wenig anders in Erinnerung. Den ersten Hinweis, der sich auf den Eulbacher Park bezog, hat doch Franz Rilke entdeckt."

„Der aber nur deshalb die Venusgrotte betrat, weil er die Hilferufe Ihres Schwiegervaters hörte", wandte Bloch ein. „Von sich aus wäre er doch gar nicht in die künstliche Tropfsteinhöhle gegangen."

„Auch wieder wahr", räumte Sophia von Wartenberg ein. „Sie glauben, dass in beiden Fällen August der Adressat der Botschaften war?"

„Ja. Denn er ist doch offensichtlich derjenige, der die Venusgrotte von allen hier wohnenden Personen am häufigsten aufsucht. Was uns zwangsläufig zu der spannenden Frage führt: Warum ausgerechnet er?"

Sie zuckte ratlos die Achseln.

„Warum nicht Sie? Das wäre doch eigentlich viel naheliegender, finden Sie nicht?“

Sophia von Wartenberg konterte mit einer Gegenfrage: „Wieso erzählen Sie mir nicht endlich, was in der Villa Haselburg geschehen ist? Wieso reden Sie die ganze Zeit um den heißen Brei herum?“

„Tue ich doch gar nicht“, verteidigte er sich halbherzig.

„Ich gehe davon aus, dass ein zweiter Mord verübt worden ist. Erst der Hinweis auf den Eulbacher Park, in dem Michael Stoll später tot aufgefunden wird. Und jetzt die Nachricht, die sich auf die Villa bezieht. Wer ist es dieses Mal? Wer ist das zweite Opfer?“

„Das wissen wir noch nicht“, antwortete Susanne wahrheitsgemäß. „Wir haben lediglich erfahren, dass es sich um eine ältere männliche Leiche handelt.“

Sophia von Wartenberg erbleichte. „Was verstehen Sie unter älter? Alt, sehr alt?“

„Die vage Formulierung stammt nicht von uns, sondern von der Erbacher Kriminalpolizei. Wir wissen genauso wenig wie Sie auch.“

„Kennt die Polizei die Identität des Ermordeten?“

„Aus – wie sie es formuliert – ermittlungstaktischen Gründen rückt sie nicht mit dem Namen heraus. Aber es ist auch denkbar, dass sie den Toten noch gar nicht identifizieren konnte.“

„Dann wäre es nicht Alexander.“ Leise Hoffnung schwang in ihrer Stimme mit.

„Wir bekommen möglicherweise schon bald weitere Informationen. Es bringt im Moment meiner Meinung nach nicht viel, wild zu spekulieren“, sagte Bloch. „Was ich damit sagen will: Es könnte sich theoretisch um Ihren Mann handeln – muss es aber nicht. Versteifen Sie sich nicht zu sehr auf den Begriff älter.“

„Sie haben gut reden!“, rief Sophia von Wartenberg empört. Tränen rannen über ihr Gesicht. Sie zog ein gebügeltes Stofftaschentuch aus der Tasche ihres engen schwarzen Seidenrocks und putzte sich damit umständlich die Nase. Dann faltete sie es wieder sorgfältig zusammen und wischte sich die Tränen von den Wangen.

Der Privatdetektiv bot ihr eine Zigarette an. Sie, die normalerweise Zigarillos rauchte, zögerte einen Moment. Dann griff sie doch zu. Er gab ihr Feuer, dann bedienten sich auch seine Assistentin und er selbst. Schweigend rauchten sie eine Weile.

„Die Frage mag Ihnen angesichts der Umstände womöglich unpassend vorkommen“, sagte Tobias Bloch dann vorsichtig. „Aber ich muss sie trotzdem stellen. Fährt jemand von Ihnen – Sie, Ihr Mann oder einer Ihrer Angestellten – ein dunkelgrünes Auto?“

Sophia von Wartenberg ließ sich Zeit mit ihrer Antwort. Offensichtlich versuchte sie, diese Frage in den richtigen Zusammenhang einzuordnen. Sie zog an ihrer Zigarette.

Schließlich entgegnete sie: „Ja. Franz Rilke hat einen dunkelgrünen Opel.“

„Warum haben wir dieses Fahrzeug noch nie auf dem Parkplatz vor dem Herrenhaus gesehen?“, erkundigte sich Susanne.

„Weil unser Gärtner es immer hinter dem Gewächshaus abstellt. Das ist praktischer für ihn, wenn er beispielsweise größere Pflanzen für den Park eingekauft hat.“

„Ich schätze Herrn Rilke auf Anfang fünfzig. Kommt das hin?“

„In etwa. Er wird in knapp zwei Monaten vierundfünfzig.“

„Wissen Sie, ob er jetzt auf dem Anwesen ist?“, fragte der Privatdetektiv. „Können wir ihn sprechen und nach seinem Auto sehen?“

Sophia von Wartenberg schüttelte den Kopf. „Er ist gestern nach Arbeitsschluss zu seiner Mutter nach Wald-Michelbach gefahren. Frau Lentz sagte mir, dass er bei ihr übernachten und erst heute Abend wieder hierher zurückkehren werde."

Bloch kratzte sich nachdenklich am Kinn. Dann erhob er sich von der Parkbank. „Könnten Sie Ihrem Gärtner bitte ausrichten, dass er sich mit uns in Verbindung setzen soll, wenn er wieder auf Ihrem Anwesen eintrifft?"

„Was sagt Ihnen Ihr Gefühl?", fragte sie.

„Gar nichts", log er. „Ist man heutzutage mit fast vierundfünfzig Jahren schon ein älterer Mann?"

Oder trifft diese Feststellung erst auf Herren über sechzig zu, dachte Bloch. Auf Männer wie beispielsweise Alexander von Wartenberg.

In ihren Augen las er, dass sich Sophia von Wartenberg gerade die gleiche Frage stellte.

Kapitel 38

Ausgesetzt

Die Nacht in dem ihm völlig unbekannten Wald war sehr lang und sehr schlimm. Je tiefer die in seiner Umgebung herrschende Stille in der undurchdringlichen Dunkelheit war, desto erschreckender waren die unvermittelt ausgestoßenen Tierschreie oder das überdeutlich zu hörende Knacken von Zweigen und das nicht genau zu deutende Rascheln des trockenen Laubes am Boden des dichten Unterholzes. Obwohl er schließlich vollkommen erschöpft auf einem Hochsitz Unterschlupf gefunden hatte, war unter diesen nervenaufreibenden Umständen an Schlaf nicht zu denken. Auch wenn er ihn sich noch so sehr wünschte.

Erschwerend kam hinzu, dass der schneidende Schmerz in seinem Unterleib noch nicht abgeklungen war. Er war zwar nach einiger Zeit nicht mehr gleichmäßig zu verspüren, sondern flaute zu seiner Erleichterung phasenweise auf ein erträgliches Pochen ab, um dann allerdings wieder bei der geringsten Bewegung so heftig zu werden, dass es ihm fast die Luft raubte.

Nachdem ihn der alt und gebrechlich wirkende Mann aus seinem zweiten Gefängnis geholt hatte und ihn mit noch immer verbundenen Augen im nicht sehr geräumigen Kofferraum eines Wagens verfrachtet hatte, war er in einen Zustand der Apathie verfallen, der ihm jedes Zeitgefühl und jedes Interesse an den äußeren Umständen seines Abtransports nahm. Er hatte nur noch den sehnlichen Wunsch, dass dieser quälende Prozess – die tagelange Entführung und die schier unerträgliche psychische Folter – nun ein Ende fand. Wie immer es auch aussehen mochte.

Nur einer Tatsache war er sich dank seines durch die tagelange Blindheit geschärften Geruchssinns schnell bewusst: Bei dem unerwartet in seinem neuen Gefängnis aufgetauchten Mann handelte es sich zweifellos um den ersten seiner drei Entführer, der ihn am Montagabend bei der fingierten Autopanne auf der einsamen Landstraße zwischen dem Brombachtal und Ober-Kainsbach überwältigt hatte. Sein unverwechselbarer Körpergeruch verriet ihn sofort.

Das alles schien eine Ewigkeit her zu sein.

Nach einer unruhigen Autofahrt, deren Länge er nicht im Mindesten einschätzen konnte, hatte ihn der alt und gebrechlich wirkende Mann unsanft aus dem Kofferraum gehoben und auf den mit einer dicken Blätterschicht bedeckten Waldboden gelegt. Geduldig hatte sein Entführer gewartet, bis er sich mühsam aufgerappelt hatte. Dann hatte er ihm mit vollem Schwung diesen gezielten kräftigen Fußtritt in den Unterleib verpasst, der ihn gleich wieder stöhnend zu Boden sinken und fast ohnmächtig werden ließ.

„Mit den besten Empfehlungen", bemerkte der Mann sarkastisch. Es waren die einzigen Worte, die er – unvorsichtigerweise? – während des gesamten Geschehens von dem Abholen in dem zweiten Gefängnis bis zu dem folgenden Aussetzen auf unbekanntem Terrain zu ihm sagte. Dass er dieses Risiko einging, ließ darauf schließen, dass er sich seiner Sache sehr sicher war und keineswegs die Befürchtung hegte, noch einmal mit dem Entführten konfrontiert zu werden.

Wäre sein Verstand klarer gewesen, hätte ihn dieses Verhalten sofort stutzig machen müssen. Aber in seiner von starken Schmerzen vernebelten Denkfähigkeit wunderte er sich überhaupt nicht über die an sich verblüffende Tatsache, dass man ihn nicht tötete, obwohl er am Montagabend das Gesicht des alt und gebrechlich wirkenden Mannes – wenn auch nur sehr kurz und obendrein undeutlich von der Seite – gesehen hatte.

Und jetzt hatte er auch noch seine Stimme gehört. Auch in diesem Fall war es zweifelhaft, dass er sie später wiedererkennen könnte. Vier Worte. Eher gemurmelt, als klar ausgesprochen.

Trotzdem hätte er sich unter anderen Umständen bestimmt die Frage gestellt, warum der Entführer es überhaupt riskierte, bei einer möglichen späteren Gegenüberstellung von seinem Opfer wiedererkannt zu werden. Mochte das Risiko auch eher gering sein, dennoch bestand es.

Beinahe eine halbe Stunde lang lag er auf dem Waldboden und bewegte sich so wenig wie möglich. Trotzdem waren die Schmerzen in seinem Unterleib schier unerträglich. Dann erst richtete er sich vorsichtig auf, indem er sich mit beiden Händen auf dem Boden abstützte.

Nach fast einer Woche, die er in anhaltender Dunkelheit verbracht hatte, wagte er es nun endlich, die Augenbinde abzunehmen. Verschwommen nahm er in der einsetzenden Abenddämmerung seine in unterschiedlichen Braun- und Grüntönen gehaltene Umgebung wahr. Ihm war schwindlig und das Blut sauste in seinen Ohren.

Deshalb wartete er erst eine ganze Weile, bevor er sich betont langsam und immer wieder von kurzen Verschnaufpausen unterbrochen zum nächstgelegenen Baum robbte. Sein Sehvermögen war noch immer so schlecht, dass er nicht hätte sagen können, um welche Gattung es sich bei dem hohen Holzgewächs handelte. Schwer schnaufend und mit verschwitztem Gesicht lehnte er sich mit dem Rücken an den mächtigen Stamm. Die Augenbinde hatte er achtlos auf dem Waldboden zurückgelassen.

Der durchdringende und weithin zu hörende Warnruf eines Eichelhähers riss ihn aus seinem unruhigen Schlaf, in den er am Morgen nach der ängstlich durchwachten Nacht gefallen war. Er erinnerte sich vage daran, dass ihn Albträume geplagt hatten und er mehrere Male hochgeschreckt war. Seither mochten etliche Stunden vergangen sein, aber er hätte niemals sagen können wie viele.

Die durch die Lücke zwischen dem flachen Dach und der vorderen Holzwand des Hochsitzes schräg einfallenden Sonnenstrahlen blendeten ihn. Dann hörte er, wie sich ein Tier – begleitet vom Rascheln des trockenen Laubes und vom Knacken herabgefallener Zweige – schnell einen Weg durch das Unterholz bahnte und sich offensichtlich sehr zielstrebig seinem Versteck näherte. Das kurz darauf erklingende laute Bellen eines stimmgewaltigen Hundes unmittelbar unter ihm ließ ihn zusammenzucken.

Gleichzeitig durchströmte ihn ein Gefühl grenzenloser Erleichterung.

„Ich bin hier“, sagte er mit schwacher, krächzender Stimme, die er kaum als seine eigene wiedererkannte. Wie viel Zeit hatte er in den vergangenen Tagen in deprimierendem Schweigen zugebracht? „Bitte kommen Sie hoch“, bat er. Aber diese Aufforderung wäre gar nicht nötig gewesen, denn der Besitzer des aufmerksamen Hundes hatte sich längst deutlich vernehmbar an den Aufstieg über die Holzleiter gemacht.

Er spürte instinktiv, dass von dem Fremden keine Gefahr ausging. Die Zeit der Qualen und der bohrenden Ungewissheit war zu Ende. Tränen der seelischen Befreiung verschleierten seinen Blick, als der Mann die Plattform des Hochsitzes betrat und die jämmerliche, am Boden liegende Gestalt erblickte.

Wenn er allerdings gewusst hätte, was ihn in naher Zukunft erwarten würde, hätte er sich wohl nichts mehr gewünscht, als niemals entdeckt worden zu sein.

Kapitel 39

Nicht frech werden

Nachdem der Heubacher Privatdetektiv sich dieses Mal vorsichtshalber telefonisch vergewissert hatte, dass der letzte, ihnen bekannte Antikensammler, der von dem für den vergangenen Montagabend geplanten Treffen zwischen Alexander von Wartenberg und Michael Stoll gewusst hatte, jetzt zu Hause anzutreffen war, führte sie ihr Weg erneut nach Vielbrunn.

David Ritter hatte zwar anfangs ablehnend auf die Aussicht reagiert, sich am frühen Sonntagabend mit den beiden Ermittlern zu unterhalten. Als er aber erfuhr, dass am Morgen auf dem Gelände der Villa Haselburg ein zweites Mordopfer gefunden worden war, hatte seine Neugier gesiegt und ihn dazu bewogen, doch auf den Gesprächswunsch einzugehen.

Der dritte Sammler römischer Altertümer, den ihnen Stoll bei ihrer denkwürdigen Begegnung am Mittwochnachmittag genannt hatte, war im Vergleich zu seinen anderen Kollegen der mit Abstand älteste. Bloch war sich sicher, dass der hagere Mann mit dem eingefallenen, faltigen Gesicht, der ihnen im Wohnzimmer seines Hauses gegenübersaß, längst die sechzig überschritten hatte.

„Tut mir leid, dass Sie gestern umsonst nach Vielbrunn gekommen sind“, sagte er. „Ich war für ein paar Tage in Urlaub, müssen Sie wissen. Die Erholung hatte ich wirklich dringend nötig. Wenn Sie vorher angerufen hätten...“

„Kein Problem.“ Der Privatdetektiv winkte ab. „Wir waren sowieso in der Gegend“, log er.

„Aber von Michael Stolls Ermordung im Eulbacher Park haben Sie trotz Ihrer mehrtägigen Abwesenheit erfahren?“, fragte Susanne Kramer.

„Wenn Sie mich bezüglich des Täterwissens auf die Probe stellen wollen, dann ist dieser plumpe und durchsichtige Versuch gründlich misslungen. In den Zeitungsartikeln, die ich über den Fall gelesen habe, stand nur, dass man den Ermordeten im Englischen Garten gefunden hat. Über den eigentlichen Tatort wurden dagegen keine näheren Angaben gemacht.“

„Aber es liegt doch nahe, dass man ihn auch dort umgebracht hat. Warum sollte der Täter das Risiko auf sich nehmen, während des Transports der Leiche entdeckt zu werden?“

David Ritter sah sie eindringlich an. „Von Ihnen lasse ich mich nicht aufs Glatteis führen. Ganz bestimmt nicht.“

„Kannten Sie Michael Stoll gut?“, schaltete sich Bloch ein, bevor sich die Gesprächsatmosphäre noch weiter verschlechterte.

„Na ja“, antwortete der Sammler ausweichend. „Gut ist vielleicht ein bisschen übertrieben. Aber ich würde doch sagen, dass wir uns nicht unsympathisch waren.“

„Aber Ihr Verhältnis zu ihm ermöglichte es immerhin, dass er dazu bereit war, Ihnen seinen berühmt-berüchtigten Viergötterstein zu zeigen?“

David Ritter gestattete sich ein feines Lächeln. „Über dieses Thema haben wir nie miteinander gesprochen. Weil ich nämlich an dieser Antike überhaupt nicht interessiert war.“

„Das finde ich – zurückhaltend formuliert – ein wenig verwunderlich“, sagte Bloch. „Ihr Kollege verfügt über ein äußerst seltenes, weil besonders gut erhaltenes Exemplar dieses Teils einer Jupitergigantensäule und Sie als Fachmann auf diesem Gebiet schauen sich das Prachtstück nicht einmal an? Sie würdigen es sozusagen keines Blickes?"

„Ob Sie es glauben oder nicht – aber so ist es nun einmal. Auch wenn Ihnen das augenscheinlich nicht gefällt."

„Hat es Sie denn sehr überrascht, dass Michael Stoll ermordet wurde?", fragte Susanne. „Ob nun wegen des Viergöttersteins oder wegen eines anderen schwerwiegenden Grundes?"

„Ich lasse mich nicht in diese Sache mit hineinziehen, Frau Kramer."

„Das war auch gar nicht meine Absicht."

Der ältere Mann schüttelte den Kopf. „Ich beteilige mich nicht an unseriösen Spekulationen. Und ich bin auch nicht so unverfroren, Ihnen Namen möglicher Kandidaten für die Täterschaft zu nennen. So etwas finde ich einfach ekelhaft."

„Andere Ihrer Kollegen sind da weniger zurückhaltend", bemerkte Blochs Assistentin.

„Das kann ich mir lebhaft vorstellen. Aber bei mir beißen Sie in dieser Frage auf Granit."

„Gilt das auch für das rätselhafte Verschwinden von Alexander von Wartenberg?", erkundigte sich der Privatdetektiv. „Haben Sie sich darüber keine Gedanken gemacht?"

„Sich Gedanken über etwas zu machen und darüber zu sprechen, sind zwei Paar Schuhe. Natürlich hat mich Alexanders plötzliches und unerklärliches Verschwinden beunruhigt. Sehr sogar. Aber das ist meine Privatangelegenheit, verstehen Sie?"

„Wie würden Sie Ihr Verhältnis zu ihm beschreiben?"

David Ritter zögerte. „Darüber möchte ich nicht sprechen."

„Weil es zu heikel ist?"

„Ihre Mühe ist vergeblich, Herr Bloch. Von mir erfahren Sie in diesem Zusammenhang nichts. Aber rein gar nichts."

„Das lässt Sie nicht gerade in einem günstigen Licht erscheinen."

Der Antikensammler zuckte die Achseln. „Mir doch egal", murmelte er scheinbar teilnahmslos.

„Aber Ihnen war durchaus bekannt, dass Alexander von Wartenberg fast um jeden Preis den Viergötterstein Ihres ermordeten Kollegen in seinen Besitz bringen wollte?", fragte Susanne.

„Worauf wollen Sie hinaus?"

„Das ist doch offensichtlich."

„Für mich nicht", beteuerte David Ritter.

„Sehen Sie den Zusammenhang nicht? Auf der Fahrt zu einer wahrscheinlich letzten Verhandlung mit dem Eigentümer des raren römischen Kunstwerks verschwindet Herr von Wartenberg am Montagabend spurlos. Wenige Tage später – genauer gesagt am Freitagvormittag – wird ebendieser Michael Stoll im Eulbacher Park ermordet aufgefunden. Also wenn das nicht höchst verdächtig ist..."

„Für einen Außenstehenden mag eine solche Verbindung zwischen den beiden Ereignissen naheliegen. Mir ist dieser vermeintliche Zusammenhang viel zu vordergründig."

„Sie glauben eher an eine Entführung von Alexander von Wartenberg?", fragte der Privatdetektiv. „Sie sind der Meinung, man habe ihn aus dem Verkehr gezogen, um auf diese Weise den Mordverdacht auf ihn lenken zu können?"

„Was ich glaube oder welcher Meinung ich bin, ist allein meine Angelegenheit." David Ritter räusperte sich. „Aber erlauben Sie mir eine Anmerkung. Haben Sie sich schon einmal die Frage gestellt, warum ausgerechnet Sophia von Wartenberg Sie mit den Ermittlungen in diesem mysteriösen Fall beauftragt hat?"

„Wer hätte es denn sonst tun sollen?"

„August von Wartenberg. Warum hat der Alte nichts unternommen, als er vom Verschwinden seines Sohnes erfuhr? Gestatten Sie mir eine Frage, Herr Bloch. Haben Sie Kinder?"

„Glücklicherweise nicht."

David Ritter runzelte befremdet die Stirn, verzichtete aber auf einen Kommentar zu dieser freimütigen Äußerung. Stattdessen sagte er diplomatisch: „Dann können Sie mein Argument verständlicherweise nicht nachvollziehen."

„Wenn ich Sie richtig verstehe, haben Sie keine besonders hohe Meinung von August von Wartenberg", sagte Susanne. „Kennen Sie den Alten näher?"

„Kein Kommentar."

„Warum weisen Sie uns erst auf ihn hin, nur um gleich danach jede weitere Auskunft zu seiner Person zu verweigern? Warum tun Sie so geheimnisvoll? Welches Spiel spielen Sie mit uns, Herr Ritter?"

Der hagere ältere Mann mit dem faltigen Gesicht lächelte vergnügt. „Ich wollte Sie lediglich auf eine Tatsache hinweisen, die mir höchst bemerkenswert zu sein scheint. Denn ich konnte mich im Laufe unseres bisherigen Gesprächs des Eindrucks nicht erwehren, dass Sie bei Ihren Ermittlungen noch nicht sehr weit gekommen sind. Sie haben anscheinend keine Ahnung, was mit Alexander wirklich geschehen ist. Sie wissen nicht, ob er entführt oder ermordet wurde oder ob er aus freien Stücken untertauchte."

Nicht frech werden, David, dachte Bloch. Sonst ziehen wir ganz schnell andere Saiten auf.

„Spinnen wir den Faden doch einfach ein bisschen weiter", schlug der Privatdetektiv vor. „Sie wollen uns – aus welchem Grund auch immer – suggerieren, August von Wartenberg habe in der einen oder anderen Form etwas mit dem spurlosen Verschwinden seines Sohnes zu tun."

„Das sagen Sie."

Tobias Bloch beugte sich ein wenig zu seinem Gegenüber vor. „Ich war noch nicht ganz fertig."

„Dann bitte ich reumütig um Entschuldigung."

„Und Sie versuchen uns einzureden, Alexander von Wartenberg habe nichts mit der Ermordung von Michael Stoll zu tun, obwohl die beiden in einer sehr wichtigen geschäftlichen Angelegenheit miteinander im Streit lagen."

„Streit ist vielleicht eine Überinterpretation."

„Aus Alexanders Sicht sicherlich nicht", bemerkte Susanne.

„Da mögen Sie recht haben."

„Darf ich jetzt bitte fortfahren?", fragte Bloch.

„Entschuldigung." David Ritter hob theatralisch die Augenbrauen. „Sie waren immer noch nicht fertig?"

„Wenn man diese beiden Faktoren berücksichtigt, stellt sich doch eine entscheidende Frage: Warum hat August von Wartenberg ein Interesse daran, seinen Sohn als möglichen Mörder von Michael Stoll erscheinen zu lassen?"

„Entgegen meiner sonstigen Zurückhaltung gehe ich gern auf Ihre Frage ein, Herr Bloch." Der Sammler genoss die nun entstehende Kunstpause sichtlich. „Weil der alte August selbst etwas mit dem Mord an Stoll zu tun hat?" Er lächelte. „In welcher Form auch immer." David Ritter klopfte sich auf die Schenkel. „So, jetzt brauche ich erst mal eine Erfrischung. Möchten Sie auch ein Bier?"

Susanne nickte dankbar. „Je kälter, desto besser."

„Das sehe ich genauso."

In diesem Leben werden wir aber trotzdem keine Freunde mehr, dachte Bloch.

„Wie passt der zweite Mord, der heute Morgen in der Villa Haselburg entdeckt wurde, in Ihr Szenario?", fragte der Privatdetektiv, nachdem sie ihren Durst gelöscht hatten. Das von David Ritter kredenzte eiskalte Pils zeugte übrigens von dessen erlesenem Geschmack.

„Muss er denn überhaupt in einem Zusammenhang mit dem Verschwinden von Alexander von Wartenberg und der Ermordung von Michael Stoll stehen?", stellte der Antikensammler eine aus seiner Sicht nicht ganz unberechtigte Gegenfrage. Denn er konnte ja nichts von den beiden lateinischen Botschaften wissen, die den Ermittlern in der Venusgrotte des Anwesens im Brombachtal zugespielt worden waren.

Es sei denn, er hat sie persönlich dorthin gebracht, dachte Bloch. Oder von einem Helfer dorthin bringen lassen.

Der Privatdetektiv überlegte einen Moment, dann entschloss er sich, in die Offensive zu gehen. In eine kontrollierte Offensive, genauer gesagt. „Uns liegen ernst zu nehmende Hinweise vor, die darauf schließen lassen, dass die beiden Morde im Eulbacher Park und in der Villa Haselburg sehr wohl miteinander in Verbindung stehen könnten. Ich betone: könnten."

„Mein Gott! Sie hören sich ja wie einer dieser Phrasen dreschenden Polizeisprecher an, der mit vielen Worten herzlich wenig sagt."

„Diesen Eindruck möchte ich unbedingt vermeiden, Herr Ritter."

„Dann werden Sie bitte konkreter."

„Man hat uns in beiden Mordfällen auf den ersten Blick unverständliche Botschaften zukommen lassen, die sich – nachdem wir sie entschlüsseln konnten – auf den jeweiligen Fund- beziehungsweise Tatort bezogen."

„Diese Nachrichten waren chiffriert?", fragte der Sammler erstaunt. „Sie waren in einer Geheimschrift abgefasst?"

Wenn du etwas mit der Sache zu tun hast, dann verstellst du dich ganz gut, dachte Bloch.

„Na ja, es handelte sich nicht gerade um eine Geheimschrift", räumte Susanne Kramer ein.

„Sondern?"

Sie warf dem Heubacher Privatdetektiv einen Seitenblick zu. Als dieser nicht darauf reagierte, fasste sie den Entschluss, sich noch ein Stückchen weiter vorzuwagen. „Sie waren lateinisch", sagte sie. „Also für uns Laien zunächst völlig rätselhaft."

„Verstehe." David Ritter nickte nachdenklich. „Sehr interessant." Er trank einen Schluck und stellte sein Glas betont langsam wieder ab. „Ich gehe davon aus, dass Sie mir über den Inhalt der beiden Botschaften nichts Näheres mitteilen werden. Stichwort Täterwissen."

„So ist es."

„Aber die in den Nachrichten übermittelten Informationen lassen eindeutig den Schluss zu, dass sie sich auf den Englischen Garten in Eulbach und auf die Villa Rustica in der Nähe von Hummetroth beziehen?"

Das mit der Villa Rustica ist bemerkenswert, dachte Bloch. Niemand von uns hat diesen Fachbegriff in unserem bisherigen Gespräch benutzt.

„Eindeutig ist vielleicht ein bisschen viel gesagt", antwortete er.

„Lassen Sie bitte den Polizeisprecher aus dem Spiel", sagte David Ritter. „Dafür haben Sie sich schon zu weit vorgewagt."

„Beide Botschaften nehmen Bezug auf interessante Details der jeweiligen Schauplätze."

„Was aber noch lange nicht heißen muss, dass sie von ein und derselben Person verfasst worden sind."

„Ich würde es für einen merkwürdigen Zufall halten, dass uns innerhalb weniger Tage zwei lateinische Texte zugespielt werden, die nicht vom gleichen Verfasser stammen. Sie nicht?"

„Ihnen ist aber schon bewusst, dass man mit diesen Hinweisen den Versuch unternommen haben könnte, Sie beziehungsweise Ihre Ermittlungen zu manipulieren? Es ist doch durchaus denkbar, dass man Sie genau zu dieser Schlussfolgerung kommen lassen wollte."

Der Heubacher Privatdetektiv verzog skeptisch das Gesicht. „Das ist mir ein bisschen zu viel um die Ecke gedacht", sagte er. „Manchmal ist es genau das Einfache und Offensichtliche, das zum Ziel führt. Ohne dass man große Geheimnisse oder raffinierte Winkelzüge dahinter vermuten müsste."

„Wenn Sie es sagen." Der Antikensammler klang wenig überzeugt. „Ich an Ihrer Stelle würde den Aspekt, dass die beiden Botschaften von zwei verschiedenen Personen stammen könnten, dennoch nicht völlig außer Acht lassen."

„Weil Sie Ihrerseits unsere Ermittlungen in eine bestimmte Richtung lenken möchten?", bemerkte Susanne spitz.

„Sehr charmant von Ihnen, mir diese Absicht zu unterstellen. Besten Dank."

„Bitte schön. Gern geschehen."

David Ritter schien einen Moment mit sich zu ringen, verzichtete dann aber auf eine entsprechende Replik. Stattdessen wechselte er das Thema. „Wissen Sie schon Näheres über den zweiten Mord in der Villa Haselburg? War der Fundort der Leiche auch der Tatort? Und wo genau auf dem Gelände der Villa wurde das Opfer gefunden?"

„Wissen Sie, was mich wundert?", sagte Blochs Assistentin. „Sie haben ja ganz interessante Fragen auf Lager. Aber die wichtigste und naheliegendste stellen Sie komischerweise nicht. Das finde ich schon sehr seltsam."

„Sie meinen die Frage nach der Identität des Ermordeten? Die habe ich mir erspart, weil ich davon ausgegangen bin, dass die Kriminalpolizei so kurz nach der Auffindung der Leiche mit dem Namen noch nicht an die Öffentlichkeit gehen würde. Wenn sie den denn überhaupt schon kennt. Zufrieden?"

„Na ja. Sie gehen selbstverständlich von einem männlichen Opfer aus?"

Der Sammler sah sie irritiert an. „Ja, natürlich. Welche Frau spielt denn in dem gesamten Zusammenhang eine wichtige Rolle?"

„Sie haben vor Kurzem eine nicht ganz unbeteiligte Dame erwähnt", stellte der Privatdetektiv fest.

„Sophia von Wartenberg? Als Mordopfer? Das glauben Sie doch selbst nicht."

„Es gibt aber noch einige andere Kandidatinnen. Angestellte des Herrenhauses im Brombachtal beispielsweise. Oder die neue Freundin des ermordeten Michael Stoll. Vielleicht wusste sie ja mehr über die Hintergründe des Verschwindens von Alexander von Wartenberg, als sie gegenüber der Polizei ausgesagt hat."

David Ritter schüttelte den Kopf. „Ich war bisher hundertprozentig davon überzeugt, dass es sich um einen Mann handelt."

Dann haben wir deinen festen Glauben hoffentlich ein wenig ins Wanken gebracht, dachte Bloch. Zerbrich dir ruhig noch ein bisschen den Kopf darüber.

Er leerte sein Glas und erhob sich.

„Sie gehen schon?" Der Antikensammler musterte ihn erstaunt.

Auch Susanne schien von Blochs plötzlicher Entscheidung überrascht zu sein, sagte aber nichts, sondern folgte seinem Beispiel und stand ebenfalls auf.

„Wissen Sie, was mich die ganze Zeit über schon sehr wundert, Herr Bloch?“, fragte David Ritter.

„Sie werden es uns sicher gleich sagen.“

„Warum haben Sie sich nicht nach meinem Urlaubsziel erkundigt?“

„Weil das absolut sinnlos gewesen wäre“, antwortete der Privatdetektiv lächelnd. „Ich glaube nämlich nicht, dass Sie uns die Wahrheit über Ihren Urlaubsort, über die Dauer Ihres Aufenthaltes und den genauen Zeitpunkt Ihrer Rückkehr nach Vielbrunn gesagt hätten.“

„Warum hätte ich Sie anlügen sollen?“

„Weil Sie anscheinend eine Menge zu verbergen haben. Aber keine Sorge, wir werden schon herausfinden, welche dubiose Rolle Sie in der ganzen Angelegenheit spielen.“

David Ritter schüttelte ungläubig den Kopf. „Das ist nicht Ihr Ernst.“

„Doch. Sie hören möglicherweise schon bald wieder von uns.“

„Also bitte nicht wieder in Urlaub fahren und durch Abwesenheit glänzen“, fügte Susanne hinzu.

Sie hatte eben gern das letzte Wort.

Kapitel 40

Drei Versionen

„Warum hast du das Gespräch so abrupt beendet?", fragte Susanne auf der Rückfahrt.

„Weil ich vor Hunger fast umkomme. Hörst du mein Magenknurren nicht? Außer dem Frühstück haben wir den ganzen Tag noch nichts gegessen."

„Und die ernsthafte Antwort lautet?"

„Weil ich diesen eingebildeten Affen ein wenig im Unklaren lassen wollte."

„Über das Geschlecht der Leiche? Das wird er sicher schon bald erfahren."

„Ja. Aber was ist beispielsweise mit dem Fundort auf der Latrina? Das wird die Erbacher Kriminalpolizei wohl kaum an die große Glocke hängen."

„Torsten Finke mit seinem Odenwald Kurier wird schon dafür sorgen, dass das allgemein bekannt wird."

Der Privatdetektiv schüttelte den Kopf. „Kann ich mir nicht vorstellen. Der Mann ist zu lange im Geschäft, um solch einen Fehler zu machen. Wenn seine Informationsquelle weiter sprudeln soll, darf die Polizei nichts von der undichten Stelle in den eigenen Reihen erfahren. Also wird er sich zumindest im jetzigen Stadium der Ermittlungen noch bedeckt halten."

„Klingt auf den ersten Blick sehr vernünftig. Aber ich glaube nicht, dass Zeitungsleute so ticken. Finke kann sich ja beispielsweise auf die Familie berufen, die den Toten heute Morgen entdeckt hat. Oder auf einen anderen fiktiven

Augenzeugen, der die auf der Latrina sitzende Leiche gesehen hat, bevor die Kriminalpolizei an Ort und Stelle war."

„Trotzdem war es meiner Meinung nach richtig, David Ritter ein bisschen zu verunsichern. Zum Beispiel dadurch, dass wir bestimmte Fragen nicht gestellt haben. Er hat doch förmlich darauf gewartet, über seine Abwesenheit Auskunft geben zu können."

„Glaubst du, dass er wirklich in Urlaub war?", fragte Susanne.

„Das ist für mich eher nebensächlich. Entscheidend ist, dass er laut Aussage seiner Nachbarin in den letzten Tagen nicht zu Hause in Vielbrunn war, wo sein Kommen und Gehen von Anwohnern beobachtet werden konnte. Er hatte also – Urlaub hin oder her – theoretisch alle Möglichkeiten, an verschiedenen Orten aufzutauchen und dort für eine bestimmte Zeit zu bleiben, wann immer es ihm beliebte."

„Und kaum wird das zweite Mordopfer gefunden, erscheint der reizende Herr Ritter plötzlich wieder auf der Bildfläche. Merkwürdiger Zufall, oder?"

Tobias Bloch schaltete einen Gang herunter und verringerte die Geschwindigkeit des Renault, als er in einiger Entfernung eine Schnellgaststätte am Straßenrand erblickte, deren Tür glücklicherweise weit geöffnet war.

„Hamburger?", erkundigte er sich.

„Ja. Mit Pommes."

„Reicht dir einer?"

„Wird man sehen. Wenn nicht, kann ich ja nachbestellen."

Der Privatdetektiv parkte auf dem staubigen Platz vor der länglichen Holzhütte und stieg aus.

„Wir essen doch im Auto?", fragte Susanne, die sitzen geblieben war. „Das Innere des Ladens sieht mir nämlich nicht sehr vertrauenerweckend aus."

Nach einigen Minuten kehrte Bloch mit einer großen, gut gefüllten Papiertüte zurück. Er reichte sie ihr durch das geöffnete Fenster der Beifahrertür. „Der obere Hamburger mit Tomate ist für dich. Die drei unteren sind für Muzel und mich. Die große Portion Pommes teilen wir uns."

„Wie Sie wünschen."

Schweigend stillten sie erst einmal den gröbsten Hunger.

„Ist dir aufgefallen, dass David Ritter den Begriff Villa Rustica verwendet hat, als es um die lateinischen Botschaften ging?", fragte Bloch dann.

„Der Mann ist schließlich vom Fach."

„Trotzdem. Die ganze Zeit vorher war nur von der Villa Haselburg die Rede."

„Das kommt mir jetzt aber arg spitzfindig vor." Susanne deutete auf die fast leere Tüte mit Pommes. „Kann ich die letzten haben?"

„Ja. Aber nur wenn du mir recht gibst."

Sie griff nach der Tüte. „Er wollte halt ein bisschen angeben. Wie Männer eben so sind."

„Warum war er so scharf darauf, den guten alten August bei uns anzuschwärzen?"

„Weil nun wirklich nicht durchschaubar ist, welche Rolle er bei der ganzen Sache spielt."

„Darauf sind wir auch schon gekommen", sagte der Privatdetektiv. „Ich meine etwas anderes. Warum musste er es uns unbedingt so demonstrativ unter die Nase reiben? Die ganze Zeit über tut er sehr geheimnisvoll und lässt vieles unbeantwortet oder gibt nur vage Auskunft. Aber ausgerechnet in dieser Frage lehnt er sich sehr weit aus dem Fenster."

Nachdem sie ihr Essen beendet hatte, zündete sich Susanne eine Zigarette an.

„Dagegen nimmt er Alexander von Wartenberg in Schutz und zweifelt an dessen Motiv für den Mord an Michael Stoll", fuhr Bloch fort, da er keine Antwort erhielt.

„Hast du doch gegenüber der Erbacher Kriminalpolizei auch getan."

„Das war etwas völlig anderes."

„Ach ja?"

„Die Geschichte mit den DNA-Spuren im Eulbacher Park kann man auch ganz anders deuten, als dies Sara Hagedorn und ihr vor Intelligenz strotzender Assistent getan haben", verteidigte er sich. „Das ist dir doch wohl auch klar."

„Du wolltest Sophia von Wartenberg mit deinem vehementen Auftritt in der Erbacher Polizeidirektion imponieren", sagte Susanne. „Meinst du, das hätte ich nicht gemerkt?" Sie lächelte ihn zuckersüß an. „Eine Frau spürt so etwas sofort."

Bloch ergriff nur zu gern die Gelegenheit, sich an diesem Spiel zu beteiligen. „Eifersüchtig?", erkundigte er sich.

„Auf die alte Schachtel? Pah!"

„Sieht doch noch ganz passabel aus für ihr Baujahr."

„Seit wann stehst du auf Seidenkostüme?"

„Seit wann kommt es denn allein auf die Verpackung an?"

„Hör doch auf." Susanne zog an ihrer Zigarette. „Könnten wir uns jetzt wieder ernsteren Themen zuwenden?"

„Als da wären?" Er startete den Renault und bog von dem Parkplatz der Schnellgaststätte nach rechts auf die B 45 Richtung Heimat ab.

„Warum behauptet der gute Herr Ritter, niemals mit Michael Stoll über dessen Viergötterstein gesprochen zu haben? Dieses demonstrativ zur Schau gestellte Desinteresse ist doch völlig unglaubwürdig."

„Jedenfalls sorgt er auf diese Weise immerhin für ein bisschen Abwechslung. Und das kann ja manchmal ganz unterhaltsam sein."

Susanne sah ihn stirnrunzelnd an. „Ich verstehe nicht recht..."

„Drei Antikensammler, die von dem für den vergangenen Montagabend geplanten Treffen zwischen Alexander von Wartenberg und Michael Stoll in Ober-Kainsbach erfahren haben", antwortete Bloch. „Drei Personen, die uns, was ihr Wissen über den ominösen Viergötterstein beziehungsweise ihr Interesse an ihm angeht, drei grundverschiedene Versionen präsentieren. Das ist doch auffällig, oder?"

„Hmm", murmelte seine Assistentin zögernd.

„Felix Meißner, unser Freund aus Kimbach, gibt als Einziger zu, das römische Kunstwerk gesehen zu haben. Und er sagt dies mit der allergrößten Selbstverständlichkeit", begann er, die bisher von ihnen geführten Gespräche zu rekapitulieren. „Christian Brönner, der interessanterweise in Hummetroth, also in unmittelbarer Nähe der Villa Haselburg wohnt, wiederum behauptet mit Nachdruck, dass ihm Stoll den antiken Stein niemals gezeigt hätte."

Susanne nickte. „Und schließlich David Ritter aus Vielbrunn. Er steuert die für mich unglaubwürdigste Variante bei, indem er vorgibt, dass ihm der Viergötterstein völlig gleichgültig ist." Sie hielt inne. „Könnten sich die Herrschaften abgesprochen haben?"

„Um ein bisschen Verwirrung zu stiften?", fragte der Privatdetektiv. Er schüttelte den Kopf. „Halte ich eher für unwahrscheinlich. Wenn man beispielsweise bedenkt, wie empört sich Christian Brönner über seinen lieben Kollegen Meißner geäußert hat, ist das für mich kaum vorstellbar."

„Wir haben schon dreistere Ablenkungsmanöver erlebt", wandte Susanne ein.

„Sicher. Um Maximilian Haussmann zu zitieren: Denkbar ist fast alles. Aber mein Gefühl sagt mir, dass das in diesem Fall nicht zutrifft. Dafür sind die drei Typen einfach zu verschieden."

„Gegen deine unfehlbare männliche Intuition können meine Argumente natürlich wieder einmal nichts ausrichten."

„Ich fand deinen anderen Ansatz jedenfalls plausibler", sagte Tobias Bloch.

„Du sprichst von der Glaubwürdigkeit von David Ritter?"

„Der Kerl ist mir irgendwie suspekt."

„Schön, dass es doch noch Gemeinsamkeiten zwischen uns gibt. Ich hatte die Hoffnung fast schon aufgegeben." Sie lehnte sich in dem Beifahrersitz zurück und streckte ihre langen Beine so weit wie möglich aus. „Warum verhält er sich so? Warum behauptet er steif und fest, keinerlei Interesse an Stolls Viergötterstein zu haben? Ihm muss doch klar sein, dass ihn eine solche Äußerung für uns sofort verdächtig macht."

Bloch bog von der B 45 auf die nach Heubach führende Landstraße ab. „Und wenn dies genau seine Absicht ist?", fragte er mehr sich selbst als seine Assistentin. „David Ritter versucht unsere Aufmerksamkeit auf sich zu lenken, weil er damit eine andere Person zumindest indirekt schützen kann."

„Hört sich gar nicht mal so schlecht an."

„Das klingt aus deinem Mund ja fast wie eine Zustimmung."

Susanne lächelte. „Aber nur fast."

Kapitel 41

Schachtelsätze

„Mein Mann lebt", sagte Sophia von Wartenberg ohne jede Einleitung am Montagvormittag am Telefon. Ihrer Stimme war allerdings keinerlei Erleichterung oder Genugtuung anzuhören, sie klang vielmehr bedrückt und verängstigt.

„In welchem Zustand befindet er sich?", fragte der Privatdetektiv vorsichtig.

Die Ehefrau des Antikensammlers seufzte. „Ich durfte ihn noch nicht sehen. Aber sein Anwalt sagte mir..."

„Er sitzt also in Untersuchungshaft?", unterbrach Bloch sie.

„Ja. Man hat Alexander nach einer angeblich gründlichen ärztlichen Untersuchung für haftfähig erklärt. Aber das beruhigt mich keineswegs. Seine körperliche Verfassung mag ja aus medizinischer Sicht einigermaßen zufriedenstellend sein – obwohl ich auch da so meine Zweifel habe, nach welchen Kriterien das beurteilt wird –, aber was ist denn mit seinem psychischen Zustand? Nach all dem, was er in den letzten Tagen durchmachen musste?"

„Hat sich Ihr Mann der Polizei gestellt?"

„Machen Sie Witze?"

„Dafür scheint mir die Lage zu ernst zu sein", erwiderte Tobias Bloch kühl. „Ich habe Sie vorhin unterbrochen, als Sie von dem Anwalt Ihres Mannes sprachen. Wissen Sie von ihm Näheres über die Umstände der Festnahme?"

„Alexander wurde gestern von einem zufällig vorbeikommenden Förster in einem – so die vage Formulierung der Polizei – einsamen Waldgebiet gefunden. Auf einem Hochsitz. Wo genau das war, hat man Herrn Barth nicht gesagt. Die Fahndung nach Alexander lief zu diesem Zeitpunkt allerdings längst auf Hochtouren."

„Lassen Sie mich raten. Die Erbacher Kriminalpolizei erhielt einen anonymen Hinweis, der sich auf den Aufenthaltsort Ihres Mannes in dem besagten Waldstück bezog."

„Nein", antwortete Sophia von Wartenberg. „Zumindest was den letzten Teil Ihrer Mutmaßung betrifft. Aber mit dem anonymen Anruf haben Sie recht. Er bezog sich jedoch auf ein Ferienhaus – wo es liegt, hat Herr Barth ebenfalls noch nicht erfahren –, in dem sich Alexander angeblich gerade aufhalten sollte. Aber als die Polizei dort eintraf, war er bereits verschwunden. Allerdings hat man in dem Haus etliche DNA-Spuren gefunden, die zweifelsfrei meinem Mann zugeordnet werden konnten."

„Darf ich noch einmal raten?" Da seine Gesprächspartnerin schwieg, fuhr Bloch nach einer kurzen Pause fort: „Es handelte sich um eine Anruferin. Die zudem Sächsisch sprach."

„Wie bitte? Entschuldigung, wie kommen Sie denn darauf?"

„Hat man dem Anwalt Ihres Mannes nähere Auskünfte über den anonymen Hinweis erteilt?"

„Nein. Er hat nur erfahren, dass der Anruf bereits am Samstag bei der Kriminalpolizei einging. Wann genau, weiß er jedoch nicht."

„Also vor dem Auffinden der zweiten Leiche auf dem Gelände der Villa Haselburg", stellte der Privatdetektiv fest.

„Was wollen Sie damit sagen?"

„Gar nichts."

Sophia von Wartenberg räusperte sich nervös. „Herr Bloch, ich hätte da eine Frage..."

„Nur zu."

„Jetzt, nachdem man Alexander lebend gefunden hat... Ich meine, arbeiten Sie weiter für mich oder ist der Fall damit für Sie erledigt?"

„Keineswegs."

Sie atmete erleichtert aus.

„Wir müssen dringend mit Herrn Barth sprechen", sagte der Heubacher Privatdetektiv. „Können Sie ein baldiges Treffen arrangieren?"

„Selbstverständlich." Sophia von Wartenberg zögerte. „Vielen Dank, Herr Bloch. Ich bin sehr froh, weiterhin auf Ihre Unterstützung zählen zu können."

„Wir tun nur unsere Arbeit", erklärte er lapidar. „Nicht mehr und nicht weniger."

„Alexander von Wartenberg sagte gegenüber der Erbacher Kriminalpolizei also aus, dass es sich um insgesamt drei Entführer handelte", fasste Susanne Kramer den bisherigen Gesprächsverlauf zusammen. „Konnte er genauere Angaben zu den einzelnen Personen machen?"

„Ja und nein", antwortete der Anwalt ausweichend. Der korpulente Mann mit den etwas zu langen dunkelbraunen Haaren, die offensichtlich gefärbt waren, mochte Ende vierzig oder Anfang fünfzig sein. Weil sein feistes Gesicht jedoch kaum Falten aufwies, war sein Alter schwer zu schätzen.

„Fangen Sie doch einfach mit dem vergangenen Montagabend an."

Herr Barth nickte. Offenkundig fühlte er sich unwohl in seiner Haut. „Das Ganze klingt vielleicht ein bisschen dubios..."

Der Privatdetektiv nickte ihm aufmunternd zu.

Nachdem es Sophia von Wartenberg kurzfristig gelungen war, ein Treffen mit dem Anwalt im Herrenhaus Ihres Anwesens im Brombachtal zu vereinbaren, saßen sie nun am späten Montagvormittag – knapp eine Woche nach dem Verschwinden des inzwischen unter dringendem Tatverdacht in Untersuchungshaft genommenen Antikensammlers – wieder in der Bibliothek.

Allmählich schließt sich der Kreis, dachte Bloch. Hoffe ich zumindest.

Bevor er zusammen mit Susanne ins Brombachtal aufgebrochen war, hatte er noch ein wichtiges Telefongespräch geführt, das ihm überraschende, aber zu diesem Zeitpunkt noch nicht klar einzuordnende Informationen lieferte.

„Der erste Entführer, der ihn am Montagabend bei einer vorgetäuschten Autopanne auf der Fahrt vom Brombachtal nach Ober-Kainsbach überwältigen konnte, ist laut Einschätzung von Herrn von Wartenberg – und jetzt zitiere ich ihn wörtlich – ein alt und gebrechlich wirkender Mann."

„Er hat ihn gesehen?", fragte Susanne verblüfft.

„Nicht richtig, nämlich bloß von der Seite und auch das nur sehr kurz. Er erinnert sich lediglich an sein wirres, vermutlich graues Haar. Und an sein blasses Gesicht. Das ist alles."

„Die Formulierung ‚alt und gebrechlich wirkend' könnte aufschlussreich sein", bemerkte der Privatdetektiv. „Demnach kann es sich nicht um einen großen und kräftig gebauten Mann wie beispielsweise Franz Rilke gehandelt haben. Trotzdem vermochte dieser schwächlich erscheinende Entführer Herrn von Wartenberg außer Gefecht zu setzen. Kam es zwischen den beiden zu einem Kampf?"

„Nein." Der Anwalt schüttelte den Kopf. „Laut Aussage meines Mandanten ging alles ganz schnell. Er erinnert sich nur noch an einen Schlag an die Schläfe, der ihn wohl augenblicklich bewusstlos machte. Als er wieder zu sich kam, befand er sich bereits in dem Verlies. Man hatte ihn inzwischen an den Handgelenken und den Fußknöcheln an die Wand gekettet und ihm die Augen verbunden. Die beiden anderen Entführer, die später in Erscheinung traten, konnte er also nicht sehen. Glücklicherweise, sonst wäre er wohl heute nicht mehr am Leben. Wie viel Zeit zwischen dem Angriff auf der Landstraße und dem Erwachen in seinem ersten Gefängnis verging, kann Herr von Wartenberg nicht genau einschätzen."

„Wann kamen die beiden anderen Personen ins Spiel?", fragte Bloch.

„Die zweite Person, die zum Kreis der Entführer zählte, ist erst in dem unterirdischen Verlies in Erscheinung getreten. Mein Mandant ist sich aufgrund ihres Körpergeruchs sicher, dass es eine Frau gewesen sein muss. Und zwar eine junge Frau. ‚Alte Frauen riechen anders', hat er wörtlich gesagt."

Eine junge Frau, die Alexander schon einmal in Bad König in einem Restaurant in der Nähe des Kurparks getroffen hat?, fragte sich Bloch. Hat sie den Lockvogel gespielt?

„Der dritte Entführer – wieder ein Mann – schien Herrn von Wartenberg der mit Abstand gefährlichste zu sein. Er schlug und bespuckte ihn, als man ihn aus seinem ersten Gefängnis, in dem er mehrere Tage verbracht hatte, herausholte."

„Wann war das?", erkundigte sich Susanne.

„Am Donnerstag."

„Woher weiß Herr von Wartenberg das?" Das Erstaunen in ihrer Stimme war nicht zu überhören.

„In dem Verlies lief unaufhörlich ein Radio, das auf einen Privatsender eingestellt war."

„Was geschah, nachdem man ihn aus dem Verlies gebracht hatte?", fragte Bloch. „Wurde er daraufhin direkt in sein neues, sein zweites Gefängnis transportiert?"

„Nein." Der Anwalt schüttelte den Kopf. „Man machte zunächst noch eine Art Ausflug mit ihm, in dem mein Mandant allerdings keinerlei Sinn erkennen konnte."

„Stichwort DNA", murmelte Bloch.

Sophia von Wartenberg sah ihn fragend an.

Der Privatdetektiv zuckte die Achseln. „Reine Spekulation."

„Aber wenn er tatsächlich in den Eulbacher Park gebracht wurde, müsste er sich doch noch an den Aufstieg zu der künstlichen Ruine erinnern", sagte sie irritiert. Sie wandte sich an Herrn Barth. „Hat mein Mann von irgendwelchen Besonderheiten während dieses geheimnisvollen Ausflugs gesprochen?"

„Nein. In dieser Frage war er sehr wortkarg."

„Ihr Mann muss überhaupt nicht in dem Englischen Garten gewesen sein", bemerkte Bloch. „Und erst recht nicht in der Eberhardsburg oberhalb des Weihers. Seine DNA-Spuren können auf ganz andere Weise dort platziert worden sein. Auf eine Weise, die seine persönliche Anwesenheit am Tatort des Mordes an Michael Stoll gar nicht erforderlich machte."

„Warum haben Alexanders Entführer dann den Ausflug überhaupt unternommen?", wunderte sich Sophia von Wartenberg. „Das ergibt doch überhaupt keinen Sinn."

„Gute Frage, die ich Ihnen leider im Augenblick nicht abschließend beantworten kann. Noch nicht", fügte er hinzu, ohne dabei besonders zuversichtlich zu klingen. „Aber es wäre beispielsweise denkbar, dass sie Ihren Mann verwirren und verunsichern wollten. Sie könnten den Ausflug auch gemacht haben, um ihm Angst einzujagen. Um ihn über sein weiteres Schicksal im Unklaren zu lassen."

Die Hausherrin musterte ihn skeptisch. „Die Entführer sind damit doch ein sehr hohes – und in meinen Augen völlig unnötiges – Risiko eingegangen", stellte sie fest.

„Nicht unbedingt", widersprach Susanne. „Die Gefahr, entdeckt zu werden, wäre relativ gering gewesen, wenn sie nachts mit ihm unterwegs gewesen wären."

„Wer hat Alexander von Wartenberg dann aus seinem zweiten Gefängnis geholt, um ihn in das einsame Waldgebiet zu bringen?", fragte der Privatdetektiv den Anwalt.

„Der erste Entführer. Der alt und gebrechlich wirkende Mann."

„Ist sich Alexander von Wartenberg da ganz sicher?"

„Hundertprozentig." Herr Barth nickte bekräftigend. „Der Körpergeruch des Mannes war unverkennbar. Sie müssen sich klarmachen, dass die tagelange Blindheit die anderen Sinne meines Mandanten geschärft hat. Nicht zuletzt den Geruchssinn."

Für kurze Zeit herrschte Schweigen in der Bibliothek.

„Drei Entführer", sinnierte Blochs Assistentin dann.

„Von denen einer wahrscheinlich inzwischen tot ist", sagte der Privatdetektiv.

„Was?", rief Sophia von Wartenberg entgeistert. „Was sagen Sie da?"

„Nach meinen Informationen handelt es sich dabei um einen Mann namens Adam Winter." Er wandte sich an den Anwalt des Untersuchungshäftlings. „Ist dieser Name bei der Vernehmung Ihres Mandanten gefallen?"

„Nein." Herr Barth zögerte einen Augenblick. „Woher haben Sie Ihre Informationen?", fragte er.

Bloch schüttelte lächelnd den Kopf. „Quellenschutz", antwortete er ruhig. „Aber Sie können sicher sein, dass diese Angabe auf jeden Fall stimmt. Meine Quelle ist nämlich nicht nur sehr zuverlässig, sondern verfügt auch über beste Kontakte."

„Zur Erbacher Kriminalpolizei?", erkundigte sich der Anwalt.

Ohne auf diese Bemerkung einzugehen, sagte der Privatdetektiv: „Kommen wir noch einmal auf den vergangenen Montagabend zurück. Konnte Herr von Wartenberg genauere Angaben über das Fahrzeug des Entführers machen? Über den Wagen, der bei der fingierten Panne auf der Landstraße zwischen dem Brombachtal und Ober-Kainsbach zum Einsatz kam?“

„Worauf wollen Sie hinaus?“

„Beantworten Sie einfach meine Frage.“

„Die Automarke konnte mein Mandant in der Kürze der Zeit nicht erkennen. Er hat sich unter den gegebenen Umständen wohl auch nicht sonderlich dafür interessiert.“

„Was nur allzu verständlich ist“, stimmte Tobias Bloch zu. „Aber Herr von Wartenberg wird doch wohl zumindest die Farbe des Wagens registriert haben, oder?“

„Das Fahrzeug des alt und gebrechlich wirkenden Mannes war grün. Genauer gesagt dunkelgrün.“

Der Privatdetektiv und seine Assistentin tauschten einen kurzen Blick.

„Apropos dunkelgrüner Wagen“, sagte Susanne dann an Sophia von Wartenberg gewandt. „Ist Ihr Gärtner gestern Abend wie geplant von seinem angeblichen Besuch bei seiner Mutter in Wald-Michelbach auf das Anwesen zurückgekehrt? Bei uns hat er sich jedenfalls nicht gemeldet.“

Die Hausherrin schüttelte den Kopf. „Von Franz Rilke fehlt seit seiner Abfahrt am Samstag nach Arbeitsschluss jede Spur.“

„Könnte es sein, dass er sich gerade noch rechtzeitig abgesetzt hat, bevor es hier für ihn zu ungemütlich werden konnte? Bevor man ihm unangenehme Fragen stellen würde?“

In diesem Augenblick wurde die Tür zur Bibliothek schwungvoll aufgestoßen. Ein sichtlich aufgekratzter August von Wartenberg fuhr mit seinem Rollstuhl in die Mitte des Raumes. Mit blutunterlaufenen Augen fixierte er Blochs Assistentin. „An welche hätten Sie denn zum Beispiel gedacht, Gnädigste?“

Seine Schwiegertochter richtete sich drohend in ihrem schwarzen Ledersessel auf. „Du hast die ganze Zeit über hinter der Tür mitgehört“, stieß sie wütend hervor.

„Deine Kombinationsgabe ist wirklich bewundernswert“, bemerkte er hämisch. „Aber jetzt hältst du gefälligst das Maul! Du siehst doch, dass ich mit der jungen Frau rede.“ Mit einem unschuldigen Lächeln wandte sich der Alte wieder an Susanne Kramer. „Wo waren wir stehen geblieben?“

„Bei den unangenehmen Fragen, die man Franz Rilke hätte stellen können.“

„Der Gärtner war wieder der Mörder“, sagte August von Wartenberg verächtlich. „Ich habe ja von Anfang an keine besonders hohe Meinung von Ihnen gehabt – aber dass Sie so blöd sind, hätte ich beim besten Willen nicht gedacht. Das Leben ist eben immer wieder für eine Überraschung gut.“ Der Alte sah Susanne herausfordernd an. „Nur zu, Sie Schmalspurdetektivin! Stellen Sie endlich Ihre Fragen!“

„Ich hätte von Franz Rilke zum Beispiel nur zu gern gewusst, ob er wirklich geglaubt hat, dass wir seine heroische Rettungstat in der Venusgrotte, als er zufällig gerade rechtzeitig zur Stelle war, um Sie aus dem See zu ziehen, für bare Münze nehmen würden.“

„Geht es auch weniger umständlich, meine Liebe? In meinem hohen Alter ist das mit komplizierten Schachtelsätzen so eine Sache.“ Zufrieden registrierte der Alte, dass Blochs Assistentin leicht errötete. Mit Bestimmtheit in der Stimme fuhr er dann fort: „Es hat sich aber genau so zugetragen. Franz Rilke hat mir das Leben gerettet, nachdem mich dieses

Dreckschwein, das ich leider nicht erkennen konnte, ins Wasser geschoben hatte."

„So viel zum Thema Schachtelsätze", murmelte Susanne.

August von Wartenberg funkelte sie wütend an. „Ob Ihnen das nun in den Kram passt oder nicht – es war aber so! Er hat mir das Leben gerettet."

„Wenn er mit der ganzen Sache nichts zu tun hat – mit der Entführung Ihres Sohnes, mit der Ermordung von Michael Stoll im Eulbacher Park, mit der Ermordung von Adam Winter auf dem Gelände der Villa Haselburg –, wenn er in all das nicht verwickelt ist", schaltete sich der Privatdetektiv ein, „warum ist er dann plötzlich verschwunden?"

„Moment, Herr Bloch!" August von Wartenberg hob seine rechte Hand. „Sie legen mir da etwas in den Mund, das ich gar nicht behauptet habe. Meine Äußerung bezog sich lediglich auf den Zwischenfall in der Venusgrotte."

„Jetzt rudern Sie aber auf eine für meinen Geschmack sehr ungeschickte Weise zurück."

„Ihr Geschmack ist mir doch scheißegal." Der Alte lächelte anzüglich. „Obwohl Sie bei der Auswahl Ihrer Assistentin keine schlechte Entscheidung getroffen haben. Das muss man leider neidlos anerkennen."

„Vorsicht", murmelte Susanne Kramer.

„Sagt Ihnen der Name Adam Winter etwas?", fragte Bloch.

„Nein." Der Alte schüttelte den Kopf. „Den habe ich heute zum ersten Mal gehört."

„Sind Sie sich da sicher?"

„Ja. Absolut."

„Aber als Sie den Inhalt der zweiten lateinischen Botschaft gesehen haben – Villa Rustica Latrina – war Ihnen sofort klar, dass es sich um die Villa Haselburg handeln musste?"

„Klar ist vielleicht ein bisschen viel gesagt."

„Aber Sie haben eine mögliche Verbindung zu der römischen Ausgrabungsstätte oberhalb von Hummetroth erkannt? Oder zumindest in Erwägung gezogen?“

August von Wartenberg schwieg.

„Warum haben Sie uns auf diesen Zusammenhang nicht aufmerksam gemacht?“

Der Alte zögerte mit seiner Anwort. „Weil mir klar war, dass es zu diesem Zeitpunkt schon zu spät war.“ Er musterte den Privatdetektiv eindringlich. „Dass es bereits ein zweites Mordopfer gab. Und zwar auf dieser verfluchten Latrina.“

„Das ist jetzt aber Täterwissen“, stellte Susanne ungerührt fest.

„Wie bitte?“

„In den Medien wurde nur darüber berichtet, dass der Ermordete auf dem Gelände der Villa Haselburg gefunden wurde. Wo genau das geschehen war, wurde nirgendwo geschrieben oder gesagt.“

„Wissen Sie was, Frau Kramer? Ihre Naivität ist geradezu erschreckend. Sind Sie schon einmal auf die Idee gekommen, dass ich auch meine Quellen haben könnte? Oder haben Sie dieses Recht für Ihren Chef und sich allein gepachtet?“ Er wendete seinen Rollstuhl mit einer eleganten Drehung und steuerte die noch immer geöffnete Tür der Bibliothek an.

„Lächerlich!“, war das letzte laut ausgerufene Wort, das die im Raum Zurückgebliebenen hörten. Dann entfernte sich August von Wartenberg mit quietschenden Reifen.

Susanne erhob sich und schloss die Tür der Bibliothek.

„Der alte Lustmolch genießt solche Auftritte“, sagte sie kopfschüttelnd und nahm wieder Platz. Als sie Anstalten machte, eine Zigarette aus ihrem Päckchen zu nehmen, hob der korpulente Anwalt sofort abwehrend die Hände.

„Bitte, wäre es vielleicht möglich...?“

Blochs Assistentin warf der Hausherrin einen fragenden Blick zu.

„Rauchen Sie ruhig“, sagte Sophia von Wartenberg. Sie stand auf und öffnete in der Nähe des wuchtigen Schreibtisches ein Fenster so weit wie möglich. Nachdem sie sich wieder gesetzt hatte, zündete sie sich ihrerseits ein Zigarillo an und inhalierte tief. Den Rauch blies sie in Richtung der hohen Stuckdecke.

Nach einigen Sekunden des Schweigens wandte sich die Ehefrau des Untersuchungshäftlings an den Privatdetektiv. „Sie haben sicher heute Morgen die Todesanzeige meines Mannes im Odenwald Kurier gesehen.“

Bloch nickte. „Groß genug war sie ja.“

„Ich frage Sie: Wer kommt auf eine solche perfide Idee?“

„Von wem der originelle Einfall ursprünglich stammt, kann ich Ihnen nicht mit Sicherheit sagen. Obwohl der Kreis der dafür in Frage kommenden Personen überschaubar sein dürfte. Ich weiß nur, dass am Samstagnachmittag jemand den Anruf bei der Zeitung getätigt hat, der Sächsisch spricht. Oder diesen reizenden Dialekt täuschend echt imitieren kann.“

Sophia von Wartenberg runzelte die Stirn. „Wollen Sie damit sagen...?“ Sie vollendete den Satz nicht.

„Nach meiner Einschätzung handelt es sich bei der Anruferin, die beim Odenwald Kurier die geschmacklose Todesanzeige aufgegeben hat und die der Erbacher Kriminalpolizei den anonymen Hinweis auf den Aufenthaltsort Ihres Mannes gegeben hat, um ein und dieselbe Person.“ Tobias Bloch beugte sich ein wenig zu der Hausherrin vor. „Ich lehne mich jetzt sehr weit aus dem Fenster, Frau von Wartenberg. Ich behaupte nämlich, dass diese mysteriöse Anruferin die junge Frau ist, die an der Entführung Ihres Mannes beteiligt war.“

Der Ehefrau des Tatverdächtigen stand die Verblüffung ins Gesicht geschrieben.

„Wissen Sie, wie sich diese Person gegenüber der Mitarbeiterin des Odenwald Kurier nannte?“ Der Privatdetektiv machte eine Kunstpause. „Irene Lentz. Lentz mit tz. Sie werden diesen Namen auf der Rechnung für die Todesanzeige finden, die demnächst hier eintreffen wird.“

„Hat das Ihrer Meinung nach einen bestimmten Grund? Warum hat die Anruferin ausgerechnet unsere Wirtschafterin als Auftraggeberin ins Spiel gebracht?“

„Vordergründig kann es sich um einen plumpen und völlig harmlosen Scherz handeln. Oder um den nicht sehr überzeugenden Versuch, mit Detailkenntnissen über die Verhältnisse auf Ihrem Anwesen zu prahlen.“

„Aber?“, fragte Sophia von Wartenberg.

„Es könnte sich natürlich auch um einen Hinweis darauf handeln, dass Frau Lentz in der ganzen Angelegenheit eine größere Rolle spielt, als wir bisher angenommen haben.“

„Halten Sie das für realistisch?“

„Diese Frage müssten Sie besser beantworten können als ich.“

„Ich kann mir das beim besten Willen nicht vorstellen, Herr Bloch.“

„Entschuldigung“, meldete sich der Anwalt des Untersuchungshäftlings zu Wort. „Ich unterbreche Sie nur ungern. Aber brauchen Sie mich noch?“

Der Privatdetektiv wechselte einen Blick mit seiner Assistentin.

„Ja.“ Susanne nickte. „Bei der Vernehmung Ihres Mandanten ist doch sicher auch der Viergötterstein von Michael Stoll zur Sprache gekommen.“

„In der Tat.“

„Wie hat sich Alexander von Wartenberg zu der römischen Antike geäußert? Konnte er das Kunstwerk persönlich in Augenschein nehmen? Weiß er, wo es sich befinden könnte?“

„Sie können sich weitere Fragen sparen, Frau Kramer“, sagte der Anwalt. „Mein Mandant hat zu dem gesamten Komplex die Aussage verweigert. Was übrigens sein gutes Recht ist.“

„Was ihn aber auch nicht gerade in einem günstigen Licht erscheinen lässt.“

„Das behaupten Sie.“

„Haben Sie ihm zu diesem Verhalten geraten?“

„Nein. Alexander von Wartenberg hat gleich zu Beginn des Verhörs deutlich gemacht, dass er zu diesem Sachverhalt nichts sagen wird.“

„Haben Sie den Versuch unternommen, ihn von dieser strikten Weigerung abzubringen?“

Herr Barth verneinte erneut. „Ein solches Unterfangen erschien mir vollkommen sinnlos.“

Kapitel 42

Sauerei

Der kräftige warme Strahl traf ihn mitten ins Gesicht. Von dort rann die dunkelgelbe Flüssigkeit – weil er flach auf dem Rücken lag – rasch über seine Stirn, sein markantes Kinn und seine beiden Wangen. Zunächst war er sich nicht sicher, ob er träumte. Aber ein zweiter, allmählich schwächer werdender Strahl, der beim Aufprall auf sein Gesicht nicht mehr so stark spritzte, räumte jeden Zweifel aus.

Vorsichtig öffnete er die Augen, bereute es aber sofort, als das Brennen einsetzte. Er richtete sich ein wenig auf und schüttelte den Kopf heftig nach links und rechts, was das Brennen nicht linderte, sondern sogar noch verschärfte.

Mit verschleiertem Blick sah er, dass sich die über ihm stehende Gestalt gerade die Hose hochzog. Einen Augenblick später flog ihm ein feuchtes Papiertaschentuch auf den Kopf und rutschte dann seitlich auf seine rechte Schulter.

Der Drang, sich die Augen abzuwischen, wurde übermächtig. Aber seine stark eingeschränkte Bewegungsfreiheit machte es ihm unmöglich, diesem Bedürfnis nachzukommen. Für wenige Sekunden schloss er die Augen, merkte aber schnell, dass dies das Problem nur vergrößerte. Also öffnete er sie wieder, ohne nach oben auf die jetzt vor ihm stehende Gestalt zu schauen.

„Das war nur der Anfang“, sagte sie. „Um dir einen kleinen Vorgeschmack auf das zu geben, was dich in nächster Zeit erwartet.“

Obwohl er sich der Tatsache bewusst war, dass es völlig sinnlos war, diese Frage zu stellen, sagte er trotzdem: „Was hast du mit mir vor?“

Sie lachte bitter. „Lass dich überraschen.“

Merkwürdigerweise setzten erst jetzt die pochenden Kopfschmerzen ein. Allerdings mit einer Vehemenz, dass ihm sogleich übel wurde. Speiübel.

„Wir können über alles reden“, schlug er demütig vor.

„Dafür ist es zu spät. Dafür bist du eindeutig zu weit gegangen.“

Seine Kopfschmerzen wurden immer schlimmer. Er versuchte, sich etwas gerader aufzurichten, bereute dies aber sofort. Gallenbitterer Speichel sammelte sich in seinem Mund.

„Wasser!“, bat er stöhnend.

Sie zögerte mit der Antwort, dann schien sie einen Entschluss gefasst zu haben. Einen Entschluss, der sie grimmig lächeln ließ. Sie wandte sich zu der schweren Tür und sagte: „Das kannst du gern haben. Aber beschwere dich nicht hinterher. Du hast es selbst so gewollt.“

Mit verschwommenem Blick sah er, wie sie den Raum verließ. Ein Schauer lief ihm über den Rücken, als er feststellte, dass sie sich nicht einmal die Mühe machte, die Tür hinter sich zu schließen.

„Mach die Augen zu!“, herrschte sie ihn vom Eingang aus an, bevor sie den kahlen Raum mit dem nackten Betonfußboden erneut betrat.

Einen Augenblick lang erwog er, sich ihrer barschen Aufforderung zu widersetzen. Aber dieser Gedanke verflog rasch wieder, weil in seiner verzweifelten Situation Ungehorsam und Widerstand nur noch schlimmere Konsequenzen zeitigen würden.

Er schloss die Augen und spannte die Nackenmuskeln an. Dann hörte er, wie sie mit entschlossenen Schritten auf ihn zukam. Er war sich nicht sicher, glaubte aber, ein schwappendes Geräusch wahrgenommen zu haben.

Der Schwall eiskalten Wassers, der sich Sekunden später über seinen Kopf ergoss und an seinem Körper herunterlief, raubte ihm fast den Atem. Die an seinen Handgelenken und an seinen Fußknöcheln befestigten Ketten rasselten lautstark, als er von einem unkontrollierten Zittern übermannt wurde.

„Zufrieden?", fragte die junge Frau höhnisch. „Oder möchtest du noch mehr?"

Da er wusste, dass in seiner Lage jede Antwort eine falsche Antwort war, die ungeahnte und sehr unangenehme Folgen nach sich ziehen konnte, schwieg er besser. Er ließ seinen nassen Kopf nach vorn sinken, um ihr seine Niederlage und seine Unterwürfigkeit zu signalisieren.

„Wie bitte?", hakte sie nach. „Ich habe dich nicht verstanden. Was hast du gesagt?"

„Nichts", murmelte er undeutlich.

„Moment mal." Sie rümpfte die Nase. „Kann es sein, dass du dir gerade eben in die Hosen gemacht hast?"

Er hörte, wie sie nach dem Eimer griff.

„Nicht weglaufen", sagte die junge Frau. „Bin gleich mit frischem Wasser zurück. Dann kümmern wir uns in aller Ruhe um die Sauerei."

Kapitel 43

Unverzeihlich

„Na ja, nicht gerade berauschend", sagte Susanne, während sie im Eulbacher Park oberhalb von Michelstadt den grünlich verwitterten Viergötterstein langsam umrundete, der nördlich des imposanten Obelisken in der Nähe einer Gruppe von römischen Inschriftensteinen und Skulpturen stand. Der antike Stein mochte knapp einen Meter hoch sein und maß in der Länge und in der Breite schätzungsweise vierzig Zentimeter. „Und für so etwas werden Menschen ermordet?" Sie schüttelte ratlos den Kopf.

Wie der Odenwälder Heimatforscher Maximilian Haussmann richtig festgestellt hatte, waren die Darstellungen der Göttinnen und Götter auf den vier Seiten des inzwischen nach all den Jahrhunderten nur noch annähernd quadratischen Steins lediglich als Schemen erkennbar. Welche Gottheit auf welcher Seite abgebildet war, hätte sie niemals sagen können.

Nachdenklich strich Tobias Bloch mit dem rechten Zeigefinger über das nur noch rudimentär vorhandene Abbild eines römischen Gottes. „Jedenfalls will man uns das glauben machen", sagte er. „Was ist aber, wenn es bei der Ermordung von Michael Stoll und Adam Winter gar nicht um einen solchen Viergötterstein ging?"

„Sondern?" Seine Assistentin hockte sich auf einen Baumstumpf in der Nähe der römischen Antike und zündete sich eine Zigarette an.

„Wir haben uns vielleicht zu sehr auf Alexander von Wartenberg und sein spezielles Interesse an Stolls Stein konzentriert."

„Was ja auch naheliegt."

„Ich würde das inzwischen anders formulieren und sagen: Was man uns nahegelegt hat."

„An wen denkst du?"

Der Privatdetektiv zuckte die Achseln. „Da kommen eine ganze Menge Leute in Frage. Unsere Auftraggeberin Sophia von Wartenberg, Michael Stoll – auch wenn er paradoxerweise später selbst zum Mordopfer wurde –, einer der drei anderen Sammler..."

„Könnte es sein, dass die Schlüsselfigur in dieser verworrenen Geschichte die junge Frau ist?", fragte Susanne. „Welche Rolle spielt sie bei der Sache? Welches Motiv hat sie, sich an der Entführung von Alexander zu beteiligen? Warum lässt sie – warum lassen alle drei Entführer – es zu, dass er lebend gefunden wird? Konnten sie zum Zeitpunkt seiner Aussetzung wirklich sicher sein, dass er zumindest wegen der Ermordung von Michael Stoll angeklagt wird?" Sie zog an ihrer Zigarette und schnippte dann die Asche auf den Boden.

„Gehen wir ein Stück", schlug Bloch vor.

Seine Assistentin nickte und erhob sich leise ächzend.

Auf ihrem weiteren Weg durch den Eulbacher Park kamen sie an den – wie sich Maximilian Haussmann ausgedrückt hatte – auf sehr fantasievolle Art und Weise rekonstruierten Bauteilen der Kastelle Eulbach und Würzberg vorbei. Im ersteren Fall handelte es sich nur um die teilweise erfolgte Nachbildung des Tores der römischen Grenzbefestigungsanlage, bei Letzterem waren darüber hinaus auch Teile der Wehrmauer des Militärlagers rekonstruiert worden.

Der Rundgang durch den Englischen Garten führte an Denkmälern und Gedenksteinen vorbei, die an frühere Mitglieder der gräflichen Familie zu Erbach-Erbach erinnerten. Schließlich erreichten die beiden privaten Ermittler den großen Weiher am nördlichen Ende des Parks, in dem Michael Stoll als aufgeblähte Wasserleiche am Freitagvormittag gefunden worden war. Ein in Ufernähe auf der Wasseroberfläche treibendes Stockentenpaar beäugte die Besucher misstrauisch, als diese auf einer Holzbank mit Blick auf die pittoreske Inselkapelle Platz nahmen. Sicherheitshalber vergrößerten die Schwimmvögel den Abstand zwischen sich und den Menschen.

„Stichwort junge Frau", knüpfte Tobias Bloch an ihr zuvor bei dem Viergötterstein geführtes Gespräch an. „Ich frage mich schon seit Längerem, welche Rolle Marie Heller bei der ganzen Geschichte eigentlich spielt. Ist sie wirklich nur das unschuldige und völlig ahnungslose Opfer, das ihren neuen Liebhaber auf grausame Weise verloren hat?"

„Du denkst an die mysteriöse Frau, die Felix Meißner in Bad König zusammen mit Alexander von Wartenberg in einem Restaurant gesehen haben will?" Susanne lehnte sich zurück und streckte ihre langen Beine so weit aus, dass sie fast bis zur Umrandung des Weihers reichten. Was bei den beiden Stockenten nicht gerade Begeisterung auslöste. „Die Beschreibung, die Meißner geliefert hat, trifft aber auf Marie Heller nicht zu. Ich schätze Stolls Geliebte auf Anfang bis höchstens Mitte zwanzig. Die Frau, die mit Alexander in Bad König in der Nähe des Kurparks zu Abend aß, war nach Meißners Angaben aber wesentlich älter – er sprach von einer Person zwischen Ende zwanzig und Anfang dreißig."

„Er muss ja nicht die Wahrheit gesagt haben", wandte der Privatdetektiv ein.

„Wie passt das zusammen, Tobias? Kannst du dir ernsthaft vorstellen, dass Marie etwas mit Alexanders Verschleppung zu tun hat? Glaubst du wirklich, sie könnte die junge Entführerin sein, die als zweite Person der Gruppe in dem unterirdischen Verlies auf den Plan getreten ist?“

„So weit würde ich zum jetzigen Zeitpunkt nicht gehen. Noch nicht. Aber ich bin mir ziemlich sicher, dass die überaus reizende Marie uns nicht die ganze Wahrheit über das Geschehen am Montagabend gesagt hat beziehungsweise über das, was sich angeblich nicht ereignet hat. Meiner bescheidenen Meinung nach weiß sie mehr.“

„Aber es wäre von ihr doch irrsinnig, sich zuerst mit Alexander in aller Öffentlichkeit zu zeigen, um dann relativ kurze Zeit später als seine Entführerin zu agieren.“

„Es muss ja nicht beides zutreffend sein“, sagte Bloch. „Ein Auftritt würde mir schon reichen.“

„Du meinst, sie könnte den Lockvogel gespielt haben?“

„Zum Beispiel.“

„Aber war ein solcher denn überhaupt nötig?“

Der Privatdetektiv zuckte die Achseln. „Vordergründig anscheinend nicht. Aber vielleicht fand Michael Stoll die Vorstellung äußerst reizvoll, ausgerechnet seine neue Freundin könnte Alexander von Wartenberg umgarnen und ihn – direkt oder indirekt – in eine Falle locken.“

Sie richteten den Blick auf den linken Teil des Weihers, als sich die beiden Stockenten mit lautstarken Flügelschlägen in die Luft erhoben. Bloch deutete auf die Eberhardsburg, die künstliche Ruine, in der Michael Stoll nach Angaben der Erbacher Kriminalpolizei gefoltert und ermordet worden war. Wegen fortdauernder Einsturzgefahr war der Aufgang zu der kleinen Burg noch immer gesperrt.

„Denkst du, was ich denke?“, fragte Susanne lächelnd.

Bloch nickte, während er sich verstohlen umsah. „Wir warten, bis das Pärchen dort drüben hinter der Inselkapelle verschwunden ist.“

Nachdem sie sich vergewissert hatten, dass die Luft rein war, machten sie sich wenig später an den kurzen, aber steilen Aufstieg zur Eberhardsburg. Sie umgingen die Schranke, die etwa in der Mitte des Aufgangs als Absperrung diente, und erreichten schließlich unbemerkt ihr Ziel.

Die Burgruine des Eulbacher Parks, die kein Dach hatte, war ein kurioses Bauwerk, weil es offensichtlich recht willkürlich aus Teilen anderer Burgen und Kapellen zusammengesetzt worden war. Nachdem sie den Durchgang eines angedeuteten Turms passiert hatten, gelangten sie in einen geschlossenen Raum mit verschiedenartigen, nicht zueinanderpassenden Fenstern. Der Privatdetektiv und seine Assistentin sahen sich aufmerksam um. Der Boden des Raumes war von der Spurensicherung offensichtlich gründlich untersucht und an der Oberfläche teilweise wenige Zentimeter tief abgetragen worden. Auf dem Boden fanden sich ebenso wenig dunkle Spuren getrockneten Blutes wie an den unregelmäßig gemauerten Wänden.

Laute Kinderstimmen, die sich offenkundig dem unter ihnen liegenden großen Weiher näherten, ließen sie zusammenzucken. Bloch spähte vorsichtig aus dem Eingang des Raumes auf das stehende Gewässer hinunter.

„Wir warten besser noch eine Weile“, sagte er. „Es wäre mir nämlich äußerst unangenehm, wenn uns eine besonders korrekte und fürsorgliche Mutter eine Szene machen würde. Du weißt schon: Vorbildfunktion et cetera.“

Nachdem die Luft wieder rein war, verließen sie den Raum, in dem Michael Stoll auf brutale Art und Weise ermordet worden war. Der steile Abstieg zurück in den Englischen Garten gestaltete sich wegen der aus dem Boden herausgewachsenen und von unzähligen Besuchern im Laufe der Zeit an zahlreichen Stellen glatt geschliffenen Baumwurzeln schwierig. Dennoch gelang es ihnen, unbehelligt zu dem großen Weiher zurückzukehren.

„Einer Person allein wird es kaum möglich gewesen sein, Stolls Leiche bis hierher herunterzuschaffen“, meinte Susanne, nachdem sie sich wieder auf die Holzbank gesetzt hatten.

„Es sei denn, der Betreffende hat sie sehr unsanft behandelt und sie mehr oder weniger von der Eberhardsburg bis zum Weiher herunterrollen lassen.“

„Stelle ich mir wegen des unebenen Weges und der vielen Baumwurzeln schwierig vor“, wandte seine Assistentin ein. „Die Leiche könnte auf der steil nach unten führenden Strecke sonstwo abseits des Weges gelandet sein.“

Eine Weile starrten sie schweigend auf das trübe Wasser des Weihers und hingen ihren Gedanken nach.

„Als aufgedunsene Wasserleiche zu enden“, murmelte Tobias Bloch dann, ohne den Satz zu vollenden. „Noch dazu, wenn in dem Weiher Fische sind.“

„Was stark anzunehmen ist“, sagte Susanne mit Blick auf die an einigen Stellen gar nicht so ruhige Wasseroberfläche.

„Laut Aussage der Kriminalpolizei war Michael Stoll nackt, als man ihn in den Weiher warf. Über den Verbleib seiner Kleidung hat man uns aber gar nichts gesagt.“

„Hältst du diesen Punkt wirklich für wichtig? Im Zweifelsfall werden der oder die Täter sie in der Eberhardsburg zurückgelassen haben.“

Der Privatdetektiv schüttelte den Kopf. „Glaube ich nicht. Weil es nämlich wegen der mit großer Wahrscheinlichkeit an der Kleidung befindlichen Spuren viel zu riskant gewesen wäre.“

„Dann wurde sie eben vergraben oder verbrannt.“

„Hier im Englischen Garten?“

Seine Assistentin runzelte die Stirn. „Worauf willst du hinaus?"

Ohne auf ihre Frage einzugehen, fuhr Bloch fort: „Nach allem, was wir bisher erfahren haben, müssen die Kleidungsstücke des Opfers voller Blut gewesen sein. Ihre Beseitigung dürfte also für neue Spuren bei mindestens einem Täter gesorgt haben."

„Es gibt Handschuhe, Plastiksäcke und Reinigungsmittel. Von einer Waschmaschine ganz zu schweigen."

„Trotzdem. Man sollte diesen Punkt nicht unterschätzen. Es besteht immerhin die Möglichkeit..."

„Weißt du, dass du manchmal ein furchtbarer Starrkopf sein kannst, Tobias?"

„Und du gehst gern über wichtige, vielleicht sogar entscheidende Details einfach so hinweg."

„Du hast mir schon immer die schönsten Komplimente gemacht. Davon kann ich gar nicht genug kriegen."

„Und du bist viel zu schnell beleidigt." Er lehnte sich seufzend zurück und warf einen Blick auf den mit dünnen Schleierwolken übersäten Himmel. „Lassen wir den Aspekt des Verbleibs der Kleidung von Michael Stoll mal beiseite."

„Sehr großzügig."

„Und wenden uns stattdessen einer ganz anderen Frage zu."

„Nämlich?"

„Warum wurde das Opfer grausam gefoltert?"

„Das liegt doch auf der Hand. Weil man in Erfahrung bringen wollte, wo sich der berühmt-berüchtigte Viergötterstein zu diesem Zeitpunkt befand", antwortete Susanne Kramer.

„Jedenfalls sollte dieser Eindruck erweckt werden."

„Der aber deiner Meinung nach nicht zutreffend sein muss?"

Bloch nickte nachdenklich. „Vielleicht hat man Michael Stoll aus einem völlig anderen Grund getötet."

„Dann wären die Folterungen nur ein Ablenkungsmanöver gewesen?", fragte Susanne.

„Möglich", murmelte der Privatdetektiv. „Ich kann mir aber auch vorstellen, dass man ihn ganz bewusst gequält hat, um ihn lange leiden zu lassen."

„Dann muss der Hass auf ihn sehr stark gewesen sein."

„Der Hass und die Rachsucht."

„Was hat Stoll getan, um solche starken Gefühle auszulösen?"

„Etwas Unverzeihliches." Bloch erhob sich. „Komm, wir gehen. Hier gefällt es mir nicht mehr."

Kapitel 44

So gefallen Sie mir

Heute trug sie im Gegensatz zum vergangenen Mittwochnachmittag unverkennbar Unterwäsche.

Die unbeschwerten Zeiten sind ein für alle Mal vorbei, dachte Bloch. Wenn es sie überhaupt jemals gegeben hat.

„Ich habe Sie schon erwartet", sagte sie.

Die Trauer hatte ihr Gesicht verhärtet. Gleichzeitig wirkte sie durch ihre strengeren Züge reifer und abgeklärter und wesentlich älter. Sie führte ihre beiden Besucher in den beeindruckenden Wintergarten. Vor dem mit blühenden Seerosen bedeckten Teich nahmen sie in den kunstvoll geschwungenen Sesseln aus Rattan Platz.

„Ich habe einen großen Fehler gemacht", gestand sie unverblümt ein. „Und zwar einen riesengroßen."

„Das passiert jedem mal", sagte der Privatdetektiv gleichmütig.

Marie Heller lächelte bitter. „Michi war am Montagabend nicht die ganze Zeit über hier in Ober-Kainsbach."

„Von welchem Zeitraum sprechen Sie?", fragte Susanne.

„Von etwa zwei Stunden. Er hat gegen halb sieben das Haus verlassen und ist erst schätzungsweise um Viertel nach acht wieder zurückgekehrt. Kann auch ein paar Minuten später gewesen sein."

„Jedenfalls war er um halb neun wieder hier, um Sophia von Wartenberg anzurufen und ihr mitzuteilen, dass ihr Mann nicht zu dem geplanten Treffen erschienen war", stellte Bloch fest.

Die junge Frau nickte.

„Wissen Sie, wo er in der Zwischenzeit, in diesen beiden Abendstunden war?“

„Nein.“

„Frau Heller, tun Sie mir bitte einen Gefallen. Machen Sie nicht schon wieder einen großen Fehler.“

„Ich weiß es wirklich nicht“, beteuerte sie.

„Aber es muss Sie doch gewundert haben, dass er das Haus verlassen hat, obwohl er in der fraglichen Zeit mit Alexander von Wartenberg verabredet war?“, erkundigte sich Blochs Assistentin.

Die junge Frau wand sich unbehaglich in ihrem Sessel.

„Das lässt doch nur den Schluss zu, dass er gar nicht mit diesem Treffen rechnete. Dass er vielmehr sicher war, sein angekündigter Besucher würde überhaupt nicht hier in Ober-Kainsbach erscheinen.“

„Mir kam das alles ja auch komisch vor.“

„Aber Sie haben nicht direkt danach gefragt?“

Marie Heller schüttelte den Kopf. „Michi sagte nur, er habe etwas sehr Dringendes zu erledigen.“

„Und was sollten Sie tun, falls Alexander von Wartenberg doch zu der verabredeten Zeit um halb acht hier aufgetaucht wäre?“, fragte der Privatdetektiv.

„Ihm erklären, dass Michi den Termin leider nicht einhalten könne.“

„Sollten Sie ihn hereinbitten, damit er hier auf Ihren Freund warten konnte? Oder sollten Sie ihn einfach nach Hause schicken und auf ein späteres, noch zu vereinbarendes Treffen vertrösten?“

Die junge Frau sah Bloch hilflos an. „Dazu hat Michi nichts gesagt. Wissen Sie, es ging alles so schnell. Er hatte es furchtbar eilig.“

„War Herr Stoll angerufen worden?“
„Nicht dass ich wüsste.“
„Aber sein Aufbruch kam für Sie völlig überraschend?“
„Ja.“
„Er hatte im Laufe des Tages keine Andeutung in diese Richtung gemacht?“
Marie Heller verneinte leise.
„In welcher Beziehung stehen Sie zu Alexander von Wartenberg?“, fragte Susanne.
Dieser abrupte Themenwechsel traf die junge Frau augenscheinlich völlig unvorbereitet. Sie zuckte unwillkürlich zusammen.
Bloch beobachtete sie geduldig.
„Was soll das denn heißen?“, stieß sie dann hervor.
„Sie haben sich nicht zufällig vor etwa zwei Wochen mit ihm in Bad König in einem Restaurant in der Nähe des Kurparks zum Abendessen getroffen?“, hakte Susanne nach. „Dabei ist es zu einem bedauerlichen Missgeschick seinerseits gekommen, das Ihnen sicherlich im Gedächtnis geblieben ist.“
„Sind Sie verrückt geworden?“ Marie Heller hielt inne. „Wer behauptet denn so etwas Idiotisches?“
„Das tut nichts zur Sache. Beantworten Sie einfach meine Frage. Kennen Sie Alexander von Wartenberg? Waren Sie mit ihm verabredet? In Bad König oder an einem anderen Ort?“
„Hören Sie. Nur weil Michi mal etwas mit dieser adeligen Schlampe hatte, heißt das doch noch lange nicht…“
„Sie weichen mir aus“, unterbrach Susanne die junge Frau.
„Tue ich doch gar nicht!“
„Und ob!“
Tobias Bloch lehnte sich entspannt zurück. Dabei knarrte sein Sessel ein wenig.

„Ich kenne diesen feinen Herrn nicht. Wer etwas anderes behauptet, lügt."

„Warum sollte er das tun?", fragte der Privatdetektiv.

„Das ist doch offensichtlich."

„Manchmal bin ich ein bisschen schwer von Begriff." Er lächelte unschuldig.

„Derjenige, der Ihnen diese angebliche Information gesteckt hat, will mir schaden. Mich ins Zwielicht rücken. Nennen Sie es, wie Sie wollen." Marie Heller kniff die Augen zusammen. „Und Sie sind zu feige, mir zu sagen, welcher Mistkerl dahintersteckt."

„Muss es sich denn unbedingt um einen Mann handeln?"

Die junge Frau holte tief Luft. „Herr Bloch, ich habe in den letzten Tagen eine Menge durchgemacht. Deshalb fehlt mir die Kraft für solche albernen Spielchen. Ich habe Ihnen gegenüber in aller Offenheit einen Fehler eingeräumt..."

„Wenn das Offenheit war, möchte ich nicht wissen, wie bei Ihnen Verschlossenheit aussieht."

Bevor die verbale Auseinandersetzung zwischen den beiden eskalieren konnte, schaltete sich Susanne ein. „Kennen Sie einen Mann namens Adam Winter?"

„Wer soll das sein?"

Ohne auf diese Frage einzugehen, sagte Blochs Assistentin: „Haben Sie den Namen schon einmal gehört? Ist er vielleicht in einer Unterhaltung mit Ihrem ermordeten Freund gefallen? Oder hat sich ein Anrufer mit diesem Namen bei Ihnen gemeldet und wollte Herrn Stoll sprechen?"

„Nein."

„Sicher? Bitte denken Sie sorgfältig darüber nach. Der Anlass mag Ihnen womöglich völlig belanglos erschienen sein..."

„Ich kenne keinen Adam Winter. Und habe auch noch nie von ihm gehört. Weder von Michi noch von sonst wem. Ob

Sie es mir glauben oder nicht. Würden Sie mir jetzt bitte endlich sagen, um wen es sich handelt?“

Susanne und Bloch tauschten einen kurzen Blick. Als der Privatdetektiv nickte, fragte seine Assistentin: „Haben Sie von dem Mord auf dem Gelände der Villa Haselburg gehört?“

Die junge Frau hob die Augenbrauen. „Verstehe“, murmelte sie. „Besteht ein Zusammenhang zwischen der Ermordung von Michi und dem Verbrechen in der Villa?“

„Das wissen wir nicht“, log der Privatdetektiv. „Aber auszuschließen ist es jedenfalls nicht.“

„Wurde Adam Winter ebenfalls gefoltert?“

„Interessante Frage.“ Er musterte sie eindringlich. „Die ich Ihnen aber leider nicht beantworten kann.“

„Weil Sie es nicht wissen oder weil Sie es mir nicht sagen wollen?“

„Sie scheinen eine schlechte Meinung von mir zu haben.“

„Wer für diese adelige Schlampe arbeitet, dem traue ich eine ganze Menge zu.“

Bloch lächelte. „So gefallen Sie mir.“

„Warum beantworten Sie nicht einfach meine Frage?“ Sie erwiderte sein Lächeln.

„Wir wissen es nicht.“

„Aber Sie werden entsprechende Nachforschungen anstellen?“

„Möglicherweise.“

„Tun Sie das, Herr Bloch.“

Der Privatdetektiv nahm die Zigarettenschachtel aus der Brusttasche seines Jeanshemdes und hielt sie in die Höhe. „Darf man?“, fragte er.

„Aber nur, wenn Sie mir auch eine anbieten.“

Nachdem alle mit Zigaretten versorgt waren, kam er auf einen anderen Aspekt des Mordes an Michael Stoll zu sprechen. „Ich gehe davon aus, dass Sie uns in Bezug auf den Viergötterstein Ihres Freundes die Wahrheit gesagt haben“, begann er.

Marie Heller nickte. „Ich weiß wirklich nicht, wo Michi ihn aufbewahrte.“

„Haben Sie ihn denn überhaupt einmal gesehen?“

„Nein.“

„Das verstehe ich nicht“, bemerkte Susanne. „Um dieses römische Kunstwerk wird ein Aufheben gemacht, das meiner Ansicht nach jeder rationalen Einschätzung spottet – und Sie wollen sich überhaupt nicht dafür interessiert haben?“

„Sehe ich so aus, als würde ich mich für die Antike begeistern?“ Die junge Frau zog an ihrer Zigarette, inhalierte und stieß den Rauch durch die Nase aus. Dann schnippte sie die Asche nachlässig in ein bronzenes Schälchen.

„Und was war mit dem Besitzerstolz Ihres Freundes?“, erkundigte sich Bloch. „Wollte er mit dem angeblich so überaus wertvollen Stein nicht ein bisschen vor Ihnen prahlen?“

Marie Heller schenke ihm ein müdes Lächeln. „Michi war ziemlich schnell klar, dass auf diesem Gebiet nicht viel von mir zu erwarten war. Klar, ich hätte Interesse heucheln können. Aber das hätte er sofort bemerkt. Also haben wir auf dieses dämliche Spielchen verzichtet.“

Und euch auf wichtigere zwischenmenschliche Aspekte konzentriert, dachte Bloch. Was absolut nachvollziehbar ist.

Die junge Frau schien seinen Gedankengang zu erahnen und blickte ihm auffordernd ins Gesicht.

„Verstehe“, murmelte der Privatdetektiv. Dann kam er noch einmal auf den vergangenen Montagabend zu sprechen. „Als Ihr Freund nach seiner fast zweistündigen Abwesenheit wieder hierher zurückkehrte – welchen Eindruck machte er da auf Sie?“

„Einen vollkommen ausgeglichenen."
„Immer schön bei der Wahrheit bleiben, Frau Heller."
„Tue ich doch."
„Hat er sich nach Alexander von Wartenberg erkundigt?"
Sie bejahte.

„War er erleichtert darüber, dass sein Sammlerkollege nicht hier aufgetaucht war? Oder hat ihn sein Fernbleiben überrascht?"

Sie zuckte die Achseln. „Die ganze Sache schien ihm ziemlich gleichgültig zu sein."

„Trotzdem hat er kurz nach seiner Rückkehr bei Sophia von Wartenberg angerufen", sagte Susanne.

„Michi war eben ein höflicher und zuvorkommender Mensch", antwortete Marie Heller. Dann füllten sich ihre Augen mit Tränen.

Kapitel 45

Schon wieder Melzig

„Langsam“, sagte Tobias Bloch und legte seine Hand leicht auf Susannes linken Unterarm.

Angesichts der völlig ungewohnten körperlichen Berührung – auch wenn sie nur von kurzer Dauer war – warf sie ihm einen verwunderten Seitenblick zu und erkannte dabei, dass er angestrengt in den Rückspiegel des Renault sah.

„Nicht umdrehen“, bat er.

„Was soll das denn?“, fragte sie befremdet. „Spielen wir hier Räuber und Gendarm?“

„So ähnlich. Wir bekommen Besuch.“

„Auf den wir uns freuen?“

„Das wird sich erst noch zeigen.“

In diesem Augenblick klopfte es energisch an dem Fenster der Fahrerseite. Bloch trat auf die Kupplung, schaltete die Zündung seines Wagens ein und ließ dann per Knopfdruck die Scheibe herunter.

„Warum steigen Sie nicht aus?“, erkundigte sich die mittelgroße, schlanke Frau mit der neuen, für seinen Geschmack viel zu roten Haarfarbe.

„Weil ich mich vor Ihnen und vor allem vor Ihrem starken Assistenten fürchte.“

„Immer zu einem Scherz aufgelegt“, sagte sie spöttisch.

„Haben Sie im Moment nichts Wichtigeres zu tun, als uns einen Besuch abzustatten? Oder zählen wir in den beiden Mordfällen etwa zu den Verdächtigen?“

„Über unser Vorgehen sollten Sie sich nicht den Kopf zerbrechen, Herr Bloch“, antwortete sie. „Glauben Sie mir, wir wissen schon, was wir tun. Also steigen Sie jetzt bitte endlich aus. Wir haben schließlich nicht ewig Zeit.“

Der Privatdetektiv und seine Assistentin verließen den schwarzen Renault. Als sie Anstalten machten, auf die Haustür zuzugehen, sagte der vollschlanke Herr Melzig: „Wir würden uns gern in Ihrem Garten umsehen.“

Bloch blieb stehen und drehte sich zu ihm um. „Der dürfte aber in botanischer Hinsicht eine ziemliche Enttäuschung für Sie sein.“

„Darum geht es nicht.“

„Haben Sie einen Durchsuchungsbefehl?“

„Haben Sie etwas vor uns zu verbergen?“, lautete die prompte Gegenfrage des gewichtigen Kriminalbeamten.

Sara Hagedorn stöhnte leise.

„Sie haben also wieder einen anonymen Hinweis erhalten“, stellte Susanne fest.

„Von einer vermutlich jungen Frau, die astreines Sächsisch sprach“, ergänzte der Privatdetektiv.

„Kein Kommentar“, sagte die Erbacher Kriminalkommissarin.

„Dann gehen wir auch nicht in meinen Garten“, erwiderte Bloch. „Tut mir aufrichtig leid.“

„Sie behindern unsere Ermittlungen“, murrte Melzig. „Ist Ihnen das klar?“

„Und Sie bestätigen beziehungsweise widerlegen unsere Annahmen nicht. Eine vernünftige Kooperation sieht in meinen Augen anders aus. Finden Sie nicht auch?“

„Kooperation!“, murmelte der Assistent der Kommissarin und verzog angewidert das Gesicht.

„Also?" Bloch fixierte Sara Hagedorn.
Sie nickte.
„Gilt das für unsere beiden Feststellungen?"
Erneutes Nicken.
„Geht doch."
Am Haus vorbei führte sie ein gepflasterter Weg hinunter in den verwilderten, recht steil zur Talsenke abfallenden Garten. Von hier aus hatte man eine schöne Aussicht auf die unterhalb des Gebäudes liegenden Wiesen, durch die sich der Pferdsbach, gesäumt von Pappeln, Birken und Weiden, schlängelte.
Bloch, der die kleine Wandergruppe anführte, blieb am Rand des Gartens stehen und ließ seinen Blick über die ausladenden Sträucher, die kleinen Obstbäume und den mittleren Teil, der früher einmal die Bezeichnung Rasen verdient hatte, schweifen.
Dann sah er es.
Vor der die rechte Seite des Gartens begrenzenden Thujahecke lag Muzel, seine dreifarbige Katze, im abnehmenden Licht der Abendsonne auf einem quadratischen, etwa einen Meter hohen Stein, auf dessen Vorderseite die Abbildung einer Gestalt zu sehen war. Aus dieser Entfernung war es unmöglich zu sagen, um wen oder was es sich dabei handeln mochte.
Als sie ihr Herrchen in Begleitung von Susanne erblickte, maunzte Muzel freudig erregt, machte aber keinerlei Anstalten, ihren Platz zu verlassen. Aus dem freundlichen Miauen wurde rasch ein aggressives, besitzergreifendes Fauchen, nachdem sie die beiden fremden Besucher bemerkt hatte.
„Sie warten besser hier", sagte der Privatdetektiv.
„Schaffen Sie die Katze fort", verlangte Melzig. „Wir müssen uns den Stein unbedingt näher ansehen."

Aber erst, wenn ich zuvor allein einen Blick darauf geworfen habe, dachte Bloch. Man kann ja nie wissen.

„Immer mit der Ruhe. Machen Sie bloß nicht den Fehler, Muzel zu unterschätzen. Ungebetene Eindringlinge in ihr Revier mag sie nämlich überhaupt nicht. Ich erinnere mich noch sehr genau an einen bemerkenswerten Vorfall, bei dem meine Katze gegenüber einem unfreundlichen Fremden nach diversen Drohgebärden schließlich zum tätlichen Angriff übergegangen ist. Der arme Mann konnte von Glück sagen, dass er hinterher nicht im Krankenhaus gelandet ist."

„Dann tun Sie doch endlich etwas!"

„Nicht vergessen, Herr Melzig: Sie befinden sich hier auf meinem Grundstück."

„Und in Ihrem Revier geben Sie selbstverständlich den Ton an", ergänzte Sara Hagedorn. „Das ist uns schon klar."

„Endlich mal jemand, der mich versteht." Bloch wandte sich an seine Assistentin. „Kommst du mit? Zu zweit haben wir es sicher leichter."

Susanne, die seine tatsächliche Absicht längst erahnt hatte, nickte.

„Das gefällt mir nicht", murrte Melzig, verstummte dann aber, als er den strafenden Blick der Erbacher Kriminalkommissarin sah.

„Einen Moment." Bloch drehte sich zu seinem Haus um.

„Wohin gehen Sie denn jetzt?", fragte Sara Hagedorn verwundert.

„Man merkt, dass Sie keinerlei Ahnung von Katzen haben. Glauben Sie, Muzel würde den Stein so mir nichts, dir nichts verlassen? Dazu braucht es schon einen starken Anreiz. Und der kann nur in verführerischem Futter bestehen." Er setzte sich in Bewegung. „Bin gleich wieder da."

Kurz darauf machte er sich – bewaffnet mit einer geöffneten Sardinenbüchse – zusammen mit Susanne an den Abstieg. Um die Aufmerksamkeit seiner Katze zu erregen, klopfte er mit einem Teelöffel an den Boden der Konservendose. Wie gewünscht spitzte Muzel bei den verheißungsvollen, ihr nur zu gut bekannten blechernen Klängen neugierig die Ohren.

„Ich brauche deine Rückendeckung", flüsterte Bloch, als sie sich einige Meter von den beiden Besuchern entfernt hatten und somit außer Hörweite waren.

„Bin ja nicht blöd."

„Darf ich Ihnen etwas zu trinken anbieten?", fragte der Privatdetektiv. „Ein kaltes Pils vielleicht?"

Sara Hagedorn nickte dankbar.

„Und für Sie, Herr Melzig?"

„Wasser", lautete die missmutige Antwort.

„Sehr vernünftig. Kommt sofort."

Während Bloch in der Küche zugange war, trat die Kommissarin an das große, auf den Garten weisende Fenster des Wohnzimmers und schaute im flammenden Schein des Abendrots auf den jetzt nur noch undeutlich erkennbaren Viergötterstein. Ihr Blick wanderte hinunter ins Tal bis zu dem auf der gegenüberliegenden Seite auf einer Anhöhe angrenzenden Wald.

„Schöne Gegend", meinte sie anerkennend.

„Na ja, man gewöhnt sich mit der Zeit an alles", antwortete Susanne, um einen möglichst gleichmütigen Tonfall bemüht.

„Wohnen Sie auch hier?"

Glücklicherweise erschien in diesem Moment der beflissene Gastgeber mit den kalten Getränken. Er hatte die letzte Frage der Kommissarin gehört, als er ins Zimmer getreten war, und registrierte dankbar, dass seine Assistentin nicht darauf einging.

Nachdem die Gläser und Flaschen verteilt waren und sich jeder eingeschenkt hatte, tranken alle einen Schluck.

Dann ergriff Sara Hagedorn das Wort. „Wie lange steht der Viergötterstein schon in Ihrem Garten?“, fragte sie.

Bloch zuckte die Achseln. „Das kann noch nicht lange her sein, denn Muzel hätte mich sofort auf ihren neuen Besitz in ihrem Revier aufmerksam gemacht.“

„Sie haben ihn also heute – in unserer Gegenwart – zum ersten Mal gesehen?“

Der Privatdetektiv bejahte ihre Frage.

„Und was ist mit Ihnen?“, erkundigte sich die Kommissarin bei Susanne.

„Dito.“

„Ich könnte nachher mit meiner Nachbarin telefonieren“, schlug Bloch vor. „Vielleicht ist ihr etwas Ungewöhnliches aufgefallen. Ich kann mir nicht vorstellen, dass man den schweren Stein ohne größeres Aufsehen in meinen Garten gebracht hat.“

„Tun Sie das bitte jetzt gleich.“

Der Heubacher Privatdetektiv hatte in zweierlei Hinsicht Glück. Erstens war Frau Schneider sofort zu erreichen. Und zweitens war der aufmerksamen älteren Dame tatsächlich nicht entgangen, wie der mutmaßlich antike Stein am frühen Nachmittag in Blochs Garten gelandet war.

„Frau Schneider sagt, dass der Lkw eines Steinmetzbetriebes ihn bereits vor einigen Stunden angeliefert hat“, berichtete er den anderen nach dem Anruf bei seiner gewohnt auskunftsfreudigen Nachbarin.

„Konnte sie nähere Angaben zu dem Fahrzeug machen?“, fragte Melzig. „Hat sie die Aufschrift auf dem Lastwagen lesen können? Konnte sie ihr entnehmen, wo das Unternehmen seinen Sitz hat? Erinnert sie sich an dessen Namen?“

Der Privatdetektiv schüttelte bedauernd den Kopf. „Leider nein“, log er. „Sie konnte lediglich das Wort Grabmale entziffern. Nach ihrer Schilderung war Frau Schneider viel zu sehr damit beschäftigt, das waghalsige Manöver beim Abladen und Verfrachten des Steins zu beobachten. Der Aufschrift auf dem Lkw hat sie praktisch keinerlei Beachtung geschenkt.“

„Grabmale“, bemerkte Susanne. „Wie passend.“

„Und wie ist der Viergötterstein von dem Lkw in Ihren Garten transportiert worden?“, fragte Sara Hagedorn. „Bei dem steil abfallenden Gelände stelle ich mir das schwierig vor.“

„War es laut Aussage von Frau Schneider auch. Sie sah zunächst, wie der Fahrer des Lastwagens ausstieg und ziemlich lange an meiner Haustür klingelte. Als sich niemand blicken ließ, fuhr er rückwärts bis zu dem Weg neben meinem Haus, der ins Tal hinunterführt. Mit einem Gabelstapler, der hinten an dem Lkw befestigt war, hat er den Stein dann abgeladen, ist den abschüssigen Pfad vorsichtig ein paar Meter hinuntergefahren – wobei seine Fracht mehrmals umzukippen drohte...“

„Machen Sie es nicht so spannend“, brummte Melzig.

„Ich beantworte lediglich die Frage Ihrer Chefin“, stellte Bloch klar. „Schließlich hat er den Gabelstapler so in Position gebracht, dass er den Stein über die Thujahecke heben und auf der anderen Seite im Garten absetzen konnte. Letzteres hat Frau Schneider natürlich nicht mehr sehen können. Sie hat lediglich beobachtet, wie der leere Stapler wieder zu dem Lkw zurückgefahren wurde. Das war's.“

„Sehr aufschlussreich“, sagte der Assistent der Kommissarin. „Das hilft uns wirklich weiter.“

„Was haben Sie denn erwartet?", fragte Bloch. „Eine exakte Beschreibung des Fahrers und des Lkws? Nach Möglichkeit noch seinen Namen, die Anschrift des Steinmetzbetriebes inklusive Telefonnummer?"

Melzig winkte verärgert ab.

„Sie sagten, dass Sie und Frau Kramer bis zu unserem Zusammentreffen hier vor Ihrem Haus unterwegs waren", ergriff Sara Hagedorn wieder das Wort. „Darf man bitte erfahren, wo genau Sie in dieser Zeit gewesen sind?"

„Sie dürfen. Wir haben zunächst unserer Auftraggeberin im Brombachtal einen Besuch abgestattet..."

„Von wem ging die Initiative zu diesem Treffen aus?", unterbrach sie ihn.

„Ist das wirklich wichtig?", fragte der Privatdetektiv ausweichend.

„Alles kann wichtig sein."

„Na schön", sagte Bloch scheinbar widerwillig. „Sophia von Wartenberg hat mich angerufen, um mir mitzuteilen, dass man ihren Mann lebend gefunden hat."

„Bei dem Gespräch im Herrenhaus war auch der Anwalt von Herrn von Wartenberg zugegen?", erkundigte sich Melzig.

„Selbstverständlich."

„Was hatte er Ihnen zu berichten?"

„Dass die Erbacher Kriminalpolizei hervorragende Arbeit leistet. Wie immer, möchte ich hinzufügen."

„Vorsicht", knurrte Melzig.

„Wenn wir gewusst hätten, dass Sie so sehr an dem genauen Gesprächsverlauf interessiert sind, hätten wir logischerweise – wie in Ihren Kreisen üblich – ein Tonbandprotokoll angefertigt", bemerkte Susanne spitz. „Aber Sie haben ja nichts gesagt."

Bloch gestattete sich ein feines Lächeln.

Die Erbacher Kriminalkommissarin ignorierte Susannes Provokation und fragte: „Nach Ihrer hoffentlich sehr aufschlussreichen Unterredung im Brombachtal waren Sie dann wo?"

„Dreimal dürfen Sie raten", sagte der Privatdetektiv.

„Tue ich aber nicht."

„Spielverderberin." Er schenkte sich nach und trank einen kräftigen Schluck. „Wir haben uns den Fundort von Michael Stolls Leiche im Eulbacher Park näher angesehen."

„Inklusive Tauchgang im großen Weiher des Englischen Gartens?" Melzig konnte sich einfach nicht zurückhalten.

„Guter Witz, meine aufrichtige Anerkennung. Eins zu null für Sie."

„Sie dürfen sich gern bei passender Gelegenheit revanchieren."

„Meine Herren, ich muss doch sehr bitten!", sagte Sara Hagedorn.

„Hat Ihnen schon mal jemand gesagt, dass Ihnen die Rolle der Oberlehrerin überhaupt nicht steht?", fragte Bloch. „Ich habe Sie von unseren früheren Begegnungen viel lockerer und humorvoller in Erinnerung. Aber vielleicht verkläre ich auch nur die Vergangenheit."

Ohne angesichts dieses netten Kompliments eine Miene zu verziehen, zündete sich die Kommissarin eine Zigarette an.

„Hier herrscht normalerweise absolutes Rauchverbot", erklärte Susanne. „Aber für Sie machen wir selbstverständlich gern eine Ausnahme."

Wenn drei sich ein bisschen zu streiten beginnen, muss natürlich auch die vierte Person ihren Senf dazugeben.

„Sie haben sich also den Fundort der ersten Leiche angesehen", rekapitulierte Sara Hagedorn. „Und – hat Ihnen das zu irgendwelchen Schlussfolgerungen oder neuen Erkenntnissen verholfen?“

„Ich weiß, das hört sich angesichts der traurigen Umstände reichlich blöd an...“

„Warum sagen Sie es dann?“ Schon wieder Melzig.

„Stichwort Fischfutter. Man kann wahrscheinlich von Glück reden, dass der Leichnam relativ früh entdeckt wurde. Ich möchte mir nämlich nicht vorstellen, was geschehen wäre, wenn...“ Bloch verzichtete auf eine Vollendung des Satzes.

„Glück im Unglück?“, schlug der Assistent der Kommissarin vor.

„Herr Melzig! Es ist gut.“ Schon wieder die Oberlehrerin, die genervt an ihrer Zigarette zog und tief inhalierte. „Könnte ich vielleicht einen Aschenbecher haben?“

„Auf dem Tisch liegen drei Kronkorken“, stellte Susanne fest. „Reichen Ihnen die nicht?“

Der Privatdetektiv erhob sich und entnahm einer Vitrine zwei gläserne Aschenbecher.

„Bitte sehr.“ Einen davon stellte er vor Sara Hagedorn ab.

„Sehr zuvorkommend.“

„Man tut, was man kann.“

Es war deutlich erkennbar, dass es Melzig schwerfiel, den Mund zu halten. Aber ein strenger Seitenblick seiner Chefin ließ es ihm geraten erscheinen, auf einen passenden Kommentar zu Blochs letztem, wahrlich nicht sehr originellem Spruch zu verzichten.

„Sie haben sich also den Fundort angesehen“, wiederholte die Kommissarin. „Und anschließend auch den Tatort?“

„Sie wissen nur zu gut, dass der Aufgang zur Eberhardsburg wegen Einsturzgefahr der künstlichen Ruine schon seit Längerem gesperrt ist. Als gesetzestreue Bürger...“

„Verarschen kann ich mich selbst“, meinte sie.

„Kompliment. Das klingt doch schon viel besser." Bloch drehte sein leeres Glas unschlüssig auf dem Tisch. „Nein, wir sind nicht hinaufgegangen", log er. „Was sollte uns das denn bringen? Einen Verweis der Parkaufsicht?"

„Welcher Aufsicht denn bitte schön?", erkundigte sich Melzig. „Laufen in dem Englischen Garten etwa Parkwächter herum?"

Um von dem leidigen Thema abzukommen, mischte sich Susanne ein. „Wie Sie uns bei unserem früheren Gespräch in Erbach gesagt haben, war Michael Stolls Leiche nackt, als sie in dem Weiher gefunden wurde."

„Nackt und aufgedunsen", bestätigte Sara Hagedorn mit einem Nicken. „Wirklich kein schöner Anblick."

„Was mich interessiert: Haben Sie die Kleidung des Ermordeten am Tatort vorgefunden? Oder wurde sie an einer anderen Stelle im Park entdeckt?"

„Was sollte daran von Bedeutung sein?"

„Das wissen Sie ganz genau."

Die Kommissarin schien zu überlegen, wie weit sie mit ihrer Auskunftsbereitschaft gehen sollte. „Ich kann Ihnen nur so viel sagen: Michael Stoll wurde vollständig entkleidet, bevor er äußerst brutal gefoltert wurde. Über den Verbleib seiner Kleidung erfahren Sie von uns nichts."

„Schade. Haben Sie an den Kleidungsstücken brauchbare Spuren gefunden?"

„Sie scheinen mich nicht richtig verstanden zu haben, Frau Kramer. Alle weiteren Fragen zu diesem Komplex sind völlig zwecklos. Kapiert?"

Susanne ließ sich davon nicht beirren. „Die DNA-Spuren von Alexander von Wartenberg, die Sie am Tatort im Eulbacher Park gefunden haben, stammen nicht zufällig von der Kleidung des Ermordeten?"

„Sind Sie schwerhörig?“

„Haben Sie in der Eberhardsburg noch andere verwertbare DNA-Spuren gefunden?“, fragte Tobias Bloch. „Spuren, die Sie allerdings noch keiner bestimmten Person zuordnen konnten?“

„Das würden Sie wohl gern wissen“, höhnte Melzig.

„Sonst würde ich mich nicht danach erkundigen.“ Der Privatdetektiv wandte sich an die Kommissarin. „Ich mache mir nämlich ein wenig Sorgen darüber, dass Sie Indizien, die Alexander von Wartenberg entlasten könnten, nicht die nötige Beachtung schenken.“

„Ihre Sorgen sind völlig unbegründet.“

„Wie bewerten Sie beispielsweise die anonymen Anrufe, die Sie von der Sächsisch sprechenden Frau erhalten haben?“

„Anrufe? Wieso benutzen Sie den Plural?“

„Weil er nun einmal zutreffend ist.“

„Sie bewegen sich auf dem Gebiet der Spekulation“, sagte der Assistent der Kommissarin. „Ist Ihnen das klar?“

Bloch ließ sich von diesem Einwand nicht aus dem Konzept bringen. Unbeirrt fuhr er fort: „In mindestens zwei Fällen hat Ihnen diese unbekannte Frau anonyme Hinweise gegeben. Zunächst auf den angeblichen Aufenthaltsort von Alexander von Wartenberg in einem wo auch immer befindlichen Ferienhaus. Aus dem er allerdings bereits wieder verschleppt worden war, als Sie dort auftauchten.“

„Behauptet Herr von Wartenberg“, stellte Sara Hagedorn ruhig fest. „Beweisen kann er das – wie übrigens vieles andere auch – jedoch nicht.“

Der Privatdetektiv lächelte. „Ihr Versuch, mich von meinem Thema abzubringen, ist wirklich rührend. Aber leider völlig zwecklos.“

Die Kommissarin erwiderte sein Lächeln nicht, sondern behielt ihr Pokerface bei.

„Also, der zweite anonyme Anruf, den Sie heute erhalten haben", knüpfte Bloch an seine vorherige Feststellung an. „Warum informiert Sie die Frau darüber, dass in meinem Garten ein Viergötterstein steht, den ich gar nicht bestellt hatte? Welchen Sinn hat dieses kuriose Manöver?"

„Man will Sie offensichtlich in die Sache hineinziehen", sagte Sara Hagedorn.

„Das ist doch Unsinn!", widersprach der Privatdetektiv. „Wir – Susanne und ich – stecken doch schon mittendrin."

„Ich verstehe das Aufstellen des Steins auf Ihrem Grundstück als Botschaft", erklärte Melzig.

Wenn du wüsstest, dachte Bloch.

Er hob die Augenbrauen. „Wie darf ich das bitte verstehen?"

„Für mich ist das ein klarer Fingerzeig, der uns darauf hinweisen soll, dass Sie beide viel stärker in die Fälle verwickelt sind, als wir bisher angenommen haben."

„Leiden Sie an Verfolgungswahn?", fragte Susanne Kramer.

„Werden Sie bitte nicht unverschämt." Melzigs Stimme hatte einen drohenden Unterton angenommen.

„Das ist mein voller Ernst. Glauben Sie wirklich, wir hätten etwas mit den beiden Morden zu tun?"

„Sie stehen nach meinem Geschmack viel zu sehr auf der Seite der Familie Wartenberg."

„Und Sie bewegen sich in einer Sackgasse geradewegs auf die unüberwindbare Wand zu", konterte Bloch.

„Wir haben immerhin Beweise", erwiderte Melzig kalt lächelnd.

„Die höchstwahrscheinlich manipuliert, also ziemlich wertlos sind."

Sara Hagedorn leerte ihr Glas und erhob sich. „Liefern Sie uns Gegenbeweise."

„Darauf können Sie sich verlassen."

„Arrogant wie eh und je, der gute Herr Bloch." Als sie die Tür des Wohnzimmers fast erreicht hatte, blieb sie noch einmal stehen. „Ach ja, fast hätte ich es vergessen. Der Viergötterstein in Ihrem Garten ist selbstverständlich konfisziert."

„Das können Sie doch gar nicht entscheiden. Dazu brauchen Sie eine richterliche Anordnung oder wie immer der korrekte juristische Fachausdruck lautet. Und wenn Sie das nächste Mal hier aufkreuzen, bringen Sie bitte auch gleich einen Durchsuchungsbefehl mit."

„Ist das die viel gepriesene Odenwälder Gastfreundschaft?"

„Wir können auch anders", sagte Tobias Bloch.

Kapitel 46

Anne

Allmählich wurde ihm klar, wie hilflos und verlassen sich Alexander von Wartenberg hier unten in dem Verlies gefühlt haben musste. Die Ungewissheit über das weitere Schicksal mochte bei jedem Gefangenen unterschiedlich stark empfundene Ängste auslösen. Der jeweilige Grad der Verzweiflung über die eigene aussichtslose Lage mochte von Individuum zu Individuum variieren – was aber bei jedem, der noch bei klarem Verstand war, auftreten musste, war das überwältigende Gefühl des Ausgeliefertseins.

Nie hätte er sich in seinen dunkelsten Vorahnungen vorstellen können, einmal in eine solche Lage zu kommen, in der ein anderer Mensch die absolute Macht über sein Leben oder seinen Tod hatte. Der Rollenwechsel, dem er binnen kürzester Zeit unterworfen worden war, machte ihn schier verrückt.

War es das? Dass man mit der zunehmenden Dauer der Gefangenschaft schlicht und einfach verrückt wurde?

Was war das für ein Zustand? Was nahm man dann noch von der Realität wahr, welche Gedanken, welche Empfindungen beherrschten einen?

Im Gegensatz zu Alexander von Wartenberg hatte man ihm die Augen nicht verbunden. Was bei einer ersten oberflächlichen Beurteilung ein Vorteil zu sein schien – beispielsweise bei der Nahrungsaufnahme –, konnte sich jedoch schnell als gravierender Nachteil herausstellen, weil man womöglich schreckliche Dinge zu sehen bekam. Weil man den eigenen Körper und die ihm zugefügten Verletzungen sehen konnte.

Er stutzte.

Warum benutzte er in seinem Denken ständig den abstrahierenden Begriff ‚man'? Um sich zu schützen? Um die eigene verzweifelte Situation zu relativieren? Das konnte mit der Zeit gefährlich werden.

Also musste er die real existierende Auseinandersetzung personalisieren.

Sie und er. Nicht man.

Sie hatte ihn mit ihrem warmen Urin bespritzt. Sie hatte ihn geschlagen und getreten.

Er war aufs Äußerste gedemütigt worden. Er hatte Blutergüsse und Schwellungen am Körper. Er hatte starke Schmerzen.

Das Öffnen der Tür riss ihn aus seinen Gedanken. Er hob den Kopf und suchte ihren Blick. Als sie näher kam, verriet ihre Körpersprache Entschlossenheit. Entschlossenheit und Wut.

Personalisieren, ermahnte er sich.

„Anne“, sagte er mit bemüht fester Stimme. „Anne“, wiederholte er.

Sie blieb vor ihm stehen und erwiderte ausdruckslos seinen Blick.

„Was hast du mit dem Stein gemacht?“

„Das geht dich einen Scheißdreck an“, antwortete sie ruhig.

„Anne. Was hast du mit ihm gemacht?“

„Du weißt genau, wie ich diesen Namen hasse. Wenn du mich noch einmal so anredest, trete ich dir in die Eier. Und zwar mit Anlauf.“

Er zwang sich dazu, den Augenkontakt aufrechtzuerhalten. „Wo ist er?“, fragte er. „Sag es mir bitte.“

„In deiner aussichtslosen Lage machst du dir Gedanken über den Stein? Bist du eigentlich noch ganz dicht?“

„Wo ist er?“, wiederholte er dennoch.

Sie zögerte einige Sekunden mit der Antwort. Dann erwiderte sie kurz und trocken: „In Heubach."

„Was? Bei diesem erbärmlichen Privatdetektiv? Das ist nicht dein Ernst." Er versuchte ihren Gesichtsausdruck zu deuten. „Du lügst mich an", fügte er dann hinzu.

Das war ein gravierender Fehler. Eine schallende Ohrfeige traf ihn auf seiner linken Wange und schleuderte seinen Kopf zur Seite.

„Kann aber durchaus sein, dass ihn die zuständigen Behörden sehr bald beschlagnahmen werden", sagte sie. „Wenn sie es nicht schon getan haben."

„Warum hast du das gemacht?"

„Weil ich dir eine kleine Freude bereiten wollte."

Er tastete vorsichtig über seine brennende Wange, zuckte aber sofort vor Schmerz zurück.

„War der Schlag nicht fest genug? Kein Problem. Das haben wir gleich." Sie holte weit aus.

Das war ein klassisches Ablenkungsmanöver. Während er seinen Kopf mit dem angewinkelten linken Arm zu schützen versuchte, traf ihn der ansatzlose Tritt in den Unterleib völlig unvorbereitet.

Stöhnend sank er in sich zusammen.

Mit unbewegter Miene beobachtete sie ihn schweigend.

Nach einer Weile hob er mühsam den Kopf und sah sie aus geröteten Augen blinzelnd an. „Anne. Sag mir bitte... Was kann ich tun? Was?"

Sie grinste verächtlich. „Gar nichts", antwortete sie. „Rein gar nichts."

Kapitel 47

Den können Sie vergessen

„Haben Sie etwas dagegen, dass ich mir die letzten Scheiben der Paprikawurst nehme?", fragte der ältere Gast höflich.

„Nein", log Bloch lächelnd, obwohl er diese für sein nächstes Milchbrötchen bereits fest eingeplant hatte. Er deutete nach unten. „Meine Katze aber anscheinend schon."

Zu Muzels herausragenden Eigenschaften zählte zweifellos die Fähigkeit, durch ihr ebenso herzzerreißendes wie hartnäckiges Betteln an die jeweils gewünschte Nahrung zu kommen. Und Paprikawurst stand im Moment ganz oben auf dem Speiseplan der futterneidischen Katze. Folglich halbierte Maximilian Haussmann mit seinem Messer eine Scheibe und hielt ihr das Stück Wurst hin. Gierig schnappte Muzel danach.

Nachdem sie schließlich ihre ausgiebige Mahlzeit beendet hatten – für den Heimatforscher war es an diesem späten Dienstagvormittag das zweite, für Bloch und Susanne das erste Frühstück –, schob der Privatdetektiv dem Besucher einen Zettel zu.

„Quintiacum", las Haussmann laut vor. Er kratzte sich am Hinterkopf. „Mit exakten Jahreszahlen kann ich leider nicht aufwarten. Dazu müsste ich meine Unterlagen zu Hause konsultieren. Aus dem Stegreif kann ich Ihnen nur sagen, dass diese lateinische Bezeichnung auf das Mittelalter zurückgeht. Genauer gesagt auf das 9. Jahrhundert."

„Und dieser Begriff steht für was?", fragte Susanne, um ihnen eine der gefürchteten weitschweifigen Erläuterungen des redseligen Heimatforschers zu ersparen.

„Für Bad König. Außerdem wurde der Ort damals auch als Cunticha oder Quinticha in verschiedenen Urkunden erwähnt.“

Ganz konnte man Maximilian Haussmann eben nie bremsen.

„Was ist mit der Abkürzung MFG?“, erkundigte sich Bloch. „Ist sie ebenfalls lateinischen Ursprungs?“

Ehe der Heimatforscher antwortete, trank er in aller Ruhe einen Schluck Tee. „Die ist mir im historischen Kontext leider nicht bekannt“, sagte er dann. „Mir fällt dazu nur etwas Banales ein: Mit freundlichen Grüßen. Aber das ergibt ja wohl keinen Sinn. Beziehungsweise ist viel zu naheliegend.“

Bloch nickte. „Weiter sind wir bisher auch nicht gekommen.“

„Darf man erfahren, wie Ihnen diese neuerliche Nachricht zugespielt wurde?“

Susanne zeigte nach unten in den Garten. „Sie steckte zusammengefaltet in einer Vertiefung des Viergöttersteins.“

„Verstehe.“

„Erkennen Sie einen Zusammenhang zwischen der Botschaft und dem Stein?“

„Nein. Beim besten Willen nicht.“

In diesem Augenblick klingelte im Haus das Telefon. Entgegen seiner sonstigen Gewohnheit stand Bloch sofort auf und verließ die Steinterrasse.

Als er nach einer Weile zurückkehrte, verriet sein Gesicht Jagdeifer.

„Wer war es denn?“, fragte seine Assistentin.

„Torsten Finke. Die Einzelheiten erzähle ich dir später.“ Bloch setzte sich erst gar nicht wieder an den Tisch. „Wir bringen Sie jetzt zurück nach Michelstadt“, sagte er zu Maximilian Haussmann. „Vielen Dank, dass Sie sich die Zeit genommen haben, den Viergötterstein eingehend zu begutachten. Und natürlich auch für den nützlichen Hinweis auf Bad König."

Der Heimatforscher machte erst gar nicht den Versuch, seine Enttäuschung über das abrupte Ende seines Besuchs in Heubach zu verbergen. „Soll ich weitere Nachforschungen zu der Abkürzung MFG anstellen?", erkundigte er sich wenig hoffnungsvoll, während er sich erhob.

Der Privatdetektiv schüttelte den Kopf. „Nicht nötig." Er zückte seine Brieftasche und entnahm ihr zwei Geldscheine. „Reicht das für Ihre Bemühungen?"

Haussmann errötete. „Selbstverständlich. Sehr großzügig. Wenn Sie wieder einmal meine Hilfe benötigen, können Sie sich jederzeit an mich wenden."

„Danke. Wir wissen das sehr zu schätzen."

Susanne hatte längst mit dem Abräumen des Tisches begonnen. Bevor sie alles auf einem großen Tablett ins Haus trug, zerteilte Bloch noch zwei Scheiben Corned Beef auf einem Unterteller und stellte ihn neben den Holztisch auf die Terrasse. Von ihrem neuen Lieblingsplatz auf dem Viergötterstein beobachtete Muzel ganz genau, was ihr Herrchen da gerade veranstaltete. Sie rührte sich allerdings keinen Zentimeter von der Stelle.

Als dann alles erledigt war, konnten sie sich endlich auf den Weg nach Michelstadt machen.

„Stören wir?", fragte Tobias Bloch.

Die junge Frau musterte ihn mit einem eiskalten Blick.

„Dieses Mal sind Sie zu weit gegangen", fügte er dann hinzu. Er wartete darauf, dass sie einen Fluchtversuch unternahm – dem war aber allem Anschein nach nicht so.

„Gehen wir", sagte sie.

„Fehlt da nicht noch jemand?", schaltete sich Susanne ein.

„Den können Sie vergessen."

„Tun wir aber nicht. Wo ist er?"

Die junge Frau drehte sich halb um und wies auf die Treppe, die in den Keller führte. In das unterirdische Verlies.

„Kommen Sie bitte mit", forderte Bloch sie auf.

„Nein."

„Auch gut." Er wandte sich an Susanne. „Kommst du hier oben allein klar?"

„Logisch."

„Sie wollten Gegenbeweise", sagte der Heubacher Privatdetektiv. „Bitte sehr. Hier sind sie." Er führte die beiden Personen – die junge Frau und den mittelgroßen Mann, der Anfang fünfzig sein mochte – in das geräumige Büro der Kriminalkommissarin und deutete auf die lederne Sitzgruppe. „Dürfen wir?"

Beim Anblick der schmutzigen Kleider des Mannes, der sich nur mit Mühe auf den Beinen hielt, rümpfte Sara Hagedorn die Nase.

„Sie haben sicherlich ein Handtuch, das wir auf seinen Sitz legen können", sagte Susanne. „Damit Ihr schöner Sessel auch ja sauber bleibt."

Die Kommissarin wandte sich an ihren Assistenten. „Nehmen Sie besser zwei. Eines für den Sitz und eines für die Lehne."

Melzig folgte ihren Anweisungen. Dann nahmen sie Platz, wobei der braunhaarige Mann mit dem nun nicht mehr kurzen, sondern ziemlich struppigen Vollbart leise aufstöhnte.

„Ich höre", sagte Sara Hagedorn.

Schon wieder die Oberlehrerin, dachte Bloch. Wird das jetzt zum Dauerzustand?

„Leistet uns Ihr netter Assistent denn keine Gesellschaft?" Diese Frage war überflüssig wie ein Kropf, weil Melzig sich längst ebenfalls gesetzt hatte, musste aber dennoch sein.

Die Kommissarin tat ihm nicht den Gefallen, auf seine Bemerkung einzugehen.

Also fuhr der Privatdetektiv fort: „Die junge Frau haben Sie ja bereits kennengelernt. Sie ist der weibliche Teil des Trios, das Alexander von Wartenberg entführt und mehrere Tage lang in einem unterirdischen Verlies gefangen gehalten hat."

„Wo?", fragte Melzig.

„Immer schön der Reihe nach. Ich war mit der Vorstellung Ihrer Besucher noch nicht fertig."

„Wo?"

Tobias Bloch seufzte. Vielleicht ein bisschen zu theatralisch. „In einem abgelegenen Gehöft zwischen Kimbach und Vielbrunn."

„Geht es auch etwas präziser?"

„Bedaure. Vorläufig leider nicht. Aber ich versichere Ihnen, Ihre Spurensicherung wird in den nächsten Tagen alle Hände voll zu tun haben."

„Wenn Sie uns die genaue Adresse geben, kann sie doch jetzt gleich mit ihrer Arbeit anfangen."

„Nein."

„Wie sind Sie auf diesen Bauernhof gekommen?", erkundigte sich die Kommissarin.

„Recherchen", antwortete Susanne. „Gründliche Recherchen. Jedenfalls gründlichere als Ihre", fügte sie süffisant hinzu.

„Könnten Sie das bitte näher erläutern?" Sara Hagedorn hatte sich erstaunlich gut im Griff. Muss eine Oberlehrerin aber auch.

„Die etwas vertrackten Besitzverhältnisse des Anwesens ließen eine Verbindung zu Adam Winter erkennen, dem

Mann, der auf dem Gelände der Villa Haselburg ermordet wurde."

„Dürfte ich jetzt mit der Vorstellung Ihrer Gäste fortfahren?", fragte Bloch. „Der nicht mehr ganz taufrische Herr, der Ihnen gegenübersitzt, hat Michael Stoll und Adam Winter ermordet. Sein Name ist Felix Meißner, seines Zeichens Antikensammler aus Kimbach. Er war vorübergehend im logischerweise unrechtmäßigen Besitz von Stolls Viergötterstein, der nun – wie Sie ja selbst gesehen haben – in meinem schönen Garten steht."

„Aber nicht mehr lange", stellte Melzig fest. „Schließlich handelt es sich dabei um ein wichtiges Beweisstück."

Der Privatdetektiv lächelte. „Das müssen Sie meiner Katze sehr schonend beibringen."

„Könnten wir uns bitte auf das Wesentliche konzentrieren?", fragte die Oberlehrerin.

„Wissen Sie, wie wir auf Felix Meißner gekommen sind?", mischte sich Susanne ein. „Den entscheidenden Hinweis hat uns eine kurze Botschaft geliefert, die in einer Vertiefung des Viergöttersteins steckte."

Auf Melzigs Stirn bildete sich eine beeindruckende Zornesfalte. „Hab ich doch gleich gesagt!", zischte er. „Das da etwas faul ist, wenn Sie zuerst allein zu dem Stein gehen."

„Was hätte Ihnen denn bitte schön die Nachricht Quintiacum verbunden mit der in Großbuchstaben gehaltenen Abkürzung MFG gesagt?", erkundigte sich Bloch, ehe er seine Frage selbst beantwortete: „Gar nichts."

Die Kommissarin musterte ihn neugierig.

„Quintiacum ist eine mittelalterliche Bezeichnung für Bad König. Erkennen Sie den Zusammenhang?"

„Kimbach ist ein Stadtteil von Bad König."

„Eben."

„Und MFG?“

„Mit freundlichen Grüßen?“, schlug Melzig vor.

„Aus Ihnen wird sicherlich noch ein großartiger Ermittler“, merkte Susanne spöttisch an. „Wenn Sie sich immer so viel Mühe geben.“

Der Assistent der Kommissarin holte tief Luft, entschied sich dann aber dafür, nichts zu sagen.

„MFG sind die Initialen des Mörders. Meißner Felix Georg lautet sein vollständiger Name. Oder in der richtigen Reihenfolge: Felix Georg Meißner.“

„Und wer hat Ihnen diese Hinweise geliefert?“, fragte Sara Hagedorn.

„Die Dame, die Ihnen gegenübersitzt“, antwortete Bloch. „Marie Heller. Oder um genauer zu sein: Anne Marie Heller.“

„Den Vornamen Anne habe ich immer gehasst“, sagte die junge Frau.

„Und warum haben Sie Felix Meißner auffliegen lassen?“, erkundigte sich die Erbacher Kommissarin.

„Weil das Dreckschwein meinen Onkel umgebracht hat!“

„Wie bitte?“, rief Melzig. „Michael Stoll war Ihr Onkel?“

Die junge Frau stöhnte. „Der begreift es nie“, murmelte sie.

„Adam Winter, der alt und gebrechlich wirkende Mann, der Alexander von Wartenberg am Montagabend der letzten Woche bei einer fingierten Autopanne auf der Strecke zwischen dem Brombachtal und Ober-Kainsbach überwältigte, war ihr Onkel“, erklärte der Privatdetektiv. „Man hat Frau Heller in eine Falle gelockt.“ Er wandte sich an die junge Frau. „Wollen Sie es selbst erzählen?“

Sie zögerte. Dann begann sie: „Felix Meißner hat mir und meinem Onkel den Plan unterbreitet, Alexander von Wartenberg zu entführen. Da dieser adelige Scheißkerl Angehörigen unserer Familie vor Jahren übel mitgespielt hat, waren wir bereit, uns darauf einzulassen. Denn Meißner hatte von Beginn an klargestellt, dass dem feinen Herrn kein größerer körperlicher Schaden zugefügt werden würde..."

„Wie nennen Sie denn eine mehrtägige Entführung?", unterbrach die Kommissarin Marie Heller. „Ist Freiheitsberaubung etwa ein Kavaliersdelikt?"

„Jedenfalls sollte der Scheißkerl keine schwereren Verletzungen davontragen oder gar ermordet werden", fuhr die junge Frau trotzig fort.

„Aber?", fragte Melzig.

„Zu diesem Zeitpunkt kannten Adam und ich Meißners wahre Absichten nicht. Uns war nicht klar, was er mit der Entführung von Alexander von Wartenberg eigentlich bezweckte. Wir gingen davon aus, dass Meißner ihn und seine Frau ein bisschen quälen wollte, weil dieser feine Herr ihm bei dem einen oder anderen lukrativen Geschäft mit antiken Kunstwerken zuvorgekommen war oder ihn auf unfaire Weise ausgebootet hatte."

„Ein bisschen quälen? Das wird die Staatsanwaltschaft aber ganz anders bewerten. Darauf können Sie Gift nehmen."

„Lassen Sie Frau Heller doch endlich ausreden!", forderte Susanne.

Was ihr prompt einen höchst unfreundlichen Blick des Assistenten der Kommissarin einbrachte. Aber das war ihr herzlich egal.

„In Wahrheit hatte Felix Meißner aber von Anfang an vor, in den Besitz von Michis Viergötterstein zu gelangen", sagte die junge Frau.

„Und das wussten Sie natürlich", stellte Tobias Bloch ruhig fest. „Sie wussten sehr genau, worauf das alles hinauslaufen würde."

„Wie bitte?“ Sie sah ihn mit weit aufgerissenen Augen entgeistert an.

„Sie sind eine exzellente Schauspielerin, Frau Heller. Das muss man Ihnen zweifellos lassen. Und Sie lügen wie gedruckt, ohne mit der Wimper zu zucken.“ Der Privatdetektiv beugte sich zu ihr vor. „Sie waren sehr genau in Felix Meißners eigentliche Pläne eingeweiht. Sie wussten, dass er Michael Stoll umbringen wollte – man könnte auch sagen: umbringen musste –, um an das antike Kunstwerk zu kommen. Das war Ihnen allerdings völlig gleichgültig. Denn für Ihren angeblich ach so geliebten Michi empfanden Sie nichts. Aber auch gar nichts. Sie waren in dieser miesen Geschichte der Lockvogel. Und diese Rolle haben Sie hervorragend gespielt, das kann man schon sagen.“ Er warf Susanne einen kurzen Seitenblick zu. „Das hat sogar uns anfangs überzeugt.“

„Sie sind ja total verrückt!“, schrie die junge Frau mit sich überschlagender Stimme.

Bloch ließ sich von ihrem Auftritt in keinster Weise beeindrucken. „Aber dann ist Felix Meißner noch einen Schritt weitergegangen. Einen verhängnisvollen Schritt, mit dem Sie überhaupt nicht gerechnet hatten. Er ermordete Ihren Onkel Adam Winter, um sich eines aus seiner Sicht gefährlichen Mitwissers zu entledigen. Damit hatte er eine entscheidende Grenze überschritten. Wenn es bei dem Mord an Michael Stoll geblieben wäre – der für Sie in keinster Weise überraschend kam, auch wenn Sie uns etwas anderes suggerieren wollen –, dann hätten Sie stillgehalten und weiter die verzweifelt trauernde Geliebte gespielt.“

Als Marie Heller Anstalten machte, sich auf den Privatdetektiv zu stürzen, erhob sich Melzig für seine Verhältnisse erstaunlich rasch und legte ihr eine Hand auf die Schulter.

Für einen Moment sah es so aus, als wollte sie ihn beißen. Aber als der Assistent der Kommissarin sein beträchtliches Gewicht verlagerte und damit den Druck auf ihre Schulter erhöhte, sank sie in sich zusammen.

„Nun aber wollten Sie Rache“, fuhr Bloch fort. „Es wird niemals zu beweisen sein, ob Sie vorhatten, Felix Meißner tatsächlich zu töten – aber dass Sie ihm übel, sehr übel mitspielen würden, kann man ja hier deutlich sehen.“ Er zeigte auf den Antikensammler, der Mühe hatte, seine Augen offen zu halten, und der kurz davor zu stehen schien, sein Bewusstsein zu verlieren. Es war fraglich, wie viel er von dem mitbekommen hatte, was in den letzten Minuten in dem Büro der Kriminalkommissarin gesagt worden war.

„Ende der Durchsage.“ Tobias Bloch lehnte sich in seinem Sessel zurück. „Ihre Zeugin, Frau Hagedorn.“ Er holte sein Zigarettenpäckchen hervor. „Wie war das noch mal mit dem Rauchverbot in öffentlichen Räumen?“

Kapitel 48

Rotlicht

Wie tröstete man eine äußerst anspruchsvolle Katze, die gerade einen herben materiellen Verlust erlitten hatte, ohne das Geringste dagegen unternehmen zu können?

Mit leckerem Futter? Mit ausgiebigen Streicheleinheiten?

Fehlanzeige.

Muzel lag tief beleidigt an der Stelle des recht steil abfallenden Gartens in einer kleinen Mulde, an der bis vor Kurzem noch ihr heiß geliebter Viergötterstein gestanden hatte. Als Tobias Bloch näher kam, würdigte sie ihn keines Blickes. Scheinbar desinteressiert ging er an ihr vorbei, drehte sich dann blitzschnell um, packte sie am Genick und hob sie hoch.

Augenblicklich verfiel seine Katze in eine Tragstarre, sie krümmte den Rücken und ließ den Kopf und die Beine hängen. So konnte er sie widerstandslos zu seinem Wagen transportieren, in dem Susanne schon auf sie wartete.

„Wir machen einen kleinen Ausflug", sagte Bloch zu Muzel, als er sie auf einer weichen Decke im Fond des Autos absetzte. Die Katze gab keinen Mucks von sich. Sie richtete sich auf und schüttelte sich, dann beschnupperte sie interessiert den dicken karierten Baumwollstoff. Nachdem sie die Decke mit feinen, für das menschliche Auge praktisch nicht sichtbaren Harnspritzern markiert hatte, war alles wieder gut.

Die schmale, asphaltierte Abzweigung führte sie nach mehreren hundert Metern zu einer leicht geschwungenen

Holzbrücke. Das an ihren beiden Seiten angebrachte Metallgeländer wirkte nicht sehr stabil. Bloch bremste vor der Brücke ab und rumpelte im zweiten Gang über die breiten Holzplanken. Er hielt vor einem hohen schmiedeeisernen Tor, dessen spitz zulaufende Gitterstäbe an ihren Enden in goldener Farbe gestrichen waren.

Aus dem Schatten des rechten Torpfostens tauchte die Gestalt eines großen, kräftigen Mannes in einer dunkelgrünen Latzhose auf. Auf dem Kopf trug er eine Baskenmütze. Der Gärtner öffnete mit kurzen, abgehackten Bewegungen beide Flügel des Tores und ließ sie zurückschwingen.

Als er das östliche Seitentor zur Parkanlage passiert hatte, hielt der Privatdetektiv an und ließ das Fenster der Fahrerseite herunter.

„Wo haben Sie eigentlich die ganze Zeit gesteckt?", fragte er Franz Rilke.

Gemächlich näherte sich der Gärtner dem schwarzen Renault und grüßte nickend. „Schöne Katze", sagte er mit einem Blick auf Muzel.

„Seit wann sind Sie wieder zurück?", variierte Bloch seine Frage.

„Seit gestern", antwortete Rilke. „Meine Mutter hatte am Sonntagnachmittag einen Schwächeanfall. Deshalb konnte ich nicht wie geplant am Abend ins Brombachtal zurückfahren, sondern musste meinen Aufenthalt in Wald-Michelbach verlängern."

Ich habe ja schon viele Ausreden gehört, dachte Bloch. Gute und schlechte. Aber die hier klingt ausgesprochen dämlich.

„War es nicht vielmehr so, dass August von Wartenberg Sie gebeten hat, für ein paar Tage von der Bildfläche zu verschwinden?", fragte er.

Der Gärtner sah ihn erstaunt an. Für den Bruchteil einer Sekunde schien es, als würde ein Lächeln über sein Gesicht huschen. Aber der Eindruck konnte natürlich auch täuschen.

„Wie kommen Sie denn auf die Idee?"

Der Privatdetektiv zuckte die Achseln. „Spielt ja jetzt auch keine Rolle mehr", sagte er. „Hauptsache, Sie sind wieder wohlbehalten zurück."

Franz Rilke trat unschlüssig von einem Bein aufs andere. „Sonst noch etwas?"

„Sie können das Tor ruhig offen stehen lassen. Wir bleiben nicht lange."

Bloch schloss das Fenster und fuhr auf dem mit hellen Kieselsteinen bestreuten Weg los. Links und rechts von ihnen bildeten hohe Pappeln scheinbar undurchdringliche Wände aus Stämmen, Ästen und hellgrünem Laub. Nach etwa dreihundert Metern bog er nach links ab und steuerte direkt auf die Nordseite des Herrenhauses zu. Nachdem er den Wagen rechts von dem imposanten hellgrauen Gebäude abgestellt hatte, stiegen sie aus.

Abenteuerlustig sprang Muzel heraus, nachdem ihr Herrchen ihr die hintere Tür geöffnet hatte. Sie sah sich aufgeregt um und begann – die Nase dicht am Boden –, das ihr unbekannte Terrain zu erkunden.

„Immer schön in der Nähe bleiben", sagte Bloch.

Seine Katze hob kurz den Kopf, dann lief sie trippelnd weiter.

„Kennst du den Weg?", erkundigte sich Susanne.

Er nickte. „Ich denke schon. Sophia von Wartenberg hat ihn mir am Telefon recht anschaulich beschrieben."

Die Venusgrotte befand sich in der weitläufigen Parkanlage des Anwesens oberhalb des Herrenhauses. Der breite Zugang war geöffnet, so sahen sie schon aus einiger Entfernung, dass die künstliche Tropfsteinhöhle in blaues Licht getaucht war.

Unentschlossen verharrte Muzel am Eingang und lauschte mit gespitzten Ohren den fremden Stimmen, die aus dem Inneren zu ihr drangen. Erst als ihr Herrchen in Begleitung von Susanne die Grotte betrat, traute sie sich auch hinein.

„Herr Bloch, Frau Kramer! Schön, Sie zu sehen!", rief ihnen Sophia von Wartenberg zu. Offenkundig war sie in aufgekratzter Stimmung. „Kommen Sie doch zu uns herüber. Darf ich Ihnen meinen Mann vorstellen?"

Das wieder vereinte Ehepaar stand am rechten Rand des Sees in der Nähe des beeindruckenden Wasserfalls. Als der Privatdetektiv und seine Assistentin auf die beiden zugingen, wurde es plötzlich stockfinster. Aus einem verborgenen Winkel der Venusgrotte miaute Muzel kläglich.

„Schwiegervater, lass den Unsinn!"

Sie hörten das Kichern des alten Lustmolchs, das in der undurchdringlichen Dunkelheit gespenstisch wirkte. Dann ging in der künstlichen Tropfsteinhöhle ein warmes rotes Licht an.

„So ist es doch viel gemütlicher", sagte der Alte zufrieden und fuhr mit seinem Rollstuhl an den Rand des Sees. Sein lüsterner Blick fiel auf Susanne. „Finden Sie nicht auch?"

Blochs Assistentin lächelte. „Nicht wieder hineinfallen", mahnte sie. „Ich bin mir nämlich nicht sicher, ob Sie auch dieses Mal ein heldenhafter Retter aus dem Wasser ziehen wird. Auf mich können Sie jedenfalls nicht zählen."

Inzwischen hatte der Privatdetektiv das Paar begrüßt, nun trat auch Susanne zu ihnen.

„Der Viergötterstein ist also in Ihrem Garten gelandet", sagte Alexander von Wartenberg kopfschüttelnd. „Ziemlich dreist, oder?"

Dem einundsechzigjährigen Mann sah man die Strapazen der letzten Tage trotz des diffusen Lichts in der Venusgrotte deutlich an. Sein Gesicht war eingefallen, seine müden Augen wurden durch dicke Tränensäcke zusätzlich betont.

„Uns konnte es nur recht sein", antwortete Bloch.

„Schade, dass er inzwischen schon wieder abtransportiert wurde. Ich hätte ihn mir zu gern einmal angesehen."

„Sie konnten ihn also noch nie persönlich in Augenschein nehmen?"

„Leider nein. Obwohl ich ihn wieder und wieder gedrängt habe, hat sich Michael Stoll standhaft geweigert, ihn mir zu zeigen."

„Und trotzdem wollten Sie ihn für einen stattlichen Preis kaufen?", fragte Susanne. „Unbesehen?"

„Das trifft nicht ganz zu. Er hat mir Fotos vorgelegt..."

„Die man manipulieren kann", wandte Bloch ein.

„Und ein Zertifikat."

„Das man fälschen kann."

„Es liegt wohl in der Natur Ihrer Tätigkeit, sehr misstrauisch zu sein", sagte Alexander von Wartenberg. „Sophia hat mir erzählt, dass der Viergötterstein von einem Experten begutachtet wurde, als er vorübergehend in Ihrem Garten stand. Wie hat er sich zu dem antiken Kunstwerk geäußert?"

„Er befand den Stein für echt. Seinen ungewöhnlich guten Zustand führte er auf eine umfangreiche und sehr fachkundig durchgeführte Restaurierung zurück."

„Na, sehen Sie. Stoll hat also nicht mit einer Fälschung geprahlt."

„Aber er hätte Ihnen den Viergötterstein trotzdem niemals verkauft."

„Die Zeiten haben sich geändert, Herr Bloch."

„Wie darf man das verstehen? Was haben Sie vor?"

„Michael Stoll ist tot. Ich werde also demjenigen, der den Stein von seinem früheren rechtmäßigen Besitzer erbt, ein äußerst lukratives Angebot unterbreiten. Es wird sich dabei um eine Offerte handeln, die die betreffende Person nicht ausschlagen wird – dessen können Sie sicher sein."

Sophia von Wartenberg seufzte vernehmbar. „Sammler", murmelte sie und verdrehte dabei die Augen, was ihr in dem roten Licht der Venusgrotte ein unheimliches Aussehen verlieh.